EDITION MODERNE KOREANISCHE AUTOREN

Edition moderne koreanische Autoren
Herausgegeben von Chong Heyong und Günther Butkus

LIM Chul-Woo

Die Erde des Vaters

Erzählungen

Übersetzt von Heike Lee, Lee Tae Hoon
und Holmer Brochlos

Mit einem Vorwort von
LIM Chul-Woo und einem
Nachwort von Heike Lee

PENDRAGON

Die Übersetzung und Veröffentlichung wurde vom
„Korea Literature Translation Institute" (LTI) gefördert

Unsere Bücher im Internet:
www.pendragon.de
www.korea-literatur.de

Deutsche Erstausgabe
Veröffentlicht im Pendragon Verlag
Günther Butkus, Bielefeld 2007
© by Lim Chul-Woo 2007
© für die deutsche Ausgabe
by Pendragon Verlag Bielefeld 2007
Alle Rechte vorbehalten
Lektorat: Kendra Taktak
Umschlag: Michael Baltus unter Verwendung
eines Fotos von Günther Butkus
Satz: Pendragon Verlag auf Macintosh
Gesetzt aus der Adobe Garamond
ISBN 978-3-86532-070-4
Printed in Germany

Inhalt

Vorwort	7
Das Phantom-Sportfest	9
Morgendämmerung	53
Die Erde des Vaters	73
Der Bahnhof Sapyeong	97
Windrauschen	129
Finsternis	151
Das verlorene Zuhause	167
In jener Nacht, als die Petroleumlampe brannte	187
Das Netz	213
Meer der Wölfe	233
Nachwort von Heike Lee	265
Anmerkungen	270

Vorwort

Als ich meine Heimatinsel mit den Eltern das erste Mal verließ und wir aufs Festland zogen, zeichnete ich im Kunstunterricht nur das Meer und Boote. Stets in jenen Momenten, da ich mich unter den Stadtkindern, die Lokomotiven, Flugzeuge und Hochhäuser malten, als ein Fremder fühlte und von ihnen auch so behandelt wurde, ergriff mich Niedergeschlagenheit und ich sah mich in der Position des Außenseiters. Und während ich mir nichts sehnlicher wünschte, als Zugang zu ihrer Festung zu finden, so erfüllte es mich doch andererseits mit heimlichem Stolz, in mir meine eigene Welt bewahrt zu haben, die nur ich allein kannte und von der sie nichts wussten, gleichsam wie die Erinnerung an irgendeine verborgene Schuld. Wie in den Zeichnungen, die ich als Kind im Kunstunterricht anfertigte, gab ich bis heute den Traum nie auf, ganz allein einen neuen Start zu wagen, und so wuchs ich heran, doch die Boote, mit denen ich auf die Reise ging, trafen an ihren Bestimmungsorten niemals ein, trieben nur unentschlossen auf dem Meer und kehrten schließlich auf dem gleichen Weg zurück, den sie einst gekommen waren.

Lege ich schließlich alles bisher Geschriebene zusammen und sehe es nochmals durch, so werde ich das Gefühl nicht los, als kehre ich nur in einem mit Wasser vollgelaufenen Boot kläglich heim. Da allein ein ehrliches Leben zu wahren Worten befähigt, muss meine vordringliche Anstrengung darauf zielen, ehrlich gegen mich selbst zu sein, was mir bis heute nicht gelungen ist. Doch ich wünsche mir, dieser mein erster Erzählband möge einen würdigen Anlass darstellen, wieder von einem neuen Aufbruch träumen zu können.

In der Tat werde ich niemals die freigebige Zuneigung vergessen, die mir die vielen teuren Menschen meiner Umgebung zuteil werden ließen. Ich glaube, ihre freundlichen Anregungen und ihr wohlwollender Blick auf meine Arbeit werden uns auch in Zukunft von Herzen verbinden. Meine Erzählungen sind nicht vollkommen, und so danke ich den Mitarbeitern des Verlags, die diesen Band herausgaben, von ganzem Herzen und wäre sehr glücklich, wenn dieses Buch allen meinen Familienangehörigen ein kleines Geschenk würde.

Lim Chul-Woo

Das Phantom-Sportfest

– Im August jenes Jahres an irgendeinem Freitag um vier Uhr morgens. Das kleine Dorf an der Küste schrak auf, als es die ohrenbetäubenden Töne eines Liedes vernahm, das wie ein Blitz aus heiterem Himmel mit einem Mal gewaltig zu dröhnen begann, und die mehr als achthundert Dorfbewohner sprangen wie auf Verabredung schlagartig von ihren Schlaflagern auf.

Auch wenn es sich um Dorfbewohner handelte, die ohnehin des Morgens nicht lange schliefen, so war doch diese Frühe, ein, zwei Stunden noch vor Sonnenaufgang, für jedermann die Zeit des tiefsten Schlafes und der süßesten Träume. Den Himmel bedeckte in dieser Sommernacht kein einziges Wölkchen, er leuchtete von unzähligen Sternen, das Meer zeigte sich von einer besonders ruhigen Seite und auch der Atem des Windes hatte sich gelegt. Die Mücken, am vergangenen Abend noch bis spät in die Nacht hinein extrem aktiv, schienen in der Kühle der Morgendämmerung von angstvoller Scheu befallen und machten sich rar, selbst die alte Eule, die im dicht belaubten Wald der kleinen, unbewohnten Insel auf der anderen Seite des Kais lebte, hatte schon vor einiger Zeit ihr Schreien eingestellt. Bisweilen erklang das verhaltene Zirpen ermüdeter Grasinsekten aus Sträuchern und Gräsern, allein vom Meer her drang ab und zu das Gesäusel weicher Wellen, die sanft das Ufer leckten; dahinein platzte unvermittelt das laute, freche Getöse, zertrümmerte die tiefe Stille in lauter kleine Teile und begann in der noch tiefen Finsternis das gesamte schlaftrunkene Dorf markerschütternd durcheinander zu schütteln.

Um diese Zeit herum plagte eine furchtbare Hitze bereits seit mehreren Tagen den Ort, weshalb die meisten seiner Bewohner nur in leichter Unterwäsche oder aber ganz ohne Unterhemd auf ihren Matten schliefen, als sie jäh auffuhren, eilig die Augen aufrissen, und ohne Zeit zu finden, sich den Schlaf aus den verklebten Augen zu reiben, eine Weile lang benommen grübelten, ob dieser plötzliche Krach Traum oder Realität sei. Vielleicht waren es die schlaflosen Alten, deren Ohren den tumultartigen Lärm als Erste wahrnahmen. Danach werden womöglich die jungen Leute, in deren Körpern noch überschüssige Kraft wohnte, ihr Schnarchen unterbrochen haben, aufgestanden sein und zunächst die neben ihnen liegenden Ehemänner oder Ehefrauen hastig wachgerüttelt haben. Und dann die Kinder, deren Schlaf so tief war, dass sie dabei kaum etwas zu hören vermochten, und die stets zuallerletzt aufwachen; sie werden sich entweder ihre Schlafdecken bis über die Ohren gezogen haben oder aber in ein erschrockenes Schluchzen ausgebrochen sein.

Auf jeden Fall waren Überraschung und Verwirrung das Erste, was die mehr als achthundert Dorfbewohner alle zugleich in diesem kurzen Moment empfanden, der sie mit dem plötzlichen Lärm konfrontierte. So fällten sie auch alle, ein jeder auf seine Weise, ein Urteil darüber, was wohl die Ursache dieses Aufruhrs aus heiterem Himmel gewesen sein mochte.

Einige unter ihnen dachten, es seien Schüsse aus Schiffskanonen oder Gewehren, die sich jetzt von Meeresseite her näherten, einige ältere Leute nahmen an, ein Blitz ohne Regen habe den Himmel durchzuckt und zugleich sei ein dröhnender Donner dazwischengefahren, und dann waren da noch die Frauen, die ihren Vermutungen freien Lauf ließen und Stein und Bein darauf schworen, es müsse sich bei dem Lärm um Dutzende übermäßig bezechter Männer handeln, die nun zur Unzeit wild in die Hände klatschten, mit den Füßen trampelten, mit Stöcken auf irgendetwas herumschlugen und dazu lautstark Lieder grölten. Auf der anderen Seite waren da die Kinder, deren größter Teil einmütig davon ausging, ein Panzer, riesig und stark wie ein Berg, führe gerade die Hauptstraße des Dorfes entlang, eine Überzeugung, die sich darauf gründen mochte, dass die Kinder dieses Dorfes bis dahin noch nie einen Panzer oder überhaupt irgendein gepanzertes Fahrzeug gesehen hatten und ihre Vorstellungen darüber nur Gerüchten verdankten.

Dennoch fanden sich unter den Dorfbewohnern auch ein paar, deren Urteil relativ korrekt ausfiel. Einer von ihnen war der zweitälteste Sohn des Apothekers aus der Hauptstraße, ein junger Mann, der in diesem Jahr vierundzwanzig Lenze zählte und von dem die Leute sagten, er habe bis vor kurzem in der Stadt eine Universität besucht. Nun jedoch, kurz nachdem sich das Gerücht vom Kriegsausbruch zu verbreiten begonnen hatte, war er in sein Dorf zurückgekehrt und lebte zu Hause. Sein Teint war von blassem Talgweiß wie eine Kerze, sein Körper schmächtig wie der einer Frau; den ganzen Tag über saß er wie angenagelt in seinem Zimmer und kam nur selten heraus, die Leute dachten, er habe wahrscheinlich zu viele Bücher gelesen und sei daher etwas komisch im Kopf geworden. Dieser junge

Mann war der Einzige, dem es kein großes Kopfzerbrechen bereitete, darauf zu kommen, dass der ungewöhnliche Lärm dieses frühen Morgens von Gewehrschüssen und dem Gesang mehrerer Menschen sowie einigen großen Lkws herrührte, die brutal die breite Straße entlangdonnerten.

Und so war es in der Tat. Ziemlich viele Männer befanden sich auf den Militärfahrzeugen, aufs Geratewohl grölten sie aus vollen Kehlen ein Lied, wohl weniger des Singens wegen, als vielmehr dazu, es irgendjemandem zu Gehör zu bringen, und rasten durch das Dorf. Die Mondsichel neigte sich über die im Westen gelegenen Berge und ließ nur undeutlich die Umrisse der vollkommen unbekannten Eindringlinge erkennen; die beiden großen Lkws kurvten wie wild im Dorf umher und nicht eine einzige Ratte wagte es, ihren Kopf auf die Hauptstraße hinauszustrecken. Die Eisenteile der Stahlhelme und Waffen, welche die Männer auf den Ladeflächen der Fahrzeuge in den Händen trugen, glitzerten eigentümlich im Mondlicht, aus irgendeinem Grund sangen die Männer pausenlos, klatschten in die Hände, warfen sich wieder und wieder bedeutungsvolle Blicke zu und verzogen ihre Münder zu einem Grinsen, bisweilen blitzte zwischen ihren Lippen unheilschwanger ein außergewöhnlich weiß anmutender Zahn wie ein Leuchtkörper auf.

Die Menschen verbargen sich zitternd in ihren Zimmern und an ihre Ohren drang das laute Scheppern von Rädern, vermischt mit vereinzelten spitzen Gewehrschüssen. Die Bewohner, die bei jedem Schuss glaubten, die Gewehrkugel würde gleich die Lehmmauer ihres eigenen Hauses durchschlagen und käme direkt auf sie zu geflogen, peinigte die Angst. Sie streckten sich, mit beiden Händen den Kopf umklammernd, eng an den Boden gepresst unter ihren Decken aus, und das lag daran, dass sich unter ihnen kaum jemand befand, der genug Welterfahrung mitgebracht hätte, um zu bemerken, dass die Schüsse vollkommen unsinnigerweise ziellos in den Himmel abgefeuert wurden.

Vorwärts, vorwärts schreiten wir. Opfern wir mit Freude unser Leben an der Befreiungsfront ...

Das Lied der Männer, untermalt vom Geschepper der Lkw-Räder, die eine schwere Last bewegten, und den ab und an den Himmel zerfetzenden Gewehrschüssen, durchdrang eigenwillig das ganze Dorf von Gasse zu Gasse, Dach zu Dach und riss die Menschen aus ihrem süßen Schlaf. Umhüllt von Finsternis rissen sie die Augen weit auf und schluckten, ohne sich dessen bewusst zu werden, den Speichel der Angst hinunter, während sie dem Gesang lauschten. Niemand von ihnen zündete auch nur ein Streichholz an, um damit eine Lampe anzustecken, keiner war so tollkühn, beherzt die Tür zu öffnen und hinauszusehen oder in die auf der Stufe vor dem Zimmer abgestellten Gummischuhe zu schlüpfen und zum Eingangstor zu eilen, um die Geschehnisse draußen zu beobachten. Alle saßen sie oder lagen, die Hälse steif wie die Kolben der Mohrenhirse, in einer Ecke ihres Zimmers, allein damit beschäftigt, die Schläge ihres Herzens zu zählen.

Gesang.

Dieser Gesang, der die tiefe Dunkelheit des Morgengrauens durchschnitt, war ein Lied von ganz und gar fremdartiger Melodie und unbekanntem Text, den die Dorfbewohner zum ersten Mal hörten. Es war keines der Soldatenlieder, welche die Menschen bis jetzt schon so oft gehört hatten. Es war auch nicht jenes ihren Ohren wohlbekannte Lied, das bisweilen aus dem Lautsprecher auf dem Dach der Gemeindeverwaltung erklang, mit laut dröhnender, dumpfer Stimme, die an ein Kratzen erinnerte, ebenso wenig das Lied, welches die Soldaten, die Gewehre geschultert und die kräftigen, vollen Stimmen vereint, auf der breiten Straße vor dem Dorf oder auf dem Sportplatz intoniert hatten, während sie kraftvollen Schrittes mit ihren Soldatenstiefeln aufstampften und marschierten. Freilich belebte den Gesang dieses frühen Morgens auch der dumpfe Bass von Männern und der fröhliche, energische Takt, der Marschliedern eigen ist, aber irgendwie schockierte dieses Lied jeden Dorfbewohner, ließ ihn vor Verwirrung und Überraschung zusammenfahren und in dem Augenblick, als ein jeder diesen Gesang vernahm, war ihm, als schlüge sein Herz bis zum Halse. Und obschon es ihnen niemand gesagt hatte, war ihnen sofort die furchtbare Tatsache klar, dass es sich dabei zweifellos um ein Lied der feindlichen Armee handelte. Das sagte ihnen ihre Intuition.

„Die feindlichen Truppen. Die ... die feindlichen Truppen, sind ge... gekommen!"

„Was sagst du da? Die ... die Rebellentruppen sollen da sein?"

Vom blanken Entsetzen gepackt konnte ein jeder nur mit kurzen Worten diese unglaubliche Tatsache nochmals bestätigen.

Und in der Tat war dieses Ereignis zu überraschend gekommen. Natürlich hatten sie davon gehört, obgleich nur gerüchteweise, die eigene Armee würde Schritt für Schritt zurückgedrängt, und obwohl offizielle Stellen die unglückselige Kriegslage hartnäckig leugneten, hatten sie doch verstohlen in die angstvollen Mienen ihrer Soldaten geblickt, die irgendwie unruhig und nervös schienen, und im Großen und Ganzen erraten, wie die Dinge lagen. Dass sie aber so schnell, noch dazu im frühen Morgengrauen dieses Tages, wie aus heiterem Himmel die Soldatenlieder der feindlichen Armee zu hören bekommen würden, daran hatte keiner auch nur im Traum gedacht. So schnell, schneller als es irgendjemand hätte vorhersehen können, hatte die Niederlage sie eingeholt.

Den Gerüchten nach hätten die Kämpfe, wenn schon, dann doch zumindest in weiter Entfernung von diesem kleinen Dorf stattfinden müssen und selbst angenommen, die eigenen Truppen würden immer weiter zurückgedrängt, so waren die Dorfbewohner doch davon ausgegangen, dass die Kämpfe mindestens zehn oder mehr Tage brauchten, um bis zu ihrem Dorf, das sich am äußersten Rand des Landes befand, zu gelangen. So hatte sich auch jeder Sorgen angesichts der bald herannahenden Kämpfe gemacht und damit begonnen, allmählich über die bevorstehende Flucht nachzudenken, aber in ihrem tiefsten Inneren hatten sie die Lage noch nicht als derart dringend empfunden. Das war auch ganz verständlich, war es doch noch nie zu einem Kampf in der Nähe ihres Dorfes gekommen, geschweige denn dass sie die Soldaten der sich selbst als „Befreiungsarmee" titulierenden Rebellentruppen jemals zu Gesicht bekommen hätten, nein, sie hatten bis jetzt nicht einmal die Farben ihrer Uniformen gesehen und dementsprechend schwach musste bei diesen Dorfleuten das reale Empfinden für diesen grausamen Krieg ausgeprägt sein. Vielleicht war diese so gar nicht zur realen Situation passende Gelassenheit auch auf die nackte Tatsache zurückzuführen, dass die Menschen infolge der geografischen Lage ihres Dorfes an der Küste im äußersten Süden des Landes ohnehin keine große Wahl zur Flucht gehabt hätten, bestenfalls wäre es möglich gewesen, sich auf ein paar mehr oder weniger große Inseln direkt vor ihrer Nase zu flüchten, was jedoch nichts weiter als einen zeitlich sehr begrenzten Umzug dargestellt hätte. Zudem hätte selbst die genaue Beobachtung der im Dorf stationierten eigenen Truppen keine besonders ins Auge fallenden Anhaltspunkte bringen können.

Eigentlich gab es in dem Achthundert-Seelen-Dorf eine Polizeistation, deren Personal sich auf fünf, sechs Leute beschränkte. Doch in dieser ausgesprochen ruhigen, kleinen Bucht, wo es selten zu Zwischenfällen kam, sah es bald so aus, als hätte die Polizei nichts zu tun. Das musste wohl der Grund sein, weshalb man den Chef der Polizeiwache und seine Mitarbeiter gewöhnlich ohne Uniformmütze müßigen Schrittes die Kaistraße auf und ab schlendern sehen konnte, in eine scherzhafte Unterhaltung mit den bärtigen Matrosen der hereinkommenden Fischerkähne vertieft. Wenn die Frauen ihre auf dem Boden sitzenden, schluchzenden und hartnäckig auf ihrem Willen beharrenden Kinder vom Weinen abzubringen gedachten, zeigten sie auf den gerade in der Nähe vorbeigehenden Polizisten und wiesen das Kind mit lauter Stimme zurecht: „Sieh mal dort! Da kommt der Polizist, um dich festzunehmen." Dann blieben die Polizisten absichtlich stehen, rollten furchterregend mit den Augen und wussten, dass sie auf diese Weise das schreiende Kind verängstigen und vom Weinen abbringen konnten. Die Ehefrauen der Polizeibeamten waren größtenteils von außerhalb gekommen und ihren Männern zu deren Dienststelle aufs Land gefolgt, wo sie in der Regel die freundliche Aufmerksamkeit der Dorfbewohner genossen. Zur Fischfangsaison geschah es nicht selten, dass die Dorfleute ihnen Körbe voller frischer Fische schickten, zu Geburtstagen oder Feierlichkeiten für die Ahnen nahmen sie eine Schüssel mit Reiskuchen und ein Tablett leckerer Speisen und besuchten einander.

Doch vor einiger Zeit hatte sich die Lage geändert. Das wird sicher vor allem daran gelegen haben, dass sich mit der Nachricht vom Kriegsausbruch die öffentliche Meinung im Dorf in bis dahin unbekanntem Maße kontinuierlich verschlechtert hatte und in diesem kleinen ländlichen Kreis, seitdem er sich plötzlich entsprechend seiner Rolle als Versorgungsstützpunkt für die Bodentruppen und die Marine als strategisch wichtiger Punkt hervortat, damit begonnen wurde, einen Teil der eigenen Truppen aus dem Landesinneren hierher zu versetzen, was ebenfalls zu dieser Missstimmung beigetragen haben wird. In ihren grünen Kampfuniformen waren sie auf mehreren großen Lkws ins Dorf eingefahren, hatten das gesamte Gebäude der Gemeindeverwaltung besetzt und hielten sich nun schon seit einiger Zeit dort auf. Jedem der mehr als hundert Soldaten hing ein langes Gewehr über der Schulter, das ziemlich schwer sein musste, morgens und abends wechselten sie einander ab und hielten am Kai, an der breiten Straße vor dem Eingang zum Dorf und auf dem Hügel, wo sie Schützengräben aushoben, Wache. An den beiden Fahnenmasten auf dem Gebäude der Gemeindeverwaltung und dem Sportplatz der Schule flatterten die blauen Fahnen der eigenen Armee und jedes Mal, wenn die Soldaten im Gleichschritt auf die Hauptstraße hinausmarschierten und ihre Stiefel ein Knirschen von sich gaben, bestätigte sich für die Dorfbewohner stets aufs Neue die furchtbare Tatsache, dass ein Krieg ausgebrochen war.

Noch vor einigen Tagen hatten sie sich auf dem Platz vor der Gemeindeverwaltung versammelt und ein Mann, der sich Truppenführer nannte, verkündete damals lauthals, sie könnten alle vollkommen beruhigt sein.

Sie werden es sicher selbst wissen, äh, die Front hat sich ein wenig nach Süden zurückgezogen. Äh ... äh ... diese Kerle sind ziemlich hartnäckig, weshalb unsere Truppen ein wenig gezögert haben, auf den ersten Blick könnte es aussehen, als befänden wir uns derzeit in einer etwas unglücklichen Lage. Äh, aber überhaupt, in Wirklichkeit besteht nicht die geringste Notwendigkeit, dass Sie sich unsicher fühlen oder gar ängstigen müssten. Unsere Truppen werden nach erneuter Inspektion und Wartung von Munitionsbeständen, Ausrüstungen und Personal unverzüglich die Gegenoffensive einleiten, wir werden die Front innerhalb kurzer Zeit wieder nach Norden verschieben, die Rebellentruppen vollständig zerschlagen und vernichten und auf jeden Fall den Sieg erringen. Aus diesem Grunde, verehrte patriotische Bürger dieser Gemeinde, dürfen Sie auf keinen Fall schwanken. Ein jeder von Ihnen tut gut daran, sich unverändert und konzentriert seinen ursprünglichen Beschäftigungen hinzugeben. Äh ... äh ... warten Sie ab! Der Krieg wird bald zu Ende sein.

Der Truppenführer, dessen Bauch sich hervorwölbte wie der eines Frosches, stand auf dem Rednerpodest vor dem Fahnenmast, an welchem die Staatsflagge gehisst war, und klopfte, während er die Bewohner durch seine Beteuerungen zu beruhigen suchte, mit den Handflächen auf seinem dicken Bauch herum.

Die Gerüchte allerdings, die seit Tagen ununterbrochen durchsickerten, waren allesamt derart beunruhigend, dass sich niemand mehr in der Lage sah, in aller Ruhe auf das Ende des Krieges zu warten. Die Dorfbewohner fühlten, dass sich die Lage für die eigene Seite mit jedem Tag ungünstiger gestaltete. Nach und nach war die Front schon sehr weit nach Süden vorgerückt und die Hauptstadt, so erzählte man sich, war bereits seit langem in der Hand feindlicher Truppen. Im Dorf hingegen herrschte nach wie vor eine ausgesprochen friedliche Atmosphäre. Nirgendwo war Gewehrfeuer zu hören, der Himmel strahlte klar ohne eine Wolke, die Sommersonne glühte heiß wie ein Feuerball und das Meer plätscherte leise mit verhaltenem Atem. Vor allem weil die in der Gemeindeverwaltung stationierten Truppen keinerlei Anzeichen eines bevorstehenden Abzugs verrieten, geschweige denn Vorbereitungen zu einem solchen getroffen hätten, gelangten die alles aufmerksam beobachtenden Dorfbewohner ohne große Schwierigkeiten zu der Überzeugung, es würde wohl noch eine Weile dauern, bis die Wellen des Krieges ihr Dorf erreichten. Doch dann war es auch in diesem kleinen Küstendorf erstmalig zu einem außergewöhnlichen Zwischenfall gekommen.

Gerade drei Tage war es her, da sich am Abend im Südflügel der Gemeindeverwaltung eine kleine Explosion ereignet hatte. Es wurde niemand verletzt, doch sofort nach dem Zwischenfall verhängte die Polizei den Ausnahmezustand über den gesamten Kreis, durchsuchte jedes Haus und vernahm die Passanten auf der Straße, um die Täter aufzuspüren. Schließlich kam es zur Festnahme mehrerer verdächtiger Personen. Unter ihnen befanden sich auch der vor kurzem aus der Stadt zurückgekehrte zweitälteste Sohn des Apothekers, der Schmied, der Salzhändler und der einäugige Schuster. Nachdem die Polizei sie alle abgeführt hatte, lieferten sich die Leute in den Gassen und mitten auf der großen Straße erregte Diskussionen, versammelten sich zu kleinen Grüppchen und tuschelten, der zweite Sohn des Apothekers habe die Bombe gebastelt und sei der Anführer dieser Aktion gewesen. Von Kindheit an, so erzählten sie sich, sei er ein ausgesprochen kluger und intelligenter Knabe gewesen, und sie selbst habe es mit Freude erfüllt, dass nun nach langer Zeit im Dorf endlich wieder eine treffliche Persönlichkeit geboren worden sei, doch der junge Mann ging in die Stadt und dort sei er dummerweise vom rechten Wege abgekommen und von gefährlichem Gedankengut infiltriert worden. Sie mutmaßten, den mit ihm zusammen verhafteten Männern drohte schon bald der Tod durch Erschießen, sollte sich ihre Schuld erweisen.

Doch da ereignete sich etwas Außergewöhnliches. Am nächsten Tag, also gerade gestern Abend, wurden der zweite Sohn des Apothekers und alle anderen mit ihm zusammen Festgenommenen wieder auf freien Fuß gesetzt. Wohl besagte die offizielle Erklärung, im Ergebnis der Untersuchung habe niemandem eine Schuld nachgewiesen werden können, doch die Dorfbewohner neigten ungläubig die Köpfe und verstanden das nicht. Die Polizei wusste doch bereits, dass es unter den Bewohnern dieses Dorfes nicht wenige unlautere Elemente gab, die heimlich mit den feindlichen Truppen sympathisierten, und auch von den Dorfbewohnern ahnten alle jene, die auch nur einen Funken Verstand besaßen, dass es einige Leute gab, die heimlich verdächtigen Dinge planten. Sie wussten von ein paar Dorfleuten, welche durch die Hintertür der Apotheke in der Hauptstraße ein- und ausgingen, mit gedämpften Stimmen tuschelten und sich dann wieder trennten, auch war es vorgekommen, dass sie sich im Schutz der Nacht unerkannt durch die schmalen Gassen stahlen, in die Höfe der Häuser schlecht gedruckte Flugblätter warfen, auf denen die Rebellenarmee gelobt wurde, und dann spurlos verschwanden. Über derartige Zwischenfälle wusste die Polizei zweifellos gut Bescheid, und so war es auf den ersten Blick nur schwer verständlich, wieso sie die Verdächtigen ohne weiteres einfach laufen ließ. Auf jeden Fall war das gerade in der vergangenen Nacht passiert und die so genannten unlauteren Elemente befanden sich wieder in Freiheit. Und gerade im Morgengrauen des nächsten Tages fiel die feindliche Armee ins Dorf ein. Was sollte das bedeuten? Die Dorfbewohner waren konsterniert.

Kühner Held der Befreiungsarmee, vorwärts, vorwärts! Schlagen wir den Feind bis zum letzten Mann ...

Die Lkws, die diesen tiefen, rauen Gesang geladen hatten, rasten noch immer wie wild kreuz und quer von einem Ende des Dorfes zum anderen, wobei sie einen Höllenlärm veranstalteten.

Sie lebe hoch! Sie lebe hoch! Unsere Befreiungsarmee! Wir sind die Befreiungsarmee. Die Befreiungsarmee ist gekommen.

Lautes, wildes Klatschen unterbrach die Hochrufe gelegentlich.

„Wie ... wie ist das nur möglich? Von einem Tag zum anderen steht die Welt Kopf."

Die mehr als achthundert Einwohner des Dorfes hörten die fremdartigen Soldatenlieder der feindlichen Armee, die einem Uhrpendel gleich noch immer kreuz und quer durchs Dorf raste, und langsam wurden sie wieder Herr ihrer Sinne. Problematisch jedoch wurde es just von diesem Moment an. Nachdem der erste Augenblick, in dem sie alle, einer wie der andere, verwirrt und wie vor den Kopf geschlagen weder ein noch aus gewusst hatten, vorübergegangen war, reagierten sie nun ganz verschiedenartig auf die Lieder.

Obwohl der größte Teil der Bewohner von der weißen Angst des Schreckens gepackt wie Espenlaub zitterte, waren da auch einige, in deren Augen plötzlich ein zufriedener Blick der Freude aufleuchtete.

Ha, ha, jetzt wird endlich unsere Welt anbrechen, jene Welt, die wir uns erträumt hatten. Ihr Mistkerle, na, wartet nur ab! Zu denen, die ihre Freude auf diese Weise kundtaten und zufrieden ein unheilvolles Lachen vernehmen ließen, gehörten in erster Linie jene Leute, die im Zusammenhang mit der Explosion verhaftet und wieder freigelassen worden waren, des Weiteren aber auch die, welche in aller Heimlichkeit die Apotheke an der Hauptstraße frequentiert hatten.

Genau zu diesem Zeitpunkt – oder um noch etwas genauer zu sein – an jenem Morgen gegen vier Uhr dreißig horchte auch der zweite Sohn des Apothekers von Anfang an aufmerksam in die Richtung, aus welcher der seltsame Lärm kam, während er allein in seinem dunklen Zimmer saß. Er kannte diese Soldatenlieder bereits. Womöglich war er der einzige Mensch im Ort, der natürlich wusste, dass dieses Lied eines der „Befreiungsarmee" war, und der sogar den Text auswendig konnte. Daher hätte er auch der Erste sein müssen, vor Freude in die Luft zu springen und Hurra zu rufen, sobald er nur den Gesang vernahm. Und natürlich wollte er zunächst auch laut „Hurra, endlich sind sie da!" rufen und zur Tür hinauseilen. Doch da fuhr er jäh zusammen, rutschte ein wenig nach hinten und blieb einfach sitzen.

„Das ist aber merkwürdig. Irgendwie habe ich ein komisches Gefühl", murmelte er beiläufig. War er selbst es doch gewesen, der mehr als alle anderen diesen Tag herbeigesehnt hatte, nun hingegen rief das Gefühl, dass sich die Welt, ganz anders als er es erwartet hatte, zu plötzlich in ihr Gegenteil verwandelte, eher Zweifel in ihm hervor. Tatsächlich hatte er bis zu diesem Zeitpunkt vor Unruhe keinen richtigen Schlaf finden können und sich die ganze Nacht über nur hin und her gewälzt.

Los, mach dich schnell ins Haus zurück! Hast Glück gehabt, du Rebellenschwein.

Das war letzte Nacht gewesen, als der Polizist, nachdem er ihn im Schuppen eingesperrt und verhört hatte, aus irgendeinem Grund plötzlich hinausging, erst nach geraumer Zeit wieder zurückkam und ihm diese Worte hinwarf, die er nicht zu deuten vermochte und denen er in diesem Augenblick keinen Glauben hatte schenken können. Zweifellos war er davon ausgegangen, sie würden ihn mit Einbruch der Dunkelheit herausrufen, um das Todesurteil durch Erschießen zu vollstrecken. Doch unerwartet meinten sie es ernst und auch seine gefangenen Mitstreiter wurden freigelassen. Auf jeden Fall war die ganze Angelegenheit nur schwer zu verstehen. Welcher Grund dafür ausschlaggebend gewesen war, sie alle, denen das Todesurteil gewiss war, einfach wieder auf freien Fuß zu setzen, wusste er nicht. Geplagt von Zweifeln und Unruhe angesichts dieses schwer lösbaren Rätsels hatte er die ganze Nacht kein Auge zugemacht.

Komisch, irgendwie habe ich ein ungutes Gefühl. Der zweite Sohn des Apothekers tastete in der Dunkelheit nach den Zigaretten, steckte sich eine zwischen die Lippen und zündete ein Streichholz an. Er nahm einen langen Zug, stieß den Qualm wieder aus und versank eine ganze Zeit lang in tiefes Nachdenken. Plötzlich stieß er einen Laut aus. Aha!, brachte er hervor und schlug sich mit der Hand, in der er die Zigarette hielt, aufs Knie. Ein Stück Glut sprang auf den Fußboden, er ignorierte es und erhob sich schnell.

„Genau. So ist es! Zweifellos. Jetzt ist nicht die Zeit, hier herumzusitzen."

Hastig zog er sich an, öffnete die Zimmertür und trat hinaus. Der Hof war finster. Die Lkws mussten ziemlich weit entfernt, außerhalb des Dorfes sein. Schnellen Schrittes überquerte er den Hof, und als er am Eingangstor anlangte, hielt er sein Ohr an den Türspalt, um die Lage zu erkunden. Kurz darauf schob er lautlos den Riegel zur Seite und öffnete das Tor, in dem Moment, als er sich gerade durch den Spalt schob, passierte es. Unversehens spürte er zu beiden Seiten seines Körpers die unheimliche Kühle harter Eisenteile. Verwirrt stieß er einen unterdrückten Schrei aus. In der Dunkelheit hielten ihm zwei Männer ihre Gewehre direkt vor die Nase. Sofort erkannte er an ihren Uniformen die „Befreiungsarmee".

„Wer ... wer sind Sie?"

„Schweigen Sie und folgen Sie uns ohne Widerstand! Wir wussten, dass Sie herauskommen würden und haben hier schon gewartet."

„Wo ... wohin gehen wir?"

Anstatt einer Antwort hakten sie sich bei ihm zu beiden Seiten unter und liefen schnell los. Auf diese Weise verschwand der zweite Sohn des Apothekers mit den beiden Männern. Diese Tatsache wurde erst viel später bekannt, denn alles spielte sich in sehr kurzer Zeit und in aller Heimlichkeit ab, weshalb weder die Familie des Apothekers noch irgendjemand von den Dorfbewohnern Zeuge der Szene wurde.

Gerade zu dieser Zeit, das heißt, als der zweite Sohn des Apothekers spurlos in der pechschwarzen Nacht verschwand, zitterte nicht weit von der Apotheke entfernt der Besitzer der einzigen Reisschälanlage im Kreis in seinem Schlafzimmer wie Espenlaub. Seiner Frau klapperten vor Angst die Zähne, sie hatte die Decke bis über beide Ohren gezogen, und auch den Kindern, die neben der Mutter lagen, schlugen die Kiefer aufeinander.

„O Gott, jetzt sind wir unweigerlich des Todes. Wer hätte denn gedacht, dass die so blitzschnell bis hierher kommen würden!"

Dem Besitzer der Reismühle wurde schwarz vor Augen und er fühlte, wie ihm auf Stirn und Rücken der kalte Angstschweiß austrat.

„Was wiederhole ich deswegen schon seit langem? Den großen Worten des Truppenführers solltest du keinen Glauben schenken, habe ich nicht schon vor langer Zeit gesagt, wir sollten endlich an eine Flucht denken?"

Die Frau drückte ihre unnützen Worte durch die Zähne hindurch, gewaltsam schluckten die Kinder ihr Schluchzen hinunter, als würden sie gleich den Geist aufgeben. Innerlich bedachte der Reismühlenbesitzer die Polizisten mit Schimpfworten. Was habt ihr eigentlich bis jetzt getrieben, dass es überhaupt so weit kommen konnte? Habt ihr absolut keinen Schimmer davon gehabt, dass die verdammten Rebellen schon vor unserer Nase stehen? In der vergangenen Nacht hatte er weder Schüsse noch irgendein ähnliches Geräusch gehört, was ihn noch mehr in Rage versetzte. Doch jetzt brauchte man darüber nicht mehr zu debattieren. Inzwischen war die Lage so, dass einem jeden Moment eine Kugel in den Hals fahren und dem Leben ein Ende bereiten konnte. Gerade in diesem Moment war die Welt eine andere geworden, dachte er, und womöglich würden diese Kerle ihn zu allererst erstechen. Der Besitzer der Reismühle besaß viel Geld, er war der tonangebende Mann in dieser Region und einst auch Gemeindevorsteher gewesen, außerdem war sein ältester Sohn als Polizeibeamter im gehobenen Dienst in einer anderen Region tätig. Volksfeind, mach dich bereit und warte auf uns! Ein Fetzen Papier mit diesen grausigen Worten, die geradezu nach Blut rochen, war vor einigen Tagen auf seinen Innenhof geflattert; sobald er das Papier entdeckt hatte, war er zur Polizei gerannt und hatte Anzeige erstattet.

Dass so etwas passieren würde, wahrscheinlich ...

Mit einem Mal fiel ihm sein Traum der vergangenen Nacht ein. Wirklich, das war ein merkwürdiger Traum gewesen, ein Rätsel geradezu. Schauplatz war ein Kuhmarkt, auf dem es von Menschen nur so wimmelte. Er kaufte eine große, braune Kuh, schön anzusehen und gut im Fleisch stehend. Noch dazu war das Tier trächtig und ein Blick auf den riesig geschwollenen Leib verriet, es würde in Bälde kalben. Er war zufrieden angesichts des glücklichen Umstandes, dieses herrliche Tier gewählt zu haben, ergriff die Zügel und machte sich auf den Weg nach Hause, doch unterwegs stemmte sich dieses verdammte Tier aus irgendeinem Grund plötzlich auf die Hinterbeine und wollte keinen Schritt mehr tun. Als er genauer hinsah, bemerkte er sichere Anzeichen, dass das Kalben kurz bevorstand. In der Eile zog er seinen vornehmen koreanischen Mantel aus, legte ihn auf die Erde, heftete sein Auge auf das Hinterteil der Kuh und traf Vorbereitungen für die Geburt. Jedes Mal, wenn das Tier ein heftiges Stöhnen ausstieß und mit aller Kraft drückte, stand er, die Ärmel hochgekrempelt, daneben und presste auch selbst, was das Zeug hielt. Genau in diesem Moment geschah es. Unerwartet vernahm er ein Geräusch, wie der riesige Leib, der einem Berg glich, mit einem Mal aufriss und im gleichen Augenblick der Bauch der Kuh durchbohrt wurde und ein Junges herausgeschossen kam. Doch vor den Augen des Reismühlenbesitzers, der erschrocken aufschrie und sich hinsetzte, brach das soeben geborene Junge, mäh, mäh, mäh ... in das einschmeichelnde Meckern einer Ziege aus. Kurioserweise war es kein Kalb, sondern ein vollkommen schwarzer Ziegenbock mit zwei spitzen Hörnern am Kopf. Gerade in diesem Moment hatten ihn das laute Singen und die Motorengeräusche aus dem Traum gerissen.

Weil es gerade um Träume geht, außer dem Besitzer der Reismühle waren da nicht wenige Leute, die ebenfalls behaupteten, in dieser Nacht seltsam geträumt zu haben. Zu ihnen gehörte auch die Frau des Gemeindevorstehers.

Sie lag seit einiger Zeit krank danieder. Eines Tages im vergangenen Frühling, also einige Monate bevor der Krieg ausbrach, war sie, eine furchtbar dickleibige Frau, in die Berge aufgebrochen, um sich an den Blumen zu erfreuen, und war an einem abschüssigen Weg ausgerutscht, wobei sie sich das Steißbein verletzt hatte, was partout nicht wieder richtig verheilen wollte. Ausgerechnet nun an besagtem Tag hatte ihr Mann, der Gemeindevorsteher, die Nacht außerhalb verbracht, was sonst nicht seinen Gewohnheiten entsprach. Mehrmals hatte sie zum Telefonhörer gegriffen, aber das Gerät musste kaputt gewesen sein. Von den Nachbarn erfuhr sie, auch dort seien die Telefonleitungen gestört. Langsam kochte sie vor aufgestauter Wut, melancholische Gedanken gar befielen sie; schließlich hatte sie sich wie ein Elefant auf den Fußboden geworfen und laut angefangen zu schluchzen, bis sie zu guter Letzt eingeschlafen war. Sie erzählte, sie habe im Traum wie Heungbus Frau im Märchen einen riesigen Kürbis gepflückt und zersägt. Doch als sie nach geraumer Zeit und großer Kraftanstrengung den Kürbis endlich in zwei Hälften zerlegt hatte, so habe sie darin seltsamerweise noch einen anderen Kürbis erblickt. Wie sie diesen nun herauszog und auseinanderbrach, fand sie darin, einem Baby gleich, noch einen weiteren Kürbis ... Als sie auf diese Weise unzählige wundersame Kürbisse spaltete und spaltete, sei sie plötzlich, so erzählte sie, aufgewacht und die Hauptstraße habe von lautem Gesang gedröhnt und Fahrzeuge seien herumgefahren.

Der Pfarrer der Kirche, die auf einem im Osten des Dorfes gelegenen Hügel stand, erzählte er sei ausgerechnet an jenem Tag spät aufgestanden. Er, ein Mann Mitte vierzig, litt unter starker Kurzsichtigkeit, und so tastete er, sobald er nur die Augen aufschlug, nach der Brille neben dem Kopfende seiner Schlafstelle und wollte, als er sie aufgesetzt hatte, das Licht einschalten, doch vermutlich wegen eines Stromausfalls ging das Licht nicht an und so musste er wohl oder übel eine Kerze anzünden. Als er auf seine Armbanduhr gesehen habe, so erinnerte er sich später, sei es genau vier Uhr fünfunddreißig gewesen. Eine Weile überlegte er, ob seine Uhr vielleicht kaputt gegangen sei, er blinzelte, sah wieder und wieder auf die Uhr und stand dann hastig auf. Jeden Morgen genau um vier Uhr läutete der fleißige alte Kirchendiener die Glocke und stets hatte sich der Pfarrer mit diesen Glockenschlägen erhoben. Denn es kamen auch Gläubige zum Morgengebet. Doch an diesem Morgen hatte es kein Glockengeläut gegeben und zudem keinen einzigen Menschen, der ihn mit seinem Klopfen an die Tür geweckt hätte, was dem Pfarrer sehr merkwürdig vorkam.

Auch die Kirche war vollkommen leer. Bis zu diesem Zeitpunkt, so erzählte er später, hätte er noch absolut keine Ahnung gehabt von dem Tumult, der im Dorf unterhalb des Hügels ausgebrochen war. Um die Glocke, wenn auch verspätet, dennoch zu läuten, machte er einige Schritte in Richtung Glockenturm und erst in diesem Augenblick bemerkte er, dass im Dorf ein ungewöhnliches Ereignis stattgefunden haben musste. Voller Verwirrung blickte er in den Ort hinunter, als er plötzlich hinter seinem Rücken Schritte wahrnahm, er drehte sich um und erblickte den alten Kirchendiener. Dieser wohnte in der Nähe der Kirche.

„Herr Pfarrer, es ist etwas Schreckliches passiert."

„Was ist denn los mit Ihnen?"

„O mein Gott, die feindlichen Truppen sind einmarschiert. Die Kerle von der Rebellenarmee haben die Welt erobert."

„Aber das ... das kann doch nicht sein."

Dem Pfarrer schien es beinahe den Atem zu nehmen und ihm war, als legte sich ein schwarzer Schleier über seine Augen. Ohnehin war er darauf gefasst gewesen, aber dass es so schnell gehen würde ... Was haben die eigenen Truppen in der Gemeindeverwaltung bis jetzt eigentlich gemacht?, fragte er sich und stieß einen tiefen Seufzer aus.

„Gibt es viele Verletzte?"

„Na ja, das weiß ich noch nicht. Aber ich habe das Gewehrfeuer auch kaum gehört, Herr Pfarrer!"

„Ja, das ist wirklich merkwürdig."

„Was sollen wir jetzt bloß machen? Sollten Sie sich nicht für eine Weile irgendwo verstecken? Die werden doch zuallererst unsere Kirche anstecken und Ihnen etwas antun, oder?", fragte der alte Kirchendiener und ergriff mit einem Mal die Hände des Pfarrers. Dieser spürte, wie die faltigen Hände des alten Mannes furchtbar zitterten, er schloss für einen Moment die Augen und dachte nach. Wollte er sich verstecken, wo sollte es jetzt noch einen sicheren Ort geben? Und wenn er floh, wie weit würde er wohl kommen? Wenn ohnehin alles der Wille des Herrn war, dann blieb nur die Pflicht gehorsamer Demut ... Nachdem er diesen Entschluss gefasst hatte, wandte er sich ohne jede Hast um. Er öffnete die Glastür der Kirche, trat ein und kniete vor dem Kreuz nieder, sodann schloss er ruhig die Augen und begann lautlos sein Gebet: Gib mir, o Herr, auch im Moment der bevorstehenden Leiden und des Todes den rechten Mut des Martyriums.

– Im Umland begann es langsam zu tagen. Der Himmel weit in der Ferne über dem östlichen Meer klarte milchigweiß auf. Die Lkws waren bis zu diesem Zeitpunkt von lautstarken Gesängen begleitet die breite Straße des Dorfes entlanggefahren und schienen ihre Bewegungsübungen nun einstellen zu wollen, sie mussten auf dem Platz vor der Gemeindeverwaltung die Motoren abgestellt haben.

Sie hatten die Menschen aus ihrem friedlichen Schlaf gerissen, sie beinahe eine Stunde lang in ihren dunklen Zimmern gefangen gehalten und in furchtbare Angst und Unruhe versetzt. Nun waren die tiefen Stimmen der singenden Männer verklungen, woraufhin das Dorf unversehens unter einer schwer lastenden Stille begraben lag. Es war der Augenblick einer beinahe unglaublichen, vollkommenen Stille. Die mehr als achthundert Bewohner des Dorfes saßen einer wie der andere wie angewurzelt in den Ecken ihrer Zimmer, blinzelten mit angsterfüllten Augen und lauschten der merkwürdigen Stille.

Ein Klopfen.

In den Ohren aller Dorfbewohner klang dieses Pochen plötzlich, als klopfte das riesige Herz des gesamten Dorfes, nein, der ganzen Erdkugel laut und atmete. Doch in Wirklichkeit hörten sie nichts anderes als die Herzschläge in ihrer eigenen Brust. Nachdem der Aufruhr draußen verstummt war, kroch ungeheuer schnell eine Stille ins Dorf, die in der Tat von quälender Eintönigkeit und nur schwer zu ertragen war. Doch schließlich zerbrach etwas die dunkle Stille und ein Lärm anderer Art erfüllte die breite Dorfstraße.

Hurra! Hurra! Die Befreiungsarmee ist da ...

Hurra! Es lebe die Befreiungsarmee ...

Beifall, Hochrufe, ungeordnetes Fußgetrampel, das aufs Geratewohl durch die Gassen und die Dorfstraße drängte ... Es schüttelte das im gemächlich aufziehenden Morgengrauen liegende Dorf geradezu durch.

In den Ohren des Besitzers der Reismühle und der dicken Frau des Gemeindevorstehers, des Pfarrers und des alten Kirchendieners sowie der meisten Bewohner des Dorfes riefen diese Geräusche noch stärkere Angst und Unruhe hervor als die soeben vernommenen Soldatenlieder der fremdartig klingenden Männerstimmen und die Motorengeräusche der Lkws. Jetzt nahmen die Menschen die schwarzen Schatten des Todes, die sich ihnen bis vor die Nasen genähert hatten, am ganzen Körper wahr, das klebrige Gefühl, das sie hinterließen, ihren unheilvollen, düsteren Geruch und ein unbewusstes Beben durchfuhr ihre Leiber.

Andererseits existierte eine weitere Gruppe von Menschen, die diese Geräuschkulisse als faszinierendes Signal betrachtete, das sie in verzückte Erregung versetzte und in ihnen eine herzzerreißende Neugier entfachte. Dabei handelte es sich nicht nur um jene Leute, die seit langem Fledermäusen gleich heimlich die Hintertür der Apotheke frequentiert hatten, dazu zählten auch Menschen, deren Wangen sich angesichts der Nachricht von der Veränderung der Welt röteten und die von sanfter Erregung und Erwartung erfüllt waren; bis jetzt hatten sie sich bloß nach außen hin nicht das Geringste anmerken lassen, weshalb den Leuten in ihrer Umgebung absolut nichts aufgefallen war. Und diese Menschen begannen erst jetzt, nachdem die Lkws mit ihren Gesängen auf dem Platz vor der Gemeindeverwaltung die Motoren abgestellt hatten und Ruhe eingekehrt war, unbemerkt aus ihren Häusern herauszukriechen wie kleine Schlangen nach der Regenzeit. Sie liefen zuerst zur Gemeindeverwaltung, entdeckten gerade zur rechten Zeit die vor dem Gebäude Aufstellung nehmenden Truppen der „Befreiungsarmee" und begrüßten diese, indem sie so laut, dass ihnen die Kehlen heiser wurden, „Hurra!" riefen und klatschten, bis ihnen die Handflächen aufplatzten. Unter ihnen taten sich einige besonders leidenschaftlich hervor: der Salzhändler, der Schmied und der einäugige Schuster, denen die überwältigende Ehre zuteil wurde, einem Offizier, den sie als den Anführer der Rebellenarmee betrachteten, sogar direkt die Hand zu schütteln. Der Offizier war ein Mann mit einer Hakennase, deren Spitze sich – zumindest nach Ansicht des Salzhändlers – ausgesprochen anmutig krümmte. Um die Anweisungen weiterzutragen, welche der Hakennasen-Offizier den Bewohnern zu übermitteln wünschte, rannten diese Leute flink durch alle Gassen, hielten sich die Hände wie einen Trichter vor den Mund und riefen laut und fröhlich:

Die Befreiungsarmee ist da. Verehrte Anwohner, kommt alle heraus, sie zu begrüßen! Frühstückt ein bisschen eher und versammelt euch um acht Uhr auf dem Sportplatz der Schule! Kommt alle! Keiner darf fehlen ...

Jene, welche zur emphatischen Begrüßung angetreten waren, allen voran der Salzhändler, der Schmied und der Schuster, liefen durch die schmalen Gässchen des Dorfes, riefen die Leute zusammen und blieben bisweilen auch vor dem einen oder anderen Haus stehen, traten wild mit dem Fuß gegen das Eingangstor, stießen ohne jede Hemmung Schimpfworte aus oder spuckten den Bewohnern die Worte geradezu ins Gesicht; bei diesen Häusern handelte es sich zumeist um solche, auf deren Höfe sie schon zuvor heimlich Zettel mit drohenden Worten geworfen hatten.

Der Lärm, den sie entfachten, nachdem die Lieder der Soldaten verklungen waren, hielt an, bis es von Osten her vollkommen tagte, ihre Stimmen heiser geworden und aus ihren Beinen die letzte Kraft gewichen war. Bis dahin verwandelten sich nicht wenige der achthundert Einwohner des Dorfes angesichts der sie erwartenden Geschehnisse in lebendige Leichen, andere lachten voller Zufriedenheit, da nun endlich der Tag gekommen war, an dem sie mit geschwellter Brust einherschreiten konnten, und größer noch war die Anzahl derer, die von der Sorge um ihre Zukunft ergriffen, überlegten, wie sie dieses ernste Problem meistern sollten, welche Maßnahmen jetzt wohl die weisesten und der Situation angemessen waren, um mit heiler Haut davonzukommen.

Zu Letzteren zählte beispielsweise der pockennarbige Besitzer der Fleischerei am Kai. Auch er hatte sich bei Ausbruch des lärmenden Tumults in seinem Zimmer versteckt und da er von Anfang an alles genaustens beobachtet hatte, begriff er sofort, dass sich innerhalb eines Tages die Welt verändert hatte. Dennoch glaubte er von Beginn an keineswegs, eine Krise drohe, noch fürchtete er, sein Kopf würde deswegen sogleich rollen. In der Tat handelte es sich bei dem Pockennarbigen von der Fleischerei um einen ausgesprochen gewöhnlichen Durchschnittsmenschen. Seine Gier, möglichst viel Geld zu verdienen, zeichnete dafür verantwortlich, dass er zu keiner Zeit Muße oder Interesse verspürte, sich ideologisch für die eine oder andere Seite zu entscheiden, zudem ging ihm jegliche Fähigkeit oder gar Talent für ein derartiges Urteil ab; was ihn einzig und allein kennzeichnete, war seine ungeheuerliche Ignoranz. Da er nicht einmal einfachstes Rechnen beherrschte, übertrug er die Buchhaltung und die komplizierte Haushaltsführung, die ihm nur Kopfzerbrechen bereitet hätte, seiner Frau, er besaß nur ein einziges Talent, und das bestand darin, blutbespritzt von oben bis unten unermüdlich das Schlachtmesser zu schwingen.

Kurz nach fünf saß er seiner vor Angst bebenden Frau gegenüber und paffte in vollen Zügen eine Zigarette, von draußen, jenseits der Mauer seines Hauses her, hörte er vor dem Hintergrund von Hochrufen die ausgelassene Stimme des Salzhändlers, die schrie, alle hätten sich bis acht Uhr auf dem Sportplatz zu versammeln und so weiter. Ach, dieser Trottel, wieso stürmt er denn heute morgen wie wild umher?, dachte er und kurz darauf klopfte es auch schon laut ans Außentor und jemand rief: „He, Pockennarbiger, ich bin's, mach schnell auf!" Es war die Stimme des Salzhändlers. Sie beide waren seit ihrer Kindheit enge Freunde, und trafen sie einander, begrüßten sie sich zunächst einmal mit einer Ladung Schimpfworte.

„Was ist los? Was brüllst du denn schon am frühen Morgen wie verrückt?"

Als er nur mit einem Unterhemd bekleidet hinausging, stand dort der Salzhändler, ein weißes Tuch straff um den Kopf gebunden und mit einem beachtlichen Stock in der Hand, was ihm ein recht gefährliches Aussehen verlieh. Der Knüppel war womöglich der Stiel einer Hacke, den er von Zuhause mitgebracht hatte.

„He, Pockennarbiger! Was hängst du jetzt zu Hause rum? Unsere Welt ist soeben angebrochen! Kerle wie du und ich, die bis jetzt immer nur gemein unterdrückt wurden und Not litten, die müssen herauskommen und sich freiwillig der Befreiungsfront anschließen. Wie soll das was werden, wenn du nur hier rumsitzt? Komm raus, los! Es gibt eine Menge zu tun."

Heute nannte ihn der Salzhändler kühn und ohne jede Angst einfach „Pockennarbiger" und sein Gesicht glühte vor Erregung, während er schwatzte. Aber das war dem Fleischer vollkommen egal. In seinen Augen erschien der Salzhändler mit seinem grundlosen Gehabe voller Großmut und Würde bloß außergewöhnlich interessant und verblüffte ihn. Er hatte sich von irgendwoher eine weiße Armbinde beschafft, auf der mit roten Buchstaben etwas geschrieben stand. Als ihm der Salzhändler mit geschwellter Brust verkündete, dort stünde „Es lebe die Befreiungsarmee", verzog der Pockennarbige zwar nur geringschätzig den Mund, in Wirklichkeit aber dachte er, der Salzhändler mit der Armbinde gebe doch eine beneidenswerte Gestalt ab und sehe recht gut aus.

„Wenn du noch ewig zögerst, verpasst du die Gelegenheit, dein Schicksal selbst in die Hand zu nehmen. Ich gehe schon mal vor, komm doch schnell nach! Hast du verstanden? Also dann, bis gleich."

Den Arm mit der Armbinde hin und her schlenkernd eilte der Salzhändler in die gegenüberliegende Gasse und der Pockennarbige begab sich in sein Zimmer zurück, wo er in tiefem Nachdenken versank. Im Grunde hatte er bisher gelebt, ohne wirklich viel von dieser Welt zu verstehen. Eben hatte der Salzhändler etwas von Unterdrückung und Not geschwatzt und wie die Befreiungsfront so wäre und dass sie dort in der ersten Reihe zu stehen hätten und so weiter, doch was sich hinter diesen Worten genau verbarg, war für ihn nur ein Buch mit sieben Siegeln, zudem hatte er bis heute gar nicht das Gefühl gehabt, mit seinem Leben besonders unzufrieden oder gar von Hass erfüllt zu sein. Jetzt hatte er ein wenig Geld zusammengespart, seine Frau hatte ihm nacheinander drei Söhne geboren, und ihr Hintern stand noch immer gut im Fleisch und war so wohlgeformt, dass er es liebte, ihr einen Klaps darauf zu versetzen; auch er selbst strotzte vor Gesundheit und war ein Mann von überschäumender Kraft. Zwar riefen ihn die Nachbarn bisweilen scherzhaft „Schlächter" oder „Pockennarbiger", doch darüber ärgerte er sich nicht unbedingt und empfand es auch nicht als beleidigend.

Aber trotzdem ..., dachte er und begann, die Arme vor der Brust verschränkt, sein trübes Hirn in Bewegung zu setzen, um aufs Neue hinter die Gründe zu kommen, die dafür verantwortlich sein mussten, dass er, wie der Salzhändler gesagt hatte, ungerecht behandelt wurde und ein armseliges Dasein fristete. Dabei unternahm er ziemlich ernste Anstrengungen, seinem Gesicht wütende und erbitterte Züge zu verleihen, und dann schwebte ihm irgendwie immer das triumphierende Gesicht des Salzhändlers vor Augen, dessen weiße Kopfbinde, die Armbinde mit der Aufschrift: Es lebe ... weiß der Teufel was. Als es ihm glücklicherweise dank außerordentlicher Kraftanstrengungen endlich gelungen war, ein vor Zorn gerötetes, wütendes Gesicht zu machen, erhob er sich mit einem Ruck und zog sich an. Seine Frau und die Söhne starrten ihn mit großen Augen an.

„Wo ... wohin willst du denn?"

„Wohin? Ich muss doch schnell raus und sie begrüßen."

„Mensch, du bist doch verrückt. Für wen hältst du dich eigentlich, dass du so etwas machst? In solchen Fällen ist es immer am besten, ruhig zu Hause abzuwarten."

„Diese Alte! Hör auf, von Dingen zu reden, von denen du keine Ahnung hast! Ich bin jetzt nicht mehr wie früher der arme, blöde Pockennarbige, den man ungerecht behandelt und in die Not treibt. Ich werde jetzt auch meinen Beitrag leisten und freiwillig der Befreiungsfront beitreten. Verstanden? Ob du das verstanden hast?"

Als es ihm gelungen war, derart schwierige Wörter hintereinander zu reihen und ziemlich laut zu schreien, verbesserte sich seine Stimmung schlagartig. Er wollte hinausgehen, kam aber wieder zurück, den Hals vor Kraft gesteift blickte er sich im Zimmer um. Dann hob er etwas vom Fußboden auf und riss es entzwei.

„Ach, du liebe Güte! Ist das nicht mein Unterrock?"

„Egal, ob es ein Unterrock oder eine Unterhose ist. Hauptsache, es ist weiß."

Mit diesen Worten band er sich einen langen weißen Stofffetzen um den Kopf und sprang in großer Eile nach draußen. Kurz darauf hörte die Frau des Fleischers, den inzwischen unbrauchbaren Unterrock in der Hand und den Mund sperrangelweit aufgerissen, die vertraute Stimme ihres Mannes brüllen: „Hurra! Die Befreiungsarmee ist da!"

Auf diese oder jene Weise verbrachte das kleine Küstendorf im Morgengrauen eines Augusttages einige Stunden in allgemeiner Bestürzung.

Sportplatz der Schule. Befreiungsarmee. Acht Uhr. Willkommen.

Diese kurzen, prägnanten Worte ließen sich die Dorfbewohner immer wieder eines nach dem anderen durch den Kopf gehen, und erst jetzt bekamen sie endlich ein Gefühl dafür, welches Schicksal ihrer harrte. Und in der wenigen noch verbleibenden Zeit musste ein jeder von ihnen mit angsterfüllter Brust seinen Faden vom Knäuel der vielen vorbestimmten Schicksale, dessen anderes Ende um seine Fingerspitze gewickelt war, in der vorgegebenen Länge abwickeln.

Wie auch immer, auch am Morgen dieses Tages entwand sich die Sonne zu ihrer Zeit aus dem tiefdunklen Meereswasser und stieg gemächlich zum Himmel hinauf.

– Punkt acht Uhr vormittags am gleichen Tag.

Schrille Sirenentöne zerschnitten jäh das Dorf. Dieses Geräusch, das dem lauten Zirpen der Zikaden glich, dauerte beinahe fünf Minuten lang an und verstummte dann mit einem Mal, im Anschluss erklang der tiefe Bass eines Mannes laut dröhnend durch den Lautsprecher auf dem Dach der Gemeindeverwaltung:

Verehrte Einwohner! Kommen Sie bitte sofort zur Versammlung auf den Sportplatz der Schule! Kommen Sie bitte alle! Keiner darf fehlen.

Die meisten Leute hatten bis zu diesem Zeitpunkt ihr Frühstück eher als gewöhnlich beendet, tastend fuhren ihre Hände immer wieder über diese und jene Sache, suchten nach etwas, wischten irgendetwas sauber, und indem sie die eine oder andere Aktivität vortäuschten, boten sie ihre ganze Kraft auf, Nervosität und Angst zu vergessen, bis sie schließlich beim Ertönen des Sirenentons schlagartig hochfuhren, die Gesichter erstarrt, und in aller Eile Vorbereitungen zum Verlassen ihrer Häuser trafen.

Zu diesem Zeitpunkt war sich der Pfarrer in der Kirche auf dem Hügel nicht sicher, ob sein jetziges Gebet nicht das letzte sein würde, er versenkte sich vor dem Kreuz in das wahrscheinlich dringlichste und innigste Gebet seines gesamten Lebens, was länger als gewöhnlich dauerte, dann kehrte er in sein Zimmer zurück. Kurz darauf verließ er in einem sauberen, grauen traditionellen Mantel, die dicke Bibel wie einen wertvollen Schatz mit beiden Händen an die Brust gedrückt, gemessenen Schrittes die Kirche. Er zögerte, als er sich anschickte, die steinerne Treppe vor dem Haupteingang der Kirche hinunterzusteigen, und wollte noch ein letztes Mal andächtig die Umgebung in Augenschein nehmen. Das seinem Auge so vertraute alte Backsteingebäude, der hoch hinaufragende Glockenturm und seine Privatwohnung, in der er mehr als zehn Jahre lang als Junggeselle gelebt hatte, entfachten plötzlich Wehmut in ihm, die seine geröteten Augenlider heiß werden ließ. Auf dem Beet im Hof, wo die Kinder jedes Jahr Samen in die Erde gebracht hatten, blühten bunt durcheinander Indischer Flieder, Balsaminen, Hahnenkamm, Falsche Jalape, Trichterwinde und Sesamblüten und sahen sämtlich bezaubernd aus. Später erinnerte sich der Pfarrer daran, dass ihm an jenem Morgen die Blumen und Bäume, die er sah, auf gewisse Weise schön und lieblich wie der blaue Himmel erschienen seien, wie er sie niemals sonst gesehen habe.

Um dieselbe Zeit herum herrschte in der Reismühle leichter Aufruhr. Denn die alte Mutter des Hausherrn, eine Greisin von über achtzig, hatte Sohn und Schwiegertochter am Arm gepackt und hielt in böser Vorahnung eine Totenklage. Die Alte litt unter leichtem Altersschwachsinn, und da sie ihre Hüfte kaum noch gebrauchen konnte, blieb ihr nichts anderes übrig, als allein das Haus zu hüten. Die schwerhörige Alte musste irgendein Zeichen wahrgenommen haben, denn sie meinte: „Ihr wollt mich doch bloß hier allein lassen und zu irgendeinem Festschmaus gehen", wobei sie so tat, als weinte sie. Mit gesenktem Kopf verließen Sohn und Schwiegertochter schließlich ohne etwas zu erwidern das Haus, und während der jüngste Sohn, ein Knabe von neun Jahren, an der Hand der Mutter das Eingangstor passierte, kam es ihm plötzlich so vor, als machten sie sich nun auf den Weg zum Sportfest.

Und in der Tat herrschte gerade an diesem Morgen im Dorf eine Unruhe, die auf den ersten Blick an ein Sportfest oder irgendein anderes Fest erinnerte. Beinahe um die gleiche Zeit verließen die Menschen gemeinsam mit ihren Familien die Häuser, traten auf die Straße hinaus und bewegten sich gemächlich auf die an der Küste im Westen des Dorfes gelegene Grundschule zu. Begegneten ihnen unterwegs Gesichter, die ebenso abgespannt wie ihre eigenen aussahen, tauschten sie zögernd einen unbestimmten Blick, der von äußerster Anspannung zeugte, und setzten eine wachsame Miene auf.

„Sie haben diese Nacht gut geschlafen? Na, das ist ja ein Glück."
„Ja, und Sie befinden sich auch wohl ..."
„Aber ... wie konnte das bloß passieren? Ohne das geringste Anzeichen von Kämpfen, da will mir absolut nicht in den Kopf, wie das so plötzlich geschehen konnte."
„Ich habe auch kein Gewehrfeuer gehört. Was wird aus unseren Truppen geworden sein?"

„Keine Ahnung. Die werden sich wohl alle zurückgezogen haben, es ist ja nicht mal mehr ein Schatten von ihnen zu sehen."
„So ein verdammter Mist. Wir haben uns in ihre Hände begeben und die hauen einfach allein ab. Was soll das?"
Leichtsinnig waren einem Dorfbewohner diese Worte entschlüpft und zu spät durchfuhr ihn ein Schrecken, woraufhin er die Menschen um sich herum beobachtete, mit gedämpften Stimmen warnten sie ihn, auf seine Worte besser Acht zu haben, da man sich doch jetzt in einer Situation befände, in der ein jeder ganz schnell zu Tode kommen könne, ohne dass je eine Menschenseele davon Wind bekäme.

– Acht Uhr dreißig.
Der Schulsportplatz an der westlichen Küste füllte sich unversehens mit Menschen. Abgesehen vom Sportfest, welches einmal im Jahr an einem bestimmten Tag im Frühherbst stattfand, wenn sich der Himmel besonders hoch und klar zeigte, war es in der Vergangenheit niemals vorgekommen, dass sich alle Dorfbewohner auf diese Weise versammelt hätten. Das einstöckige Holzgebäude, in dem sich sechs Klassenzimmer und ein Raum für die Lehrer befanden, erhob sich vor dem Hintergrund eines in der Ferne liegenden Berges, rechter Hand stand eine mehr als dreihundert Jahre alte Ulme, auf der anderen Seite grenzte das Gebäude direkt ans Meer.
Am Fahnenmast vor der Schule flatterte die weiße Fahne der feindlichen Armee im Wind, was allen sofort ins Auge fiel. Die Brust all jener, die diese Fahne sahen, erstarrte im Nu vor Angst. Noch bis zum Abend des Vortages hatte dort wie eh und je die vertraute blaue Fahne der eigenen Truppen gehangen. Bange war es den Leuten, ihre Knie schlotterten und alle Glieder möglichst eng an den Leib gepresst sahen sie mit zusammengekniffenen Augen wortlos zu der seltsamen Fahne hinauf, als betrachteten sie ein außergewöhnliches, ausgesprochen frevelhaftes Tier. Auf einem ziemlich großen, weißen Baumwolltransparent über dem Schulgebäude hinter der Fahnenstange stand in riesigen roten Lettern geschrieben: Herzlich willkommen, Befreiungsarmee!, es musste wohl in großer Eile angefertigt worden sein, denn die unförmigen Buchstaben klebten ungeschickt aneinander. Die Soldaten in den Uniformen der feindlichen Armee mussten gerade eine Anweisung bekommen haben, denn sie waren

dabei, sich im Halbkreis um den Hakennasen-Offizier aufzustellen, der als ihr Anführer fungierte und vor dem Rednerpodest in der Mitte des Sportplatzes stand.

Da an die Dorfbewohner noch keine Anweisung ergangen war, standen sie um das Schultor herum und redeten aufgeregt miteinander. Was ihre Neugier in erster Linie erregte, waren grobe Strohseile, welche in der Mitte des Platzes in ☐☐☐-Form aufgespannt waren. Aus welchem Grund auch immer, hatte man in jeder Ecke der viereckigen Fläche Keile in den Boden getrieben und darum die Seile gebunden, sodass der Sportplatz nun in drei große Felder eingeteilt war. Von dem Moment an, da sie diese Gebilde das erste Mal erblickten, beschlich die Menschen ein unheimliches Gefühl, das ihnen – wie sie später alle übereinstimmend behaupteten – eine Gänsehaut über den ganzen Körper getrieben habe. Während sie warteten, wanderten ihre Blicke zwischen den Seilen, deren Zweck ihnen verborgen blieb, den weißen Fahnen, die im Wind flatterten, und den ungelenken Schriftzügen auf dem Transparent hin und her und unablässig, so berichteten sie später, habe sie das Gefühl beschlichen, es quäle sie gerade ein Alptraum.

Der Tag war ungewöhnlich klar, der Himmel heiter. Schon war die Augustsonne hinter den Bergen aufgestiegen und brannte glühend heiß auf die Köpfe der Menschen herab, als wollte sie diese spalten; seltsamerweise belebte kein Lüftchen die Umgebung, und dennoch legte sich die weiße Fahne am Mast bisweilen wie die Zunge einer Schlange in Falten und flatterte bedrohlich. Zu einer anderen Zeit hätten alle Menschen nach einem schattigen Plätzchen Ausschau gehalten, doch heute empfanden sie den Schatten, welchen die Pappel an der Schulmauer warf, eher als unheimlich und verderbenbringend, weswegen die meisten von ihnen an Gespenster erinnerten, die wie angenagelt mitten in der Sonne standen. Alle Gesichter blickten finster drein, in den Augen spiegelte sich müde Kraftlosigkeit. Die Lippen ausgetrocknet, gaben sie allesamt ein desolates Bild ab.

Mäm, mäm, mäm, veranstalteten die Zikaden in der Pappel mit ihren wundersamen Stimmen zuweilen ein entzückendes Konzert, verstummten kurz darauf abrupt und fingen nach einer ganzen Weile erneut mit ihrem Gesang an. In den Ohren einiger Leute klangen die Zikaden wie das Schärfen eines Messers am Schleifstein, anderen kam es vor, als schnalzte eine

Horde hungriger Wildtiere laut mit der Zunge, während sie an den Knochen einer Leiche nagte.

Bald darauf gab der auf dem Dach der Schule montierte Lautsprecher, der bis dahin geschwiegen hatte, ein Krächzen von sich und posaunte den Befehl heraus, alle hätten sich nach vorn zu begeben, woraufhin die Menschen zunächst noch einen Moment unentschlossen an ihren Plätzen verweilten. Da setzten sich einige Soldaten in der Uniform der feindlichen Armee im Gleichschritt in Bewegung, kamen auf die Leute zu und bildeten im Handumdrehen eine lange Reihe in der Mitte des Sportplatzes. Ihnen folgten einige Männer in Zivil, die mit Blick auf die um das Schultor herum versammelten Menschen wie wild in ihre Trillerpfeifen bliesen. Sie zählten um die dreißig Mann und unter ihnen befanden sich selbstverständlich der Salzhändler, der Schmied und der einäugige Schuster sowie der erst an diesem Morgen hinzugestoßene pockennarbige Fleischer.

„Kommt schleunigst hier nach vorn! Was trödelt ihr da ewig herum?"

„Es gibt da unter euch wohl noch einige, die nicht wissen, wo's langgeht, he?"

Während sie die Leute auf diese Weise anfuhren, stießen sie in deren Rücken und begannen hier und dort aufgeregt herumzuspringen. Einer wie der andere trugen sie weiße Stirnbänder und an einem Arm eine Armbinde mit der Aufschrift: Es lebe die Befreiungsarmee! Ein jeder hatte eine Trillerpfeife im Mund, in die er aus Leibeskräften hineinblies. Jetzt erkannten die Dorfbewohner zwar in diesen Männern mit den Armbinden, die sie gerade zur Verzweiflung zu treiben suchten, die ihnen bekannten Gesichter, die noch bis gestern Abend ihre redlichen Nachbarn gewesen waren, doch es blieb ihnen keine Zeit, sich darüber zu wundern, denn vom Schneid der Betreffenden übermannt, begannen sie Hals über Kopf nach vorn zu stürzen.

Als sich die Dorfbewohner auf dem mittleren Rechteck, also folgendermaßen: ☐▨☐, aufgestellt hatten, bildeten die Soldaten mit angelegten Gewehren einen Gürtel um sie herum. Blass vor Angst bebten die Bewohner am ganzen Leib. Schon waren die ersten Frauen in Tränen ausgebrochen und hatten sich kraftlos zu Boden fallen lassen. Gerüchteweise war den Menschen schon zu Ohren gekommen, die feindlichen Soldaten zögen oft auf grausame und entsetzliche Weise aufs Geratewohl mordend durch das Land, und so wussten die Dorfleute darüber gut Bescheid und glaubten nun wäre auch ihnen ein sinnloser Tod beschieden.

In der Situation lag eine explosive Spannung, als würde sogleich ein wahlloses Gewehrfeuer beginnen. Doch glücklicherweise kam nur der Befehl, alle sollten sich auf den Boden setzen, dem ein jeder, beide Hände an den Kopf gelegt, gehorsam Folge leistete. Erst jetzt gelang es den Dorfbewohnern, wenn auch nur für einen flüchtigen Moment, sich die Soldaten in den Uniformen der feindlichen Armee anzusehen. Nun sahen sie zum ersten Mal in ihrem Leben mit eigenen Augen diese Armee. Die braunen Uniformen, die runden Helme, die roten Rangabzeichen und die Stiefel bekamen sie wirklich zum allerersten Mal zu Gesicht. Auffallend war, dass der Teint der Männer keineswegs auf einen schlechten Gesundheitszustand schließen ließ, wie es bei Soldaten, die einen langen und heftigen Kampf hinter sich hatten und bis hierher vorgestoßen waren, zu vermuten gewesen wäre, es erwies sich auch als schwierig, in ihren Mienen irgendwelche Anzeichen von Müdigkeit zu entdecken, was die Dorfbewohner ein wenig erstaunte. Außerdem waren die braunen Uniformen meistens entweder viel zu groß und schlotterten den Männern um die Beine oder aber zu kurz, sodass es den Anschein hatte, als seien sie geborgt, irgendetwas war da, das unnatürlich anmutete und nicht ins Bild passen wollte. Doch unter den Dorfleuten befand sich niemand, der in diesem Moment Muße dazu gehabt hätte, das alles so genau zu beobachten.

Nach einer Weile stieg einer der Offiziere zum Rednerpodest hinauf. Es war der vermutliche Anführer der feindlichen Truppen, der untersetzte Mann mit der Hakennase. In dem Augenblick, als er die Hände an die Hüfte gelegt, wo sich seine Pistole befand, aus den Augenwinkeln heraus einen Blick scharf wie ein Rasiermesser über die Menge gleiten ließ, erstarrten die mehr als achthundert Zusammengetriebenen, ohne einen Atemlaut von sich zu geben, zu Stein. Da verzogen sich die Lippen des Hakennasen-Offiziers für einen kurzen Moment zu einem merkwürdigen Lächeln, das undeutlich aufzog und ebenso schnell wieder verschwand, was indes allein die Menschen, die in der ersten Reihe saßen, erkennen konnten.

„Zunächst einmal freue ich mich außerordentlich über unser Zusammentreffen. Wie Sie wissen, sind wir ... die Befreiungsarmee. Um Sie von dem Gewehrfeuer und aus den Ketten dieser bösartigen Schurken und deren Handlangern zu befreien, sind die Kämpfer unserer Befreiungsarmee ohne Atem zu holen den langen Weg hierher geeilt, haben ihr Leben gegeben und schließlich einen ehrenvollen Sieg errungen."

Hurra, hurra ...

Plötzlich brachen laute Beifallsbekundungen und Hochrufe los. Sie kamen von der Gruppe mit den weißen Armbinden, die in der Nähe stand. Die Leute, die auf der Erde saßen, taten es ihnen wider Willen gleich, klatschten auch Beifall und ließen Hochrufe ertönen. Der Hakennasen-Offizier fuhr mit seiner Rede fort: „Der Krieg wird bald zu Ende sein. Diese Kerle werden schnell kapitulieren und das gesamte Territorium wird in die Hände unserer Befreiungsarmee übergehen. Jetzt steht vor uns die ehrenvolle und wichtige Aufgabe, in diesem Land das Paradies auf Erden zu errichten ..."

Auf diese Weise dauerte die Rede noch eine Weile an. Doch infolge der außergewöhnlichen Anspannung, unter der die Menschen standen, waren sie nicht in der Lage, richtig hinzuhören, worum es überhaupt ging, und allen schien es eher so, als liege ihnen ein metallisches Summen in den Ohren. Während dieser ganzen Zeit brannte die Sonne gnadenlos auf ihre Häupter nieder, und ohne dass sich ein Lüftchen regte, flatterte allein die Fahne vor sich hin, dann und wann surrten die Zikaden und das Meer lag träge wie eine Pfütze fauligen Wassers.

Bald darauf beendete der Hakennasen-Offizier auf dem Podest seine Rede: „... und deshalb ist es nur gerecht, die Handlanger unserer Feinde und deren Anhänger bis zum letzten Mann zu entlarven und mit eigenen Händen das Todesurteil an ihnen zu vollstrecken, um das neue Paradies der Befreiung aufzubauen. Aus diesem Grunde wollen wir sie heute, hier an diesem Ort, enttarnen und im Namen der Befreiungsarmee ein strenges Urteil über sie fällen."

In diesem Augenblick senkte sich Stille über die Umgebung, als hätte eine Woge Wasser alles unter sich begraben. Erst jetzt begannen die Menschen richtig zu begreifen, weswegen sie sich hier versammeln mussten, und eine ungefähre Ahnung stieg in ihnen auf, was die Strohseile zu bedeuten hatten. Schließlich hob sich mit dem Fanal der lärmenden Hochrufe und Beifallsbekundungen aus der Gruppe der Armbinden-Männer langsam der Vorhang für die schicksalhafte Urteilsverkündung dieses Tages.

Zuerst befahl der Hakennasen-Offizier, Kinder und Alte auszusortieren und sie an einem Ort in einiger Entfernung von der restlichen Gruppe Aufstellung nehmen zu lassen. Dieser Befehl erging direkt an den Salzhändler, und dass der Offizier gerade ihn aus der Armbinden-Gruppe auserwählt hatte und sich direkt an ihn wandte, ließ den Salzhändler zu der Überzeugung gelangen, er habe zweifellos bereits den Rang eines Truppenführers unter seinen Kameraden zuerkannt bekommen. Das bewog ihn nun seinerseits dazu, die Schultern würdevoll erhoben, den Kameraden mit den Armbinden den Inhalt der Anweisung zu übermitteln. Von nun an ging die Aufgabe des Aussortierens an die mehr als dreißig Männer mit den Armbinden über, angefangen vom Salzhändler, Schmied und Schuster. Die Soldaten in den Uniformen der feindlichen Armee bildeten nur einen äußeren Ring um die Menschen und beobachteten mit den Gewehren in der Hand das Geschehen, allem Anschein nach hatten sie alles der Armbinden-Gruppe übertragen.

Als die Männer mit den Armbinden alle Kinder unter vierzehn Jahren und alle Alten, die den sechzigsten Geburtstag bereits hinter sich hatten, aussortiert hatten, belief sich diese Gruppe auf etwa ein Drittel aller versammelten Dorfbewohner. Doch die Armbinden-Männer sonderten aus der Gruppe der Alten noch einmal weitere, etwa zwanzig Leute aus. Dabei handelte es sich um Menschen, deren Söhne als Gemeindevorsteher, Kreisvorsteher, Polizeibeamte, Leiter der Post oder der Feuerwehr tätig waren, oder aber Leute, die in der Vergangenheit diese oder jene höhere Beamtenstelle innegehabt hatten, oder auch solche, die sehr vermögend waren und sich deswegen den Unwillen der Massen zugezogen hatten. Auch sehr einfache Menschen wie der greise Kirchendiener oder der Alte, der die Pension in der Kaistraße besaß, gehörten dazu, und ihr Schicksal hatten diese Menschen in der Regel der Tatsache zu verdanken, dass irgendeiner von den Armbinden-Leuten schon seit langem Groll gegen sie hegte.

„Die Alten hier können wir nicht ausschließen. Das sind alles Leute, die wir gerechterweise verurteilen müssen, Truppenführer."

Ohne Aufforderung war der Salzhändler flink zum Rednerpodest geeilt, um Bericht zu erstatten.

„Was ist los?", fragte der Hakennasen-Offizier, um dessen Lippen aus unerklärlichem Grund bis vor kurzem unablässig ein merkwürdiges Lächeln gespielt hatte, nun sehr interessiert.

„Die haben seit langem alle Dreck am Stecken und außerdem kommen sie aus unredlichen Familien."

„Gut. Dann ordne an, dass die auch auf der rechten Fläche Aufstellung nehmen!"

„Jawohl."

Der Salzhändler entbot einen schneidigen Militärgruß und trat triumphierend zur Seite ab. Mit neidvollen Blicken betrachteten ihn der Schmied und der pockennarbige Fleischer. Der Salzhändler sah seine besondere Stellung ein weiteres Mal bestätigt, was ihn in überaus zufriedene Stimmung versetzte. Jetzt lag die Zukunft weit und offen vor ihm und seine schwache Brust schwoll von übermäßiger Hoffnung an. Tatsächlich jedoch nistete in seinem Herzen nach wie vor ein vages Bangen. Denn aus irgendeinem ihm unerklärlichen Grund war der Aufenthaltsort des zweiten Sohnes aus dem Apothekerhaus in der Hauptstraße noch immer unklar. Weder dessen Familie noch die Kameraden hatten ihn gesehen. War er doch zweifellos geradezu dafür prädestiniert – sowohl, was seine Belesenheit betraf, als auch angesichts der Leistungen, durch die er sich bisher hinsichtlich der sorgsamen Planung von Aktionen und ideologischer Ausbildung hervorgetan hatte – sie alle zu leiten und ihnen als Anführer voranzugehen, dessen Ruf dem wirklichen Können keineswegs nachstand.

So wird es gewesen sein. Die haben ihn auf ihrer Flucht einfach mitgenommen, das ist doch klar.

Wie der Salzhändler kam der größte Teil der Armbinden-Leute im Hinblick auf den zweiten Sohn des Apothekers zu demselben Schluss.

Die etwa zwanzig extra aussortierten Alten, die laut Behauptung des Salzhändlers ebenfalls verurteilt werden mussten, waren die Ersten, welche auf die rechte, durch die Seile abgegrenzte Fläche abgeführt wurden, sodass es nun folgendermaßen aussah: ☐☐▨.

„Das ist ungerecht. Was hat denn unsereins verbrochen nach eurer Meinung?"

„Da liegt doch offensichtlich ein Irrtum vor. In meinem Fall ist das besonders ungerecht. Hör mal, Salzhändler, das kannst du doch nicht einfach so mit mir machen, he?"

Eine Weile lang beschwerte sich jeder über die ihm widerfahrene Gemeinheit und Ungerechtigkeit, doch die Beschwerden gingen schon bald in ein bittendes Flehen über und die Betroffenen veranstalteten ein ohrenbetäubendes Theater, doch sowie die Soldaten in den Uniformen der feindlichen Armee, welche um die Alten herumstanden, mit lautem Knacken ihre Gewehre luden, wurden sie mit einem Mal ganz blass und sagten keinen Pieps mehr, sondern eilten Hals über Kopf auf die rechtsseitige Fläche unter der Ulme.

Nun brachten die Leute der Armbinden-Gruppe die übrigen Kinder und die Alten in den Schatten der Pappel in der Nähe des Schuleingangs weitab von den Strohseilen und ließen sie sich dort erst einmal setzen. Die Kinder und Alten, die sich nun von den anderen abgesondert wiederfanden, begriffen, dass sie als Objekte der heutigen Auswahl ausgeschieden waren. Das löste die Anspannung der Alten ein wenig, sie zogen Tabaksbeutel aus ihren Gürteln hervor oder begannen ein leises Gespräch mit dem Nebenmann, die Augen der Kinder leuchteten voller Neugier und aus sicherer Entfernung beobachteten sie das Geschehen auf dem Platz.

Nach einiger Zeit nahmen die Dorfbewohner, welche sich innerhalb des mittleren Strohseils versammelt hatten, flüchtig ein paar Männer wahr, die vom Schulgebäude weggeführt wurden. Überraschenderweise handelte es sich bei ihnen um etliche Beamte wie den Gemeindevorsteher, den Chef der Post, den Vorsitzenden der Genossenschaft und den Leiter der Feuerwehr. Die Handgelenke mit Draht umwunden standen sie in einer Reihe und wurden von bewaffneten Soldaten vor das Rednerpodest geführt. Den Mündern der Familienangehörigen, die diese Szene beobachteten, entrangen sich Aufschreie, vermischt mit Seufzern und Schluchzen. Auch die dicke Frau des Gemeindevorstehers sank entkräftet zu Boden, als sie in einer der gefesselten Gestalten ihren Mann erkannte.

„O mein Gott. Ich dachte, du wärst mit den Polizisten zusammen geflohen! Was soll das bloß?"

Um ihren Mann noch ein wenig besser sehen zu können, war sie im Begriff, einige Schritte nach vorn zu machen, als das Brüllen der Armbinden-Leute sie auch schon zusammenfahren und in die Knie sinken ließ. Doch der Zufall wollte es, dass sich in einem kurzen Augenblick die Augen des Gemeindevorstehers, der sich flüchtig nach hinten umwandte, und die seiner dicken Frau trafen. Sie machte ein gar weinerliches Gesicht und eine Bewegung mit der Hand zu ihrem Mann hin, als sie mit einem Mal das Gefühl hatte, als zeigte sich merkwürdigerweise auf dessen Gesicht ein Lächeln, was sie für einen Moment verblüffte. Sie meinte sich womöglich versehen zu haben, aber auch der Salzhändler musste dieses Lächeln flüchtig mitbekommen haben.

„He, sieh doch einer diesen Kerl an! Du lächelst? Du wagst es zu lächeln? Du scheinst die Situation noch gar nicht richtig erfasst zu haben!"

Der Salzhändler ging auf ihn zu und trat mit dem Fuß gegen seine Brust.

„Nein, nein. Ich habe nicht gelächelt. Was, was ..."

Hastig suchte der Gemeindevorsteher nach einer Ausrede, seufzte augenblicklich: O mein Gott, und fiel nach vornüber, ein Anblick, bei dem sich seine dicke Frau die Hände vor die Augen halten musste. Bald wurden der Gemeindevorsteher und die anderen Beamten auf die rechte, von Strohseilen umgrenzte Fläche unter der Ulme geführt und knieten sich neben die bereits dort befindlichen zwanzig Alten auf den Boden.

Danach führten die Armbinden-Männer die Familien der Polizisten eine nach der anderen ab. Seltsamerweise waren einschließlich des Chefs der Polizeiwache beinahe alle Familien der sechs Polizeibeamten noch im Dorf gewesen. Wie auf Verabredung, so erzählten die Frauen später, hätte keine von ihnen in der vorangegangenen Nacht den Ehemann oder Vater zu Gesicht bekommen und sie hätten wie die anderen Dorfleute auch vollkommen ahnungslos geschlafen, bis die feindlichen Truppen im Morgengrauen ins Dorf gekommen seien. Auch die Familien der Polizisten wurden, am ganzen Leib vor Angst schlotternd, auf die rechte Fläche abgeführt.

Daraufhin wurden alle Dorfbewohner einzeln aufgerufen und über jeden ein gesondertes Urteil gefällt. Aus den Klassenzimmern hatte man niedrige Schreibtische geholt, vor denen drei Soldaten in den Uniformen der feindlichen Armee auf Stühlen saßen, neben ihnen standen sechs, sieben Leute aus der Armbinden-Gruppe, unter ihnen der Salzhändler und der Schmied, der einäugige Schuster und der Pockennarbige aus der Fleischerei, denen es oblag, Herkunft und Lebenslauf der jeweiligen Familie zu bezeugen. Jeden einzelnen zu untersuchen und dieser oder jener Gruppe zuzuordnen, dauerte nicht lange. Wohl gab es auch Menschen, die angesichts des Urteils, sich auf die rechte Fläche zu begeben, alles Mögliche zum Beweis ihrer Unschuld oder im Hinblick auf die Unangemessenheit des Urteils hervorbrachten, die meisten hingegen nahmen das Zeugnis der Armbinden-Leute als das die Untersuchung entscheidende Kriterium an.

Der Pfarrer wurde als Fünfter aufgerufen und begab sich vor die Tische. Der Soldat in der Uniform der feindlichen Armee, welcher vor dem Tisch saß, fragte ihn nach seinem Namen, dem Alter usw.

„Beruf?"

„Ich bin Pfarrer."

Nur flüchtig streifte der Blick des Soldaten die Bibel, die der Pfarrer trug. Da bemerkte dieser, wie der junge Mann, der neben ihm stand, mit einem Mal den Kopf wegdrehte. Er kannte ihn. Deutlich war ihm im Gedächtnis geblieben, wie dieser junge Mann in der Kirche stets in der ersten Reihe gesessen und eifrig die Kirchenlieder mitgesungen hatte.

„Aber, wie ...", wollte der Pfarrer schon leichtsinnig fragen, doch der junge Mann blickte bis zum Ende in eine andere Richtung. Da sah der Geistliche plötzlich einen Daumen vor seinem Gesicht emporschnellen. Es war der Finger des Soldaten, der vor ihm saß. Der Finger pflanzte sich direkt vor der Nase des Pfarrers auf und beugte sich im Handumdrehen nach rechts. In diese Richtung zu gehen, so lautete der Urteilsspruch. Die Bibel gleichsam wie einen wertvollen Schatz an die Brust gedrückt, machte der Pfarrer wankend gerade Anstalten, auf die rechte Fläche unter der Ulme zu gehen, als ihm der Salzhändler folgte, einen kräftigen Tritt in den Hintern verpasste und ihn anbrüllte, er solle sich gefälligst etwas schneller bewegen. Der Pfarrer wäre bei dieser Gelegenheit um ein Haar nach vorn gestürzt und sprach lautlos ein Gebet zu sich selbst: „Herr, vergib ihnen!"

Bevor der Besitzer der Reismühle seinen Gang zur Ulme antrat, bekam er – grundlos offenbar – als Zugabe noch ein paar beleidigende Schläge auf die Wange, woraufhin ihm das Blut aus der Nase schoss. Als er sich mit kraftlosen Schritten nach rechts, wohin der Finger des Soldaten wies, in Bewegung setzte, rief ihn jemand von hinten an stehen zu bleiben und versetzte ihm wortlos einige schallende Ohrfeigen mitten ins Gesicht; es war ein junger Mann, dessen Gesicht dem Reismühlenbesitzer gut bekannt war.

„Das hättest du dir nicht träumen lassen, was? Auf diese Weise mal ein paar von mir geballert zu bekommen? Das Schicksal des Menschen ist eine Frage der Zeit, du Mistkerl!", fuhr der junge Mann, in dessen Gesicht noch kindliche Züge spielten, den Reismühlenbesitzer, dem das Blut übers Gesicht lief, gehässig an. Einst war er unsterblich in dessen älteste Tochter verliebt gewesen und hatte ihm unzählige Besuche abgestattet, um seine Einwilligung für die Hochzeit mit ihr zu erbitten. Dieser jedoch war vor keiner Verleumdung zurückgeschreckt, um die beiden Liebenden auseinanderzubringen, und hatte seine Tochter schließlich gezwungen, in ein anderes Dorf zu heiraten. Der Grund dafür war, dass der junge Mann ein armer Schlucker war, der nichts als sein Hemd auf dem nackten Leibe trug, und seine hässlich anzusehende Mutter noch dazu einen Buckel hatte.

Links, rechts, rechts, links, rechts ...

Ohne eine Pause einzulegen, wiesen die Daumen der Soldaten jedem Dorfbewohner die Richtung: entweder nach links, von wo aus das Meer zu sehen war, oder aber nach rechts unter die Ulme. Als würden sie vor den taoistischen Totengott gezerrt, gefror jedem Bewohner das Blut in den Adern, sobald er vor dem Daumen erschien. Bewegte sich dieser dann nach links, entströmte dem Betroffenen ein Seufzer der Erleichterung und sogar ein Lächeln strich über sein Gesicht. Einige machten ihren Familienangehörigen oder Freunden, die noch darauf warteten, an die Reihe zu kommen, gar mit der Hand ein Zeichen, sie könnten nun beruhigt sein.

Jene hingegen, denen das Gegenteil widerfuhr und die auf die rechte Fläche verwiesen wurden, gaben allesamt ein jammervolles Bild ab, als seien sie schon gestorben. Insbesondere die Frauen schienen bereits den Verstand verloren zu haben. Die Menschen heulten laut, flehten um Gnade, doch sie mussten erst die starke und unerbittlich grobe Hand der Armbinden-Leute spüren, bevor einige von ihnen auf allen Vieren wie Hunde oder Schweine davonkrochen, jene, die ein schwaches Herz hatten, fielen in dem Moment, wenn sich der Daumen leicht nach rechts neigte, auf der Stelle in Ohnmacht. In diesem Fall schleiften sie die Armbinden-Leute hinter sich her zur rechten Fläche und warfen sie einfach dort ab.

Es bot sich ein ausgesprochen kontrastreiches Bild. Jene Menschen, die sich innerhalb des linksseitig aufgespannten Strohseils befanden, saßen dort in leicht ausgelassener, fröhlicher Stimmung, geradezu als befänden sie sich auf einem Ausflug ins Grüne, und bestellte man in einiger Entfernung von ihnen einen nach vorn, so riefen sie spontan: „Der muss auch sterben! Das ist genau so einer!", womit sie ihre löbliche Ergebenheit zu demonstrieren suchten. Auf der anderen Seite stellte jene Fläche unter der Ulme, wo sich die Familien der Polizisten und Beamten aufhielten, bereits die Hölle dar. Die meisten Leute knieten auf dem Erdboden, schlaff und ermattet, als sei ihnen die Kraft aus allen Gliedern gewichen. Der Pfarrer und einige aufrichtige Christen murmelten selbst in dieser Situation innige Gebete vor sich hin, während sich die Daumen der Soldaten pausenlos nach rechts oder links beugten.

Zu diesem Zeitpunkt etwa zeigten sich auch in der Gruppe der Alten und Kinder in der Nähe des Schuleingangs bei jeder der merkwürdigen Szenen, die sich da ziemlich weit entfernt um die Strohseile herum abspielte, die verschiedensten Reaktionen. Auf den faltigen Gesichtern der Alten spiegelte sich abwechselnd Freude und Trauer, je nachdem ob der Gang ihrer Familienmitglieder oder Freunde in Richtung Meer oder zur Ulme führte, und den Alten gedankenlos nacheifernd, lösten auch bei den Kindern Lachen und Weinen unablässig einander ab.

Der neunjährige jüngste Sohn des Reismühlenbesitzers brach in Tränen aus, als man seinen Vater zur Ulme schleifte, und das tat er nur aus dem Grunde, weil auch die anderen Kinder weinten, wenn ihre Familienangehörigen in diese Richtung gehen mussten. Irgendwann merkte der Kleine von der Reismühle plötzlich, dass er zur Toilette musste. Seit dem Morgen war ein seltsames Rumoren durch seine Eingeweide gegangen, was womöglich seine jetzigen Bauchschmerzen verursachte. Also schlich er sich leise nach der Seite weg und lief flink davon, ohne jedoch die Nerven zu haben, erst noch die Lage auszukundschaften, wie sie sich gerade im Umfeld der Toiletten gestaltete, als ihn plötzlich eine Stimme von hinten zum Stehenbleiben aufforderte: „He, du Zwerg! Wo willst du hin?"

Ein Soldat, dessen Gewehr über der Schulter schepperte, näherte sich dem Jungen in großen Schritten. Dem Kind fuhr die Angst in alle Glieder, es drückte eine Hand auf seinen Hintern und wich einige Schritte zurück.

„Kleiner Kerl! Du musst mal aufs Klo! Mach schnell!", sagte der Soldat und verzog sein Gesicht unerwartet zu einem schelmischen Grinsen. Ohne sich noch einmal umzudrehen, sauste der Junge zum Abort. Er hockte sich hin und drückte kräftig. Da hörte er, wie sich aus der Ferne die dumpfen Schritte von Soldatenstiefeln näherten. Kurz darauf vernahm er das Rauschen eines kräftig niedergehenden Wasserstrahls. Das mussten Soldaten sein, vermutete er.

„Solche Trottel aber auch. Die wissen doch überhaupt nicht, was wir eigentlich vorhaben und gebärden sich wie irre."

„Aber irgendwie scheint mir das doch übertrieben. Ich meine, solche Methoden anzuwenden."

„Übertrieben? Wir sollten diese Typen wie Läuse einfach allesamt zerdrücken und selbst dann wäre mir das noch nicht genug. Erzähl doch nicht so was! Sind wir nicht extra bis hierher gekommen, um dieses unangenehme Spielchen zu inszenieren, Mensch?"

Kurz darauf verstummte das Plätschern und Schritte entfernten sich nach draußen. Mit einem Mal begann es in der Brust des Kleinen von der Reismühle heftig zu klopfen. Er hatte sein Geschäft zu Ende gebracht und wollte den Abort gerade verlassen. Da vernahm er von irgendwoher seltsame Laute. Hinter den Klassenzimmern, von den Schuppen her kamen sie.

„Au! Nein! Das stimmt nicht, au!"

Das waren zweifellos die entsetzten Schreie eines Menschen. Eilig setzte der Junge zur Flucht an. Er lief an den Blumenbeeten entlang auf das Eingangstor der Schule zu, um zu seinem Platz zurückzukehren, als ihm plötzlich einfiel, dass diese Schreie, die er soeben gehört hatte, irgendwie Ähnlichkeit mit der Stimme des zweiten Apothekersohnes hatten.

– Vormittag, elf Uhr vierzig.

Schließlich war die für diesen Vormittag angesetzte Veranstaltung beendet. Die von den Strohseilen umgrenzten Flächen boten nun folgendes Bild: ◨□◨. Alle Menschen waren genau in zwei Gruppen eingeteilt.

„Wir sind fertig", verkündete einer der Soldaten. Der Hakennasen-Offizier stand mit einem Glas Wasser in der Hand da, nahm den Bericht entgegen und sagte: „Ja? Jetzt haben wir also alles erledigt. Aha, alles ist fertig", woraufhin er das Glas mit einem Zug leerte.

Die Alten und Kinder in der Nähe des Eingangs beobachteten mit angehaltenem Atem die beiden Gruppen von Menschen auf dem Sportplatz und die dünnen, langen Strohseile, welche diese Gruppen klar und deutlich voneinander trennten. Bis vor drei, vier Stunden waren sie alle bloß unschuldige, einfache Menschen gewesen, die seit Generationen in einem kleinen Dorf zusammengelebt und von morgens bis abends einander in die Gesichter geschaut hatten. Dass sie jetzt, in diesem Augenblick, zwei völlig unterschiedlichen Schicksalen entgegengingen, welche allein durch die beiden langen, nachlässig gearbeiteten Strohseile besiegelt waren, konnten sie im ersten Moment gar nicht fassen. Der Abstand zwischen den die beiden Menschengruppen voneinander trennenden Seilen betrug nicht mehr als zwanzig Schritte, doch in diesem Moment betrachtete jeder diese Entfernung als unendlich weit, weiter noch als ein Meer sie voneinander zu trennen vermocht hätte. Die zwei Gruppen gaben eigensinnige Gebilde ab, zwischen denen eine breite Meerenge zu liegen schien, und mit hasserfüllten Augen starrten sie einander an und erinnerten dabei an zwei dunkle Kontinente, die bis zum Ende in trotzig drohender Haltung einander gegenüberstehen würden.

Eine ganze Weile lang lastete drückende, beinahe absolute Stille auf dem Sportplatz des kleinen Küstendorfes.

Bisweilen verharrte auch die Fahne am Mast, die als einzige noch geflattert hatte, in bewegungsloser Stille und die Zikaden an den Enden der Pappelzweige unterbrachen plötzlich ihr an Messerschleifen erinnerndes Gezirpe. Gespenstern gleich schwiegen sowohl die Menschen auf der linken als auch die auf der rechten Strohseilfläche, ja, selbst die Alten und Kinder am Eingang der Schule, welche die beiden Haufen von weitem beobachteten, sprachen kein Wort. Die Menschen links sahen zu den Menschen rechts nur mit Augen, aus denen jeder Ausdruck gewichen war, die auf der rechten Seite starrten wie geistesabwesend zu jenen auf der linken, und auf keiner der beiden tat einer den Mund auf. In ihren Blicken schienen sie einander allein als Phantombild zu existieren. Und was die Realitätsferne der Empfindung noch förderte, war das Schweigen. Tatsächlich dauerte dieses Schweigen nicht länger als einige Sekunden an, eine extrem kurze Zeit, doch allen Dorfbewohnern auf dem Sportplatz kam es furchtbar lange vor.

Die Sonne brannte auf den Köpfen der Menschen. Klar wie eine Glaskugel strahlte der wolkenlose Himmel, heiß wie ein glühendes Bügeleisen sandte die Sonne ihre Strahlen, der Wind verharrte regungslos, das Meer in der Ferne wiegte sich ruhig in seinem blauen Schein, als sei es gestorben. Auf dem Boden kniend beugte der Pfarrer inmitten dieser unheimlichen Stille plötzlich den Kopf nach hinten und wandte sein Gesicht dem Himmel zu. Der riesige runde Feuerball glühte wie ein einzelnes Auge am mittäglichen Augusthimmels. Bald ist es zwölf, dachte der Pfarrer.

In diesem Augenblick kam es in einer der beiden Gruppen zu einer kaum wahrnehmbaren Bewegung, welche die drückende, schwere Stille zerbrach. Eine junge Frau, die neben dem Pfarrer gekniet hatte, richtete sich plötzlich auf. Sie war die Tochter irgendeines Polizeibeamten, an deren Namen sich auch der Pfarrer erinnern konnte. Schweiß strömte über ihr Gesicht, in dem die Augen seltsam aufleuchteten, und obwohl sie bisher teilnahmslos an ihrem Platz geblieben war, tat sie nun ganz gelassen einen Schritt über das vor ihr aufgespannte Seil hinweg und hob ihren Körper darüber. An einem Fuß trug sie weder Schuh noch Strumpf. Ohne jede Eile schritt sie genau auf die Menge zu, die sie beobachtete, und kam ihr langsam näher. Dabei beeindruckte ihre Gestalt durch eine Würde und Gelassenheit, die der Situation grundsätzlich widersprachen, und alle Menschen, sowohl die auf der linken als auch die auf der rechten Seite, ließ der Schreck erstarren und aller Augen folgten der Frau. Schließlich begann sie zu schwanken, als hätte sie den Verstand verloren, nahm das linksseitige Seil mit der Hand hoch und wollte sich gerade darunter hindurchstehlen, als sich ein Mann, welcher innerhalb der begrenzten Fläche gestanden hatte, auf sie stürzte, sie ergriff und derb zu Boden warf.

„Dieses Weib! Willst du dich bei uns verstecken? Willst wohl doch überleben, he?"

„Nein, nein, ich bin wirklich unschuldig. Ich will mich nicht verstecken. Ich hätte eigentlich von Anfang an hierher kommen müssen. Da ist was falsch gelaufen. Wirklich! Ich gehöre nicht zu denen."

Die Frau wollte sich nicht wieder hinausschubsen lassen und stemmte sich wie verrückt mit aller Kraft dagegen. In diesem Moment erhoben sich fünf, sechs weitere Leute, die unter der Ulme knieten, und versuchten es der Frau gleich zu tun, indem sie über das Seil sprangen und die Flucht auf die gegenüberliegende Fläche antraten.

„Das ist ungerecht. Ich will leben."

„Ich habe keine Schuld. Man hat mich hier wirklich falsch zugeordnet."
Ein jeder lamentierte und stürzte los, doch die Menschen auf der anderen Seite erwarteten die Fliehenden bereits und verhinderten, dass sie zu ihnen hereinkamen.

„Nein. Wieso wollt ihr denn hier herein? Ihr müsst sterben. Ihr müsst verurteilt werden."

Chaotisches Fußstampfen, Fäuste, Geschrei, Beschimpfungen und Schmerzensschreie zerrissen erbarmungslos die Luft. Schließlich wurden jene paar Leute, welche dreist die Flucht über das fremde Seil versucht hatten, von den Armbinden-Leuten, die ihnen sofort nachsetzten, zurückgezerrt und mussten, ob sie wollten oder nicht, wieder unter die Ulme zurückkehren.

„So, jetzt sind alle Untersuchungen abgeschlossen", verkündete der Hakennasen-Offizier laut und mit hoch erhobenem Wasserglas, nachdem er vom Rednerpodest aus noch einmal den Blick über die gesamte Szene hatte schweifen lassen.

Hurra! Hurra! Es lebe die große Befreiungsarmee ...

Laute Hochrufe und Beifallsbekundungen, die den Himmel zu zerreißen drohten, erklangen von der linken Seite her. Die Leute zur Rechten knieten unter der Ulme und betrachteten mit entgeisterten Blicken das enthusiastische Schreien der Menschen ihnen gegenüber, ihre Hochrufe, ihren Beifall, das laute Getrampel ihrer Füße, ihre weit geöffneten Arme, die Muskeln ihrer Hälse und die geröteten Gesichter. Es waren die Gesichter von Menschen, die noch bis gestern Abend ihre lieben Nachbarn, Verwandten oder Familienangehörigen gewesen waren.

Der Pfarrer schloss fest die Augen, vor denen ihm in einem Anfall von Schwindel alles zu verschwimmen drohte, und wiederholte sein Gebet: Herr, vergib diesen Bedauernswerten! Wir wissen nicht um unsere Schuld. Dann griff er nach der Bibel und schlug sie an irgendeiner Stelle auf.

– Gegen zwölf Uhr mittags senkte sich Finsternis über die gesamte Erde, die bis nachmittags drei Uhr andauerte. Sogar die Sonne hatte ihr Licht verloren. Da zerriss der Vorhang des Heiligtums in der Mitte und teilte sich in zwei Hälften. Jesus sagte mit lauter Stimme: „Vater, ich übergebe meine ganze Seele in deine Hände", und hauchte sein Leben aus. –

Der Finger des Pfarrers, der langsam unter den Buchstaben entlangfuhr, die sich so winzig wie Sesamkörner ausnahmen, zitterte leicht. In einer Rührung, die ihm die Brust zu sprengen drohte, sah er zum Himmel hinauf. Es war der Augenblick, als die glühende Sonne im Zenit stand.

Mittag.

Sich imposant in Pose setzend stand der Hakennasen-Offizier auf dem Rednerpodest und schaute auf seine Uhr. Da streckte er plötzlich beide Arme zum Himmel empor. In den Augen des Pfarrers sah dies aus, als empfange er das Orakel des Teufels, für die anderen Leute hatte es eher den Anschein, als wollte er dem Himmel etwas zurufen.

Dass dies jedoch das schicksalhafte Signal zur Einleitung des Höhepunktes der Veranstaltung bildete, davon hatten die Menschen bis jetzt nicht den blassesten Schimmer.

Beinahe genau in dem Moment, als der Hakennasen-Offizier der feindlichen Armee die zum Himmel gestreckten Arme wieder sinken ließ, zerriss jäh ein ohrenbetäubendes Aufheulen von Sirenen das Trommelfell der Leute.

Unerwartet kam es von jenseits der Schulmauer. Die Augen aller, die sich auf dem Sportplatz versammelt hatten – die der rechten Gruppe, die der linken Gruppe, der Armbinden-Leute und sogar der Soldaten in den feindlichen Uniformen – aller Augen konzentrierten sich auf das Eingangstor. Die Dorfbewohner standen sprachlos. Dort ereignete sich in diesem Moment ein Wunder, das in der Tat unglaublich war. Die Menschen, einer wie der andere, trauten ihren Augen nicht. Jenen auf der linken Fläche, jenen auf der rechten, den Armbinden-Leuten, den Kindern und den Alten, ihnen allen stockte der Atem.

Lkws fuhren auf den Hof.

Einer.

Zwei.

Drei.

Insgesamt waren es drei. Auf den Ladeflächen saßen zahlreiche bewaffnete Soldaten.

Da ... das kann doch nicht ...

Die Dorfbewohner starrten auf die Autos und es fehlte nicht viel und sie wären in Ohnmacht gefallen.

Es waren die eigenen Truppen. Die vertrauten blauen Fahnen flatterten im Wind, als sie einfuhren, und es handelte sich zweifelsohne um jene Soldaten, die bis gestern Abend in der Gemeindeverwaltung einquartiert gewesen waren. Sie stiegen von den Lkws, ihre Stiefel hinterließen ein lautes Stampfen und gemächlich marschierten sie zwischen den beiden voneinander getrennten Gruppen der Dorfbewohner hindurch. Kurz darauf sahen die Menschen ganz genau, wie der dickwänstige Truppenführer der eigenen Armee und der feindliche Hakennasen-Offizier direkt vor ihren Augen dicht aufeinander zu traten und einen kräftigen Händedruck austauschten.

„Nein! Das war alles Lüge! Die haben uns getäuscht!", erklang genau in diesem Moment von irgendwoher ein schriller Aufschrei. Die Menschen sahen, wie jemand um die Ecke des Schuppens herumgelaufen kam und laut schrie. In dem Mann, der mit Stricken am ganzen Körper gefesselt von Soldaten vor sich hergestoßen wurde, erkannten sie den zweiten Sohn des Apothekers, der an diesem Tag spurlos verschwunden gewesen war. Es ist furchtbar, sie haben uns betrogen! Kraftlos sackten der Salzhändler und der pockennarbige Fleischer auf der Stelle zusammen, der Schmied stand da und urinierte in die Hosen.

„Ha, ha, ha. Ja, erst jetzt ist alles wirklich zu Ende. Ha, ha, gegen meinen Willen zwar, aber dennoch hatten Sie hier schuldlos große Strapazen zu erleiden. Ein paar Leute von uns waren natürlich von Anfang an im Bilde, aber wir haben einfach so getan, als wüssten wir nichts. Wir hatten auch keine Wahl. Ha, ha, ha. Es wurde gesagt, wir würden nur auf diese Weise die versteckten, unredlichen Elemente, eines nach dem anderen und ohne einen einzigen dieser Schurken zu übersehen, erwischen und noch dazu würden sie von selbst zu uns gelaufen kommen. Ha, ha. Deswegen konnten einige unserer Beamten gestern Abend nicht nach Hause gehen und hatten keine andere Wahl, als dieses Theaterstück mitzuspielen. Diese Herren hier sind in Wirklichkeit unsere in der Stadt X stationierten Soldaten. Sie haben sich die Uniformen der Rebellenarmee angezogen und sich genau so wie die feindlichen Truppen verhalten. Unsere in der Gemeindeverwaltung stationierten Soldaten, haben sich für kurze Zeit in den Nachbarort zurückgezogen, und es war vereinbart, dass sie genau um zwölf Uhr mittags zurückkehren würden. Ha, ha, ha. Na, was sagen Sie dazu? War das nicht eine tolle Idee? Ohne die geringste Kraftanstrengung konnten wir diese Schufte allesamt fangen. Ha, ha, ha. In einem anderen Dorf wurde diese Methode bereits einmal angewendet, und zwar mit dem allerbesten Erfolg. Ha, ha, ha."

Der Gemeindevorsteher, der bis dahin mit gesenktem Kopf auf dem Boden gekniet hatte, klopfte sich, während er sich erhob, mit den Händen den Hosenboden sauber und gab diese Erklärung über das äußerst interessante Spielchen ab, wobei er in schallendes Gelächter ausbrach. Die Menschen jedoch standen noch immer sprachlos vor Verwirrung und mit offenen Mündern da.

„Ach, Gott! Da hatten Sie ja einiges auszustehen, heute Morgen! Und unser verehrter Gemeindevorsteher und der Herr Vorsitzende der Genossenschaft haben ihr hervorragendes Schauspieltalent bewiesen, ha, ha."

„Aber nicht doch! Allerdings schmerzt die Stelle, wo mir der Kerl ein paar versetzt hat, noch immer. Ha, ha."

Selbst als der dickbäuchige Truppenführer und der Hakennasen-Offizier in der Uniform der feindlichen Armee zur rechten Fläche schritten und dem Gemeindevorsteher und einigen Beamten ihr Lob aussprachen, hatten die Dorfbewohner noch immer das Gefühl, als spiele ihnen ihr Bewusstsein einen Streich.

Auf ein Zeichen hin wurden der Salzhändler und der Schmied, der einäugige Schuster und der pockennarbige Fleischer, ehe sie sich versahen, von den Soldaten in den Uniformen der feindlichen Armee festgenommen und alle zusammen in die linke Strohseilfläche hineingestoßen. Der gefesselte zweite Sohn des Apothekers folgte ihnen. Jetzt war die Reihe an ihnen, die Hände hinter dem Kopf verschränkt auf dem Boden zu knien. Im Handumdrehen hatte sich die Situation in ihr Gegenteil verkehrt.

„Na, ihr verdammten Rebellen? Da seid ihr doch glatt in die Falle gegangen. Jetzt seid ihr endlich mit eigenen Füßen hineingetappt, und selbst wenn ihr mit hundert Zungen sprächet, hättet ihr keine Ausrede mehr. Ist es nicht so?", meinte einer der Soldaten in feindlicher Uniform ironisch, richtete den Lauf seines Gewehrs auf die Betroffenen und lachte laut glucksend. Dieser pechschwarze Gewehrlauf, der langsam immer näher auf den Salzhändler, den zweiten Sohn des Apothekers, den Schuster, den pockennarbigen Fleischer und den Schmied zukam, das schallende Lachen dieses Gewehrlaufs, der weder Augen noch Nase hatte, sondern allein einen runden Mund, nahmen sie wie im Traum von weit, weit her, wie von irgendeinem sehr weit entfernten Ort wahr.

Hurra, hurra, hurraaaa ..., begann es plötzlich in ohrenbetäubender Lautstärke von der Ulme her zu tönen. Der Gemeindevorsteher und der Chef der Post, der Besitzer der Reismühle, die dicke Frau des Gemeindevorstehers und die anderen Leute von der Ulmenseite waren schließlich nicht mehr in der Lage, ihr überwältigendes Gefühl grenzenlosen Freudentaumels, da sie soeben vom Tode wieder zum Leben erweckt wurden, noch länger zu unterdrücken, endlose Ströme von Tränen rannen wie ein heftiger Regenguss über ihre Wangen, wie verrückt stampften sie mit den Füßen, umarmten einander, sprangen unvermittelt in die Höhe, schlugen wie wild die Handflächen aufeinander, dass ihnen die Haut zu zerplatzen drohte, und stießen Hochrufe aus. Den Schatten des Todes, der noch bis vor einem Moment über ihren Köpfen schwebte, die Angst, die ihnen eine Gänsehaut über den Körper getrieben hatte, und die Erinnerung an die grauenhaften Qualen, die sie erleiden mussten, waren vollständig aus ihrem Gedächtnis gelöscht und allein der Schauder der Freude durchzuckte sie. Noch bis vor kurzem hatten die Fesseln des Todes ihren Leib und ihre Seele mit so unerbittlicher Kraft umschlungen und zu Boden gedrückt und nun konnten sie diese Fesseln auf ganz natürliche Weise jenen auf der anderen Seite des Strohseils zurückgeben, was sie mit einem derart erfrischenden Gefühl vollzogener Rache erfüllte, dass sie ihr unbändiges Entzücken und ihre überwältigende Begeisterung nicht mehr zu unterdrücken vermochten.

Na, der Traum letzte Nacht kann auch so gedeutet werden.

Dem Reismühlenbesitzer kam sein merkwürdiger Traum der vergangenen Nacht in den Sinn und er umarmte seine Frau. Der alte Kirchendiener hatte den Arm des Pfarrers ergriffen und schluchzte laut. Der Geistliche, der eben noch gebetet hatte: Herr, vergib ihnen!, musste wohl einen zu gewaltigen Schock erlitten haben, denn augenblicklich hatte er den Inhalt seines Gebets nachgebessert und murmelte nun: „Herr, ich danke dir Vater, der du das Böse vernichtest und die Gerechten rettest. Ich danke dir von ganzem Herzen." Doch schließlich vermochte er der Rührung, die in seiner Kehle aufstieg, nicht mehr Herr zu werden und setzte in ebenso ohrenbetäubender Lautstärke wie die anderen an zu brüllen: Hurra, hurra, hurraaa.

Diejenigen, welche selbst in diesem Moment eher wenig Rührung zeigten, waren die in der Nähe des Schultores sitzenden Alten und Kinder. Niemand war zu ihnen geeilt und hatte ihnen die Hintergründe des Geschehens mitgeteilt, weshalb sie noch immer in kompletter Ahnungslosigkeit ihrer Verblüffung erlegen waren. In den Augen des neunjährigen Knaben aus der Reismühle, der das seltsame Treiben auf dem Sportplatz von Anfang bis Ende nur mit offenem Mund beobachtete, hatte es den Anschein, als hätten sich nun das blaue und das weiße Team, die in sportlichem Wettkampf gegeneinander angetreten waren, zu einer fröhlichen Abschlussfeier vereint.

Nach einigen Monaten ging der Krieg zu Ende und auch in dem kleinen Küstendorf nistete sich einem wendigen Dieb gleich klammheimlich wieder der Frieden ein. Die Anzahl der Dorfbewohner hatte sich zwar im Vergleich zur Vorkriegszeit reduziert, doch es dauerte nicht lange und die fehlenden Stellen wurden wieder besetzt. Fleißig brachten die Frauen Kinder zur Welt, die frisch verheirateten, jungen Ehepaare rissen die leer stehenden, schon vor langer Zeit aufgegebenen, alten Katen ab und errichteten an deren Stelle neue Häuser für sich. Doch obschon jedes Jahr an einem bestimmten Tag im August in vielen Häusern des Dorfes Ahnenfeiern im Gedenken an die Toten stattfanden, füllte die ungerührte Zeit in das Glas der bitteren Erinnerungen stets ein wenig mehr frisches Wasser und so wird es nicht lange dauern, bis jenes befremdliche Phantom-Spiel eines Hochsommertages vergessen sein wird. Und seit irgendwann führten die Dorfbewohner auch wieder das jährliche Sportfest durch, an einem bestimmten Tag im Herbst, an dem der Himmel klar wie eine Glaskugel glänzte, auf dem Sportplatz der Schule an der Westküste. Dann wurden alle Bewohner des Ortes der blauen oder der weißen Mannschaft zugeordnet, die Menschen unterstützten ihre Teams mit enthusiastischen Anfeuerungen, spendeten Beifall und stießen Hochrufe aus. Doch dann hielten die Alten beim Klatschen plötzlich inne, schreckten jäh auf und schauten einander mit bangen Blicken flüchtig in die Augen und mit einem Mal verfinsterten sich ihre Mienen und die Kinder hatten keine Ahnung, was wohl der Grund dafür sein mochte.

Morgendämmerung

Sie fühlte eine Benommenheit, als sei sie betäubt und die Wirkung des Medikaments lasse langsam nach, sie schüttelte dieses verschwommene Bewusstsein von sich und öffnete die Augen.

Das Erste, was ihr in den Blick fiel, war die Musterung der Zimmerdecke bestehend aus weißen und schwarzen Fischen, die sich gleichmäßig verteilt über die gesamte Decke hinzogen, fahl und kaum erkennbar schwebten sie über ihr. Die am Hauseingang außerhalb des Gebäudes angebrachte Torlampe sandte spärliche Lichtstrahlen durch die Fensterscheibe hindurch und projizierte heimtückisch lauernde Schatten an die gegenüberliegende Wand, die aussahen, als hinge dort ein scharf geschliffener Dolch. Blinzelnd bewegte sie die müden, ausgetrockneten Augenlider ein paarmal und gab sich alle Mühe, den Blick auf einen festen Punkt zu konzentrieren.

Tapp, tapp, tapp. Schritte.

Plötzlich eine Spannung, als schlössen sich alle Poren des Körpers auf einen Schlag, schlössen ihre Mäuler und zögen sich zusammen. Ein Gefühl überkam sie, als versteife sich ihr Leib und verhärtete wie ein Stück gestärkten Hanfstoffes. Die Schritte kamen von der ersten Etage. Sie polterten über die Zimmerdecke aus Beton von nicht einmal zwei Handbreit Stärke und klangen ihr ganz deutlich im Ohr.

Tapp, tapp, tapp.

Ein Reibelaut, schwerfällig und bleiern, wenn der breite Absatz des Schuhs den Zementfußboden berührte. Er musste entweder Militärstiefel tragen oder derbe, feste Wanderschuhe. Heute hallten die Schritte besonders laut und verwegen.

Nein, im Grunde war es immer so gewesen. Dieser Eindringling tat so, als wollte er seine Anwesenheit gar nicht verheimlichen. Frank und frei lief er im Obergeschoss mit großen Schritten von einer Ecke zur anderen und sparte dabei nicht an zusätzlichen Geräuschen, wenn er zum Beispiel laut auf den Boden spuckte. Das war kein unerkanntes Eindringen, nein, er demonstrierte ohne jeden Zweifel in unverhohlener Dreistigkeit einen ganz offiziellen Einbruch.

Tapp, tapp, tapp.

Für einen Moment waren die Schritte verklungen, doch dann setzten sie sich gleichsam wie eine Kette von Eisenringen erneut fort. Von der linken Wand, an welcher ein Foto ihrer verstorbenen Schwiegereltern hing, zu der Stelle, wo der Kleiderschrank stand, und wieder zurück bewegten sich die Schritte, traten rücksichtslos gegen den Bauch des neben ihr liegenden vierjährigen Sohnes, trampelten über ihn hinweg, standen gerade im Begriff, an ihrem Hals und Kopf vorbeizuschreiten, als sie plötzlich innehielten. Jener, zu dem diese Schritte gehörten und von dem sie nicht wusste, ob er nur ein Räuber oder gar ein Mörder war, stand just in diesem Moment in majestätischer Pose, die Beine gespreizt, auf einer Seite ihrer Brust. Sie lag steif wie ein Stück Holz und gespannt folgte ihr Blick den von der Decke herabhallenden Schritten.

In dem Augenblick, als diese abbrachen, gefroren ihr aufs Neue alle Zellen. Wie Blütenstaub, der durch die Luft rieselte, überzog sie eine Gänsehaut. Alle Haare in den Poren ihres Körpers hoben die Hüften, richteten sich auf, und einem Radarwarnnetz gleich konzentrierten sich alle Sinne auf jene Stelle an der Decke, an der die Schritte soeben verklungen waren.

Genau an diesem Punkt befand sich der Kopfteil eines schwarzen, stromlinienförmigen Musters in der Form eines Fisches. Eine Halluzination suchte sie heim und ihr war, als springe genau von dieser Stelle jäh ein dünner, spitzer Metalldraht auf sie zu. Ein Stachel spitz wie eine Nadel. Ganz offensichtlich die Spitze einer Reißwecke. Ein Gewaltverbrecher, unter dessen Schuhsohlen Reißwecken steckten. Sie wollte schreien. Doch augenblicklich versagte ihre Stimme.

Einem in winterlicher Kälte wachsenden Eiszapfen gleich verlängerte sich das Schweigen allmählich und zielte genau in ihr Herz. Plötzlich das unheimliche Geräusch eines Steinbohrers, der sich in den Boden grub. Mit einem Mal kam ihr eine Libelle – als Ausstellungsstück aufgespießt – in den Sinn. Ah, da lag sie, eine spitze Nadel durch die Brust gebohrt, auf dem Fußboden und war zu einem Exponat geworden. Jäh durchfuhr sie ein Beben, als erzitterten die Flügel der Libelle.

Tapp, tapp, tapp.

Glücklicherweise setzten sich die Schritte wieder in Bewegung. Puh, stieß sie einen leisen Seufzer aus. Unversehens war der Stachel verschwunden, weg. Kalter Schweiß rann ihr den Rücken hinunter.

„Mama, Mama. Er ist wieder da."

Eine kleine Hand, die an ihrem gelähmten Ellenbogen rüttelte. Es war ihr Sohn. Der Vierjährige musste schon die ganze Zeit über wach gewesen sein. Sie schloss das mit erstickter Stimme leise flüsternde Kind fest in ihre Arme. Mitleid, als müsse sie gleich in Tränen ausbrechen. Mit aller Mühe konzentrierte sie sich darauf, das in ihr aufsteigende Weinen hinunterzuschlucken. Das Herz des Kindes, das sie an sich drückte, raste in beängstigendem Tempo. Erst viel später bemerkte sie, dass der Herzschlag aus ihrer eigenen Brust kam. Das Kind schluckte geräuschvoll.

Diesmal schwiegen die Schritte ein wenig länger. Das war es, was sie stets fürchtete, diese Stille. Da verschaffte es ihr schon eher Beruhigung, wenn Schritte zu hören waren. Jählings ein unsicherer Raum des Schweigens, der sich dazwischenschob. Er glich der Straße des geplanten Verbrechens, einer Kombination von feuchtem, muffigem Geruch, wie er ihr entgegenströmte, wenn sie die seit langer Zeit fest verschlossene, schwere Kellertür öffnete und behutsam einen Schritt vor den anderen setzend hineinging, und einer Dunkelheit, die es schwierig machte, auch nur eine Handbreit nach vorn zu sehen.

Solange die Schritte andauerten, war das der Beweis, dass der Eindringling sich noch in der ersten Etage befand, dann konnten sich die Frauen im Erdgeschoss sicher fühlen. Verstummte jedoch jegliches Geräusch aus dem oberen Stockwerk, stürzte sie dies in einen bodenlosen Abgrund der Angst.

Ohnmächtige Furcht griff nach ihnen, als würde sich mit einem Mal die Tür ihres Zimmers öffnen und die grauenerregende Gestalt eines Räubers, das Gesicht von einer dunklen Maske bedeckt oder einen schwarzen Strumpf über den Kopf gezogen, in diesem Moment auf sie zu stürzen, in der Hand ein Messer, mit dem er sie bedrohte, und das Grauen nahm ihr beinahe den Atem. Aus diesem Grund wünschten die Frauen stets, die Schritte über der Decke mögen unablässig weitergehen.

Ein Plätschern.

Er schien zu urinieren. Das Rauschen des Leitungswassers, das geräuschvoll ins Toilettenbecken spritzte, kam von ziemlich weit her und war doch ganz deutlich zu hören. Das Abwasser aus dem Bad floss durch ein Plastikrohr, welches in einer Ecke des Vorraums installiert war, in das Abwasserrohr auf dem Hof, sodass die Geräusche des abfließenden Wassers nachts sehr deutlich zu vernehmen waren.

In ihren Ohren hörte sich das wie ein Lachen an:

Ihr Idioten! Ihr feigen, dummen Angsthasen! Glaubt ihr etwa, ich wüsste nicht, welch miserable Gestalt ihr jetzt abgebt, die Decken über die Köpfe gezogen und am ganzen Leibe zitternd? Wenn ihr nur ein Zipfelchen Mut habt, dann kommt doch hoch! Kommt her und schreit: Ein Räuber! Ha, ha, ha.

Sie schloss die Augen fest und hielt sich mit beiden Händen die Ohren zu. Scham und Schmach, deren Ursachen sie nicht kannte, quälten sie. Ein widerwärtiges Ekelgefühl, als entströmte ihrer Nase und ihrem Mund ein Gestank, ähnlich dem unangenehmen Geruch eines alten Putzlappens.

Oh, warum kommt denn in solchen Situationen niemals die Polizei? Wenn wenigstens ihr Mann jetzt neben ihr wäre.

Eindringlich schrie sie um Hilfe. Dennoch war ihr vollkommen klar, dass sie Hilfe für sich von keiner Seite her erwarten konnte. Bei der Polizei würden die paar Beamten von der Nachtwache mit müden Augen an ihren Schreibtischen hängen, die Leute vom nächtlichen Streifendienst könnte man nur in den mehr als fünfzig Meter entfernten Gassen des Wohngebietes finden, und ihr Mann, der erst sonnabends nach Hause kam, würde nicht vor morgen da sein.

Inzwischen hatte das Kind seine Arme um den Hals der Mutter gelegt und war wieder eingeschlafen. Noch hatte es seiner Angst nicht ganz Herr werden können, die kleine Stirn lag in Falten.

Sie umarmte das schlafende Kind und wimmerte eine ganze Weile mit unterdrückter Stimme.

„Ach, geht das immer noch weiter?"

„Gestern Nacht ist er wieder da gewesen. Wirklich, ich habe mich so gefürchtet und wusste nicht, was ich machen sollte. Noch dazu, wo in diesem Haus nur Frauen und Kinder leben", brachte sie mit weinerlicher Miene hervor. Noch bis vor einem Moment hatte sie sagen wollen: Verdammt, was soll das? Dreimal war ich hier und habe Anzeige erstattet, aber Sie wollen wohl ständig so tun, als wüssten Sie von nichts? Muss erst wirklich jemand von einem Räuber erstochen werden, damit Sie langsam die

Hände rühren? Voller Wut hatte sie ihnen das entgegenschreien wollen, doch als sie die Tür zur Polizeiwache passiert hatte, brachte sie nicht mehr als eine flehentliche Beschwerde heraus.

„Aha, so ist das also. Was für ein Kerl mag das bloß sein, dass er überhaupt keine Angst hat?"

Der Polizeibeamte setzte eine verwunderte Miene auf und bog seine Finger durch, dass die Gelenke knackten. Auf der Schulter seiner dunkelblauen Uniformjacke sah sie weiße Schuppen und schluckte die in ihr aufsteigende Wut hinunter. Den untersetzten Beamten, der letztes Mal zu ihr nach Hause gekommen war, entdeckte sie diesmal nicht. Der Mann zog einige Blatt Papier aus einer Schublade.

„Ihre Adresse ..."

„Nummer zwölf, sieben, es ist das Haus, das allein auf der unbebauten Fläche steht, Sie werden es gleich finden."

Ein Zug von Unzufriedenheit huschte über ihr Gesicht, als sie dem Beamten das Wort abschnitt.

„Wann, sagten Sie, tauchte der Kerl zum ersten Mal auf?"

„Das habe ich Ihnen doch letztes Mal schon erzählt."

Müsse das denn alles noch einmal aufgeschrieben werden, wollte sie kritisch anmerken, doch auch diese Worte schluckte sie einfach hinunter. Das versetzte der Wut, die sie im Bauch verspürte, neuen Auftrieb.

„Es ist aber notwendig für die Untersuchung. Berichten Sie bitte, was in etwa vorfiel!"

Die Redeweise des Mannes war etwas schleppend. Gelangweilt drehte er seinen Kugelschreiber zwischen den Fingern und bewegte den Kopf hin und her.

Sie stieß einen kurzen Seufzer aus. So waren sie schon immer gewesen: Das ist für die Untersuchung notwendig. Arbeiten Sie bitte mit uns zusammen! Warten Sie doch bitte zu Hause! Oder zu einem Verbrecher: Du hast also eine große Wunde davongetragen? Nein? Na, wenn du noch keine hast, dann wird's Zeit, dass du eine bekommst, he? Kleines Unheil vermeidet größeres, wie man so schön sagt. So redeten sie, die Polizisten, genau wie die blinde Alte mit den vereiterten Augen, die die Zukunft weissagte. Oder sie schlugen einen trockenen Bürokratenton an: Sie haben weniger als im letzten Monat verbraucht, drei Kilowatt. In diesem Ton warfen sie einem nur gleichgültige Antworten hin und wie die Leute, die den Wasser- oder Stromzähler ablasen, kehrten sie einem den Rücken zu und notierten in bürokratischer Manier irgendetwas auf ihrem Papier.

Das Zimmer musste vor kurzem gemalert worden sein, ein leichter Farbgeruch hing in der Luft. Das Gebäude der Polizeiwache, vor einem Monat etwa errichtet, vermittelte insgesamt einen Eindruck von Fremdheit und Desorganisation ähnlich wie ein neu eröffnetes Geschäft. Womöglich haben sie für dieses nebensächliche Ereignis nicht die Nerven, dachte sie, während sie den Beamten beobachtete, der sehr geschäftig ein Aktenbündel in den Eisenschrank hineinlegte und ein anderes herausholte.

„Ist irgendetwas entwendet worden? Oder haben Sie den Mann vielleicht gesehen?"

„Nein. Es fehlt nichts. Und gesehen habe ich ihn auch nicht. Ich habe keine Ahnung, ob er groß ist, wie er gebaut ist, geschweige denn von seinem Gesicht."

So war es. Keiner der Bewohner hatte bisher einen Verdächtigen gesehen. Sie verschlossen die Tür, zitterten unter ihren Decken und der einzige Beweis für die Existenz des Eindringlings war ihr Gehörsinn.

Nur das Poltern, wie seine Schritte über die Diele und im Zimmer des ersten Stocks hin und her wanderten, wie er laut ausspuckte, und dazu das Rauschen der Klospülung, wenn er nach dem Urinieren spülte. Nein, es gab noch etwas. Halb aufgerauchte Zigarettenkippen, die dieser mysteriöse Mann – und dass er es gewesen war, daran bestand kein Zweifel – irgendwann dort zurückgelassen haben musste. Am nächsten Morgen hatte sie die beiden Zigarettenstummel im Obergeschoss gefunden und diese, als hätten ihre zitternden Hände den Schwanz eines sich windenden Tausendfüßers ergriffen, unverzüglich in ein Taschentuch gewickelt, dann war sie im Eilschritt zur Polizeiwache marschiert. Mit angespannter Miene, gleichsam als sei sie auf eine viel versprechende Fährte gestoßen, faltete sie das Taschentuch auseinander, woraufhin der Polizeibeamte, dem es die Sprache verschlagen zu haben schien, zischend lachte.

„In Ordnung. Gehen Sie bitte wieder nach Hause und warten Sie dort! Morgen werden wir zu Ihnen kommen und noch ein paar weitere Untersuchungen anstellen", beendete er das Gespräch unmissverständlich. Das hieß, sie solle sich keine Sorgen machen. Daraufhin schlug er mit lautem

Knallen den Aktenordner zu, in dem er die Angelegenheit notiert hatte, als wollte er damit seinen unumstößlichen Willen unterstreichen. Ihr hingegen kam in diesem schwarzen Deckel des Aktenordners nur eine weitere Kommunikationsstörung zu Bewusstsein.

Sie verließ die Wache durch die Glastür.

Der schneidend kalte Wind des Frühwinters blies ihr ins Gesicht und wehte tiefe Niedergeschlagenheit heran. Dieses Gefühl konnte man nicht einfach als Enttäuschung oder Empfinden eines Verrats bezeichnen. Denn von Anfang an hatte sie kein Buch mit exakten Lösungsvorschlägen erwartet. Erst dreimal war sie bei der Polizei gewesen und jedes Mal, wenn sie die Beamten aufgesucht hatte, gewöhnte sie sich mehr an die monotone Prozedur der Darlegung ihres Falls, ebenso wie sich die Eingangstür zur Wache stets von selbst wieder hinter ihrem Rücken schloss, nachdem sie sie aufgeschoben hatte und eingetreten war, zudem erwies es sich als schwierig, dieses vage Gefühl von Sinnlosigkeit zu verscheuchen, welches daraus resultierte.

Sie war bereits im Bilde. Über die Tatsache nämlich, dass die Verantwortung für diesen dreisten Eindringling letztlich nicht einseitig der Polizei, der Nachtstreife oder den wenigen Nachbarn, die noch von Mut und Hilfsbereitschaft beseelt waren, aufgebürdet werden konnte. Vielmehr war es ein Problem, das niemand anderes als ihr Mann und sie selbst, nein, alle fünf Hausbewohner, einschließlich der beiden Oberschülerinnen, die im Nebenzimmer wohnten, zu lösen hatten, ein Verantwortungsbereich, den sie selbstverständlich unter sich aufteilen mussten. Denn ihnen oblag die primäre Pflicht, den Eindringling abzuwehren, da dieser Verdächtige in seiner anmaßenden Willkür vor allem sie missachtete, verspottete und sein Spiel mit ihnen trieb.

Doch alle Bewohner des Hauses erwiesen sich als zu schwach und zu feige für diese Aufgabe. Dieser Fakt erfüllte sie mit einem nicht enden wollenden Gefühl der Scham.

Langsam setzte sie einen Schritt vor den anderen und ging nach Hause. Ein Lkw, übervoll mit Erdreich beladen, donnerte in schnellem Tempo über den Asphalt. Seit einiger Zeit befuhren zahlreiche Lastwagen die Straße, welche sich am Fuße eines kleinen Hügels entlangzog, um ein neues Schulgebäude zu errichten.

„Ist was passiert? Sie waren doch eben auf der Polizeiwache, nicht wahr?"
Es war die Besitzerin des Reisladens. Da sie dort Stammkundin war, kannten sich die beiden Frauen gut. Die Geschäftsfrau schien gerade vom Markt zu kommen, sie trug schwer an ihrem Korb.

Obschon mit einem Mal heftig in ihr die Versuchung aufwallte, dieser gutmütigen Frau offen und ehrlich alles, was sie bedrückte, zu erzählen, zwang sie sich ihr nicht nachzugeben.

Erzähle ich ihr was darüber, finde ich womöglich bis in alle Ewigkeit keinen Mieter für die erste Etage. Seit drei Monaten schon hatte sie keinen Nachmieter finden können und die Wohnung stand leer. Die Kaution, die sie dem letzten Mieter noch schuldete, hatte sie einschließlich der Zinsen, die ihr dadurch angefallen waren, pünktlich zurückgezahlt, doch an dem Tag, da sich das Gerücht von einem Dieb im Obergeschoss verbreitete, wäre die Sache besiegelt und kein Mensch würde je dort einziehen wollen. Noch dazu, wo es sich in diesem Fall um keinen gewöhnlichen Dieb handelte, sondern einen, der nur ab und zu vorbeischlich, ein nicht identifizierbarer Verdächtiger, der des Nachts einfach eindrang und offensichtlich niemals überhaupt die Absicht hegte, es zu verheimlichen, einige Stunden blieb und dann wieder verschwand. Auf jeden Fall musste erst einmal die erste Etage vermietet werden. Das war jetzt die dringlichste Aufgabe.

„Ach, ich hatte bloß was zu fragen", antwortet sie und versuchte ein Lächeln.

„War da nicht ein Einbrecher bei Ihnen?"

„Nein, wie sollte denn ein Einbrecher ...?"

Vorsätzlich riss sie die Augen weit auf und sah die Frau an. In deren Miene lag nichts Argwöhnisches, also konnte man davon ausgehen, dass sie das soeben Gesagte nicht ganz ernst gemeint hatte. Jedenfalls war das nicht der Blick, der von irgendetwas wusste.

„In diesem verdammten Viertel ist es schlimm genug. Andauernd passieren hier Raubüberfälle, sodass man nicht eine Nacht beruhigt schlafen kann, das ist schon ...", sie schnalzte mit der Zunge.

„Ist wieder irgendwo eingebrochen worden?"

Innerlich zuckte sie zusammen. Die Frau vom Reisgeschäft spuckte aus und ein Tropfen Speichel landete auch in ihrem Gesicht.

Letzte Nacht sei in einem Haus gegenüber dem Reisgeschäft eingebrochen worden und der Dieb habe das gesamte Bargeld und alle Edelsteine entwendet. In dieser Gegend standen zahlreiche Luxushäuser und bis in die Stadt hinein galt sie als sehr wohlhabend. Die Frau erzählte, der Einbrecher habe die Bewohner mit einem Messer in Schach gehalten und selbst der Hausherr habe nichts dagegen unternehmen können.

„Unglaublich, da müsste wohl jetzt schon jeder zu Hause ein Bündel Geldscheine vorbereitet haben und den Dieb erwarten!"

„Ach, du meine Güte! So was!"

Davon hatte sie auch schon in der Zeitung gelesen. Dass es Fälle gab, wo die Einbrecher Geld gefordert und die Leute, die gerade keins im Haus hatten, einfach niedergestochen hätten und geflohen wären. Wollte man also sein wertvolles Leben nicht aufs Spiel setzen – so die unfassbaren Worte der Reishändlerin – sei es durchaus angebracht, wohl oder übel stets drei- bis vierhunderttausend Won Bargeld im Haus bereitzuhalten, um sie im Falle eines Falles dem Eindringling zu übergeben. Das stellte dann eine Art Schutzgebühr für menschliches Leben dar.

Zwar befand sich die Polizeiwache nicht weit entfernt und die Beamten hatten für diese kleine Straße eine Nachtstreife organisiert, doch die Einbruchdiebstähle nahmen nicht ab. Allerdings gab es keinen Dieb, der eine darauf hinweisende Aufschrift getragen hätte, und die Polizei konnte nicht vor jedem Hof und jedem Eingang einen Wachposten stationieren; wahrscheinlich existierte keine vollständige Schutzmaßnahme gegen Einbrecher. Die Diebe heutzutage, so sagten die Leute, seien ziemlich verwegen und gerissen.

Vor dem Reisladen trennten sich die beiden Frauen.

Als fühlte sie sich schuldig, warf die Frau einen flüchtigen Blick aus den Augenwinkeln auf das gegenüberliegende Haus, ein prächtiges Einfamilienhaus in westlichem Stil. Aus dem Garten, der sich hinter einer roten Backsteinmauer verbarg, streckte ein Spindelbaum seine dicht belaubten Zweige auf die Gasse hinaus. Ein massives, schweres Eisentor schien die ganze Pracht des Anwesens ostentativ herausstellen zu wollen; jedes Mal wenn sie bisher derartige Wohnhäuser gesehen hatte, verspürte sie eine Art Eifersucht, anders indes heute, da musste sie sich anstelle dieses Gefühls der Abneigung eher ein schlechtes Gewissen eingestehen. Ein schlechtes Gewissen derart, als hätte sie den Dieb, der da gestern Nacht über die rote Backsteinmauer geklettert war, mit eigenen Augen gesehen und sich dennoch abgewendet, als bemerke sie von alledem nichts. Scham über Scham.

Plötzlich bebte ihr Körper, und der unheilvolle Gedanke ging ihr durch den Kopf, ob sie sich nicht der Unterstützung irgendeines ungeheuren Verbrechens schuldig machte, ein Gedanke, der sie unversehens bedrängte. Schuld daran war ihre Intuition, ob nicht womöglich der Räuber, der gestern Nacht in das Haus hinter der roten Backsteinmauer eingedrungen war, jener unidentifizierbare Verdächtige war, der sich schon seit langem in die erste Etage ihres Hauses schlich, dort ein wenig verweilte und dann wieder zu gehen pflegte.

So gesehen, würde dieser Kerl im Obergeschoss ihres Hauses stets nur auf eine günstige Gelegenheit gelauert haben. Vielleicht hatte er, sobald die Streifengänge der Nachtwache seltener geworden und die meisten Leute in tiefem Schlaf versunken waren, in aller Ruhe seine Unternehmungen begonnen, hatte das Haus ausgewählt, in das er diese Nacht einsteigen würde, eventuell plante er hier auch die Details seiner Verbrechen, kontrollierte zum letzten Mal die Waffe, mit der er die Bewohner bedrohen würde, und die Ausrüstung, die er für sein Verbrechen benötigte.

Mit Erschrecken registrierte sie, dass er womöglich alle diese Vorbereitungen ausgerechnet in der ersten Etage ihres Hauses getroffen hatte. Nicht nur der Vorfall in der letzten Nacht, auch andere Überfälle, die schon längere Zeit zurücklagen, das heißt die meisten Einbrüche in der Umgebung von dem Tag an, als sie die Schritte das erste Mal gehört hatte, könnten irgendwie auf Plänen basiert haben, die in ihrem Haus entworfen worden waren.

Wenn es so war ... Plötzlich schwindelte ihr. Sie blieb einen Moment lang stehen und wandte wie eine Sonnenblume das Gesicht dem Himmel zu.

War es an dem, erwies sie sich also als Komplizin. Ebenso ihr Mann, auch der vierjährige Sohn und die Mädchen, die bei ihr wohnten, sie waren allesamt Komplizen des Verbrechers. Um der ihnen selbst drohenden Gefahr auszuweichen, hatten sie sich nicht eingemischt und somit eine Pufferzone geschaffen, in welcher das schreckliche Verbrechen wie ein Giftpilz herangewachsen war, und diejenigen, die diesen Giftpilz gehegt und gepflegt hatten, waren allein sie selbst gewesen. Sie hatten das

Komplott stillschweigend akzeptiert und dem Verbrecher letztlich in die Hände gearbeitet.

Beinahe wäre sie auf der Stelle zusammengesunken. Der Schmerz bohrte sich schneidend in einen Winkel ihres Herzens, hinterließ eine tiefe Reifenspur und ging vorüber.

Acht Jahre nach ihrer Hochzeit hatten sich die Eheleute das Haus gekauft. Nachdem die Schwiegermutter gestorben war, verkauften sie deren Gehöft auf dem Land sowie den Acker, bekamen von der Bank mit Ach und Krach einen Kredit, erwarben dieses Haus und erfüllten sich damit einen Traum. Es war ein abseits gelegenes Haus mitten auf einer unbebauten Fläche am Hang eines Vorstadthügels. Das nächstgelegene Haus war mehr als fünfzig Meter entfernt, und da sich noch dazu in der Umgebung ausschließlich recht prächtige Anwesen der Oberschicht befanden, erhob sich das alte zweistöckige Gebäude in dieser Konstellation, welche das Gefühl von Isolation noch betonte, gleichsam wie eine Balggeschwulst an einer unpassenden Stelle. Der Anblick der grob zusammengezimmerten Hütte auf der brachliegenden, verödeten Fläche, auf der einst Petersilie angebaut worden war, weckte in ihr zuweilen Assoziationen an die schäbigen Schützengräben von Vorpostenstellungen an der Front, die sie in einem Buch gesehen hatte.

Vor zwei Monaten war der Eindringling zum ersten Mal aufgetaucht, und zwar nachdem das ältere Ehepaar, das die erste Etage bewohnt hatte, ausgezogen war. Da der Zugang zum Obergeschoss separat über eine Außentreppe führte, konnte der Dieb problemlos oben hineingelangen.

Ihr Mann, der als Geschichtslehrer an einer Mittelschule tätig war, wohnte die Woche über in dem Dorf, wo sich seine Schule befand, und kehrte erst sonnabends heim. So hielten sich während seiner Abwesenheit selbstverständlich nur Frauen im Haus auf, und das musste der Kerl von Anfang an gewusst haben. Seine Schritte, die von der Decke herunterhallten und sich bald in die eine, bald in die andere Richtung bewegten, sein Husten und das Geplätscher des fließenden Wassers im Bad drangen dreist und ungehemmt zu ihnen herunter.

Doch es gab da noch eine merkwürdige Sache.

Dieser nicht zu identifizierende Verdächtige verweilte stets ein, zwei

Stunden in der unbewohnten ersten Etage und verließ dann irgendwann brav das Haus. Niemals hatte er etwas mitgenommen, niemals hatten ihn die Frauen, die sich im Erdgeschoss aufhielten, bemerkt. Am Morgen fanden sie an Spuren, die er hinterlassen hatte, nur Abdrücke seiner unheimlich großen Schuhe auf dem Fußboden und Zigarettenstummel, doch von dem, der sie hinterlassen hatte, fehlte jede Spur.

Die Zeiten, zu denen er auftauchte, kannten keine Regelmäßigkeit, manchmal war er zwei, drei Tage hintereinander da, manchmal machte er sich rar und erschien im Abstand von fünf Tagen bis einer Woche. Etwa ein Uhr nachts kam er und verschwand irgendwann unbemerkt. Allem Anschein nach betrachtete er das Haus als eine Art Raststätte, als suchte er der Kälte ein wenig zu entfliehen und sich auszuruhen.

Unschlüssig, was sie unternehmen sollte, war die Frau nun also am frühen Morgen zur Polizeiwache gegangen, nachdem sie die dritte Nacht schlaflos verbracht hatte, und als sie unterwegs an einem Eisenwarenladen vorbeikam, trat sie ein und kaufte ein stabiles Vorhängeschloss, womit sie dann die Eingangstür in der ersten Etage versperrte, doch auch diesem traute sie nicht hundertprozentig und schlug noch ein paar Nägel in die Tür. Es verging nicht ganz ein Tag und sie musste das Schloss wieder abhängen und die Nägel herausziehen. Denn lähmende Angst war ihr in alle Glieder gefahren, ob der Eindringling nun, wenn er die erste Etage verschlossen fände, nicht ins Erdgeschoss ausweichen würde.

Ohnehin konnten sie sich als Frauen nur die Schlafdecken über die Köpfe ziehen und vage auf die Hilfe anderer warten. Zuverlässige Hilfe jedoch kam von nirgendwo. Ihr Mann, ein Mensch von kleinem Wuchs und großer Furcht, taugte, seit sie ihn kannte, nicht einmal dazu, sie vor dem Wind zu beschützen.

„Warum stehst du auf?", fragte sie ihn.

„Ich muss da mal hochgehen. Wir können doch nicht ewig so weiterleben. Wir müssen verdammt noch mal herausbekommen, was das für einer ist. Ob es ein Räuber oder ein Geist ist!"

Ängstlich zitternd hängte sie sich an die zarten, dünnen Arme ihres Gatten, der mit unbeholfener Miene gerade Anstalten machte, sich zu erheben.

„Bist du verrückt! Der hat doch ganz sicher ein Messer bei sich, was willst du denn da allein ausrichten, hm?"

„Das, das ... Meinst du wirklich?"
Als könne er sich nun nicht weiter widersetzen, sank er mit schlotternden Beinen erneut nieder.
„Ich werde den Kollegen sagen, dass sie ab jetzt ihre Streifengänge ordnungsgemäß durchführen sollen, und falls hier noch einmal was vorfällt, zeigen Sie das bitte sofort an!"
Irgendwann war ein Polizist vorbeigekommen und hatte ihnen diese nutzlose Zusicherung gegeben. Selbst wenn alle Bewohner des Hauses aus voller Kehle brüllten, was sie zweifellos in Lebensgefahr bringen würde, erreichte ihr Geschrei die weit entfernten Wohnblocks gar nicht, und im Hinblick auf die Tatsache, dass sie vor lauter Angst zu nichts anderem imstande wären, als den Türknauf festzuhalten, stellte der Hinweis des Polizisten, sie sollten im Ernstfall schnell das Haus verlassen, um den Dieb anzuzeigen, nichts als einen Aufruf zu unvernünftigem, blindem Wagemut dar.

Doch über die Zeit begannen sich die Frauen allmählich zu verändern, ohne es selbst sofort zu bemerken. Als beobachteten sie eine Luftakrobatik-Nummer im Zirkus über einen längeren Zeitraum hinweg und in sich wiederholenden, immer gleichen Programmen, gewöhnten sich die Hausbewohner langsam an ein Krisenbewusstsein, das unaufhörlich von Neuem entstand.

Noch bevor die Wanduhr Mitternacht schlug, war in jedem Raum wie auf ein Kommando das Licht gelöscht und in einer Zimmerecke stand schon der Nachttopf aus rostfreiem Stahl bereit. Dann lagen sie in den dunklen Zimmern und konnten, von Unruhe geplagt, keinen Schlaf finden, bis sie die Schritte in der oberen Etage vernahmen. Kurioserweise nahm diese nervöse Unruhe irgendwie gerade in dem Moment ab, wenn sie der Schritte gewahr wurden, welche die Decke rücksichtslos zum Vibrieren brachten; erst dann gelang es ihnen, ein wenig vor sich hin zu dösen.

Auch die Mädchen, die zur Untermiete wohnten und früher mit zerknirschten Mienen aufgestanden waren, kicherten nun bisweilen fröhlich und machten ihre Witze.

„Was treibt der da bloß?"
„Vielleicht ist es der, dem ich frühmorgens mal auf dem Schulweg begegnet bin. Der trug eine Lederjacke und führte seinen Hund auf dem freien Platz aus."

„Nein. Eher der, den ich mal gesehen habe, der trug einen Mundschutz und war ziemlich groß."

„Wie alt wird er wohl sein? So um die dreißig?"

„Meinst du echt, der ist schon so alt? Heutzutage gibt es auch eine Menge Diebe, die sind noch Teenager."

Als handle es sich um eine Figur aus dem Mythos, entwickelten die beiden Mädchen eine brennende Neugier und unterhielten sich über ihn.

„Aber höflich ist er wenigstens. Ich meine, er könnte ja auch einfach auf den Fußboden pinkeln", hatte ihr Ehemann gemeint, als er das Rauschen des Wassers im Toilettenbecken vernahm, und versucht durch derart unsinnige Bemerkungen die eigene ängstliche Tatenlosigkeit zu kaschieren.

Die Bewohner des Hauses, die sich einst im Liegen fest an ihre Schlafmatten gepresst hatten, auf jedes Atemgeräusch, jedes von einer Körperbewegung herrührende Rascheln konzentriert, ja, die sich sogar davor gefürchtet hatten, den im Mund angesammelten Speichel hinunterzuschlucken, diese Bewohner hatten ihre Haltung tatsächlich auf überraschende Weise geändert.

Man könnte sagen, dass diese Veränderungen erst möglich wurden, nachdem sie und der Eindringling eine Art Kompromiss miteinander geschlossen hatten. Es war eine stille Übereinkunft zwischen beiden Seiten.

Ich werde euch kein Haar krümmen und ihr verhaltet euch dafür still und schlaft indessen. Hi, hi.

Ob Sie nun ein Räuber sind oder was auch immer, ob Sie in andere Häuser eindringen und was Sie dort treiben, interessiert uns nicht. Wir wünschen nur, dass uns nichts passiert. Kommen Sie bitte niemals auf die Idee, ins Erdgeschoss einzudringen, und verschwinden Sie leise wieder, wenn es so weit ist!

So wie dieser lautlose Dialog beispielsweise.

Jedes Mal, wenn sie sich dieser Veränderungen bewusst wurde, verspürte sie im Hals ein raues Widerstreben aufsteigen. Verwirrung und Übelkeit, als hielte sie ein vollkommen verworrenes Knäuel in der Hand. Es ähnelte jenem Gefühl der Ratlosigkeit, das sie einst empfunden, als sie an einer viel befahrenen Kreuzung mitten auf der Straße stand und die Ampel plötzlich auf Rot umschaltete; da konnte sie weder weiter- noch zurückgehen.

Als sie nach Hause zurückkehrte, erwarteten die Schülerinnen sie bereits. Sobald sie das Eingangstor passiert hatte, kamen sie ihr auf dem Hof entgegen, dickbäuchige Taschen in den Händen ließen sie schwanken und allem Anschein nach schienen sie in ihr Heimatdorf fahren zu wollen.

„Was ist denn los? Wollt ihr wegfahren?", fragte sie Unwissenheit vortäuschend, obwohl ihr im Grunde alles klar war.

„Jetzt sind doch Ferien und wir fahren nach Hause. Wenn wir hier bleiben, ist es zu langweilig und ...", sagte eines der Mädchen, verschluckte das Ende des Satzes und lächelte.

Die beiden wohnten schon zur Untermiete im Haus, als die Frau einzog. Sie hatten erzählt, dass sie dieselbe Klasse der Mittelschule absolviert hätten und aus zwei benachbarten Dörfern nach Seoul gekommen wären, wo sie jetzt schon seit drei Jahren wohnten.

„Aber warum denn? Wolltet ihr nicht noch einen Schreibmaschinenkurs besuchen und euch an irgendeinem Institut auf die Beamtenprüfung vorbereiten?"

Einst hatten die Mädchen erzählt, sie würden in die letzte Klasse der Oberschule gehen und in den Ferien ein privates Institut besuchen wollen, um sich auf eine Beamtenprüfung vorzubereiten. Der Grund, weshalb sie nun in aller Eile ihre Sachen packten und abfahren wollten, wo sie doch vor kurzem noch ganz andere Pläne gehabt hatten, lag klar auf der Hand. Sie neigten die Köpfe leicht zum Gruß, drehten sich um und überquerten schnell das Stück Brachland. Sie betrachtete die beiden von hinten und biss sich vor Schuldbewusstsein auf die Lippen, als hätte sie die Mädchen mit eigenen Händen hinausgeschoben und weggejagt.

Gerade an diesem Tag kam ihr Mann besonders spät nach Hause.

Ununterbrochen hatten sie und das Kind gewartet und saßen sich an dem Esstischchen, auf dem die Speisen kalt geworden waren, zu zweit gegenüber, als er erst nach neun Uhr abends heimkehrte.

Als sie ihm das Eingangstor öffnete, wehte ihr eine starke Alkoholfahne entgegen. Zweifellos hatte er einen in der Krone. Gewöhnlich wurde er schon von einem Glas Wein rot, weshalb er Alkohol eher mied. In den acht Jahren seit ihrer Hochzeit konnte sie die Tage, an denen er betrunken nach Hause gekommen war, an den Fingern ihrer beiden Hände abzählen, und so überraschte es sie außerordentlich, wie er nun auf kraftlos wankenden Beinen dastand, einem Gewohnheitstrinker gleich sogar mit den Fäusten gegen das Eingangstor schlug und brüllte: Mach die Tür auf!

Stets kleidete er sich ordentlich, wie es sich für einen Lehrer gehörte, welcher an seiner Schule für die Lebensführung der Schüler verantwortlich zeichnete, er war ein korrekter Mensch, dessen Knöpfe niemals grundlos geöffnet waren, und dieser Mann schwankte jetzt, den Mantel offen und den Krawattenknoten auf der Brust hängend, unsicher über den Hof.

„Nichts Besonderes vorgefallen, oder?", fragte er und knallte die Tasche auf die hölzerne Diele. Seine Stimme von übertrieben kraftvollem Klang hörte sich in ihren Ohren so ungeschickt an, als spreche ein drittklassiger Schauspieler unbeholfen seine Rolle.

„Gestern war er wieder da. Sonst ist nichts passiert, nein."

„Was sagst du?"

Waaas? Du hast Anzeige erstattet? Und was haben die Polizisten gesagt? Was, verdammt, treiben diese Kerle überhaupt? Das darf doch nicht wahr sein! Die werde ich diesmal gründlich zur Rede stellen. Letztes Mal habe ich mir die auch vorgeknöpft und da meinten die doch: Aber es wurde ja nichts gestohlen. Und dabei war's nicht mal ein Einzelfall. Das ist doch einfach ein Ding der Unmöglichkeit! Ha, das verschlägt einem ja echt die Sprache.

Er brüllte laut als sei er fürchterlich aufgebracht. Voller Entsetzen angesichts der aufgebrachten Stimmung lutschte der Sohn am Löffel, flüchtete in eine Zimmerecke und stand dort leise vor sich hin wimmernd.

Doch sie wusste es: Das Gleiche, was ihr heute auf der Wache widerfahren war, würde auch ihm passieren, wenn er dorthin ginge; ohne überhaupt erst laut geworden zu sein, käme er wieder zurück. Dass er letztlich durch sein ungeschicktes Theater nichts verbergen konnte, wie wild er mit dem Fuß auch gegen das Tor trat, wie sehr seine Kleidung auch unordentlich an ihm herabhing, wie schief die Krawatte auch saß, wie erregt er die Stimme auch erhob und Kühnheit vortäuschte.

Der Magen schien ihm Probleme zu bereiten, die er kaum noch ertragen konnte. Da er zu tief ins Glas geguckt hatte, musste ihm wohl etwas schwer im Magen liegen, rauer Atem entrang sich seiner Kehle und er schlug sich mit der Faust gegen die Brust.

Sie stand da und warf einen teilnahmslosen Blick auf das Gesicht ihres sich vor Schmerzen krümmenden Gatten. Da begann der Ekel, ein Ekel, dessen Ursache sie nicht kannte, langsam in ihr aufzusteigen. Sie wartete, bis die grausame Versuchung, seinem Leiden bis zum Ende zuzusehen, in ihrer Brust eine hinterlistige Feindseligkeit hervorrief. Doch schließlich obsiegte das Mitleid.

Er wird sich gequält haben. Jedes Mal, wenn die brutalen Schritte des arroganten Eindringlings die Decke vibrieren ließen, als steckte dahinter die listige Absicht, den Bewohnern ihren jämmerlichen Kleinmut zu beweisen, als beleidigte, verspottete dieser Mensch sie, schämte er sich der Kriecherei, mit der er das alles zuließ, und der letzte Rest von Selbstachtung als Familienoberhaupt war vernichtet, was alles sehr schmerzlich für ihn sein musste.

Plötzlich empfand sie Rührung und den Wunsch, ihn fest in ihre Arme zu schließen. Doch ihr zerstreuter Blick blieb nur auf seinem schwächlichen, wie ein Bogen gekrümmten Rücken hängen. Nach einer ganzen Weile bat er seufzend um etwas zu trinken und erst in diesem Moment eilte sie in die Küche.

Er verbot ihr das Licht auszuschalten.

Die Schüssel, randvoll mit Honigwasser, hatte er in einem Zug geleert, sich irgendwie hingeworfen und zu schnarchen begonnen, als er plötzlich wieder hochfuhr und sie nicht wusste, was ihn dazu bewogen hatte. Sie breitete die Schlafmatte aus, stellte den Nachttopf in die Ecke, füllte Reiswasser in eine Kanne, die sie ihm neben das Kopfende stellte, und die ganze Zeit über hielt er sie davon ab, das Licht auszuschalten.

„Nein. Lass es heute so!", sprach er in deutlichem Befehlston, während seine Augäpfel hervortraten. Dazu setzte er eine todernste Miene auf. Die Armbanduhr zeigte zehn Minuten nach Mitternacht.

Sie saß da, die Knie angezogen, und starrte eine Weile lang geistesabwesend auf seinen hin und her schwankenden Kopf. Einem mit letzter Kraft ringenden Sumo-Kämpfer gleich riss er die ständig zufallenden Augen immer wieder auf, saß auf dem Boden und starrte mit verzweifelter Kraftanstrengung vor sich hin.

„Was zum Teufel ist denn los mit dir?", fragte sie und ihr ängstlicher Blick ruhte auf ihm, wie er die zitternden Beine gekreuzt dasaß und sein Oberkörper vor und zurück schwankte, als wiegte er sich in einem Schaukelstuhl.

„Nein! Mach das Licht nicht aus! Den mache ich heute fertig. Wenn er kommt, gehe ich hoch. Was das für einer ist, was für ein Kerl sich so was rausnimmt, will ich mit eigenen Augen sehen."

Noch immer schwang in seiner Stimme eine übertrieben unsinnige Energie mit, als er in einem Anflug von Wagemut die Konfrontation verkündete. Aber natürlich wusste er selbst nur zu gut, dass dies nichts weiter als ein erneuter Selbstbetrug war, die eigene Schwäche zu kaschieren.

Hör auf damit und schlaf bitte!, wollte sie sagen, doch ihr Mund blieb geschlossen. Nur allzu leichtfüßig näherte sich ihm die Niederlage. Sein Körper, gefährlich schwankend und sich nur mit Ach und Krach aufrecht haltend, kippte schließlich um und fiel zu Boden.

Das Gesicht ihres schlafenden Mannes strahlte eine erstaunliche Ruhe aus. Um beide Schläfen, auf denen sich winzige Schweißperlen zeigten, hatten sich feine Fältchen gelegt. Lange sah sie auf sein kränklich bleiches Gesicht hinab. Da hatte sie flüchtig das Gefühl, als befände sie sich in diesem Augenblick einem vollkommen unbekannten Mann gegenüber.

Das war nicht das Gesicht des Mannes, den sie kannte. Was sie erblickte, war vermutlich das Antlitz eines seiner großartigen Vorfahren aus jener längst entrückten, dunklen Vergangenheit, von der sie nicht wusste, ob sie noch in seinem Blut floss und seinen Atem belebte. Sie sah das Gesicht eines in freier Natur lebenden Menschen der Steinzeit, der in seiner Höhle am Fuße eines Feuer speienden Vulkans, dessen Lava heißer als flüssiges Eisen war, die gebratene Keule eines Sauriers aß und einem Leoparden gleich über die Hochebene rannte, ein Gesicht von solcherart majestätischer Würde war es.

Mit einem Mal leuchteten ihre Augen auf, belebt von dem dringenden Bedürfnis, diesen fremden Mann wachzurütteln. Erwachte ihr Mann aus dem Sumpf des langen, tiefen Schlafes, so wollte sie ihn etwas fragen. Ob er von dem Einbruch vergangene Nacht im Haus gegenüber dem Reisladen gehört habe, und ob er eventuell um die merkwürdige Logik wisse, wenn sich Hausbesitzer und Räuber zu Partnern verwandelten.

Sie stand inmitten eines großen Stadions. Auf den Zuschauerrängen des riesigen, runden Stadions, das einem Schneckenhaus ähnelte, fand gerade eine Vorstellung statt, bei der die Beteiligten aus zahllosen verschiedenfarbigen Tafeln, die sie auf ein Kommando hin über ihre Köpfe erhoben, ein riesiges Mosaikbild entwarfen. Jedes Mal, wenn sich auf das Signal desjenigen hin, der einem Dirigenten gleich die ganze Veranstaltung leitete, die Farbe der zigtausend quadratischen Tafeln änderte, entstanden über den Zuschauertribünen neue prachtvolle Bilder und verschwanden auf ein Zeichen desselben wieder. Genau darin bestand die Großartigkeit des Anblicks. Und just in einem dieser Momente kam es zu einem Lapsus. Eine Person hatte aus Versehen ein falsches Farbquadrat gegriffen.

Im gleichen Moment eskalierte die Situation und Unvorstellbares geschah. Die gedrängten Zellen des Mosaik-Kollektivs begannen sich zu teilen. Das Chaos nahm seinen Anfang in der Umgebung desjenigen, der zuerst die falsche Farbtafel gezogen hatte, und breitete sich weiter aus. Sobald die Person neben ihm bemerkte, dass er und sein Nebenmann verschiedene Farben gezogen hatten, wechselte er schnell die eigene Tafel. Im Nu taten es ihm andere hinter ihm gleich, wie eine Welle schwappte die falsche Farbe auch nach vorn und zur Seite und im Handumdrehen war innerhalb der Gruppe ein furchtbares Durcheinander ausgebrochen. Jeder zweifelte an sich selbst. Alle hatten ihre Urteilskraft verloren, erinnerten sich nicht mehr, welche Tafel sie erheben sollten, und vor Verwirrung wussten sie weder ein noch aus.

Von weitem brüllte der Dirigent wie verrückt ins Megafon, doch niemand verstand, was er sagte. Zu ihrer Überraschung erkannte sie in dem Dirigenten ihren Mann. Gewaltsam entriss sie ihm das Megafon und schrie: Nein! Das ist falsch!

Doch die Karten, die bereits ein wüstes Chaos boten, wuchsen zu Tausenden von Stimmen an und verschluckten ihre Schreie. Sie fiel um. Vor ihren Augen summten Myriaden von Farbtafeln wie ein Bienenschwarm.

Es war ein Traum.

Sie bemerkte, wie jemand an ihrem Arm rüttelte, und schlug die Augen auf. Die Zimmerdecke mit dem gleichmäßig aufgedruckten Muster von weißen und schwarzen Fischen. Die Wand, auf welche der düstere Schein der Torlampe unheimliche, wie Dolche schimmernde Schatten zeichnete, und das Schnarchen ihres Mannes rissen ihr vernebeltes Bewusstsein aus dem Schlaf.

Das Kind hatte sie am Arm gerüttelt. Es wies mit dem Finger zur Decke und flüsterte: „Mama, Mama! Hör mal! Da ist er wieder."

„Was? Was ist ...?"

In ihrer Brust hämmerte es, als wolle sie zerspringen.

Tapp, tapp, tapp.

Fest umschlang sie den schmächtigen Körper des vierjährigen Sohnes, der die kleinen Augen in der Dunkelheit weit aufgerissen hatte. Während die Eltern in tiefem Schlaf versunken lagen, war das Kind von allein aufgewacht und hatte den Schritten gelauscht.

Oh, verzeih mir! Verzeih mir, mein Sohn!

Als schreie sie laut, legte sie alle Kraft und Liebe in den Arm, mit dem sie das Kind umarmte.

Sie hoffte, dass bald der Tag anbräche. Wie eine Schlafwandlerin erwartete sie mit blassem, müdem Gesicht die Morgendämmerung, die zu ihnen kommen würde, als sei nichts passiert, als würde nie etwas passieren.

Die Erde des Vaters

Einem aufgescheuchten Käfer gleich kroch der Lkw mühsam über den gelblichen Lößweg, der sich in der Ferne zwischen den Feldern entlangschlängelte. Die Räder ratterten über den holprigen Weg, und mit jedem Aufschlag erklang das scheppernde Geräusch zusammenschlagender Eisenteile. Hinter dem Auto stieg eine diesige Staubwolke auf.

Auf der verdecklosen Ladefläche des Lkw hockte eine einsame Gestalt und schien eigentümlich in sich zusammengeschrumpft. Die Aluminiumrohre, die das Fahrzeug geladen hatte, warfen dann und wann einen unheimlich anmutenden, kalten, metallischen Lichtstrahl zurück. Unbeweglich lag das Land, flache Ebenen, deren Grashalme schon ihren Reiz zu verlieren begannen, und sich zu fahlem Aschgrau entfärbende Hügel, zwischen denen allein dieser Lkw ein sich mit aller Kraft beharrlich vorwärts windendes, bewegliches Etwas darstellte.

„Der Kerl hat wirklich nur Pech. Nicht mal zwei Wochen, seit er zu uns ins Quartier gekommen ist, und schon muss er jemanden begraben."

Soldat O hatte die Hose etwas heruntergelassen, um sein Wasser abzuschlagen, und fing schon wieder mit dieser Geschichte an. Ich kaute wortlos auf einem vertrockneten Grashalm. Vor kurzem hatten wir das Feldlager verlassen, und als der Lkw an einem zum Dorf führenden Feldweg anlangte, ließ der Dienstälteste anhalten und uns aussteigen.

Jetzt hatte das Fahrzeug bereits die Felder hinter sich gelassen und umfuhr gerade den Fuß eines Berges. Mir war noch nicht einmal der Name dieses Neuen bekannt. Ich erinnerte mich nur, wie er am ersten Tag – nur wenige Tage vor Beginn des Manövers –, um die Marschausrüstung in Empfang zu nehmen, mit seinen beiden Rucksäcken im Arm schüchtern in die vor Unordnung strotzende Quartierbaracke eingetreten war. Mit dem Versorgungsfahrzeug, das alle zwei Wochen vorbeikam, sollte er jetzt zu seinem Stationierungspunkt zurückkehren. Wahrscheinlich würde er dort sofort einige Tage Sonderurlaub erhalten und in seine Heimat fahren. Doch es war ungewiss, ob er sein Elternhaus noch rechtzeitig erreichen konnte. Vielleicht war die Begräbnisfeier schon vorüber, die weißen Vorhänge auf dem Innenhof des Hauses längst wieder abgenommen. Endlich war der Lkw, verfolgt von der Staubwolke, meinen Blicken entschwunden und allmählich nahm die unbewegliche, leere Landschaft wieder ihren Platz ein.

„Der arme Kerl! So ein großer, kräftiger Mensch plötzlich mit so weinerlicher Stimme ... Seine Mutter war alleinstehend, habe ich gehört."

Wir liefen los. Am Rande eines flachen Hügels, der sich rechter Hand des vom Militär genutzten Feldweges ausbreitete, erstreckte sich ein schmaler Abzweig, gerade breit genug, ein Auto passieren zu lassen. An der Einfahrt des Weges befand sich in Hüfthöhe eine Betonmarkierung, an der auf weißem Untergrund in dünn gekritzelten grünen Buchstaben der neue Name, den das Dorf im Rahmen der „Neuen Dorfbewegung" bekommen hatte, zu lesen war: „Sieg-über-den-Kommunismus-Dorf". Wir schlugen beide den schmalen Weg ein und stiegen einen sacht ansteigenden Hügelweg hinauf. Der kleine Bach am Rande des Weges war völlig ausgetrocknet. Wir durchquerten einen abgelegenen Winkel, wo sich Gesträuch von Eichen und Erlen ausbreitete, und erreichten schließlich den Scheitel des kleinen Hügels. Mit einem Mal stoben vor unseren Augen irgendwelche schwarzen Klümpchen in den Himmel empor; ihr geräuschvoller Flügelschlag ließ uns beide wie auf Kommando erschrocken einen Schritt zurückweichen.

Es war eine Schar Krähen. Beidseits des Weges erstreckten sich breite Felder. Zwischen den Feldfurchen vereinzelt Chinakohl, bereits in Samen geschossen, und Rettich, von strengem Frost befallen, faulten vor sich hin. Von irgendwoher waren zahllose Krähen gekommen, sie schlugen mit ihren dunklen, matt glänzenden Flügeln, scharrten in den Feldfurchen nach etwas Essbarem und hatten sich bei Gewahren der nahenden Menschen mit erschrockenen Sprüngen in die Höhe geschwungen. Doch sie waren nicht weit geflogen. An einem kleinen Feldrain hatten sie sich niedergelassen und kamen nun zurück; ihre Flügel glichen schwarzen Stofffetzen, schlugen auf und ab, bis sich etliche von ihnen auf der Erde niederließen. Einige schienen von Zeit zu Zeit einen forschenden Blick auf uns zu werfen, um uns dann in vorsätzlicher Gelassenheit ihre Rücken zuzuwenden.

Kamerad O schleuderte einige Steine auf die Krähen. Hingeworfenen Holzkohlestücken gleich hatten sich die Tiere bis zu diesem Moment behäbig hin und her bewegt, nun aber stießen sie Schreie aus und stoben wild auseinander. Krah! Krah! Auf dem leeren Feld hinterließ ihr Schreien in der unermesslichen Trostlosigkeit des Frühwinters einen hohlen Klang.

Jetzt nahm O einen etwas kleineren Stein und warf ihn auf die bereits auffliegenden Vögel. Doch sein Stein schaffte es nicht bis zum hinteren Rain und ging zwischen den Feldfurchen zu Boden.

„Sogar diese verdammten Krähen verderben mir heute die Laune!"

O hängte sich das Gewehr, das er auf der Erde abgelegt hatte, wieder über die Schulter und spie kräftig aus. Die zahllosen Vögel hatten sich in einem Winkel des Himmels zu einem unheilschwangeren schwarzen Fleck vereinigt, kreisten mehrmals über unseren Köpfen und verschwanden schließlich hinter den Hügeln. Jedes Mal, wenn das heftige Rauschen ihres breiten Flügelschlags erklang, schien irgendetwas tosend über unseren Köpfen niederzugehen, und in einem Gefühl unheimlichen Missbehagens zuckten wir unwillkürlich zusammen.

„Wenn ich ein paar Kugeln hätte, würde ich diese blöden Vögel einfach …"

„Was ist denn los? Nach so langer Zeit mal wieder ein paar Krähen zu sehen, da sind sie mir fast willkommen."

„Willkommen? Diese verdammten Viecher, die den Leichen die Augen auspicken! Mancher hält ja Elstern für ein gutes Omen, aber selbst die stimmen mich missmutig. Ein Vogel muss klein und lieblich anzusehen sein. Diese ekelhaften schwarzen Kreaturen …"

Sein grundlos wutverzerrtes Gesicht trieb mir ein Lächeln in die Mundwinkel. Aber unabhängig von diesen Krähen gab es da etwas, das ihm das Herz schwer machte. Zum wiederholten Male lebte vor meinen Augen die Szene auf, deren Zeuge ich vor kurzem geworden war, als er beim Graben plötzlich einen lauten, schreckerfüllten Schrei ausstieß, den Spaten durch die Luft wirbelte und davonrannte. Mensch, was macht das schon! Hast du zum ersten Mal ein paar menschliche Knochen gesehen? Die Kameraden verspotteten ihn, und so sah er sich veranlasst, ein merkwürdig verlegenes Grinsen aufzusetzen und Gelassenheit vorzutäuschen. Aber wahrscheinlich hatte er dieses Unbehagen, das da irgendwo in ihm drin unablässig bohrte, bis jetzt nicht verdrängen können. Noch immer lief er, den Kopf gesenkt und von Zeit zu Zeit wütend auf die Erde spuckend, voran.

„Vergangene Nacht der Traum war ekelhaft. Scheiße."

O stieß einen vertrockneten Zweig mit dem Fuß beiseite.

„Was für ein Traum?"

„Hab' eine Totenbahre gesehen. Aber es war irgendwie komisch. Ich weiß nicht, wenn es ein Leichenwagen oder ein Krankenwagen gewesen wäre ... Aber ich jagte laut heulend hinter einer bunten Totenbahre her, und dann bin ich aufgewacht. Außer im Film habe ich so ein Gerät noch nie gesehen."

Fragend wandte er mir sein Gesicht zu, auf dem ich wirklich einen Ausdruck von Argwohn wahrzunehmen vermochte.

„Der Traum passt doch. Das war der Traum dieses Neuen, den wir da eben getroffen haben, und den hast du einfach nur an seiner Stelle geträumt", erwiderte ich, obwohl ich genau wusste, aus welchem Gedanken heraus er mich gefragt hatte. Jedenfalls verfiel er in ein verdrießliches Schweigen, als ob ihn nach wie vor etwas bedrückte.

Bei jedem Schritt stieß mein Gewehr an die am Gürtel befestigte Feldflasche und gab einen klirrenden Ton von sich. Als ich mich umdrehte, hatte sich die Schar Krähen schon wieder flügelschlagend auf dem von uns soeben verlassenen Feld niedergelassen. Ob sich die Tiere dort irgendetwas Fressbares versteckt hatten? Die großen, grässlich anzuschauenden Vögel sprangen auf dem völlig kahlen Feld hin und her, streiften zwischen ausgetrockneten Furchen, denen alle Fruchtbarkeit genommen schien, gemächlich umher und versetzten mich unerklärlicherweise in eine melancholische Stimmung.

‚Sieh mal dort! Die Vögel erkennen die Jahreszeiten viel früher als die Menschen.'

Das waren die Worte der Mutter. Sie legte die zu feinen Streifen geschnittenen Batatenstücke eines nach dem anderen zum Trocknen auf die Steinmauer vor dem Hof. Ich saß zu ebener Erde, betrachtete die Libellen und hob unwillkürlich den Kopf. Die Mutter lehnte an der Mauer, hatte den Kopf nach hinten gebeugt und sah in den Himmel. Ihre Blicke hafteten an jener Stelle des Himmels, wo sich unzählige kleine Punkte zerstreuten. Eine Schar Vögel, deren lange Hälse den Schluss erlaubten, es handle sich um Mandarinenten oder graue Kraniche, so wie ich es im Naturkundeunterricht gelernt hatte. Die Vögel zeigten keinerlei Anzeichen von Eile und schwebten gemächlich am Himmel.

Wenn die Bäume auf dem Berg vor unserem Haus gelb zu werden begannen und die spätherbstlichen Sonnenstrahlen allmählich ihre wärmende Kraft verloren, konnten wir manchmal jenseits der Berge hinter dem

Haus die langen Reihen der Zugvögel erkennen. Sie flogen ziemlich hoch, streckten ihre Hälse weit heraus und kreisten unaufhörlich in der Luft. Ich wusste, dass die Vögel über unser Dorf und den Berg hinweg zum Meer zogen.

,Kind, hörst du! Die Leute sagen, das seien Zugvögel aus dem Norden. Wenn es kälter wird, kommen sie in den warmen Süden hinunter, und im Frühjahr ziehen sie wieder in ihre Heimat zurück.'

Gedankenverloren sprach die Mutter diese Worte; sie hatte ihre eigentliche Arbeit vergessen, hielt den Kopf weit nach hinten gebeugt und starrte in den Himmel. Was sie da sagte, wusste ich schon aus der Schule. Dort hatte ich auch gelernt, dass diese Vögel in Küstennähe oder an Flussufern kleine Fische, Uferschnecken oder Muscheln fraßen. Trotzdem ließ ich sie weitersprechen, unterbrach ihre Rede nicht, obwohl ich schon mehrfach zuvor die gleichen Worte von ihr gehört hatte. Jetzt schienen sie mir wie eine Beschwörungsformel, die sie allein vor sich hin murmelte.

Erneut hatte ich die Flügel der Libelle zwischen meine Knie geklemmt und war damit beschäftigt, ihre Beine mit einem Faden zusammenzubinden. Kullernd traten die Augen des Tieres hervor, und seine Beinchen bewegten sich noch immer zuckend. Diese mit einem Faden zusammenzubinden, war nicht einfach. Das gefesselte Tier wollte ich als Köder nutzen, um andere Libellen anzulocken.

Eine ganze Weile später stand die Mutter noch immer geistesabwesend da und starrte zum Himmel empor. Doch keiner der Vögel würdigte sie auch nur eines Blickes. Sie formierten sich zu langen Reihen und flogen nur laut schreiend über unsere Köpfe hinweg aufs Meer zu. In solchen Situationen packte mich jedes Mal eine unerklärliche, unbändige Wut, und ich schickte den davonfliegenden Vögeln meine geballte Faust hinterher. Die Mutter indes stand lange, lange auf ihrem Platz wie angewurzelt, bis die Vögel, über die Felder des Dorfes hinweg die Berggipfel überquerend, weit entfernt auf der gegenüberliegenden Seite im Dunst verschwanden. Und mit einem Mal fing sie abermals an zu murmeln.

,Ach ja. Dieses Federvieh weiß zur rechten Zeit in die Heimat zurückzufliegen. Sieh nur, wie sie sich anstrengen, die Vögel, um den langen, beschwerlichen Weg aus dem fernen Norden bis hierher zurückzulegen!'

In solchen Momenten schien sie geradezu verhext. Ihre Worte waren nicht unbedingt an mich gerichtet. Sie wandte sich scheinbar an die in einer einzigen langen Reihe, in winkel- oder pfeilförmigen Linien davonfliegenden Vögel oder aber an einen imaginären Jemand, den nur sie allein kannte.

Weiter hinten näherte sich unseren Augen alsbald ein Häufchen dicht aneinanderliegender Häuser. Es mochten um die dreißig sein. Auf einem Damm, angehäuft entlang des schmalen Bächleins, das aus dem Gebirgstal herunterkam und sich hier vor dem Dorf in Kurven wand, erhoben sich hie und da hohe, bereits vollständig entlaubte Pappeln. Heutzutage stößt man überall im Land auf derartige Dörfer: Die schäbigen Häuschen notdürftig mit Schiefer oder Wellblech gedeckt und darüber reichlich bunte Farbe geschwappt, was ihnen eher eine rohe, grobe Gestalt verlieh. Da bildete dieses Dorf keine Ausnahme. Für eine gebirgige Gegend der Provinz Gangwon war die Umgebung vergleichsweise eben; nur kleine Feldzipfel waren bestellt, die Menschen fristeten hier mühselig ihr Leben und die öde Armut dieses entlegenen Dorfes fiel jedem Betrachter sofort ins Auge.

Zu unserer Rechten tauchte ein etwas abseits stehendes Haus auf. Aus dem lehmigen Innenhof des unansehnlichen Anwesens sprang plötzlich ein Hund hervor und bellte uns an. Das Tier war völlig ausgezehrt, eine hässlich entstellte Promenadenmischung. Als wir den Eingang des Dorfes erreicht hatten, fiel uns ein winziger Laden ins Auge. Er schien der einzige hier zu sein; an einem Pfeiler war ein Blech mit der Aufschrift „Zigaretten" angebracht, daneben hing ein roter Briefkasten. Vielleicht war es am besten, wenn wir zunächst hier fragten.

Die hoffnungslos überalterte, wacklige Glastür war geschlossen. Nur öde, leere Häuser schienen uns zu umgeben, und ringsherum fehlte jedes Anzeichen menschlichen Lebens. O legte Gewehr und Stahlhelm auf einer unter dickem Staub begrabenen Holzbank ab, setzte sich rittlings darauf und rauchte eine Zigarette. Ich schaute durch die Glastür. Den Fensterrahmen bedeckte ebenfalls eine dicke Staubschicht, drinnen war niemand zu sehen. Als ich die Schiebetür bewegte, merkte ich, dass sie nicht verschlossen war. Was war denn das für ein Laden? In Pappkartons lagen Tüten billiger Kekse, Schnapsflaschen und Instantnudeln, Seife, Streichhölzer und Gummiband, darauf beschränkte sich das gesamte Angebot. Auf mein mehrfaches Rufen hin öffnete sich eine mit beschmutztem, in Fetzen herunterhängendem Papier beklebte seitliche Tür etwa bis zur Hälfte, und der Kopf eines Menschen kam zum Vorschein. Die bereits halb ergraute alte Frau fragte: „Suchen Sie jemanden?"

Die Alte hatte unsere Militäruniformen bemerkt und bewegte sich langsam bis zur Türschwelle, wo sie sich niedersetzte. Mit der einen Hand hielt sie noch immer den eisernen Türring umklammert. Das Zimmer, aus dem sie gekommen war, lag in trübem Licht, und es war nicht zu erkennen, ob sich darin noch jemand befand. Nur eine auf dem Fußboden ausgebreitete, abgenutzte Schlafmatte bot sich unseren Blicken.

„Entschuldigen Sie bitte. Wir wollten uns nach etwas erkundigen."

„Worum geht es denn?"

Ich hatte den Stahlhelm abgenommen und gab mir Mühe, meinem Gesicht ein freundliches Lächeln abzuringen. Der wachsame Blick der Alten ruhte noch immer auf mir. Ich erkundigte mich nach dem Haus des Dorfbürgermeisters.

„Der Bürgermeister? Ich weiß zwar nicht, was Sie von ihm wollen, aber wenn Sie jetzt hingehen, werden Sie ihn wohl kaum antreffen ..."

Erst jetzt ließ die Frau den eisernen Türring los. Mit lautem Knarren ruckte die Tür ein Stück nach vorn.

„Heute Vormittag war er kurz hier, er hat wohl im Kreis etwas zu erledigen. Der letzte Bus kommt heute Abend, das ist noch lange hin ..."

„Na ja, es muss nicht unbedingt der Bürgermeister sein. Vielleicht könnten wir einen anderen Verantwortlichen des Dorfes treffen?"

Etwas beklommen brachte ich diese Worte heraus und betrachtete dabei die nur halb geöffneten, schmutzig verklebten Augen der Alten. Da regte sich im Zimmer nebenan etwas.

„Warum wollen Sie ihn sehen?"

Ein kleiner Mann von kümmerlicher Gestalt räusperte sich und kam zur Tür heraus. Er hatte bis jetzt im Zimmer gelegen. Auf den ersten Blick schien sein Gesicht von kränklicher Blässe überzogen, doch die von lebenslanger Feldarbeit zerfurchte, bäuerliche Stirn strahlte noch immer eine Spur von Rüstigkeit aus, und auch sein scharfer Blick, der mich traf, war von innerer Kraft gezeichnet. Ich erklärte ihm zunächst, dass wir zu einer Truppe gehörten, die hier am Rande des Gebirges, nicht weit vom Dorf entfernt, seit einigen Tagen eine Geländeübung durchführte.

„Und da haben wir doch tatsächlich heute Vormittag beim Ausheben von Schützengräben das Skelett eines Menschen gefunden."

„Ein Skelett?"

Mit einem Ruck hob der Alte den Kopf. Auch die Greisin, die bis zu diesem Moment mit dem Rücken an die Zimmertür gelehnt auf dem Fußboden gesessen hatte, hob auf diese Worte hin ihren Hintern und schickte sich an aufzustehen.

„Ja. Es sind zweifellos menschliche Knochen. Aber wer würde schon einen Spaten in die Hand genommen haben, wenn er das vorher gewusst hätte! An Gräber zu denken, dafür gab es überhaupt keinen Anhaltspunkt. Das Land war doch viel zu flach und ohne irgendwelche Erhebungen. Das hat jeder gesehen. Auch in der Nähe konnten wir keinen einzigen Grabhügel entdecken."

„Tja, da haben Sie vermutlich Recht."

Unerwartet nickte der Alte, als wüsste er etwas.

„Wo ist denn die Stelle, Herr Soldat?", fragte die Frau. Kraftlos schleppten sich ihre Schritte über die hölzerne Diele auf uns zu. Ihre Reaktion überraschte uns. Während ich in kurzen Worten die Lage der Fundstelle erklärte, stand O neben mir und folgte meinen Worten mit zerknirschter Miene. Das war durchaus verständlich, war er es doch gewesen, der als Erster mit seinem Spaten auf einen Knochen gestoßen war.

In Vorbereitung des Manövers waren wir in der letzten Zeit damit beschäftigt gewesen, unsere Stellungen für den Feldkampf auszubauen. In Gruppen zu zwei Mann eingeteilt, sollten wir heute im Abstand von zwanzig Metern Schützengräben ausheben. Der Bereich, der unserem Zug zugeteilt worden war, befand sich im dritten Abschnitt. O und ich bekamen gerade das am äußersten linken Ende gelegene Stück zugewiesen. Mit seinem Stiefelabsatz hatte der Zugführer eine nicht sonderlich große Stelle markiert. Das im Vergleich zum Umland ebene, flache Land schien mir wie ein etwa vor Jahresfrist aufgegebenes, ehemaliges Feld. Nun standen wir auf diesem von Unkraut überwucherten Fleck Erde. Ein riesiger Wermutstrauch, dessen vertrocknete Blätter herabhingen, war von Strünken distelähnlicher, kräftiger Gräser unentwirrbar umschlungen.

Zum Teufel! Hier ist alles so düster, als ob irgendetwas versteckt wäre, meinte O, der voller Widerwillen die Nase kraus zog, und auch mich erfüllte beim Anblick dieses Unkrautdickichts eine unerklärliche Unruhe. Mit der Schneide unserer Spaten begannen wir das üppig wachsende Unkraut dicht über dem Boden abzuschlagen. Erst nach drei- oder viermaligem Zustechen gingen die daumendicken Strünke zu Boden. Glücklicherweise war der Boden nicht allzu tief gefroren. Als wir den Graben etwa bis Kniehöhe ausgehoben hatten, fiel uns die veränderte Färbung des Bodens ins Auge. Im Vergleich zu der Erde, die wir bis jetzt ausgegraben hatten, kam nun viel feuchterer, schwarz-rötlich gefärbter Boden zum Vorschein. Von irgendwoher erfüllte plötzlich ein übel riechender, fauler Geruch die Luft. Dieser Geruch rief in mir Erinnerungen an meine Kindheit wach. In jenen Tagen, als wir in dem verfallenen alten Holzhaus wohnten, breitete sich an schwülen Sommertagen, als es jeden Moment zu regnen beginnen wollte, vom Boden der hölzernen Diele ebenso ein feuchter, modriger Geruch aus.

Bisweilen, wenn ich allein in dem leeren, großen Haus war und mich die Langeweile packte, legte ich mich bäuchlings flach auf die Diele, hielt meinen Kopf dicht an deren Bretter und äugte lange in die darunter verborgene Finsternis. Tief unter der Diele verbarg sich immer eine abgrundtiefe Dunkelheit. Deren unermeßliche Tiefe und Lautlosigkeit und der ihr ununterbrochen und sanft entströmende feuchte, schimmlige Geruch riefen in mir Furcht hervor, in gleicher Weise angenehm wie verführerisch, als würde ich heimlich Zeuge eines verborgenen Verbrechens, und neben dieser Furcht erfüllte meinen Körper ein elektrisierendes, behagliches Gefühl der Lust und Erregung.

Ach, du meine Güte! Was ist denn das?

Dem seltsamen Geruch aufmerksam mit unseren Nasen nachspürend hatten wir die Arbeit fortgesetzt, bis O mit einem Mal einen durchdringenden Schrei ausstieß. Er starrte den mit seinem Spaten zutage geförderten Erdklumpen an, warf den Spaten von sich und kroch zitternd aus der Grube heraus. Dumpf ging der Erdkloß dicht vor meinen Füßen zu Boden. Das Schädelskelett eines Menschen. Wo ehemals die Augen gewesen waren, schienen zwei schwarze Löcher in den Erdklumpen gebohrt und starrten mich an. Die Kameraden kamen angerannt, und wenig später fanden sich – als gäbe es etwas zu bestaunen – auch der Zugführer und ein Verantwortlicher der Personalabteilung ein. Der Zugführer wies an, einfach alles wieder wie vorgefunden einzugraben. Doch Unteroffizier Kim von der Personalabteilung machte mit der Hand eine abwehrende Geste und trat einen Schritt vor: Vermutlich wissen Sie das nicht. Auch wenn es sich hier um eine Leiche ohne Grab handelt, ist ein solches Benehmen gegenüber den Vorfahren unverantwortlich. Sie meinen vielleicht, alles sei Zufall, aber wer weiß denn, ob das hier nicht eine Fügung des Schicksals ist. Begeht man einen Fehler, kann sich eine glückliche Fügung schnell ins Gegenteil verwandeln.

Ihm selbst wäre Ähnliches schon zwei-, dreimal vorgekommen. Als er einmal solche herumliegenden Knochen unachtsam weggeworfen habe, hätte ihn das Unglück verfolgt und die ganze Sache letztendlich ein schlimmes Ende genommen, setzte er seine Erzählung fort. Er schilderte eine Reihe angeblich wahrer, jedoch wenig glaubhafter, unheilvoller Begebenheiten, die ihm widerfahren seien. Es gehörte zu seiner Gewohnheit, sich in Stunden der Muße einfach jemanden zu schnappen, um dem Auserwählten das Schicksal vorherzusagen oder aus der Hand zu lesen.

Schließlich begannen wir, diese einfach in die Erde geworfenen Knochen vorsichtig auszugraben. Sie schienen in relativ unversehrtem Zustand vergraben worden zu sein. Auch jetzt noch waren sie von solch regelmäßiger Form, dass es unvorstellbar schien, wie sie so lange tief in der Erde gelegen hatten.

Beständig breitete sich um uns herum der saure Geruch weiter aus. Zuerst hatten wir die Schädelknochen ausgegraben. Als danach Teile des Körpers, an denen die Rippenknochen noch lose herunterhingen, zum Vorschein kamen, entfuhr uns plötzlich ein gedämpfter Aufschrei.

Ist das nicht Telefondraht?, fragte jemand und wies mit dem Zeigefinger in die Grube. Die hager hervorstehenden Rippenknochen waren mehrfach mit Eisendraht umwickelt. Dabei handelte es sich um solchen Draht, wie er noch immer bei der Armee für Feldtelefone benutzt wurde. Auch beide Arme und sogar die Handgelenkknochen waren akkurat damit umwickelt. Seltsamerweise wies die Erde an der Stelle, wo die Leiche gelegen hatte, einen rötlich-schwarzen, lehmigen Glanz auf.

Unbeweglich hatte ich vom Rand der Grube her alles verfolgt und ließ in diesem Augenblick unbewusst den Spatenstiel los. Der Spaten rutschte weg und fiel in die Grube hinein. Mein Blick blieb an der mehrfach um die Knochen gewundenen, schwarzen, dünnen Drahtschnur haften, und plötzlich tauchte erneut das faltige Gesicht der Mutter vor meinen Augen auf.

‚Sieh mal! Auch die Vögel wissen zur rechten Zeit in ihre Heimat zurückzukehren‘, murmelte sie, ihren Körper in einen Winkel der Mauer gelehnt und die Augen zum Himmel gerichtet.

Bestürzt wandte sich die Alte an ihren Mann: „Na, siehst du, Vater! Was habe ich dir vorhin erzählt? Und genau ihn habe ich gestern Nacht im Traum gesehen."

„Quatsch, hör auf mit diesem Unsinn!"

„Wenn ich dir aber sage, dass es wahr ist! Er sah genauso aus, wie ich ihn zu seinen Lebzeiten kannte. Auf dem hübschen Gesicht lag so ein Grinsen, ja und er sagte, er wolle dich besuchen, Vater. Im Traum schien alles noch wirklicher, als es im Leben hätte sein können."

„Verdammt noch mal! Hör doch endlich damit auf! Geh lieber und hol uns eine Flasche Schnaps und irgendwas für die Ahnen! Du sagst doch selbst, du hättest ihn getroffen, wie kann ich da mit leeren Händen gehen …", fuhr er die Alte barsch an, verschwand im Zimmer und kam mit einem dunkel gefütterten, grauen koreanischen Mantel wieder heraus. Wir schulterten unsere Gewehre und standen auf. Die Alte wickelte uns eine Literflasche Schnaps und drei, vier getrocknete Fische in etwas Zeitungspapier. Je eines dieser Pakete nahmen O und ich in Empfang und klemmten sie uns unter den Arm.

„Wir bitten um Verzeihung, dass wir Sie bei dieser Kälte unnötig bemühen müssen."

„Aber nicht doch, junger Mann! Das ist doch eine Sache, die uns alle angeht", antwortete der Alte offenherzig und trat flink durch die Eingangstür hinaus ins Freie. Seine Frau lief uns bis zum Eingang des Dorfes hinterher.

„Wenn du dort bist, sieh dir alles genaustens an! Er war ein großer, kräftiger Mann. Du wirst ihn sicher erkennen."

Vielleicht war es ihre Absicht, uns nicht weiter zu folgen, jedenfalls blieb die Alte nach diesem Hinweis für ihren Mann stehen. Dieser bewegte nur einmal leicht den Kopf, trennte sich wortlos von seiner Frau und schickte sich an, uns eilig vorauszulaufen. Erst jetzt bemerkte ich sein leichtes Hinken. Auf den ersten Blick war das nur schwer wahrnehmbar, doch zweifellos zog der Alte beim Laufen das linke Bein ein wenig nach. Trotzdem setzte er seine Schritte ziemlich exakt. Als wir an dem etwas abseits gelegenen Haus vorbeikamen, sprang uns abermals der Hund entgegen und begann laut zu bellen. Ob er nicht genug zu fressen bekam? Er war abgemagert, und aus seinem ausgemergelten Leib stachen die Rippenknochen spitz hervor. Seine schäbige Gestalt hielt ihn indes nicht davon ab, mürrisch zu knurren.

Über das öde, brachliegende Feld, vorbei an großen, dem Wind trotzenden Telegrafenmasten liefen wir drei eine Zeit lang wortlos nebeneinander her. Als ich mich nach einer Weile umsah, bemerkte ich die gebeugte Gestalt der Alten, die uns bis jetzt hinterhergesehen hatte und nun zurückging.

Wurde es Herbst und die Zugvögel kamen, sah ich die Mutter oft, wie sie den Himmel betrachtete. Aber selbst als ich schon viel älter war, konnte ich noch immer nicht begreifen, wieso der Zug dieser belanglosen Vögel ihren Blick jedes Mal so weit in die Ferne schweifen ließ, und warum der natürliche, unfehlbare Instinkt der Tiere, früher als die Menschen den Wechsel der Jahreszeiten zu erkennen vermochte, um in die warmen Süden zu fliegen, warum um alles in der Welt das für sie nur von so besonderer Bedeutung war. Damals fragte ich mich, ob die Mutter beim Anblick dieser, seltsame Laute von sich gebenden Zugvögel, die über unser Dorf hinwegflogen, nicht auf jemanden wartete. Doch es war nicht nur das, was mich stutzig machte. Auch andere Beobachtungen gaben mir zu denken: In der prallen, hochsommerlichen Sonne hockte die Mutter auf dem kleinen, am Hang gelegenen Feld und hackte den Boden, bisweilen hob sie den Kopf, und lange verweilte ihr leerer Blick auf dem schmalen Hügelweg, der gen Osten aus dem Dorf hinausführte. Hängte sie Wäsche auf oder breitete in einer Ecke des Hofes frisches Gemüse aus, schien sie bisweilen wie in Verzückung, wenn sich ihr Blick einen Moment lang in der Weite des Himmels verlor, und sie seufzte tief. Ich war damals vielleicht zwölf oder dreizehn Jahre alt und begann mir gerade Gedanken zu machen, wieso in unserem Haus nur die Mutter und ich lebten.

Der Vater war gestorben. Mit einem Boot war er weit hinaus gefahren und nie wieder zurückgekehrt. Das war alles, was die Mutter gewöhnlich auf meine diesbezüglichen Fragen antwortete. Aber eines Tages – ich besuchte damals die Mittelschule – hatte ich meine Tasche in der Schule gelassen und kam schluchzend nach Hause gerannt. Von einem Klassenkameraden, einem entfernten Verwandten, hatte ich zufällig ein erschütterndes Geheimnis über meinen Vater zu hören bekommen. Ich versetzte der Hoftür einen kräftigen Stoß mit dem Fuß, rannte auf den Hof und stürzte mich unvermittelt auf die Mutter, um sie mit Fragen zu bestürmen. Bis heute kann ich den Ausdruck entsetzlicher Qual, der in diesem Moment ihr Gesicht entstellte, nicht vergessen. Doch mit aller Kraft nahm sie sich zusammen, und ihre Züge waren bereits wieder von Gelassenheit gezeichnet, als sie mir eine kümmerliche Erklärung gab.

‚Ja, dein Vater hatte eine Schuld auf sich geladen – du wirst das jetzt noch nicht verstehen – und deswegen verließ er unser Haus. Aber ... dein Vater hatte schöne Augen. Er war der einzige Student in unserm Dorf ... Er wollte unbedingt verhindern, dass sich die Leute in ideologischen Auseinandersetzungen gegenseitig umbrachten. So konnten auch viele überleben. Wirklich.'

Letztlich vermochten mich die Rechtfertigungen der Mutter nicht zu trösten. Danach versuchte ich nur noch selten, von ihr etwas über den Vater zu erfahren. Vielleicht lag das daran, dass ihre unerwartet des Vaters Schuld eingestehenden Worte mich innerlich tief verletzt hatten. Gerade von diesem Moment an fühlte ich, dass ich die so genannte Schuld des Vaters mit ihm gemeinsam trug, und so entwickelte ich mich zu einem Kind, dessen Blick zu nachdenklich für sein Alter war. Von dieser Zeit an nistete sich das schreckliche Gespenst des Vaters wie ein Fluch in meiner Seele ein und wollte nicht wieder weichen. Fortwährend hielt es sich irgendwo in der schwarzen Finsternis versteckt, und seine kalten, düsteren Blicke verfolgten mich ohne Unterlass. Es verbarg sich überall. Legte ich mich als Kind zuweilen flach auf die hölzerne Diele und spähte durch deren Ritzen, so breitete sich dort unten diese grenzenlose Dunkelheit und der ihr unaufhörlich entströmende feuchte, modrige Geruch aus. Da funkelten sie mir wieder entgegen, die blutunterlaufenen Augen jenes Mannes, den ich noch nie gesehen hatte, und seine Blicke schienen mich zu durchbohren.

Wie ein Brandmal des Fluches und der Angst saß es tief in mir verwurzelt, gleichsam wie ein selbst im langen Fluss der Zeit nicht zu tilgender Blutfleck, der irgendwann an mir haften geblieben war. Mit diesem

Brandmal auf meiner Brust gelang es mir lange Zeit nicht, mich von einem gewaltigen, undefinierbaren Schuldgefühl, das sich hartnäckig an mich klammerte, und einer unglückseligen Vorahnung zu befreien.

Der Wind aus dem Gebirgstal verbreitete klirrende Kälte und fegte über uns hinweg. Der Alte lief noch immer vor uns her. Beim Laufen zog er ein Bein etwas nach, dennoch hielt er seine Hüfte gerade. Es war offensichtlich, dass ihm das nur unter Aufbringung sämtlicher Kräfte gelang. Vielleicht war das Leben, das hinter ihm lag, von einer ebensolchen unbeugsamen Hartnäckigkeit und inneren Stärke gekennzeichnet gewesen, ging es mir durch den Sinn. In der Ferne, am Fuße des Berges, sah ich die Schar Krähen sich bald erschrocken in die Lüfte schwingen, bald auf breiten Schwingen zur Landung ansetzen. Jedes Mal wenn sie sich aufschwangen, kam es mir vor, als blähe sich langsam ein Teil des Himmels wie ein Klumpen verwesten Tierkadavers auf.

„Wie dem auch sei, aber haben wir da nicht gerade das Grab dieses Mannes zerstört, Obergefreiter Lee?", vernahm ich Os Worte, der dicht an mich herangekommen war.

„Ich glaube kaum. Wenn das ein richtiges Grab gewesen wäre, hätte man ihn dann ohne Sarg und noch dazu mit diesen schändlichen Fesseln um den Leib begraben?"

„Das stimmt, aber ..."

Er schob die Schnapsflasche von einem Arm unter den anderen und setzte ein säuerliches Lächeln auf.

„Tja, es wird heut' tüchtig schneien."

Auf diese Worte des Alten hin, der vor uns lief, hob ich den Kopf. Von einem Ende des Himmels her schwebte eine dicke, schwarze Wolke auf uns zu. Plötzlich war die Sonne verschwunden.

Unser Feldlager war nicht mehr weit entfernt. Als wir eine steile Böschung erklommen hatten, kam uns Unteroffizier Kim entgegen und begrüßte den Alten. Der größte Teil der Soldaten war mit dem Graben fertig, hatte Reisig gesammelt und wärmte sich nun am Feuer die Hände. Ob es an der ungewohnten Situation lag, jedenfalls überzog das Gesicht des Alten auf einmal ein Ausdruck der Verwirrung.

„Es tut uns leid, dass wir Sie bis hierher bemühen mussten."

Die Gesichtszüge des Zugführers hatten sich etwas Kindliches bewahrt, er erwies dem Alten einen militärischen Gruß, woraufhin sich dieser beeilte, die Begrüßung mit einer Verbeugung zu erwidern.

Wir führten den Alten zu der Stelle, wo wir die Knochen gefunden hatten. Sie befand sich so, wie wir sie mitten im Graben verlassen hatten, daneben lagen auf Zeitungspapier ausgebreitet die Knochenreste. Lange verweilte sein Blick darauf, dann schnalzte er plötzlich mit der Zunge und seine faltige Stirn verfinsterte sich.

Wie eine Rechtfertigung für ein unbeabsichtigt begangenes Vergehen klangen die Worte des Zugführers, als er sagte: „Ich war es, der hier angewiesen hat zu graben. Es hatte überhaupt nicht den Anschein eines Grabes. Ich kann mir auch nicht erklären, wieso hier jemand vergraben wurde."

„Für denjenigen, der sich hier auskennt, ist das eigentlich gar nichts Ungewöhnliches. Diese Umgebung ist schon seit langem dafür berüchtigt", sagte der Alte, nachdem er alles eine Weile lang schweigend gemustert hatte.

„Ja, wir nehmen auch an, dass es während des Koreakrieges ..."

„Nicht nur hier. Wenn Sie vier, fünf Kilometer im Umkreis des Dorfes graben, ist es überhaupt keine Schwierigkeit, solche achtlos vergrabenen Leichen zu finden."

„War es wirklich so schlimm? Ich hatte bis jetzt noch gar nicht davon gehört, dass es hier bedeutende Kämpfe gegeben haben soll."

Der Alte warf einen flüchtigen Blick auf das kindliche Gesicht des Zugführers, dessen Fragen auffallendes Interesse verrieten, dann drehte er sich um, und sein Blick schien für einen kurzen Moment auf einem in der Ferne sichtbaren Berg zu verweilen.

„Es beschränkt sich zweifellos nicht nur auf dieses Dorf, aber seltsamerweise wurden gerade hier so furchtbar viele Menschen getötet. Sehen Sie mal dort!"

Sein Finger wies auf die fernen Berge. Die riesige Gestalt des Taebaek-Gebirges, des so genannten Rückgrats der koreanischen Halbinsel, lag dort wie zusammengekauert und verdeckte ein Stück des auffallend trüben Himmels. Hohe, steile Berge ringsherum nahmen uns den Blick in alle Richtungen. Wohin man sich auch wandte, überall versperrten schroffe, abschüssige Felswände den Weg.

„Genau dort, das ist das eigentliche Rückgrat des Taebaek-Gebirges. Dort hinauf und immer den Passweg entlang, das, so sagen die Leute, sei die direkte Verbindung vom Süden in den Norden des Landes, vom Jiri-Gebirge bis zum Diamant-Gebirge. Von alters her sind diese Berge so üppig bewachsen, dass der Himmel kaum noch zu sehen ist."

Unsere Blicke folgten der Richtung, die der ausgestreckte Zeigefinger des Alten wies. Gekrümmt wie der Rücken eines riesigen Reptils breitete sich der Bergpass des Taebaek-Gebirges vor uns aus und berührte direkt den nördlich des Dorfes liegenden Berg. Doch der schroffe Steilhang dieses Berges in Dorfnähe war mit menschlicher Kraft unüberwindbar, einem Wandschirm gleich legte er sich um das Tal. Aus diesem Grunde musste man sich zwangsläufig bis in die nähere Umgebung des Dorfes begeben, wollte man diesen schroffen Felsen umgehen.

Nach den Worten des Alten war es damals gerade das, was vielen zum Verhängnis wurde. Gegen Ende des Krieges strömten immer mehr fremde Menschen heran. Als die Front weiter nach Süden vorrückte, wäre das ruhige, nur selten von Gewehrschüssen aufgeschreckte Dorf unvermutet beinahe vollständig verwüstet worden. Die kommunistischen Partisanen aus den Bergen erschienen meistens nur des Nachts, raubten Nahrungsmittel und Kleidung, und gelegentlich schnappten sie sich einen Dorfbewohner als Wegführer. Es gab auch immer wieder Gruppen von Menschen, die den weiten Weg vom Jiri-Gebirge zu Fuß zurückgelegt hatten, und ihnen allen gemeinsam war der ihre Körper entstellende Hunger und die Müdigkeit, mit der sie sich in Richtung Norden schleppten. Schließlich war die südkoreanische Armee gekommen, ihnen den Rückweg abzuschneiden, und in jener Zeit flammten Tag und Nacht sporadische Kämpfe auf.

„Dann kam der Befehl, das Dorf zu räumen, und infolge der Wirren während der Umsiedlung wurde die Bevölkerung stark reduziert."

Der Alte erzählte, wie er eines Tages nach einer Nacht wilden Gewehrfeuers die weit verstreut auf den Feldern und Berghängen liegenden Leichen habe einsammeln und begraben müssen. Nach Kriegsende waren die Bewohner wieder in ihr Dorf zurückgekehrt. An der Stelle, wo man die vielen namen- und heimatlosen Leichen vergraben hatte, wucherte Jahr für Jahr das Unkraut mannshoch empor. Deswegen, so fuhr der Alte fort, hätte dort von vornherein niemand Felder angelegt.

Jemand brachte ein altes Handtuch und etwas Zeitungspapier. Der Alte nahm jedes Knochenstück einzeln in die Hand, befreite es mit dem

Handtuch von Erdresten und begann dann, alles fein säuberlich auf die alte Zeitung zu legen.

„Dann war der Kerl hier vermutlich ein Roter, oder?"

Wie das spitze Ende eines Taktstockes bewegte sich der Finger des Zugführers in rhythmischen Schwingungen in Richtung der Knochenreste. Der Verantwortliche von der Personalabteilung fragte zurück: „Wieso?"

„Die Roten sollen doch über die Berge geflüchtet sein und viele soll's dabei erwischt haben. Der Kerl hier sieht nicht so aus, als ob er Soldat gewesen wäre. Und einer von den Anwohnern hier war er vermutlich auch nicht, denn dann hätte er doch eine Familie gehabt, die ihn wohl kaum einfach so hierhin geworfen hätte."

„Wer kann das wissen? Bei dem schrecklichen Durcheinander, das damals herrschte ..."

Da passierte es. Der Alte, der eben noch neben dem Grab gehockt und die Knochen gesäubert hatte, fuhr die beiden unvermittelt an: „Ha, zum Teufel ... Was in aller Welt ist das bloß für ein Unsinn! Wenn er nun schon tot ist, hm? Wenn er bereits hier so liegt, was hat's dann noch für einen Sinn, genau zu untersuchen, ob er auf dieser oder jener Seite gestanden hat? Was weiß denn der Tote davon ... Das ist doch alles völliger Unfug."

Er schnalzte mit der Zunge.

Die Stimme des Alten klang leise, doch schwang darin eine nicht zu überhörende Stärke und innere Tiefe. Den Kopf gesenkt, fuhr er fort, hingebungsvoll die Erde von den Knochen zu wischen. Wir betrachteten seine kleine Gestalt, wie er, ohne einen Anflug von Eile sich seinen Gedanken hingebend, in seiner Arbeit fortfuhr, als beschäftigte er sich mit irgendeinem wertvollen Gegenstand. Für einen Moment herrschte Schweigen und ich bemerkte, wie seine von der feuchten Erde benetzten Fingerspitzen leicht zitterten.

Mit einem Mal begann er vor sich hin zu murmeln. Seine Stimme klang tadelnd: „Geht es überhaupt an, dass die Lebenden den Schlaf von einem, der schon unter der Erde ruht, stören? Wo gibt's denn so was? Diese beklagenswerte Seele. Einem Toten muss man doch Ruhe gewähren. Seine Augen sollten geschlossen bleiben. Das ist die Pflicht der Lebenden ... Aber diese unglückselige Gestalt in Fesseln! Wie unbequem mag ihr Schlaf gewesen sein!"

Nachdem er die Schädel- und Beinknochen gewissenhaft abgerieben hatte, begann er den um den gesamten Körper gewickelten Draht zu lösen. Schließlich gelang es ihm den fest verknoteten Draht mit den Fingern zu entwirren. Der Eisendraht sah so frisch und neu aus, als wollte er gleich freudig zu klirren anfangen. Der Zahn der Zeit hatte den Körper verwesen und selbst die Knochen zerfallen lassen, dieser Draht hingegen hatte die lange Zeit und die Dunkelheit unter der Erde überstanden und erwachte nun quicklebendig zu neuem Leben. Diese erstaunliche Zähe und Gefühllosigkeit beängstigten mich und trieben mir flüchtig eine Gänsehaut über den Leib.

Nachdem der Alte noch die Fesseln an Hand- und Fußgelenken vollständig gelöst hatte, richtete er sich auf, nahm das Drahtbündel und ging damit ein Stück weg. Als er es in hohem Bogen durch die Luft warf, tauchte vor mir ohne ersichtlichen Grund erneut das Bild der Mutter auf, die Linien ihres schmalen Nackens, wie sie auf dem Hof stand, den Blick gen Himmel gerichtet, und die weiße Wasserschüssel, die sie jeden Morgen für den Vater auf den kleinen Esstisch zu stellen pflegte. So schnell es auftauchte, so schnell war dieses Bild auch wieder verschwunden.

Ich rauchte eine Zigarette. In der Ferne lagen die Berge in aller Stille, im öden Frühwinter ihre schäbigen Rücken entblößend, als seien sie abgestorben. Um mich herum alles grau in grau. Ein Schwindelanfall befiel mich.

Die Mutter trug einen Korb aus Weidengeflecht auf dem Kopf und lief am sandigen Flussufer entlang. Vom Geräusch des gluckernden, fließenden Wassers begleitet, kam sie allein aus der Ferne auf mich zu. Der Sand reflektierte die Sonnenstrahlen und glitzerte silberfarben. Die Mutter hatte ihren Gürtel fest geschnürt und der Saum ihres Rockes flatterte sanft im Wind. Ich blinzelte gegen die Sonne, die meine Augen blendete, und wandte den Blick nicht eine Sekunde von der Mutter ab. Da erblickte ich wie im Traum hinter ihr das Phantom eines ihr dicht folgenden Mannes. Es war der Vater. In seiner Studentenuniform wie auf dem Porträt, das tief unten zwischen den Sachen in Mutters alter Kleiderkiste versteckt lag. Er war es, ohne Zweifel. Er hatte mich im Bauch meiner Mutter zurückgelassen und war eines Nachts, als ein kräftiger Wind blies, den Pfad in den Wald hinaufgestiegen und eilig in Richtung Jiri-Gebirge oder sonst wohin verschwunden. Dieser Mann mit den blassen Wangen und der hageren

Statur kam zusammen mit der Mutter auf mich zu. Die Augen voller Erstaunen aufgerissen, saß ich auf der Wiese und starrte die beiden an. Als sie nach einer Weile so nah waren, dass ich die Konturen von Mutters Augenbrauen, Nase und Mund, ihren schmalen Nacken deutlich zu erkennen vermochte, verschwand das Bild des Mannes plötzlich. Mehrmals rieb ich mir die Augen, aber er blieb verschwunden. Auf dem weiß glitzernden Sand waren nur noch die Fußspuren der Mutter zu sehen.

Die Knochen, die wir in Ermangelung eines Sarges in Zeitungspapier gewickelt hatten, vergruben wir wieder an derselben Stelle. Ein Grabhügel wurde aufgeschüttet und darauf sogar Rasenstücke verpflanzt, sodass es fast wie ein richtiges Grab aussah. Der Alte versprühte den Schnaps über dem Grabhügel, und nachdem er selbst einen Schluck genommen hatte, reichte er das Glas für die anderen herum. O holte den getrockneten Fisch hervor, den ihm die Alte mitgegeben hatte, und so eröffneten wir eine kleine Runde, um dem Toten die gebührende Ehre zu erweisen.

„He, ihr beiden! Diese unerwartete Begräbnisfeier haben wir nur euch zu verdanken! Trinkt zuerst!"

„Ja, ja. Da habt ihr etwas Gutes getan und werdet bestimmt ins Paradies eingehen."

Der Zugführer hob die Flasche, goss etwas Schnaps in den Deckel des Kochgeschirrs und lachend tat jeder der Umstehenden seine Meinung kund.

Mit beiden Händen hielt ich den Deckel des Kochgeschirrs, der bis zum Rand mit Schnaps gefüllt war. Sieh mal dort! Dies Federvieh kennt genau den Zeitpunkt, wann es zurückkehren muss. Die Worte der Mutter. Im Hintergrund irgendein Mann. Brust und Handgelenke mit Draht umwunden, stand er gebeugt und sah unablässig hierher. Seine leeren, weit geöffneten Augen blickten angsterfüllt. Peng! Ein Gewehrschuss zerriss die Stille und er stürzte vornüber. Plötzlich verschwamm alles vor meinen Augen.

Wo mag der Vater jetzt zusammengebrochen liegen? Über seinem Kopf erblühen Jahr für Jahr Unmengen üppigen Wermutgesträuchs und Disteln. Auf welchem gottverlassenen Feld, im Schatten welchen Berges mag er jetzt wohl ohne Grab, ohne Grabstein ruhen?

Aus dem Deckel des Kochgeschirrs floss der Schnaps heraus und tropfte auf die Erde.

Zusammen mit dem Alten machte ich mich an den Abstieg. Er bedeutete mir mehrmals zurückzukehren, doch ich blieb und ging diesmal – anders als auf dem Hinweg – voran. Wolken in dunklem Grau senkten sich immer tiefer herab. Vom Wind getrieben wirbelten sie im Kreise und kamen vom gegenüberliegenden Bergrücken heruntergejagt.

Als wir in einen breiteren Weg einbogen, liefen wir nebeneinander. Die hinkenden Schritte des Alten waren jetzt schleppender als auf dem Hinweg. Dann und wann warf der Wind in seinem Rücken den Saum des abgetragenen Mantels hoch.

„Entschuldigen Sie, ich wurde vorhin zufällig Zeuge der Worte Ihrer Frau. Sie suchen jemanden?"

Mir war die Bitte der Alten, ihr Mann solle sich alles genau ansehen, in den Sinn gekommen, und so fragte ich ihn danach. Er aber ging noch eine ganze Weile schweigend vor sich hin. Ich wollte meine unsinnige Frage schon bereuen, da antwortete er: „Ja, in der Tat, damals habe ich meinen älteren Bruder verloren. Auch das mit meinem Bein, das rührt von jener Zeit … Eines Nachts nahmen die Partisanen meinen Bruder als Bergführer mit. Dann ging das Gerücht um, er sei mit den anderen zusammen erschossen worden, als sie den Berg überquert hatten. Ich bin gleich losgerannt, aber aus welchem Grunde auch immer – seine Leiche habe ich nie gefunden."

Inzwischen waren wir in den Weg eingebogen, der zum Dorf führte. Er schlängelte sich von hier an über hügeliges Land.

„Und letzte Nacht, da hat sie von ihm geträumt. Die Alte, abergläubisch, wie sie nun mal ist, dachte wohl, ihr Traum hätte was damit zu tun."

Ich erinnerte mich an Os Worte, dass er im Traum eine Totenbahre gesehen habe, und eine eigenartige Stimmung überkam mich.

„Das war vielleicht das Skelett von vorhin …"

„Tja, wer kann das jetzt noch wissen? Wenn vielleicht irgendetwas Spezielles erkennbar gewesen wäre, dann hätte man schon … Aber trotzdem, egal wer es auch gewesen sein mag, es war eine unglückliche Seele und es ist doch ein glücklicher Umstand, dass sie nun – zwar spät, aber dennoch – zu ihrer friedlichen Ruhe unter die Erde gekommen ist."

Wehmütig lachte der Alte. Der gerade aufbrausende Wind verschluckte sein Lachen. Mit einem Mal hatte ich das Gefühl, als versinke um mich herum alles in Finsternis. Ich blickte in die Richtung, aus welcher der Wind blies. Die Felder dort hinten verschwammen im Nebel, als ob sie hinter einer milchigweißen Glasscheibe lägen.

„Es schneit. Der erste Schnee."

Einen Moment lang standen wir auf einem schmalen Rain und betrachteten wortlos die auf die graumelierte Erde niederfallenden Schneeflocken. Hinter den Feldern erhoben sich die Dächer des Dorfes. Bereitete man dort gerade das Abendessen zu? Als lösten sie sich von einer Garnspule, stiegen einige Fäden dünnen Rauches schwach in den Himmel auf.

„So, jetzt sind wir fast da. Gehen Sie wieder zurück! So allein wird Ihnen der Weg sicher lang werden."

Der Alte lächelte und bedeutete mir mit einer Geste umzukehren. Gehorsam blieb ich stehen. Er lenkte seine Schritte bereits zum Dorf hin. Die sich zwischen den immer dicker werdenden Schneeflocken entfernende Gestalt des Alten war von eigentümlicher Melancholie. Ich blickte ihm nach, bis ihn die Biegung des gekrümmten Feldrands ganz verschluckt hatte.

Vertraute Geräusche verrieten mir, dass neben meinem Kopf das Esstischchen abgestellt wurde und schon rüttelte mich die Mutter wach. Gestern war ich auf meinen ersten Urlaub nach Hause gekommen. Die ganze Nacht hatte ich im Bummelzug zugebracht und war, kaum zu Hause angelangt, in einen todesähnlichen Schlaf versunken. Die Augen reibend erhob ich mich nun und betrachtete mit Erstaunen den reichlich gedeckten Esstisch. Mit einem kindlich verschämten Lächeln auf den Lippen betrachtete mich die Mutter.

‚Wirklich, ist das nicht komisch? Ich war so mit deinem Besuch beschäftigt und hab's darüber fast vergessen. Ja, heute ist sein Geburtstag.'

‚Von wem sprichst du?'

‚Na, von deinem Vater.'

In einem Moment der Unbedachtheit waren ihr diese Worte einfach so entschlüpft, das wurde ihr jetzt mit einem Mal bewusst und verlegen beobachtete sie meine Reaktion. Wie ein Schock durchfuhr es meine Brust.

‚Zum Teufel! Bist du noch bei Sinnen, Mutter? Hatte ich dich nicht gebeten, nie wieder darüber zu sprechen! Der Vater ist lange tot. Ja, und das ist – selbst wenn er noch leben würde – für uns tausendmal besser so.'

‚Kind, was redest du! Vielleicht lebt er noch irgendwo, wer soll das wissen?'

‚Er ist tot. Das solltest du endlich zur Kenntnis nehmen!'

‚Aber trotzdem ... wenn er nun noch leben würde, dann könnte ich ihn vielleicht irgendwann wieder treffen ...'

Schließlich explodierte ich.

‚Wie bitte? Was erzählst du da? Nach so vielen Jahren! Welch miserable Figur würden wir da wohl abgeben, wenn wir uns wieder sähen, hm?'

Verächtlich stieß ich die Worte heraus, wie sie mir gerade in den Sinn kamen. Die Hand, in der ich den Löffel hielt, begann heftig zu zittern.

‚Ach, nein, es war mein Fehler. Der elende Schnabel dieser, dieser ... nichtsnutzigen Alten plapperte nur wieder mal so unbedacht daher.'

Eilig drehte sie mir den Rücken zu. Zögernd nestelte sie an den Rockschößen ihrer koreanischen Jacke und führte diese schließlich zum Gesicht. Sie weinte. In all den Jahren hatte sie vor mir, ihrem einzigen Sohn, selten eine Träne gezeigt. War sie krank und lag vor Schmerzen gekrümmt danieder, so hatte sie die Zähne zusammengebissen und versucht, Haltung zu bewahren, doch jetzt flossen ihre Tränen ununterbrochen.

Ah! Das hatte ich ganz vergessen! Ihr langes Warten auf irgendjemanden. Den Blick dieses Mannes, der mich anstarrte, in meiner Erinnerung untrennbar verbunden mit dem feuchten, unglücksverheißenden Geruch, welcher der schwarzen Finsternis unter der Diele des verfallenen Häuschens meiner Kindheitstage entwich, und den Namen dieses verhassten Mannes, der mir auch jetzt noch, wo ich herangewachsen war, das Herz schwer machte und nichts als eine tiefe Wunde in mir hinterließ. Seine Augen und Worte hatte die Mutter in den mehr als fünfundzwanzig Jahren wie eine glühende Flamme heimlich in ihrem Herzen gehegt. Nichts anderes bedeutete dieser Mann für sie. Allein als ein liebevoller, inniger Blick, als eine leise Stimme war er immer an ihrer Seite verblieben.

Doch ihr Weinen resultierte nicht nur aus diesem unvernünftigen, hartnäckigen Warten. Nein, sie selbst wusste es in Wirklichkeit besser als alle anderen, dass ihr Warten sie immer mehr von der Realität entfernt hatte und nichts anderes war als ein unaufhörliches Hinausschieben der Wahrheit an einen unendlich weit entfernten, niemals erreichbaren Ort. Fünfundzwanzig lange Jahre und der eigensinnige Selbstbetrug, mit dem sie sich selbst gefesselt hatte, würgten sie, und ohne einen Laut von sich zu geben, weinte sie jetzt still vor sich hin. Vor dem Esstischchen, das sie mir hingestellt hatte, saß ich mit gesenktem Kopf. Vor mir die Suppe mit den dicken Streifen geschnittener Algen, schwarz wie die lange Dunkelheit, die auf unserer Familie lastete. Die Suppe war kalt geworden.

Der Alte war jetzt völlig verschwunden. Durch den inzwischen reichlich angehäuften Schnee stapfend, ging ich den Weg langsam zurück. Bei jedem meiner Schritte stieß das geschulterte Gewehr mit der Feldflasche zusammen und gab ein Klirren von sich. Von Neuem wurde ich mir des Gewichts und des glatten, kalten Empfindens dieses Eisenstückes, das mir über der Schulter hing, bewusst, und eine Gänsehaut lief mir den Rücken hinunter. Diese Herzenskälte ohne jedes Gefühl und die Tiefe der in dem kleinen runden Loch zusammengekauert hockenden Dunkelheit gingen mir durch den Sinn und ließen mich erschaudern.

Krah, krah!

Ich weiß nicht, wann sie gekommen waren. Auf den Feldfurchen neben dem Weg sprangen mit einem Mal unzählige Krähen hin und her. Zwischen den alles in ein tiefes Weiß tauchenden, dichten Schneeflocken waren allein sie es, die sich sammelten und ein schwarzes Hin und Her erzeugten; einer Seuche gleich verbreiteten sie düstere Kälte und unglücksverheißende Vorahnung. Kurz darauf hörte ich zwischen den dicht fallenden Schneeflocken, wie sich jemand, der gekrümmt unter dem gefrorenen Boden lag, bewegte. Es war der Vater. An Händen und Füßen gefesselt, drehte er sich ab und zu um und stieß ein leises Stöhnen aus. Auf dem sich trostlos vor mir ausbreitenden Feld stehend, betrachtete ich lange den geräuschvollen Flügelschlag und das Umherhüpfen der großen, unglücksschwangeren Vögel.

Auf mich fiel ununterbrochen der Schnee. Die dicken, weichen Flocken begruben die Erde vollständig unter sich, sie deckten die Feldfurchen zu, die Raine, meine Füße, die darauf standen, die hier- und dorthin springenden schwarzen Vögel, und schließlich waren auch die Felder und das gegenüberliegende riesige Bergmassiv von weißem Schnee verhüllt. Dieses Weiß glich haargenau jenem blendenden Weiß der Porzellanschüssel, welche die Mutter jeden Morgen, nachdem sie frisches Quellwasser geholt und hineingegossen hatte, für den Vater auf das kleine Esstischchen gestellt hatte.

Der Bahnhof Sapyeong

Voll von Worten tief im Innern, doch
die blauen Handflächen im Schein des Feuers badend,
schwieg ein jeder vor sich hin.

Aus dem Gedicht „Im Bahnhof Sapyeong" von Gwak Jae-gu

Der letzte Zug wollte und wollte nicht kommen.

Soeben hat der alte Bahnhofsvorsteher sein Dienstbuch, dessen Inhalt man nicht gerade als kompliziert bezeichnen konnte, sorgfältig zu Ende studiert. Nun nimmt er seine Brille ab, legt sie auf den Schreibtisch und erhebt sich.

Schon über dreißig Minuten Verspätung.

Die alte Wanduhr über der Eingangstür zeigt auf Viertel nach acht. Aber was soll's, korrigiert er sich, ‚schon' ist an sich übertrieben. Denn schließlich weiß er genau, dass es nicht so leicht ist, auf solch einem kleinen Haltepunkt in der Provinz einen Bummelzug einmal pünktlich auf die Minute eintreffen zu erleben. Noch dazu, wo es heute schneit.

Sich die Hände reibend, tritt der Bahnhofsvorsteher ans Fenster und wirft gedankenlos einen Blick hinaus. Die einäugige Quecksilberdampflampe neben dem Bahnübergang steht wie zum Sprung geduckt einsam im Schneetreiben und schaut mit ihrem fahlen Gesicht auf den Erdboden herab. Lockerer Pulverschnee. Die Flocken, so groß wie Babyfäustchen, drängen ungestüm aus ihrem vagen Versteck dort irgendwo in der Dunkelheit in das Licht der Lampe und purzeln, noch ehe sie ihren Ausdruck des Erstaunens ganz überwunden haben, dick-rundlich zu Boden. Ein gewaltiges Schneetreiben. Es geht kaum ein Wind, und doch weht die weiße Pracht in schrägen Schauern vom Himmel herab. Mit einer leicht besorgten Miene drückt der alte Bahnhofsvorsteher sein Gesicht gegen die Fensterscheibe. Doch sein Atem war schneller und hat sich an das Glas geheftet, wo sich undurchsichtige Wassertröpfchen bildeten, die er mit seinem Ärmel wegwischen musste. An der Eisenbahnstrecke war bis jetzt noch alles in Ordnung.

Er schaut in die Richtung, in die sich die beiden von einer dicken

Schicht Schnee überzogenen Gleise entfernten. Tagsüber konnte man sogar deutlich erkennen, wie der Schienenstrang dort hinten um den Berg bog. Lässt man seinen Blick eine Zeitlang auf den Schienen ruhen, die wie ein Fluss, durch die Frühlingssonne vom Eise befreit, in einem Halbkreis gemächlich um die Bergbiegung ziehen, um in der Unendlichkeit zu verschwinden, so umfängt einen stets ein intensives Gefühl von Ruhe und Frieden. Eine ähnliche Wirkung hat das Bild eines greisen Mannes, der mit allen Dingen abgeschlossen hat und nun still auf seinen Tod wartet. Doch jetzt endet die Eisenbahnstrecke schon wesentlich früher. Dort, wo der Schein der Quecksilberdampflampe schwächer wird, erscheinen die Gleise allmählich immer undeutlicher, bis sie schließlich überhaupt nicht mehr zu sehen sind, als hätten sie sich in nebligem Brei aufgelöst. Jenseits davon herrscht stocktiefe Finsternis. Das von der Dunkelheit verschlungene Ende der Schienen jagt dem alten Bahnhofsvorsteher heute Abend aus unerklärlichen Gründen ein kaltes Erschauern durch einen Winkel seines Herzens. Mit einem leeren Schulterzucken dreht er sich rechter Hand zum Fenster hin. Das ist die Seite, die dem Wartesaal zugewandt liegt und gemeinhin als Fahrkartenschalter bezeichnet wird.

Durch die staubige Scheibe lässt der Bahnhofsvorsteher seinen Blick flüchtig im Wartesaal umherschweifen. Trotz dieser Bezeichnung hat der höchstens die Größe eines Klassenzimmers in der Volksschule. Das kleine Bahnhofsgebäude, dessen Bau noch auf die Japanerzeit zurückging, war in zwei Räume unterteilt, von denen einer als Dienst- und der andere als Wartezimmer genutzt wurde. Wie bei der Mehrzahl solcher Dorfbahnhöfe gibt es auch hier im Wartesaal so gut wie nichts, was man als auffällige Einrichtung hätte bezeichnen können. Durch die außerordentlich hohe Decke und die weiß getünchten Wände wirkt der Raum von knapp dreißig Quadratmetern furchtbar groß und vermittelt so einen noch schäbigeren Eindruck. Das Licht der Neonröhre, die platt wie eine Zikade hoch oben an der Decke klebt, unterstreicht die fahle Atmosphäre.

Fünf Leute sind noch im Wartesaal verblieben. Drei von ihnen drängen sich um den Ofen mit Sägespänen, der in der Mitte des Zimmers steht. Das Ding sieht aus wie zwei zusammengefügte Blechbüchsen und ist obendrein total verrostet, sodass man nicht einmal zu schätzen vermag, wie viele Winter er schon hinter sich hat. Etwa in der Mitte sind in einer

Reihe eng nebeneinander sägezahnförmige Löcher gestanzt, durch die der rote Feuerschein von den brennenden Spänen dringt. Doch es wirkt eher wie eine Anmaßung, allein mit diesem total altertümlichen Heizkörper die kalte Luft einer Winternacht erwärmen zu wollen.

Nur einer von den dreien am Feuer sitzt auf einer Bank, und da ihm das wegen der fehlenden Rückenlehne Mühe zu bereiten scheint, liegt er halb schräg in den Armen eines jungen Burschen, der hinter ihm steht. Der Mann auf der Bank ist schon ziemlich betagt, und seit einer geraumen Weile plagt ihn ein ständiges Husten. Der Bahnhofsvorsteher weiß Bescheid: Lange hatte der Alte seine Krankheit verschleppt, bis sich sein Zustand plötzlich verschlimmerte, und nun ist er auf dem Weg in die nächstgelegene Stadt ins Krankenhaus. Die starken Arme, die ihn im Rücken stützen, gehören seinem Sohn. Die beiden sind die einzigen von den fünf Leuten im Wartesaal, die dem Vorsteher bekannt sind.

Daneben den Mann im mittleren Alter, der sich mit dem Rücken zum Ofen am Feuer wärmt, sieht er zum ersten Mal. Er mag so um die Vierzig sein und macht gleich auf den ersten Blick einen recht schwermütigen Eindruck mit seiner billigen Wollmütze und dem schmutzigen, altmodischen Mantel dazu. Der lange Kinnbart, das dunkle Gesicht und sein auffallend strahlender Augenausdruck wirken irgendwie unheimlich. Ein merkwürdiger Glanz spielt in seinen Augen, wie bei einem Menschen, der lange Zeit in einer Höhle verbracht hat, in die nicht ein einziger Sonnenstrahl fiel.

Außer den dreien sitzt noch ein junger Bursche in einer Windjacke zusammengekauert auf der langen Holzbank drüben an der Wand. Und in einem gewissen Abstand von ihm liegt eine verrückte Frau rücklings ausgestreckt, die sich mehrere Sachen wahllos übereinander angezogen hat. Ihr Körper ist dick wie ein prall gefüllter Lumpensack.

Dem Jungen scheint kalt zu sein, denn er hält beide Hände in den Taschen vergraben und die Schultern ganz und gar eingezogen. Trotzdem macht er aus irgendeinem Grunde überhaupt keine Anstalten, näher an den Ofen zu rücken. Mit einem Ausdruck, als denke er über irgendetwas angestrengt nach, starrt er bohrenden Blickes auf den Zementfußboden, auf dem es überhaupt nichts zu sehen gibt.

Die Sägespäne werden wohl nicht reichen, murmelt der alte Bahnhofsvorsteher, nachdem er die Wartenden einen nach dem anderen gemustert und dann plötzlich wie beiläufig zum Ofen hingeblickt hat. Vor zwei, drei Stunden hatte er Feuer gemacht, sie müssten also fast verbraucht sein.

Das Sägemehl wurde im Schuppen draußen am Bahnhofsgebäude gelagert. Vorhin erst hatte er mitbekommen, dass nicht viel mehr als die Hälfte der zur Überwinterung notwendigen Menge übrig geblieben war. Die rechtzeitige Bevorratung war zwar Aufgabe von Herrn Kim, aber der Bahnhofsvorsteher muss sich eingestehen, dass er mitverantwortlich war, weil er sich nicht beizeiten vergewissert hatte. Da außer ihm selbst nur noch zwei Mann zum Personal gehörten, hatte es von Anfang an so etwas wie eine Aufgabenteilung nie gegeben. Ausgerechnet an diesem Tag war Herr Jang, die Bürokraft, nicht da. Gestern Morgen war er zur Entbindung seiner Frau in die Heimatstadt G. gefahren, sodass sich der Vorsteher und Herr Kim zu zweit den Nachtdienst teilen mussten.

Nun, mit den im Lager noch verbliebenen Sägespänen würde man in nächster Zeit erst einmal irgendwie auskommen. Denn mehr als zwei Mal pro Tag brauchte der Ofen im Wartesaal ja nicht angeworfen zu werden.

Der Vorsteher reckt einmal kräftig seine eingezogenen Schultern, dann schwenkt er seine Arme vor und zurück. Auch ihn fröstelt. Mittlerweile haben seine Hände und Füße zu frieren begonnen, und mit schniefender Nase schleicht er zu seinem Schreibtisch zurück. Dann setzt er sich vor den für Büroräume gedachten Petroleumofen und streckt seine vier Glieder aus.

„Na sag mal, wenn das so weitergeht, kommt der Zug gar nicht mehr."

„Also Vater, wirklich. Ein bisschen Geduld müssen wir schon haben. Wenn er kommen soll, kommt er auch, warum denn nicht."

Die wie abwesend vorgetragene Erwiderung des Sohnes klingt gereizt, nicht einmal sein Gesicht dreht er ihm zu. Er ist ein Bauer in den Mittdreißigern. Wieder fängt der Alte zu husten an. Dabei wird er jedes Mal so stark geschüttelt, dass sein unsagbar jämmerlich wirkender Brustkorb weit hervortritt. Der Sohn schaut einmal flüchtig hin, doch gleich darauf wendet er sich wieder ab und stiert nur auf den Ofen. Er hat inzwischen so ziemlich alles satt, auch wenn ihm seinem alten Herrn gegenüber dabei unwohl zumute ist. Zum einen wegen der Krankheit, die der Vater nun schon ein paar Monate mit sich herumschleppt. Und zum anderen, weil er ausgerechnet an so einem Tag, noch dazu nachts im dichten Schneetreiben, mit dem Zug fahren will. Bei dem Gedanken, dass an allem das exzentrische Wesen des Alten schuld ist, hätte er am liebsten laut aufgeschrien.

Mehrere Male schon wollte er mit ihm in die Kreisstadt zum Arzt, aber der Vater hatte sich hartnäckig widersetzt und immer behauptet, wenn er schon sterben müsse, dann lieber zu Hause. Doch an diesem Nachmittag war er urplötzlich von selbst mit dem Vorschlag gekommen, ins Krankenhaus zu fahren. Denn sein Urin war bereits zu über der Hälfte mit Blut vermischt. Hastig traf er seine Vorbereitungen, und nun wieder beharrte er krampfhaft darauf, zum Bahnhof zu gehen. Den Bus, der zweimal am Tag fuhr, wollte er auf keinen Fall nehmen, weil ihm da während der Fahrt schlecht würde. Kerl, du willst wohl, dass ich verrecke, noch ehe ich im Krankenhaus bin, wie? Lass mich! Wenn du nicht willst, dann fahr ich eben allein. Der Alte vollführte ein so entsetzliches Gezeter, dass dem Sohn nichts anderes übrig blieb, als ihn huckepack zum Bahnhof zu bringen, und damit auch wirklich alles schief gehen sollte, ließ der Zug nun ewig auf sich warten.

„Zum Teufel mit dieser verdammten Bahn ..."

Der Bauersbursche verbeißt sich schleunigst den Schwall von Flüchen, der unvermittelt in ihm aufsteigt. Erschrocken vor sich selbst, geht ein prüfender Blick zum Vater. Zum Glück hält der seine schlafverklebten Augen wie vorhin fest geschlossen. Wie er so das eingefallene, vom Leid tief zerfurchte Gesicht des alten Mannes betrachtet, überkommt ihn ein leichtes Schuldgefühl.

Oh Gott, was habe ich bloß angestellt. Es ist meine Schuld, ich werde dafür büßen müssen ...

Wieder bekommt der Alte einen Hustenanfall. Er hört sich qualvoll an, als ob jemand den Brustkorb innen von Grund auf mit einem Eisenhaken auskratzt.

Der Mann im mittleren Alter, der neben dem Vater und dem Sohn steht und sich den Rücken am Ofen wärmt, scheint jedes Mal zusammenzuzucken, wenn dieses schreckliche Bellen ertönt. Hört er jemanden husten, taucht vor seinem geistigen Auge unweigerlich ein Gesicht auf. Es gehört Heo, dem Zellenältesten. Die chronische Schwindsucht, mit der sein Freund Heo tagein tagaus vor sich hin kränkelte, hatte er sich, wie er sagte, im Knast geholt. Nach dem Krieg war er verhaftet und als politischer Verbrecher mit siebenundzwanzig zu lebenslänglicher Haft verurteilt worden. Obwohl er schon fünfundzwanzig Jahre im Gefängnis lebte, machte er immer noch einen stillen, naiven Eindruck wie ein Neuzugang.

Du hast großes Glück, mein Freund. Er hustete. Vielleicht kannst du mal bei mir zu Hause vorbeischauen, wenn du wieder draußen bist. Ach ja, es ist schon so lange her, dass wir die Verbindung abgebrochen haben ... Vielleicht sind sie schon gestorben, vielleicht leben sie noch ...

Am Tag, als der Mann entlassen wurde, drückte Heo ihm lange die Hand. Dabei standen sogar Tränen in seinen Augen, was gar nicht zu einem Dienstältesten unter den Lebenslänglichen passen wollte.

Inmitten der Schneeflocken, die gegen das Fenster treiben, ruft sich der Mann das ergraute Haar und die eingefallenen Augenränder Heos ins Gedächtnis zurück.

Jetzt müsste gerade die Nachtruhe beginnen. Ob es dort heute Nacht auch schneit, vor den elenden Gittern, die aufgereihten Essstäbchen ähnelten? Das Gefängnis bei Nacht taucht wieder in seiner Erinnerung auf, wo die gespenstischen Strahlen der Suchscheinwerfer pausenlos wie Rasiermesser die Dunkelheit durchschneiden. Auf einmal senkt sich nachdenklich sein Blick. Zwölf Jahre seines Lebens hatte er für immer an diesem Ort verloren. Scheinbar weit davon entfernt, vermochte er doch, sich sämtliche Dinge im Geiste deutlich auszumalen, so sehr war er im Laufe der Jahre Teil des Lebens dort geworden.

Für ihn sind vielmehr die paar Tage, die seit seiner Entlassung vergangen sind, die er außerhalb seiner Zelle verbracht hat, wie ein Traum, ohne jeglichen Realitätsbezug. Die blaue Kleidung, die aschgrauen Wände, der ekelhafte Essengestank, der Schweißgeruch, die Schritte der Wärter auf dem Korridor, die rasselnden Metallgeräusche ... All diese gewohnten Farben und Gefühle, Gerüche, Geräusche, die immer wieder in gleicher Weise wiederholten Verrichtungen hatten sich urplötzlich von ihm gelöst, und statt dessen war ihm eine andere, völlig ungewohnte Ordnung der Dinge einseitig aufgezwungen worden. All dieses Neue versetzte ihn nur in Verwirrung, brachte ihn in Verlegenheit. Deshalb konnte er seit seiner Entlassung ständig dieses Gefühl nicht verbergen, dass ihm irgendeine gewaltige Sache weggenommen worden war. In der Zelle hatte er die Menge seines

Anteils am Leben, die sich unweigerlich verringerte, wie Sandkörner, die aus der Faust rinnen, stets voller Ungeduld abgewogen. Doch seltsam. In diesem Moment, da er hier allein in einem fremden Dorfbahnhof saß, überfiel ihn immer wieder dieses unsinnige Gefühl, dass es in Wirklichkeit nicht die unbewusst zerronnenen zwölf Jahre seines Lebens waren, die man ihm genommen hatte, sondern vielleicht eher der enge, viereckige Raum mit den blauen Sachen, aschgrauen Mauern und üblen Gerüchen.

Da, wieder dieses Husten. Instinktiv dreht sich der Mann um. Doch das ist nicht Heo, der Zellenälteste. Nur fremde Leute. Der Mann stößt einen leichten Seufzer aus und schüttelt den Kopf.

Draußen geht ab und zu ein Wind. Die Stromleitung pfeift summend vor sich hin, und irgendetwas rasselt immer dann, wenn es von einem Windstoß erfasst wird.

Im Wartesaal ist es still. Bei jeder Bö, die durchs Tal heranfegt und am Bahnhofsgebäude vorbeistreicht, klappern die Fenster und stieben im Ofen knisternd die Funken, die Leute jedoch schweigen still. Der junge Bursche, der da drüben allein zusammengekauert sitzt, lauscht immer noch den Windgeräuschen vor dem Fenster. Doch kurz darauf erhebt er sich. Von der Kälte, die aus der harten Holzbank hervorkriecht, friert ihm sein Hinterteil. Er will zum Fenster hinübergehen, zögert jedoch und mustert mit Sorge die Verrückte. Mit gekrümmtem Rücken liegt sie auf der Seite ohne die leiseste Bewegung, bei flüchtiger Betrachtung könnte man sie auch für eine Leiche halten.

Nein so was, bei dieser Kälte ... Dem Jungen scheint es absolut unbegreiflich zu sein, dass ein Mensch unter solchen Umständen schlafen kann. Nur ab und zu gibt die Frau einen schwachen Atemzug von sich.

Der Bursche schaut wieder aus dem Fenster. Will das die ganze Nacht so weitermachen? Dicke Pulverschneebällchen fallen herab. Das Licht aus dem Wartesaal scheint auf den Erdboden vor dem Fenster, wo bereits eine beachtliche Schicht liegen geblieben ist. Geistesabwesend betrachtet der Junge die weißen Flocken, die der Himmel ausschüttet. Wie unzählige Schwärme von Schmetterlingen kommt ihm das Ganze vor.

Genau, das ist es. Schmetterlingsschwärme. Myriaden von weißen Faltern, die des Nachts wie besessen in das lodernde Feuer fliegen und verbrennen, ohne auch nur einen Schrei auszustoßen ...

Er ist Student. Nein, um es exakt zu sagen, er war es bis vor zwei Wochen. In der Innentasche seiner Jacke trägt er zwar noch seinen Studentenausweis, wird aber in Zukunft wohl nie wieder die Gelegenheit haben, ihn zu benutzen. Gerade ist er in dem Stadium, sich selbst als sentimental zu verurteilen, weil er ihn immer noch aufbewahrt, obwohl ihm genau bewusst war, dass er dieses Ding, dessen Bedeutung nicht einmal mehr einem vergilbten Foto aus der Kinderzeit gleichkam, ohne Bedauern hätte zerreißen müssen.

Der Junge starrt in den Feuerschein des Sägespäneofens, der sich in der Fensterscheibe spiegelt. Die scharlachroten Flammen wurden auf dem Glas erstaunlicherweise derart deutlich wiedergegeben, dass er beinahe geglaubt hätte, sie seien echt. Das Ganze war schön wie ein Gemälde. Zwischen dem rechteckigen Fensterrahmen spannt sich die pechschwarze Dunkelheit als Bildfläche, über die unzählige reinweiße Schneeflocken hinwegtanzen. In dem Augenblick, da dorthinein in leuchtendem Zinnoberrot das Feuer des Ofens projiziert wurde, entstand diese atemberaubende Herrlichkeit. Ah, das muss ein Traum sein. Wie von magischen Kräften geleitet, tritt der Junge mit strahlenden Augen einen Schritt näher an das Fenster heran.

– Da war das Morden in Auschwitz, und danach besang niemand mehr die Schönheit. Und niemand träumte mehr.

– Das Schweigen, der Schlaf und der Tod.

– Wie lange wohl müssen wir noch über das Brennen in unseren Herzen nachdenken, ihr verdammten Hundesöhne.

An jenem Tag saß der Junge allein im Hörsaal und starrte auf die wirren Schmierereien, die jemand mit Kugelschreiber auf die Tischplatte gekritzelt hatte. Es war die Zeit, da die Dämmerung sich allmählich über das gähnend leere nachmittägliche Unigelände zu legen begann und die Studenten sich in Grüppchen auf den Heimweg machten, unter den Klängen der klassischen Musik vom Uni-Funk, die sanft aus den an den Platanen angebrachten Lautsprechern rieselte. Am Abend zuvor war es, da hatte die Unileitung ihn informiert, dass er exmatrikuliert worden war. In seiner Abwesenheit hatten Leute, die nichts mit ihm zu tun hatten, ohne sein Wissen über die drei Silben seines Namens nach Gutdünken Gericht gehalten. Als er am folgenden Tag in einer Ecke der Morgenzeitung seinen Namen entdeckte, bemühte er sich eine ganze Weile, den genauen Zusammenhang zwischen diesem Namen in dem Artikel und sich selbst herauszufinden. Da ihm das Ganze absolut nicht in den Sinn wollte, packte er wie immer seine an den Ecken eingedrückte Mappe zusammen. Kaum hatte er den Hörsaal betreten, wurde er auch schon von seinen Freunden umringt. Einige der Jungs, die bereits von morgens an in der Makkolli-Kneipe hinter der Uni saufen gewesen waren, fingen sogar an zu heulen.

Ich hab getan, was ich konnte, aber mehr stand nicht in meiner Macht. Ich schäme mich, dir ins Gesicht zu schauen.

Mit betont weinerlicher Miene erhaschte der Seminarbetreuer seine Hände.

Ist schon gut, machen Sie sich keine Gedanken.

Nachdem alle gegangen waren, wirkte der gähnend leere Hörsaal so still wie das Innere eines Sarges. Die letzten Strahlen der Abendsonne neigten sich durch das Fenster herein, wo sie die lautlos im Raum schwebenden unzähligen Staubteilchen deutlich aufsteigen ließen. An der Tafel die Schrift, die noch nicht völlig weggewischt war, der Geruch des Kreidestaubs, die wie eine Armee-Einheit bei der Rast ungeordnet umherstehenden Tische, die Flecken auf dem Fußboden ... In diesem Moment der Leere stellte er mit Erstaunen fest, wie zwischen diesen ihm seit langer Zeit vertrauten Dingen wieder die gedämpfte Stimme des alten Professors und das Gemurmel seiner Kommilitonen, ihre Wärme, ihr Atem, ihr Lachen und ihr Geschrei, ganz lebendig in sein Bewusstsein traten. Und dann dachte er lange darüber nach, welche Macht ihn eigentlich aus diesen vertrauten Namen, in die er selbst drei Jahre lang als ein Teil integriert war, mit Gewalt herausreißen wollte. Doch er wusste es nicht. Bis der Wächter erschien, um die Hörsaaltür abzuschließen, ihn entdeckte und mit argwöhnischen Blicken aufforderte, sofort zu verschwinden, hatte er noch immer keine Antwort gefunden.

Als er das Gebäude der Philosophischen Fakultät verließ, kam der Wächter, ein altgedienter Kriegsveteran, der während des Koreakrieges in der Schlacht um die Baengma-Höhe sogar einen Orden erhalten hatte, hinter ihm her gehumpelt und warf ihm seine Mappe zu. Die hatte er in seiner völligen Geistesabwesenheit liegen gelassen. Daraufhin bekam er einen regelrechten Lachanfall, den er nicht zu unterdrücken vermochte. Was dermaßen lustig war, wusste er nicht. Wie wahnsinnig wieherte er vor sich hin. Er fiel auf eine Bank nieder und krümmte sich eine Zeitlang vor Lachen, bis sich sein ganzer Mageninhalt nach außen kehrte. Selbst während er sich übergab, musste er in einem fort weiterlachen. Bis sein Gelächter schließlich in einen Weinkrampf überging.

Da klapperte es.

Die Tür zum Wartesaal öffnete sich, und ein ganzer Trupp von Leuten tauchte auf. Vier sind es und, vielleicht ein Zufall, alles Frauen. Im Sog hinter ihren Rücken wehte ein frostiger Winterwind herein. Aufgeschreckt durch die eisige Luft, die der Windzug mitbrachte, wenden alle Leute im Wartesaal gleichzeitig ihre Köpfe in die Richtung.

Gleich auf den ersten Blick sieht man, dass die Frauen nicht zusammengehören. Die eine ist mittleren Alters und von kräftiger Statur, dazu ein junges Mädchen im Regenmantel, und die beiden anderen mit ihren überdimensionalen Bündeln auf dem Kopf sind ganz offensichtlich irgendwelche Hausiererinnen. Man sieht ihnen an, dass sie sich sehr beeilt haben. Auf ihren Schals und Schultern hat sich der Schnee angehäuft. Die steif gefrorenen Wangen zucken krampfhaft, keuchend stoßen sie ihren Atem aus.

„Der Zug ist doch noch nicht weg, oder?"

Die Frage kommt von der älteren Dame, die als erste eingetreten war. Gleich vorhin, als sie die Tür öffnete und die Leute am Ofen stehen sah, hatte sie sich denken können, dass der Zug noch nicht gefahren war, aber sicherheitshalber will sie sich noch einmal vergewissern.

„Ja der muss erstmal kommen, ehe er abfahren kann", erwidert der Bauernbursche, der seinen alten Vater stützt. „Aber keine Spur von diesem verdammten Zug, und das schon seit einer Stunde."

Bei diesen Worten zeigt die ältere Dame unmissverständlich eine überaus zufriedene Miene. Sie ist anscheinend so außer sich vor Freude, dass sie ihren offenen Mund zu einem Lachen verzieht. Am liebsten würde der Bauernbursche ihr die lachenden, knallrot angemalten Lippen zusammendrücken, doch er zwingt sich zur Besonnenheit. Verflucht, die alte Kuh hat offenbar sehnlichst gehofft, dass der Zug Verspätung hat.

„Huch, da hab ich aber noch mal Glück gehabt. Ich hatte ehrlich geglaubt, ich verpasse ihn. War die Mühe doch nicht umsonst."

Stirnrunzelnd mustert der Bauer die Frau. Um den Hals trägt sie zwar einen Nerzpelz, der ziemlich teuer aussieht, aber sie ist abscheulich dick.

Ihr fetter Unterleib ist aufgebläht wie bei einer Kröte, und die unter dem Mantel verborgenen Fleischmassen pressen gegen das Revers, als wollten sie jeden Moment hervorplatzen. Dem Bauer fällt der Schnee auf, der hier und da an ihren Knien haftet, und er stellt sich vor, wie herrlich es klatschen würde, wenn dieser plumpe, massige Körper auf einer rutschigen Schneedecke ausglitte. Auf diese Weise verschafft er sich eine gewisse Genugtuung.

Das junge Mädchen schüttelt sich den Schnee aus den Haaren. Die Hausiererinnen haben ihre Bündel abgesetzt und einen Platz am Ofen eingenommen. Dann macht die dicke Dame Anstalten, sich in Richtung Schalter zu bewegen, um Fahrkarten zu kaufen. Daraufhin folgen ihr schwerfällig die drei anderen Frauen.

„Sagen Sie, der Zug ist doch noch nicht weg, oder?"

Während die Dicke noch ihre völlig überflüssige Frage in den Schalterraum wirft und dabei gegen die Scheibe trommelt, ist der alte Stationsvorsteher schon damit beschäftigt, die Fahrkarten fertig zu machen.

„Nein, nein. Haben Sie noch etwas Geduld. Er wird gleich kommen."

Der Stationsvorsteher verkauft die vier Fahrkarten. Das Mädchen und die ältere Dame haben bis Seoul gelöst, die Hausiererinnen anscheinend bis in die Kreisstadt.

Die Frauen begeben sich wieder zum Ofen hin. Erstaunlich, dass heute noch so viele den letzten Zug nehmen wollen, denkt sich der Vorsteher, während sein Blick durch den Warteraum streift. Von den neun Leuten dort haben acht eine Karte gekauft. Denn die Verrückte, die zusammengekrümmt auf der Bank schläft, fährt immer umsonst. Es ist fünf vor neun. Auf jeden Fall werde ich noch Sägespäne holen müssen, überlegt der Vorsteher. Er zieht sich seine Handschuhe über und erhebt sich.

Den Ofen umlagern mittlerweile sieben Leute. Als würde das späte Erscheinen irgendwelche Privilegien mit sich bringen, drängten sich die Frauen dazwischen und machten sich in ziemlich aufdringlicher Weise breit. Dem Mann im mittleren Alter blieb nichts anderes übrig, als zum Ofenrohr an der Rückseite auszuweichen.

Der Junge steht immer noch am Fenster, und die Verrückte liegt reglos da wie eine Tote.

Die Freude der Frauen, sich nach ihrem Marsch durch die Kälte endlich wieder aufwärmen zu können, ist dermaßen groß, dass jede erst einmal ihren Kommentar dazu abgeben muss. Infolgedessen scheint der Wartesaal, der in tiefe Stille versunken war, unvermittelt wieder zum Leben zu erwecken.

„Ich hab Tatsache gedacht, ich erfriere. Also ehrlich, mir war schon, als würden meine Zehennägel abfallen."

„Na bitte, ich hab's euch ja gesagt, wenn es schneit, soll man gleich den Zug nehmen. Da reichen doch ein paar Flöckchen, und der Bus kommt schon nicht mehr über den Mangwol-Pass."

„Genau, hätten wir man auf dich gehört. Aber nein, wir warten auf diesen dämlichen Bus. Die Qualen hätten wir uns sparen können."

Die Weiber sind unangenehm laut. Ihre Stimmen hallen schrill von den Wänden ringsum zurück. Sie hatten erst ziemlich spät erfahren, dass der Bus aufgrund der Straßenverhältnisse ausfallen würde, und waren nun Hals über Kopf zum Bahnhof geeilt in der Hoffnung, den Zug noch zu erwischen, der ohnehin oft Verspätung hatte.

„Oje, freuen wir uns lieber nicht zu früh. Wer weiß, vielleicht kommt der Zug ja gar nicht."

Als die Dicke das sagt, starren die beiden anderen Weiber sie mit ausdruckslosen Gesichtern an. Keine von beiden hat sofort eine Erwiderung parat. Der glatte Seouler Zungenschlag dieser Frau mit dem blendend weißen Nerz und dem teuren Mantel wird ihr Zögern bewirkt haben. Vor allem ihre Hände, die sie dicht am Ofen den Frauen provokativ-elegant unter die Nase hält, ihre Finger, die infolge übermäßiger Nahrungsaufnahme plump und fett und daher überhaupt nicht schön, aber immerhin weiß-fleischig sind, und an den Fingern nicht nur ein, sondern gleich zwei herrliche Juwelenringe – all das verschlägt ihnen unwillkürlich die Sprache. Die hat anscheinend noch nie ihre Hände in einen Aufwischeimer getaucht. Ungerechtfertigterweise schämen sich die beiden Frauen plötzlich für ihre geschwollenen, aufgeplatzten, unansehnlichen Hände, die sie völlig unelegant über den Ofen halten, sodass sie eher an die Fangarme von Tintenfischen erinnern.

Die dicke Seoulerin hat eine ziemlich schnelle Auffassungsgabe. Auf der Stelle durchschaut sie die Atmosphäre um sich herum und nährt damit ihre innere Arroganz. Ihr gefrorener Körper ist inzwischen aufgetaut, sodass sich ihr Mund zu langweilen beginnt. Doch da es ja Auswirkungen auf ihr Ansehen haben könnte, wenn sie sich mit solchen dörflerischen Hausiererinnen unterhält, wendet sie ihren Kopf umher, um einen anderen, für sie geziemenden Gesprächspartner zu finden.

Schließlich nimmt sie das ihr gegenüberstehende junge Fräulein im Regenmantel ins Visier. So um die fünfundzwanzig, sechsundzwanzig. Recht stark geschminkt, in den Haaren bräunlich-blonde Farbtupfer. Das Gesicht eigentlich recht hübsch, aber irgendwo dahinter verborgen eine gewisse Unreinheit. Seitengassen in der Stadt, düstere Zimmer mit matter Beleuchtung, grelles Rotlicht, der melancholische Rhythmus der Schlager ... Wie Werbespots im Fernsehen erscheinen diese fragmentarischen Bilder für kurze Zeit im Gesichtsfeld der Dame aus Seoul, um gleich darauf wieder zu verschwinden.

Ganz klar. Genau, so eine Kleine ist das.

Die kann sich noch so viel Mühe geben, das zu verbergen – meine Augen lassen sich nicht betrügen, murmelt die Dicke aus fester Überzeugung heraus und mit einer Böswilligkeit gegenüber dem Mädchen, die völlig grundlos ist.

Die Kleine im Regenmantel hält den Kopf leicht gesenkt. Sie merkt zwar, dass die Frau gegenüber ständig stechende Blicke auf sie richtet, ignoriert das aber absichtlich.

Pah, was soll das, was starrt dieses Weib mich so an?

Die Kleine heißt Chunsim. Ja, Chunsim heiße ich. Also, was willst du?

Unwillkürlich steigt Zorn in ihr hoch. Wieso eigentlich haben Menschen derartige Hundemanieren, fremde Leute so schamlos anzustieren? Sie kann es nun einmal absolut nicht leiden, wenn jemand sie mit forschenden Blicken mustert. Ihr ist so schrecklich unwohl dabei, denn sie hat immer das Gefühl, als würde sie Stück für Stück bis auf die nackte Haut ausgezogen werden. Eigentlich merkwürdig, denn sie ist eine Frau, die in ihrer Tapferkeit keiner nachsteht – in der Dunkelheit, oder in einer Zimmerecke, in die kleine rote Lämpchen ihr verführerisch intimes Licht werfen, oder bei einem Trinkgelage, wo sie mit betrunkenen Kerlen zum dumpfen Takt der Essstäbchen die monotonen Lieder bläkt.

Scham? Pah, schon lange hat sie vergessen, was das ist. Ein Kinderspiel für sie, allein mit ihrem nackten Körper, gerade mal mit einem knappen Hauch von Slip bedeckt, den Männern die Sinne zu rauben. Chunsim, Chunsim aus der Löwenzahn-Bar, zumindest in der Gegend von Sinchon zählt ihr Name nach wie vor zur Spitzenklasse. Doch sobald diese Frau am helllichten Tage auf die Straße trat, verwandelte sie sich in ein furchtbar ängstliches Häschen. Unter den unzähligen Passanten, die wie Insektenschwärme die Straße bevölkerten, würde sich wohl kaum einer an das Gesicht von Chunsim aus der Löwenzahn-Bar erinnern können. Trotzdem fiel es ihr nach nunmehr schon dreijähriger Berufserfahrung immer noch schwer, sich draußen mit erhobenem Kopf zu bewegen.

Mühsam richtet Chunsim ihren Blick empor, um sich zu vergewissern, dass die Dicke sie unentwegt in dieser dreisten Art und Weise mustert. Sie entschließt sich, nun eine weitaus trotzigere Miene als vorhin aufzusetzen und wie unbeteiligt in das Feuer im Ofen zu starren.

Chunsim war zu Besuch in ihrem Heimatort und ist jetzt wieder auf dem Weg zurück in die Hauptstadt. Nach dem Abschluss der Mittelschule hatte sie ein paar Jahre herumgefaulenzt und sich dann eines Abends auf gut Glück nach Seoul aufgemacht – eben mit diesem Zug. Drei Jahre war sie nicht mehr zu Hause gewesen, hatte nur gelegentlich mal einen Brief geschickt, ihre Adresse dabei natürlich verschwiegen. Sie hatte erzählt, sie arbeite in einer Kosmetikfirma, wenngleich die Familie ihr das nicht unbedingt abgenommen zu haben schien.

Jedenfalls hatte man ihr zu Hause einen relativ freundlichen Empfang bereitet. Das war auch nicht unbedingt verwunderlich, hatte sich doch das kleine Mädchen, das sich mit einer schmutzigen Tasche unter dem Arm aus dem Staub gemacht hatte, für alle sichtbar in ein schickes Fräulein verwandelt, das nun mit Geld, Kleidung und Geschenken wieder aufgetaucht war und damit nicht nur die eigene Familie, sondern sogar noch die Verwandtschaft bedachte. Während der fünf Tage Urlaub in der Heimat hatte sie das Gefühl, nach langer Zeit das Glück der Kindheit wiedergefunden zu haben. Sie hieß auch nicht mehr Chunsim, sondern Okja wie früher. Doch etwa zum selben Zeitpunkt, da das ausgeleierte Provinzleben sie allmählich anzuwidern begann, ging auch ihre fünftägige Rolle als Okja zu Ende, und sie verließ ihr tief in den Bergen gelegenes Elternhaus, um wieder zu Chunsim zu werden.

Du, Schwester, besorg mir doch auch eine Stelle in deiner Firma, ja?
Na ja, ich werd mal sehen. Ich geb dir Bescheid, wenn ich wieder in Seoul bin.

Chunsim lächelt bitter in sich hinein bei dem Gedanken daran, wie flehentlich Okbun sie gebeten hatte. Ihre kleine Schwester war ihr noch blindlings nachgelaufen, als sie, von ihrer Familie unter Schluchzen verabschiedet, mit ihren hochhackigen Pumps den schmalen Weg davongestöckelt war.

Verrückt, die Kleine. Weiß überhaupt nicht, was dieser Job bedeutet ...

Plötzlich spürt sie ein Stechen in ihrer Brust. Sie holt ihr Taschentuch hervor und putzt sich die Nase.

Endlich ertönte aus der Ferne ein Signallaut.

Der Zug. Er kommt. Die Hausiererinnen und die Frau aus Seoul ergriffen als erste ihr Gepäck, und der Bauernbursche rüttelte schnell seinen alten Vater wach, der auf der Bank eingenickt war, und nahm ihn auf den Rücken. Auch der Mann im mittleren Alter und der Student, der allein am Fenster stand, setzen langsam ihre Körper in Bewegung. Infolge dieser Unruhe hat sich sogar die Verrückte leise von ihrem Platz erhoben.

Sie stießen die Tür auf und drängten eilends auf den Bahnsteig hinaus. Ganz deutlich konnten Sie das Licht erkennen, das auf sie zukam, die Dunkelheit durchschneidend. Doch völlig unerwartet fuhr der Zug an ihnen vorbei, ohne sein Tempo auch nur ein wenig zu drosseln. Pfeilschnell raste er in die entgegengesetzte Richtung davon, sodass es geradezu schwierig war, in den außergewöhnlich hellen Abteilen die schwarzen Punkte auch nur flüchtig als Köpfe der Fahrgäste zu erkennen.

Nachdem der Zug weg war, trat ringsum erneut Stille ein. Alles ist wieder wie vorher, auch der Schnee fällt ununterbrochen weiter vom Himmel. Die aufgescheuchten Leute sind einen Moment lang fassungslos. Vielleicht war das, was da soeben an ihren Augen vorbeihuschte, ein leuchtendes Geisterfeuer, das sie im Traum gesehen haben, oder irgendein Leuchtkörper, den ein unerwarteter Windstoß erfasst hatte – sie wissen es nicht. Zu kurz war der Zeitraum, in dem der ganze Spuk ablief.

Erst als der alte Bahnhofsvorsteher aus der Richtung, in die der Zug entschwunden war, mit der Lampe in der Hand auftauchte und den Leuten mitteilte, dass dies der Express war, trotteten sie niedergeschlagen wieder in den Wartesaal zurück.

„So'n Mist, zu früh gefreut", brummte irgendjemand. Die Leute umlagern erneut den Ofen und halten eine Zeitlang ihre Mundwerke geschlossen. Jeder erweckt einen enttäuschten Eindruck. Der Student schaut wie vorhin aus dem Fenster, und die Verrückte sitzt geistesabwesend auf der Bank.

Kurze Zeit später geht die Tür auf, und der Bahnhofsvorsteher kommt mit einem Eimer herein. Dieser ist randvoll mit Sägespänen gefüllt.

„Nicht leicht haben Sie es bei der Kälte, Herr Vorsteher."

Der Bauer hat schnell einen höflichen Gruß parat. Jemand in Uniform genießt bei ihm uneingeschränkten Respekt.

„Ach was, so oder so, ich muss mich entschuldigen. Ständig haben die Züge Verspätung."

Bei dem Schneetreiben ist das doch kein Wunder, ergänzt der Bauer verständnisvoll.

Der Bahnhofsvorsteher öffnet den Ofendeckel und späht hinein. Es sind noch viel mehr Sägespäne drin, als er dachte. Er hebt den Eimer, schüttet gut die Hälfte des Inhalts dazu und stellt ihn wieder auf den Boden. Dann bleibt er noch, um mit den Wartenden ein Schwätzchen zu halten. Wahrscheinlich hatte er selbst Langeweile.

Die Gesprächsthemen reichen vom Schneefall, der letzten Ernte und den Preisen über den vor kurzem neu ernannten Unterkreisvorsteher bis hin zum Krankenhaus, das in absehbarer Zukunft in der Kreisstadt entstehen soll. Anfangs sind es nur der Vorsteher und der Bauer, doch allmählich beteiligen sich auch die Frauen an der Unterhaltung. Einzig und allein der junge Bursche mit der traurigen Miene hält bis zuletzt seinen Mund verschlossen.

Da der Platz mit dem Erscheinen des Bahnhofsvorstehers noch enger geworden ist, schiebt der Bursche im mittleren Alter sein kleines Bündel, das er dicht am Ofen abgelegt hatte, ein Stück beiseite. In dem Bündel befinden sich lediglich ein Bund Dörrfische und ein paar Anziehsachen wie seine abgetragene, schmutzige Unterwäsche. Sie sind der einzige Besitz, den der Mann aus der Welt jenseits der Backsteinmauern mitgebracht hat.

„Wohnen Sie in Hyangcholli?" fragt der alte Bahnhofsvorsteher den Mann im mittleren Alter zu seiner Seite.

„Ehm, nein."

„Ach so? Aber was hat Sie denn dann hier in diese Gegend ..."

„Na ja, ich wollte jemanden besuchen, aber es hat nicht geklappt, und nun bin ich wieder auf dem Rückweg."

„Zu wem wollten Sie denn? In den Dörfern hier im Umkreis von einem Dutzend Kilometern kenne ich eigentlich fast jeden. Haha."

„Danke, ist schon gut. Ich glaube, ich habe mich in der Adresse geirrt."

Ach so, so ist das. Der Bahnhofsvorsteher hat den Eindruck, dass der Mann nicht richtig mit der Sprache herausrücken will, deshalb schenkt er sich jede weitere Nachfrage.

Der Sägemehlofen strahlt nach und nach immer intensiver seine Hitze ab. Der Bahnhofsvorsteher schließt den Deckel, dann holt er eine Packung „Hansando" hervor und bietet dem jungen Mann und dem Bauern eine an. Die drei fangen an zu rauchen.

Kurz vor seiner Abfahrt hatte der Mann vor dem Seouler Hauptbahnhof dieses Bund getrocknete Fische gekauft. Irgendwann hatte Heo, der Zellenälteste, einmal gesagt, er würde so gern mal wieder weißen Reis mit schön geröstetem Dörrfisch essen, vielleicht war er deshalb darauf gekommen. Jedenfalls dachte er, auch wenn Heo selbst nichts davon hätte, so könne er doch nicht mit leeren Händen dessen allein lebende, siebzig Jahre alte Mutter aufsuchen, deshalb hatte er die Fische bei den Händlern auf dem Bahnhofsvorplatz gekauft. Dann war er die ganze Nacht mit dem Bummelzug gefahren und am frühen Morgen im Bahnhof Sapyeong ausgestiegen, um sich von dort in das kleine Bergdorf zu begeben, wie es Heo ihm erklärt hatte.

Doch Heos Mutter konnte er nicht mehr antreffen. Wie er erfuhr, war sie schon vor über fünf Jahren beerdigt worden. Ein Jahr nach ihrem Tode hatte auch Heos älterer Bruder mit der ganzen Familie das Dorf mit unbekanntem Ziel verlassen, und seitdem hatte man nie wieder etwas von ihnen gehört.

In dem Augenblick, da er dies erfuhr, schienen ihm schlagartig die Kräfte aus den Gliedern zu schwinden. Unbemerkt tauchte vor seinen Augen ganz deutlich das einsame Antlitz des allmählich in die Jahre kommenden Heo auf. Dieses Gesicht eines alten, kranken Lebenslänglichen, der nicht einmal vom Tod seiner betagten Mutter erfahren hatte, sondern eingepfercht in den engen Raum zwischen den Backsteinmauern den für ihn völlig bedeutungslosen Wechsel der Jahreszeiten verbrachte, bis er eines schönen Tages, in blaue Sachen gehüllt, dem Tod begegnen würde – dieses Gesicht hatte seine Schritte gelähmt. Als er sich wieder auf den Weg machen wollte, überkam ihn ein Gefühl, als wäre dieses Dorf sein Heimatort. Denn er stammte ursprünglich aus dem Norden, doch auf der Flucht war er von seiner Familie getrennt worden und so als heimatloser, elternloser Vagabund aufgewachsen.

In dem dichten Schneetreiben auf dem Rückweg stolperte er in einem fort. Er warf einen Blick zurück und konnte leicht verschwommen erkennen, wie aus den Schornsteinen der strohgedeckten Häuser der Rauch vom Zubereiten des Abendessens aufstieg. Diese abendliche Stimmung in dem Dorf am Fuße der Berge, das nach und nach der Schnee sanft zudeckte, erweckte einen derart friedlichen Eindruck, dass ihm die Augenränder feucht wurden.

Siehst du, Heo, jetzt geht's dir genauso wie mir. Jetzt haben wir beide keine Heimat mehr. Aber trotzdem bist du noch besser dran als ich. Denn selbst wenn du wolltest, du kannst gar nicht nach Hause, und du musst auch nicht, hahaha. Ich dagegen muss jetzt irgendwo hin, bloß wohin nur, zum Teufel?

Immer wieder quälte ihn diese Frage, während er mit weit ausholenden Schritten durch den Schnee davonstapfte.

Der Stationsvorsteher schaut auf die Uhr. Halb zehn, nun wird es aber wirklich langsam Zeit. Dann entdeckt er den Jungen, der am Fenster herumlungert.

Der Junge studiert gerade die Fahndungsfotos auf dem Plakat an der Wand. Sie zeigen die Gesichter von über zwanzig Koreanern, ganz gewöhnliche Gesichter, und darunter sind ihre Namen, Alter, das begangene Verbrechen, Aussehen, Bekleidung und andere Angaben vermerkt. Einige von ihnen sind mit einem fetten roten Stempel „verhaftet" überdruckt. Der eine stammt aus seiner Uni von den älteren Semestern. Seit ein paar Monaten wird er wegen des Verdachts auf Anstiftung zur Demonstration gesucht. Gedankenversunken steht der junge Mann ihm nun gegenüber, so als würde er sich mit dessen Foto unterhalten. In eben diesem Moment zuckt er leicht zusammen, wie es scheint, weil der Stationsvorsteher ihn angesprochen hat.

„He du, ist dir da nicht zu kalt? Komm her und wärm dich ein bisschen am Feuer."

Der Junge zögert zunächst, geht dann aber doch zum Ofen hinüber. Vor dem Bahnhofsvorsteher macht er eine kurze Verbeugung.

„Sag mal, irgendwoher …"

Der Bahnhofsvorsteher ist sich unsicher. Er weiß im Augenblick nicht, wo er dieses Gesicht hinstecken soll.

„Sie werden mich nicht kennen, Herr Vorsteher. Während meiner Oberschulzeit habe ich Sie immer auf dem Schulweg gesehen … O Dongsam aus dem Dorf jenseits des Passes ist mein …"

„Ach ja, jetzt weiß ich, du bist Herrn Os Ältester. Gehst doch zur Uni, nicht wahr?"

„Ja …"

„Genau. Als du vorigen Sommer ankamst, hab ich dich auch gesehen. Ach so, dann warst du jetzt in den Ferien auf Besuch zu Hause."

„Ja …"

Der Stationsvorsteher hat nun scheinbar endgültig Vertrauen zu dem Jungen gefasst. Er kann sich gut an ihn erinnern. Schon von klein auf schien er aufrichtiger und fleißiger als die anderen Schüler zu sein. Auffällig war, dass er sich im Unterschied zu ihnen tiefgründigere Gedanken machte und immer ein Buch bei sich hatte. Und deshalb war es für ihn auch kein Zufall, als es hieß, der Junge hätte als einziger aus den Dörfern in der Umgebung die Aufnahmeprüfung an der staatlichen Universität in der Stadt bestanden.

„Jedenfalls, studiere schön fleißig, damit du Erfolg hast. Dann kannst du dich später um deine Eltern kümmern, die sich jetzt hier auf dem Lande abrackern, um dir das Studium zu ermöglichen, und für deine alte Heimat kannst du auch was Gutes tun. Verstanden?"

„Ja …"

Der Vorsteher klopfte dem Jungen aufmunternd auf die Schulter, während dieser mit gesenktem Kopf seine blasse Zustimmung gibt.

Unvermittelt steigt vor dem geistigen Auge des Jungen das Gesicht seines Vaters auf. Seine Hände, knorrig wie ein Kiefernstumpf. Mit diesen Händen hat der Vater sein ganzes Leben lang die Felder bestellt. Vaters Traum war es, dass sein Sohn Richter werden solle. Ginge nur dieser eine

Wunsch in Erfüllung, könne er am nächsten Tag in Frieden sterben, so hatte der Vater, der sich in seiner Jugendzeit als armer Knecht bei fremden Bauern verdingen musste, mit entschlossen geballten Fäusten immer zu ihm gesagt, nachdem er an der Uni immatrikuliert worden war.

Der Junge hatte fünf Geschwister. Alle hatten sie geradeso die Volksschule geschafft oder besuchten sie noch. Er war die einzige Hoffnung der Familie, die Morgendämmerung, die man voller Zuversicht erwartete. Unter diesen Umständen brachte er es nicht übers Herz, den Eltern und Geschwistern zu erzählen, dass er exmatrikuliert worden war. Irgendwann im Sommer hatte er einmal nur so angedeutet, wie es wäre, wenn er nach Hause zurückkäme, um die Wirtschaft zu übernehmen. Dabei hatte er den Vater dermaßen in Rage gebracht, dass er sich bei ihm entschuldigen musste. Als er sich nun, ohne die Sache überhaupt zur Sprache gebracht zu haben, wieder von zu Hause in die große Stadt aufmachte, in der er gar keinen Anlaufpunkt mehr hatte, wäre er fast in Tränen ausgebrochen.

Hier, nimm das. Das Geld von deinem Vater wird doch geradeso für die Bücher und das Zimmer reichen. Nun zier dich nicht. Ich habe es extra für dich beiseite gelegt, hab Eier verkauft und bei andern Leuten auf dem Feld geholfen. Du wirst schon sparsam damit umgehen. Sei schön fleißig beim Studium und pass gut auf dich auf!

Bis vors Dorf war die Mutter mitgekommen und hatte ihm die zerknitterten, schmutzigen Scheine in die Hand gedrückt. Mit ihren von Schuppenflechte weiß gezeichneten Gesichtern standen Mutter und die Geschwister da und winkten, bis er über den Hügel außer Sichtweite war.

Pah, Student! Was ist das schon Besonderes, so ein dämlicher Student ...

Chunsim verzieht verächtlich ihren Mund, als sie das Gespräch zwischen dem Vorsteher und dem Jungen mitanhört.

In der Nähe des „Löwenzahn"-Etablissements, in dem sich Chunsim nun schon seit drei Jahren durchs Leben schlug, gab es gleich drei, vier Universitäten. Daher konnte sie miterleben, welch Müßiggang die Studenten so betrieben. Diese Burschen liefen zwar mit ihren Mappen in der Hand geschäftig umher, aber wann sie eigentlich studierten, das hatte sie sich schon immer gefragt. Morgens strömten Massen von ihnen grüppchenweise durch das Haupttor, und wenn man dort gelegentlich vorbeiging, herrschte auf dem Gelände fast jedes Mal ein ohrenbetäubender

Tumult, weil irgendeine Aktion oder Festveranstaltung stattfand. Noch schlimmer war es, wenn durch eine Demo oder Kundgebung auch die unschuldigen Anwohner den scharfen Geruch des Tränengases zu spüren bekamen und geschäftliche Einbußen hinnehmen mussten. Der „Löwenzahn" lag ausgerechnet an einer Kreuzung, wo die eine Straße direkt zum Uni-Haupteingang führte, und wenn eine Demonstration losging, bedeutete das für diesen Tag das Ende des Geschäfts. Man schloss früher als gewöhnlich die Tür, und die Mädchen stiegen auf die Dachterrasse und beobachteten mit wachsender Begeisterung die selbst im Hochsommer mit Helmen und Rüstungen wie Krieger aus der mittelalterlichen Silla-Zeit ausstaffierten Männer, die das Unitor in mehrfacher Staffelung belagerten.

Nach Vorlesungsschluss begannen sich die Kneipen bis zum Bersten zu füllen. Junge Kerle, die den Alkohol gierig in sich hineinschütteten, als hätten sie den ganzen Tag lang schwere Knochenarbeit geleistet. Satte junge Kerle, die sich mit vorgetäuschter Ernsthaftigkeit sinnlos Mühe gaben und dabei höchstens dummes Zeug quatschten, das niemandem verständlich war. Das war das Bild, das Mädchen wie Chunsim von den Studenten hatten. Ab und an schlichen einige nach Mitternacht total betrunken in den „Löwenzahn". Trottelige Typen waren manchmal dabei, die am anderen Morgen ihre Mappe schnappten und losstürzten, um Geld zu besorgen, weil sie die Zeche nicht bezahlen konnten.

Doch man mochte die Nase rümpfen, wie man wollte – die Studenten waren andererseits auch beneidenswerte Existenzen. Vielleicht, weil bereits feststand, dass sie alle in naher Zukunft in den Bürohochhäusern der City mit Schlips und Kragen in den Fahrstühlen auf und ab fahren, einen gebildeten, wohl situierten Partner finden, standesgemäß heiraten und ein entsprechendes Leben führen würden. Irgendwann einmal an einem arbeitsfreien Nachmittag hatte Chunsim mit ein paar Mädchen aus dem „Löwenzahn" einen Bummel zur Uni in der Nachbarschaft unternommen. Doch gleich am Haupttor wurden sie vom Pförtner davongejagt. Verdammt, laufen die Studentinnen mit einem besonderen Etikett im Gesicht herum? Vor Wut hatte sie ihren Kaugummi an den steinernen Pfosten des Eingangstores geklebt.

Der alte Mann beginnt wieder zu husten. Mit seiner großen, klobigen

Hand reibt der Bauernbursche über die Brust des Alten. Der Ofen glüht. Wohlige Wärme dringt angenehm in die Körper der Umstehenden.

Die Frauen müssen mit ansehen, wie die Männer rauchen, wohl daher spüren sie plötzlich eine gewisse Leere im Mund. Eine von ihnen greift in ihr Bündel und wühlt darin herum. Kurz darauf holt sie zwei getrocknete Alaska-Pollacks hervor und legt sie auf den Ofen. Geräuschvoll reißt sie die fertig gerösteten Fische in Streifen und verteilt sie.

„Es ist zwar nichts Besonderes, aber probieren Sie mal. So zwischendurch zum Hungerstillen schmeckt das Zeug gar nicht schlecht."

„Ja vielen Dank, aber Sie können doch nicht einfach alles verschenken", wirft der Bahnhofsvorsteher ein, während er sein Stück in Empfang nimmt.

„Ach, wenn man Appetit hat, soll man essen, auch wenn's nicht gut fürs Geschäft ist. Wie sagt man doch gleich – erst schön essen, dann das Diamantgebirge genießen. Hihihi!"

Voller Selbstzufriedenheit über ihren unwahrscheinlich gelehrten Spruch lacht die Frau und zeigt dabei drollig ihre Zähne.

Auch der Bauer, der Student und Chunsim stecken jeder ihr Stück in den Mund und kauen mühsam darauf herum. Die dicke Seoulerin nimmt es nur mit widerstrebender Miene entgegen und zupft dann – sicher aus Angst, es könnte nicht ganz sauber sein – mit den Fingerspitzen ein wenig daran, bevor sie es in den Mund schiebt. Zwar bleibt äußerlich ihr Ausdruck des Widerwillens unverändert, aber eigentlich scheint es ihr doch ganz gut zu schmecken, was darauf hindeutet, dass sie noch nichts zu Abend gegessen hat.

„Ah, dann handeln Sie also mit getrocknetem Pollack."

Die Dicke meint, sich mit ein paar glatten Worten im Seouler Dialekt für die Gabe bedanken zu müssen.

„Nicht nur Pollack, auch Sardellen, Meerlattich, Seetang, alles Mögliche aus dem Meer hab ich anzubieten. Hier in Sapyeong wird man dieses Zeug immer ganz gut los, vielleicht, weil es hier in den Bergen nicht so üppig bestellt ist mit Meeresfrüchten."

„Und ihre Begleiterin verkauft das Gleiche? Ihr Bündel sieht ja ganz schön prall aus."

„Nein, nein. Ich handele mit Textilien. Kurz vor Neujahr bin ich sonst immer ziemlich viel losgeworden, Kindersachen und Wattehosen für die alten Leute und so, aber diesmal habe ich überhaupt nichts verdient. Vor drei, vier Tagen soll schon ein Kleinhändler hier gewesen sein. So ist kaum das Fahrgeld bei rausgesprungen."

„Du meine Güte, nun übertreib mal nicht so. Du hast doch ganz gut verkauft, was redest du denn da von Verlusten", erregt sich die jüngere der beiden Hausiererinnen, während sie zwei weitere Trockenfische aus ihrem Bündel zieht und auf den Ofen legt.

„Und wenn der Zug heut nun gar nicht mehr kommt, wer weiß. Was machen wir dann? In diesem Nest hier scheint's ja nicht mal ein Gasthaus zu geben, schlimm."

Die Frau aus Seoul rümpft ihre Nase.

„Und Sie haben hier Bekannte besucht, nehm ich an, ja?" fragt die jüngere Frau aus gesteigerter Neugier.

„Bekannte, hier? Zum ersten Mal in meinem Leben hat's mich in diese hinterwäldlerische Gegend verschlagen. Ich kannte sie nur vom Hörensagen. Mit einem Zettel in der Hand hab ich hierher gefunden, aber es ist ja wirklich schlimm. Das habe ich alles diesem ..."

Diesem missratenen Weibsbild zu verdanken, wollte die Frau aus Seoul fortsetzen, schloss jedoch ihre Lippen. Denn das Gesicht ihrer Köchin, die aus Sapyeong stammte, mit einem Teint so dunkelgelb wie eingelegter Rettich, war ganz deutlich vor ihren Augen erschienen.

Am Morgen war die Dicke aus Seoul mit dem Bus in Sapyeong eingetroffen. Doch das Dorf, in dem ihre Köchin wohnte, lag in einem tiefen Tal noch zwei Pässe weiter. Trotz Eilschritt brauchte sie über zwei Stunden, um ihren massigen Körper dorthin zu bewegen, sodass sie ihr Ziel erst um die Mittagszeit erreicht hatte.

Sobald sie dieses Weib zu Gesicht bekäme, würde sie es erst einmal bei den Haaren packen und ihre angestaute Wut so richtig abreagieren, das hatte sie sich vorgenommen. In Seoul besaß sie eine Gaststätte, und diese Frau aus Sapyeong hatte bis vor ein paar Monaten bei ihr als Köchin gearbeitet. Knapp über dreißig, sehr resolut und dem Anschein nach sehr zuverlässig, musste sie ihr ganz einfach mehr Vertrauen und Zuneigung als anderen schenken. Daran gab es für sie selbst heute nichts zu rütteln. Aber wie es das Schicksal so will – wenn man sich schon mal auf jemanden verlässt, dann ist man verlassen. Im Herbst hatte sie einen Ausflug unternommen und für diese Zeit ihrer Köchin das Geschäft übergeben. Doch als sie zurückkam, war die Frau samt der Barschaft spurlos verschwunden. Seltsamerweise hatte sie nicht das ganze Geld aus dem Tresor mitgenommen, sondern nur etwa dreihunderttausend Won. Aber sie war nicht nur wegen des fehlenden Geldes erbost. Viel mehr ärgerte sie sich über die Tatsache, dass diese Frau aus Sapyeong, der sie innigeres Vertrauen und weitaus mehr Gutes erwiesen hatte als einer leiblichen Schwester, sie so schamlos verraten hatte. Das war durch nichts zu rechtfertigen, selbst wenn heutzutage noch so undankbare Zeiten herrschten. Anfangs wollte sie die Sache einfach vergessen, doch je mehr sie darüber nachdachte, desto stärker stieg die Wut in ihr hoch. Schließlich hatte sie ihr schwaches Gedächtnis bemüht und sich dann an diesem Tag nach Sapyeong begeben.

Der Ort, wo die Köchin wohnte, war ein furchtbar armes Dorf. Die knapp über dreißig Lehmziegelhütten waren größtenteils noch mit Stroh gedeckt. Eine wie die andere boten sie einen so schauerlichen Anblick, dass man meinte, jeden Moment müsse ein Gespenst auftauchen. Gleich auf den ersten Blick konnte man erkennen, dass dies eine Ansiedlung von Brandrodebauern war, die hier und da an den Berghängen ein Fleckchen Boden bestellten, um sich mühsam davon zu ernähren.

Mein Gott, von der großartigen „Bewegung Neues Dorf" hat dieses Kaff hier auch noch nichts mitbekommen.

Die ganze Zeit musste sie ihr Gesicht verziehen, während sie sich den schmalen Dorfweg entlangtastete, der vor lauter Kuhfladen kaum Platz zum Treten ließ. Vorbei an riesigen, offenen Jauchefässern und Misthaufen, stieß sie hin und wieder auf einen der Dörfler, deren Gesichter alle gleichermaßen rau und verschrumpelt wie Schwammgurken waren.

Als sie durch die Reisigpforte vor der strohgedeckten Kate trat, die jeden Augenblick einzustürzen drohte, war ihre ursprüngliche Aufgebrachtheit bereits vollends verflogen. Jemand hatte sie wohl kommen gehört und öffnete mit einem „Wer da?" die Haustür – es war ihre Köchin. Als die ihre ehemalige Chefin erblickte, sank sie auf der Stelle zu Boden. Zuerst wollte die Seoulerin es gar nicht wahrhaben, dass diese totenbleiche Frau die Gesuchte war. So sehr hatte das lange Krankenlager sie gezeichnet.

„Ach du meine Güte, wie siehst du denn aus! Was ist bloß aus deinem hübschen Gesicht geworden! Du bist es doch wirklich, oder irre ich mich?"

Dieser Anblick brach der Dicken das Herz, verflogen waren sämtliche Rachgelüste, und sie konnte nicht anders, als diese gespensterhafte, klapperdürre Gestalt in ihre Arme schließen. Dann weinten beide Frauen sich erst einmal richtig aus. Bei der Seoulerin brach wohl erneut die Trauer über ihr Schicksal durch, dass sie schon mit so jungen Jahren zur Witwe gemacht hatte, während der abgehärmten Frau aus Sapyeong aus Sorge über ihr leidvolles Leben die Tränen in Strömen flossen.

Nachdem sich die Aufregung gelegt hatte, kam man nach und nach auf die zurückliegenden Ereignisse zu sprechen, und irgendwie war die Handlungsweise der Köchin auch verständlich. Nach ihrer Heirat hatte sie anfänglich ununterbrochen in diesem Dorf gelebt. Zwar hatte sie mit ihrem Mann, der ein Trinker und obendrein ein Spieler und Faulpelz war, zwei Kinder, aber da sie seine ständigen Prügel nicht mehr aushalten konnte, war sie von Zuhause fortgegangen. Natürlich hatte sie der Seoulerin gegenüber das alles verschwiegen. Dann kam eines Tages durch Zufall jemand aus ihrem Heimatdorf in die Gaststätte. So erfuhr sie, dass letzten Winter ihr betrunkener Mann eines Nachts auf dem Heimweg im Schnee erfroren war. Der Gedanke an ihre Kinder, die nun als elternlose Bettler von einer Familie zur anderen herumgereicht wurden, hatte sie keine Minute länger zögern lassen. Während sie schluchzend die ganze Geschichte in allen Einzelheiten erzählte, starrten aus einer Ecke des Zimmers ihre Kinder mit erschrockenen Kulleraugen die Frau aus Seoul an. Sie sahen schlimm aus, die Haut schorfig, die Gesichter flachsgelb vor Unterernährung, und nur ihre Bäuche wölbten sich auffallend rund hervor. Nach einer neuerlichen Lamentation suchte die Dicke sogar noch etwas Kleingeld aus ihrer Börse hervor und drückte es der sich hartnäckig sträubenden Mutter in die Hand, um dann Hals über Kopf das Haus zu verlassen.

Zum Teufel noch eins! Das ist eben mein Fehler, ich bin zu gutmütig. Hätte ich vorher gewusst, wie es um sie bestellt ist, wäre ich doch gar nicht hier hergekommen. Verdammt.

Mit ihren Backenzähnen reißt die Seoulerin einen Streifen Dörrfisch ab und beginnt zu kauen, als wolle sie sich auf diese Weise abreagieren.

Für einen kurzen Augenblick konzentriert jeder sein Gehör nach draußen in die Dunkelheit. Kein Zweifel, das ist ein Zugsignal.

Endlich kommt er!

Mit leuchtenden Augen greift ein jeder eiligst sein Gepäck und drängt in Richtung Bahnsteig. Doch noch ehe die Frau aus Seoul allen voran die Glastür erreicht hatte, ging diese knarrend auf, und der Bahnhofsvorsteher zeigte sich.

„Bleiben Sie auf Ihren Plätzen. Das ist ein Express-Zug."

Nach dieser kurzen Mitteilung schließt der Vorsteher wieder die Tür und verschwindet hastig auf den Bahnsteig.

Oh Mist, die falsche Richtung, der kommt aus Seoul. Die Hoffnung der Leute im Wartesaal ist schlagartig zunichte gemacht. Schon wieder ein Express? Die Dicke reagierte gereizt, die Krämerinnen mischten Schimpfworte unter ihr Genörgel, der Alte hustete noch stärker, und der Bauer dachte diesmal gar nicht daran, ihm die Brust zu massieren. Der Mann im mittleren Alter und der Jugendliche gingen zum Ofen zurück, und die Verrückte, die als Letzte ein paar Schritte hinterhergekommen war, lässt mit scheuen Blicken wieder ihr Hinterteil auf der Bank nieder.

In der Zwischenzeit donnert der Zug durch den Bahnhof. Wie eine im Traum erscheinende glitzernde Spur blitzten das Licht in den Abteilen und die mumienhaften Gestalten der Reisenden auf, um sogleich wieder verschwunden zu sein. Ringsum trat erneut die frühere Stille ein, und draußen vor dem Fenster kehrt schlagartig die rabenschwarze Finsternis an ihren angestammten Platz zurück. Nur die Handlampe des alten Bahnhofsvorstehers lässt sich ausmachen, wie sie sich schwingend nähert dort aus der Dunkelheit, in die der Zug soeben eingetaucht war. All dies vollzieht sich als exakte Wiederholung dessen, was vorhin schon einmal geschah.

Der Student hat das Gefühl, als würde das Licht des Zuges, das soeben vor seinen Augen aufgeblitzt und wieder erloschen war, noch auf seiner Netzhaut haften. Wie ein Schauspiel von ergreifender Schönheit, das nur einen Moment lang stattfindet, um dann still zu verebben, denkt der Junge. Wohin nur? Wohin rollt dieser Nachtzug mit seinen Fenstern, die wie Herbstlaub leuchten? Wo ungefähr mag seine Endstation sein? Während er sich mit solchen bedeutungslosen Fragen beschäftigt, ist sein Blick gedankenversunken nach draußen in die Dunkelheit gerichtet.

Die Leute schweigen alle still. Die Uhr an der Wand im Wartesaal ist der planmäßigen Ankunftszeit schon anderthalb Stunden voraus. Sie tickt eifrig vor sich hin, obwohl sie niemand beachtet. In den weißlich-violetten Eisblumen an den Fenstern spiegelt sich verschwommen der Feuerschein des Sägemehlofens, während sich draußen der Pulverschnee türmt.

Wie auf Verabredung haben alle ihre Sprache verloren. Vielleicht haben sie sogar vergessen, dass sie auf den Zug warten, wer weiß. Der Mann im mittleren Alter hat sich eine Zigarette zwischen die Lippen gesteckt und will ein Streichholz anzünden, lässt es dann jedoch sein und starrt geistesabwesend in das Feuer vom Ofen. Der Bauer mit seinem alten Vater in den Armen, der Student, die in Hockstellung kauernden Krämerinnen, die Frau aus Seoul und Chunsim mit dem Wollschal – sie alle baden ihre Hände im Schein der Flammen, ihre ausdruckslosen Blicke auf den Ofen konzentriert, und schweigen. Auch die Verrückte, die etwas abseits sitzt, verharrt jetzt reglos wie eine Gipsfigur. Ab und zu hustet der alte Mann, knistern die Sägespäne im Ofen.

„Oje, was ist das überhaupt, das Leben?" murmelte plötzlich jemand leise vor sich hin.

Die anderen greifen diese Bemerkung auf und fangen an, gründlicher darüber nachzudenken. Tatsächlich, was heißt das eigentlich zu leben?

Für den Mann im mittleren Alter besteht das Leben aus Mauern. Ein abgeschlossener Raum, in den weder Sonnenschein noch Wind eindringt. Dort hinterlässt nicht einmal die Zeit irgendwelche Spuren. Wie der Express-Zug, der diesen kleinen Dorfbahnhof in rasender Geschwindigkeit achtlos passiert ... Der Mann weiß genau, dass er diesen Zug nicht anhalten, dass er in diesen Zug nicht einsteigen kann. Deshalb sieht er für sich keinen anderen Ausweg, als nach wie vor zu warten, und eben das betrachtet er als den ihm verbliebenen Anteil am Leben.

Für den Bauern ist das Leben ganz einfach gleichbedeutend mit Boden und Arbeit. Der ewige Kreislauf schwerer Arbeit, ganz gleich zu welcher Jahreszeit. Selbst der Winter, einstmals die Saison bäuerlicher Muße, war schon längst zu einer Zeit der schlaflosen Nächte geworden, wo man sich diese und jene Sorgen machen musste, von Darlehenskonditionen über Chemikalien- und Düngemittelpreise bis hin zum Schulgeld für den ältesten Sohn, der die Oberschule besuchte. Das Leben erscheint ihm als ein kummervoller Prozess: Arbeiten, bis der Rücken krumm wird, schließlich alt und krank werden und sterben. Bei dieser Erkenntnis stößt er einen langen

Seufzer aus, so als hätte er endlich die Lösung für ein schwieriges Problem gefunden.

Für die Seoulerin ist es das Geld. Alle Leute, die durch die Eingangstür ihrer Gaststätte treten, stellen für sie Geld dar. Herzlich willkommen! Selbst diese stereotype Grußformel scheint bei genauerer Betrachtung nicht an die Kundschaft, sondern deren Geld gerichtet zu sein. Deshalb sagt sie zu den Gästen, die sich nach dem Essen verabschieden, niemals „Leben Sie wohl!", sondern immer „Beehren Sie uns bald wieder!"

Die Frau weiß, was Armut bedeutet. Sie ist ganz besessen darauf, wahnsinnig viel Geld zu verdienen, um so für jedermann sichtbar die Erinnerung an den Hunger und die schreiende Armut ihrer Jugendzeit zu kompensieren. Natürlich stimmen die Nächte, die sie einsam ohne einen Mann durchwachen muss, ihren massigen Leib auch ab und zu traurig. Doch sie hat ja ihre beiden Söhne, die sie über alles liebt. Die geliebten Söhne und das Geld, das sie braucht, um sie glücklich zu machen – diese beiden Dinge scheinen auszureichen, um sich selbst in ihrem Witwendasein zufrieden zu stellen.

Chunsim hat von vornherein eine Abneigung gegen solche lästigen Geschichten. Was ist da schon Besonderes dran am Leben? Es vollzieht sich doch sowieso – auch wenn man noch so ein kümmerliches Dasein fristet – immer im Einklang mit den lallend vorgetragenen, melancholischen Schlagermelodien und dem Takt, den man, vom Alkohol berauscht, mit den Essstäbchen dazu trommelt. Deshalb trinkt Chunsim gern einen Schluck. Sie ist dem lieben Alkohol dankbar, der ihre Sinne betäubt. Trotzdem muss sie manchmal, wenn sie betrunken ist, auch weinen, und den Grund dafür, den kennt sie selbst nicht.

Für den Studenten bedeutet das Leben etwas, was man nicht losgelöst von dieser Welt betrachten kann. Für ihn mit seinen dreiundzwanzig Jahren ist es absolut unverzeihlich, nichts von den inneren Kräften zu wissen, die die Welt in Bewegung halten, oder vielmehr Desinteresse vorzutäuschen. Ein solches Leben ist gleichbedeutend mit Schlaf. Es wäre nur Zeit, die im Narkosezustand verbracht wird, glaubt der Junge. Doch er fühlt, dass diese Überzeugung nach und nach erschüttert zu werden beginnt. Die Erinnerung an den reichlichen Monat, den er in Gewahrsam verbracht hatte, und an die Exmatrikulation. Die Ordnung außerhalb des Hörsaales, die sich ohne Rücksicht auf ihre brennende Überzeugung herausbildet ... All diese Dinge trüben immer wieder den Blick des Jungen und stiften Verwirrung.

Den Hausiererinnen erscheint das Leben gleichsam wie eine weite, leere Straße. Oder wie ihre billige Schleuderware, die sie früh am Morgen auf dem Markt unter dem Geschrei der knauserigen Händler hastig in ihre Bündel packen, um dann loszuziehen auf einen Marktplatz in der Provinz oder in ein abgelegenes Bergdorf, wo sie sie dann den Bauern, denen es keinen Deut besser geht als ihnen selbst, mit aller Macht aufzuschwatzen versuchen. Sei es, wie es sei, diese Frauen haben weder die Fähigkeit noch irgendeine Veranlassung dazu, derlei sophistische Probleme zu erörtern. Ihre Köpfe sind jetzt voll von Gedanken an ihr Zuhause, das sie für die Zeit ihrer Abwesenheit den Kindern anvertraut haben. Ob sie sich rechtzeitig was zum Essen gemacht haben? Ob sie das Feuer nicht haben ausgehen lassen? Hoffentlich wird der Mann, der zehn Jahre auf dem Bau als Handlanger tätig war, nun aber bereits seit Tagen ohne Arbeit herumlungert, nicht zu Hause verrückt spielen, weil er sich wieder mal besoffen hat? ...

Unterdessen wehte draußen aus der Dunkelheit ab und zu ein Windstoß heran, und jedes Mal klapperte das Fenster. Das Heulen des Windes, der die Spitze des Telegrafenmastes packt, das Säuseln des Schneegestöbers, das Knistern der Sägespäne im Ofen. All diese Geräusche unterschiedlicher Stärke erfüllen zusammen mit den sporadischen Hustenanfällen des alten Mannes den Raum, während die Wartenden mit abwesenden Gesichtern ihren Gedanken nachhängen.

Plötzlich hebt der Student seinen Kopf und mustert diese Gesichter eines nach dem anderen. Ihre Wangen sind durch das Feuer gerötet. Er ist völlig überrascht, in den Gesichtern dieser fremden Leute eine gewisse Friedlichkeit, oder man könnte sagen Behaglichkeit, zu entdecken. Genau, vielleicht muss man im Leben manchmal auch einfach nur schweigen, mit dem Gefühl der Vorfreude, nach Hause zurückzukehren, in den Händen ein Bund Dörrfische oder einen Korb Äpfel.

Der Junge geht in die Hocke, holt eine Handvoll Sägespäne aus dem Eimer und streut sie vorsichtig ins Feuer. Wie aufblühende Silbergrasblüten sprühen dunkelgelbe Funken empor, um sogleich wieder zu verblassen. Der Junge hat das Gefühl, in diesem nur kurz anhaltenden Feuerschein ein

Gesicht gesehen zu haben. Es war seine Mutter. Ein strahlendes Lachen überzog ihr von Falten zerfurchtes Antlitz.

Er wirft noch eine Handvoll hinein. Diesmal zeichneten sich die Gesichtszüge seines Vaters und seiner Geschwister ab. Noch eine Handvoll lässt er etwas langsamer ins Feuer rieseln. Der Reihe nach erscheinen die Gesichter seiner Freunde und des alten Professors, die leeren Bänke im Hörsaal und der Rasen und das Unigelände.

Der Mann im mittleren Alter mit dem melancholischen Ausdruck beobachtet die ganze Zeit, wie der Student, dessen Gesicht schon errötet ist, unablässig die Flammen füttert.

Der junge Bursche scheint wohl dabei zu träumen, denkt sich der Mann und greift ebenfalls in den Eimer. Dann streut er, genau wie der Student, die Sägespäne in den glühenden Ofen. Auch bei ihm stieben die Funken leuchtend hell wie Silbergrasblüten. Auch er glaubt für einen Moment im Flammenschein ein Gesicht erkannt zu haben. Doch dessen Züge waren unklar, bald schienen sie seinem Freund Heo zu gehören, dann wieder einem ganz fremden Menschen. Voll inständiger Sehnsucht beginnen die traurigen Pupillen des Mannes zu glänzen. Er nimmt noch eine Handvoll Sägespäne auf und schleudert sie in die Flammen.

Auch der Bauer, die Hausiererinnen, die Seoulerin und Chunsim mustern inzwischen das kindische Spielchen der beiden. Niemand sagte etwas.

Mit zwei Stunden Verspätung traf der nächtliche Vorortzug endlich im Bahnhof Sapyeong ein.

Als die Reisenden, die so lange im Wartesaal ausgeharrt hatten, die Wagen bestiegen, waren ihre Gesichter weniger von Freude, als vielmehr von Müdigkeit und Niedergeschlagenheit gezeichnet. Im weißen Flockentreiben schwenkte der alte Bahnhofsvorsteher seine Fahne als Abfahrtssignal, und der Zug setzte sich gemächlich in Bewegung. Flüchtig gewahrte der Vorsteher, dass einer nicht ins Abteil gegangen war, sondern noch am Wagengeländer stand. Es war der älteste Sohn von Herrn O aus dem Dorf jenseits des Passes. Irgendwie beunruhigte den Vorsteher die Gestalt des Jungen, der mit halb gesenktem Kopf in gefährlicher Pose am Handlauf des Geländers lehnte. Mit einem lang gedehnten Signalton verschwand der Zug schließlich in der Finsternis.

Eine Zeit lang stand der alte Bahnhofsvorsteher da und starrte gedankenverloren in die dunkle Nacht dem Zug hinterher. Dann klopfte er den Schnee ab, der sich sofort in einer dicken Schicht auf seiner Uniform abgelagert hatte, und ging in den Warteraum, um den Ofen zu löschen. Dort entdeckte er zu seiner Überraschung eine Person, die nicht mit eingestiegen war. Es war die verrückte Frau. Die einzige, die sich nicht um den Ofen dazu gesellt hatte, nahm ihn nun ganz für sich allein in Besitz. Schief hing sie auf der Bank, auf der vorhin der alte kranke Mann gesessen hatte, und schlief.

Der Vorsteher wusste nicht, wer sie war und woher sie stammte. Er erinnerte sich gerademal daran, dass sie schon ab und zu hierher ins Dorf gekommen und dann mit dem Zug wieder weggefahren war. Er fragte sich, warum sie heute nicht den anderen gefolgt, sondern allein zurückgeblieben war. Vielleicht hatte sie gar kein Zuhause. Vielleicht lag es daran, dass die Abreise ihr nicht einmal so viel bedeutete, wie die Gelegenheit, die wohlige Wärme des Ofens in dieser einen Nacht oder wenigstens für ein paar Minuten allein genießen zu können.

Plötzlich machte sich der Vorsteher Sorgen um die Frau. Es war erstaunlich, dass es sie überhaupt hierher verschlagen hatte und sie bei der grausamen Kälte wie in diesem Winter nicht schon erfroren war. Um ihre schmutzig-feuchten Mundwinkel spielte, kaum sichtbar, der schwache Rest eines Lächelns. Man hätte meinen können, sie träumte gerade.

Wirklich eine dumme Sache. Ich kann doch den Ofen hier nicht ...

Ehe ich Kim wecken gehe, werde ich nochmal Späne zum Nachschütten holen müssen, entschloss sich der Vorsteher schließlich, während er langsam in sein Dienstzimmer zurücktrottete. Das Schneetreiben schien die ganze Nacht hindurch anzuhalten.

Windrauschen

Winter. Ein heftiger, eisig kalter Wind blies. Noch bis vor kurzem hatte er sich irgendwo an diesem klaren Nachthimmel versteckt gehalten, und dann – niemand wusste genau zu sagen, wann – hatte er zu blasen begonnen. Er war von einer beißenden, unheimlich grimmigen Kälte.

Der Wind war zunächst vom Norden der Insel, von den Bergen im Rücken des Dorfes, hergekommen, fauchte kurze Zeit darauf die Berghänge hinunter und fiel schon bald über die Dächer der Häuser in dem kleinen Ort Hwangji her, als beabsichtigte er, sie zu zerdrücken, und aufbrausend ging er daran, das gesamte Dorf durcheinanderzurütteln. Er riss die letzten, noch an den Bäumen hängenden Blätter ab, schüttelte den Kakibaum auf dem Hof hinter dem Haus gewaltig durch, rammte verwegen das bedrohlich dreinblickende Geistergesicht des Eckfußsteins der Dachtraufe eines alten Ziegeldaches, schüttelte die trockenen, sich schlangengleich dahinstreckenden Efeuranken durch und fegte sodann leichtfüßig durch die schmalen Gassen, über die hier und da liegenden Kuhfladen hinweg. Jäh war er aufgekommen und versetzte das Dorf in großen Aufruhr.

Dessen Bewohner hatten frühzeitig ihr Abendessen eingenommen, lagen im Schein matt schimmernder Petroleumlampen, unterhielten sich über diese oder jene belanglose Angelegenheit und dösten dabei vor sich hin, bis das Pfeifen des Windes sie erneut auffahren ließ, sie die Zimmertür ein wenig öffneten und hinausschauten. Die kalte Luft von draußen trieb ihnen eine Gänsehaut über den Leib, schreckte sie auf und hastig ergriffen sie den eisernen Türring und schlugen die Tür wieder zu. Der Insel mangelte es an Nassfeldern, weshalb Reisstroh schwer zu bekommen war und die Dächer auch in diesem Jahr nicht neu gedeckt werden konnten; die Männer jener Häuser, die den Winter so überstehen mussten, sorgten sich ein weiteres Mal angesichts ihrer nur notdürftig mit altem Stroh gedeckten, schäbigen Dächer. Die Frauen zwangen sich mit letzter Kraft, die schläfrigen Augen aufzuhalten, gingen auf den Hof hinaus und machten sich, ohne recht bei der Sache zu sein, an allerlei Kleinkram und Hausgerät zu schaffen, die auf einer kleinen, podestartigen Erhöhung für die Sojasoßen-Krüge und an der Außenwand der Küche aufgereiht standen und nun im Wind aneinanderschepperten; ein Kälteschauer lief den Frauen über den Rücken und eilig flüchteten sie ins Haus zurück.

Oje, diese Nacht wird es einen kräftigen Sturm geben!

Der Himmel sieht heute recht ungewöhnlich aus, vielleicht erleben wir bald ein richtiges Schneegestöber!

So ein Mist, wenn ich morgen in aller Frühe zum Markt muss, wird es eisig kalt sein.

Jeder gab ein paar beiläufige Worte bezüglich des Wetters zum Besten und wickelte sich dann in seine dick gefütterte Schlafdecke ein. Jene, die einen Schritt vor die Tür gesetzt hatten und wieder hereinkamen, klapperten vor Kälte mit den Zähnen und beeilten sich ins Warme zu kommen. Bisweilen kam es auch vor, dass jemand mit seinem Fuß den Zimmerboden nach der wärmsten Stelle abtastete und sich dort ausstreckte, bis er plötzlich mit einem anderen Fuß, so kalt, als hätte man ihn soeben aus einem Schneeklumpen herausgezogen, kollidierte, einen erschrockenen Schrei ausstieß und sich schnell zurückzog.

Zum Teufel, sagte der Ehemann, was sind deine verdammten Füße bloß so eiskalt? He, nimm die mal hier weg!

Was soll das?, konterte die Frau, ich war schließlich draußen, verstehst du? Was meckerst du bloß dauernd herum?

So rüttelte der Wind das Dorf auf einen Schlag vollkommen durcheinander, drehte eine Runde durch den Ort und raste dann geschwind aufs Meer hinaus. Von dort her erklang das Aufschlagen unentwegt laut keuchender Wellen, untermalt vom heftigen Brausen des Windes, noch eindringlicher.

Allmählich zog von einem Ende des Himmels her Dunkelheit auf. Eine Wolke, schwarz wie Tinte. Mit lautem Getose schob der Wind sie vor sich her auf das Ufer zu. Der Siebenundzwanzigste nach dem Mondkalender. Die Wolke schnappte nach dem spitzen Ende des Sichelmondes, biss es ab und verschluckte ihn im Handumdrehen ganz. Myriaden von Sternen übersäten den Winterhimmel, glänzten feucht und erzitterten. Bald darauf hatte die Wolke auch die Schar der unzähligen Sterne erreicht und verschlang einen nach dem anderen, woraufhin ein tiefes Dunkel das Firmament überzog, als hätte man es in ein Tuschefass getaucht.

Ohne Unterlass wehte der Wind, zuweilen bot das dazwischenfahrende

Rauschen des Meeres seinem Brausen die Stirn und dann war allein das atemlose Schnaufen der Wellen zu hören, die das Ufer der Insel leckten. Es hatte den Anschein, als laste ein von Gestalt und Größe her unbekanntes, riesiges Ungeheuer mit seiner schweren Brust auf dem Dorf, nein, auf der gesamten Umgebung.

Tiefe Nacht. In Hwangji, diesem Dorf von nicht einmal neunzig Häusern, gab es nur drei oder vier Anwesen, in denen das Licht noch nicht gelöscht war. Früher drehten die Dorfbewohner in den langen Winternächten Strohseile und aus einigen Häusern erklang so manche Nacht das übermütige Lachen der Menschen, die Hwatu oder Yut spielten, doch mittlerweile waren schon einige Jahre ins Land gegangen, seit die Menschen letztmalig Zeugen solcher Szenen geworden waren. Die aus den Fugen geratene Welt hatte auch dieses unscheinbare, winzige Inseldorf unheimlich verändert.

Eine schmale, neu angelegte Straße, welche das Dorf mit dem im Osten gelegenen Nachbarort verband, erstreckte sich einem nachlässig gezogenen Scheitel gleich bis zu den in weiter Ferne liegenden Ausläufern eines Berges. Weit entfernt vom Eingang des Dorfes, an welchem diese Straße ihren Anfang nahm, in der äußersten Ecke der Siedlung klebte eine schäbige, strohgedeckte Hütte flach am Erdboden. Von einer Mauer aus Felsgestein umgeben, befand sich das alte Häuschen in einem ausgesprochen heruntergekommenen Zustand. Vereinzelt hingen vom Dach vertrocknete Unkrautranken herunter, weshalb das Ganze in gewisser Weise an ein nachlässig zusammengeworfenes Elsternnest erinnerte, und die Ranken ließen sich vom Dach herab wie die langen, ungekämmten Haarsträhnen einer verwirrten Frau. Es handelte sich um eine abseits stehende Hütte, die selbst zu dem ihr am nächsten stehenden Haus gehörigen Abstand hielt und noch dazu einen derart jämmerlichen Anblick bot, dass jedermann zunächst annehmen musste, es handle sich um eine zerfallene, verlassene Kate.

Doch jetzt drangen gerade aus dieser Hütte einige trübe Lichtstrahlen, fein wie Seidenfäden. In der eiskalten Winternacht, so frostig, dass die Hand am eisernen Türring kleben zu bleiben drohte, schien das schmutzige Türpapier dieser Hütte zu abgenutzt und fadenscheinig, als dass es dem unablässig blasenden, giftgetränkten, schneidenden Wind Einhalt hätte bieten können. Wohl aus diesem Grund war der Lichtstrahl, der sich durch den dick verrußten Spalt zwischen Tür und Rahmen stahl, so dünn wie der immer schwächer werdende Atem eines kurz vor dem Tode stehenden Greises.

Der Wind fuhr noch heftiger auf als zuvor. Das zerrissene Türpapier flatterte und gab dabei einen eigenartigen Flötenton von sich, dann blieb es regungslos. Das Licht der Lampe, fast verlöscht, flackerte erneut auf.

Im Zimmer lagen zwei Menschen eingehüllt in ihre Decken. Die alte Mutter hatte den Rücken zur Tür gedreht und musste wohl eingeschlafen sein, sie hatte die Decke fast über den Kopf gezogen und nur noch ihr Scheitel lugte hervor, der überwiegende Teil ihres Kopfhaares war schlohweiß. Hinter ihr lag der Sohn auf der Seite und schien noch nicht eingeschlafen. Seine Augen waren offen und die Züge seines Gesichts deuteten an, dass er in tiefes Nachdenken versunken lag. Die Augen, eingesunken in ihren Höhlen über den Wangenknochen, blickten abwesend wie die eines Menschen, den gerade ein böser Traum heimsucht.

Das unablässige Pfeifen des aufbrausenden Windes und das Schlagen der Meereswellen, welches sich bisweilen damit vermischte, bildeten einen wundersamen Akkord. Dazu säuselte das Türpapier. Unsanft rüttelte der Wind an der Tür und der vorgeschobene eiserne Ring klapperte. Abermals war die Petroleumlampe nahe am Erlöschen, bis die Flamme ihren Leib mit knapper Not wieder aufzurichten vermochte. In diesem Augenblick trübte eine Halluzination den Geist des Sohnes, und es schien ihm, als stürzte die Zimmerdecke ein. Er fuhr zusammen, krümmte sich und begann mit angsterfülltem Blick, die vier Ecken der Zimmerdecke verstohlen zu mustern.

„Mutter!"

Nur dieses eine Wort entrang sich seiner Kehle. Seine Stimme klang gehetzt und angespannt. Doch die Mutter schien ihn nicht zu hören.

„Mutter, Mu... Mutter!"

Erst jetzt streckte sie ihren Kopf unter der Decke hervor. Sie hatte noch nicht fest geschlafen, in den Winkeln ihrer Augen klebte Schmutz.

„Was ist denn los, hm?"

Als sie bemerkte, wie den Körper ihres Sohnes eine Starre überzog und er stockfsteif auf seinem Lager ausgestreckt lag, riss sie die müden Augen ganz auf und erhob sich schnell. Was hatte er bloß schon wieder vor? Erschrocken rüttelte sie ihn am Arm.

„Eulseok! Tut dir was weh? Ist es, weil dir was weh tut?"

Ihre Stimme zitterte. Es dauerte eine ganze Weile, bis der Sohn schließlich den Kopf schüttelte. Sein Blick, noch immer auf die Decke fixiert, bewegte sich allmählich nach unten. Sie seufzte.

„Schlaf schnell, mein Kind! Es ist schon tief in der Nacht, warum bist du immer noch wach? Das wird deinen Körper nur noch weiter schwächen. Wo selbst kerngesunde Menschen krank werden, wenn sie nicht richtig schlafen ... Schlaf ein, schnell!"

Die Alte brachte seine Decke in Ordnung und Mitleid spiegelte sich in ihrer Miene. Gerade heute, mehr noch als sonst, peinigte sie der Anblick seines mageren Kinns. Doch er lag weiter regungslos. Allein sein zerstreuter, kraftloser Blick irrte ziellos irgendwo im leeren Raum unter der Zimmerdecke umher.

„Ach, was für ein armseliges Dasein fristen wir nur auf dieser Welt!", murmelte sie vor sich hin. Mit unendlichem Bedauern musste sie an den einzigen Sohn denken, der seinem Vater so ähnlich sah, einem Mann, groß wie ein Bambusrohr und von gesunder, kräftiger Gestalt, der leider schon jung gestorben war. Der Sohn war jetzt achtzehn, war er da nicht ein erwachsener Mann? Während sie sich solchen Gedanken hingab, bedrückte ihre Brust eine noch qualvollere Traurigkeit. Als wolle sie ihr beklommenes Herz trösten, zog sie die Decke über den Kopf und drehte sich auf die Seite. Da vernahm sie die Stimme des Sohnes: „Mutter, dieses Geräusch ... Hörst du das nicht?"

Sie schrak auf und krümmte sich. Der gelassene Tonfall war es, der sie vor allem ängstigte. Anstelle einer Antwort wartete sie klopfenden Herzens auf die Worte, die folgen würden.

„Ich höre etwas, ein Geräusch. Da kommt jemand. Draußen nähert sich jetzt jemand unserem Haus", flüsterte der Sohn so leise, dass es kaum zu verstehen war. Einen Moment lang lauschte sie angestrengt. Doch sie konnte nichts hören. Nein, von Anfang an war da kein Geräusch gewesen. Allein das Pfeifen des Windes. Und in dieses Pfeifen mischte sich dann und wann das atemlose Tosen des Meeres, dessen Wellen das Land umspülten, rücksichtslos stieß es an die mit Papier verklebte Tür und zerfiel wieder.

Puuuh, stieß die Mutter einen langen Seufzer aus. Als gäbe sie alle Hoffnung auf, legte sie beide Hände ineinander.

„Was hörst du da bloß? Ich höre nur den Wind."
„Nein, da ist noch etwas. Hörst du es denn nicht, Mutter?"
Ruhig schloss die Mutter die Augen. Unter großen Anstrengungen würgte sie die Traurigkeit hinunter, die wie ein Kloß mit einem Mal in ihrem Hals aufstieg. Ach, wie soll ich es nur angehen? Wahrscheinlich wird es mit der Zeit immer schlimmer. Allein bei dem Gedanken an ihren Jungen, der nach dieser Sache vor drei Jahren solchen Unsinn daherredete, weinte ihr trauriges Herz und sie verspürte einen Schmerz, als zerreiße es ihr die Luftröhre. Sollte dieser Sohn, der letzte Mensch, der ihr geblieben war, verrückt geworden sein? Schließlich begannen ihre Schultern lautlos zu zucken. Hinter ihr lag der Sohn nach wie vor bewegungslos.

Der Wind fegte das herabgefallene Laub des Kakibaumes über den Hof. Aus dem leeren Kuhstall waren die dumpfen Aufschläge der umherfliegenden Strohsäcke zu hören. Vom Bambuswäldchen her, das sich an einem Hügel hinter dem Dorf erstreckte, erklangen seltsame Laute, geradezu als pfiffen viele Menschen durcheinander, zuweilen verbarg sich das Pfeifen hinter dem Wind und zerstreute sich dann auf der hölzernen Diele.

Im Rauschen des Windes vernahm der Sohn das ungeordnete Getrampel von Füßen. Eine Menschengruppe rannte auf die Hütte zu. Einer wie der andere trugen die Menschen blendend weiße Kleidung. In der Dunkelheit schwangen die weißen Säume ihrer Kleider, und leichtfüßig, als vollführten sie einen Tanz, schwebten sie heran. Plötzlich von irgendwoher laut schallendes Gelächter. Fußgetrampel. Aufrufe durch einen Lautsprecher. Lärm.

Aaah. Unvermittelt stieß der Sohn einen Schrei aus. Im gleichen Moment sprangen beide, Mutter und Sohn, auf, als hätte der Blitz eingeschlagen. Der junge Mann hatte sich bereits zur Tür umgedreht. Fest umklammerte die Mutter mit beiden Armen seine Beine, die gerade Anstalten machten aufzuspringen und hinauszurennen.

„Lass bitte los, Mutter! Hyeongsul ist da. Er rüttelt gerade draußen an der Reisigpforte."

„Hör auf! Wo willst du denn mitten in der Nacht hin, hm? Du bist verrückt. Jetzt bist du wirklich verrückt geworden."

„Lass mich bitte los! Ich muss gehen, sonst wird Hyeongsul sterben."

„Verdammter Kerl! Komm doch endlich zu Verstand! Wer soll denn jetzt mitten in der Nacht kommen? Dann ...", sie schluchzte auf, „dann töte doch lieber mich zuerst und dann kannst du gehen!"

Wie von einem Geist besessen, stand der Sohn erneut auf und sie umklammerte mit aller Kraft seine Beine.

Da verlor er das Gleichgewicht und fiel wie ein verfaulter Baumstamm nach vornüber.

„Mu... Mutter!"

„Ach, du! Vergiss es! Bitte, bitte, vergiss doch endlich! Es ist doch schon drei Jahre her, was nützt das also noch? Wie soll denn ein Toter hierherkommen. Ach, mein armer Junge!"

Als wollten sogleich faustgroße Schneeflocken vom Himmel fallen, fegte ein schneidend kalter Wind außer Rand und Band über den pechschwarzen Himmel. Hui, hui, sang der Schornstein und der Kakibaum auf dem Hof hinter dem Haus bog seine Hüfte, als wollte er gleich durchbrechen. Der Wind zwängte sich durch die Spalten der verriegelten Küchentür, die nach draußen führte, und stahl dem Ofen die letzte noch verbliebene Wärme bis auf das letzte Quäntchen Glut. Überall im Dorf herrschte in dieser Nacht eisige Kälte, nichts als eisige Kälte.

Er hatte sich aufmerksam in der Umgebung umgesehen. Niemand befand sich im Haus. Er wusste, die Mutter war mit dem Zubereiten des Futters für den Ochsen beschäftigt gewesen, hatte ihre Arbeit jedoch unterbrochen und war vor kurzem hinausgegangen, um bei Insun vorbeizuschauen. Von der Straße her war es ruhig, keine Menschenseele hielt sich in der Nähe auf. Auch der Weg, der über den Hügel ins Nachbardorf führte, war menschenleer.

Eulseok ergriff das Netz, das an der Außenwand der Scheune hing, betrat die Küche und kippte die gedünsteten Bataten aus dem Kochtopf direkt in sein Netz. Er hatte ihr gesagt, er wolle mit Freunden zum Angeln, und sie gebeten, ihm die Bataten zu dünsten. Auch den frisch eingelegten Kimchi legte er in einen Behälter und verstaute das Gefäß gleichfalls in seinem Netz, dann verließ er eilig die Küche.

Die Windböen drückten das Bambusrohr zur Seite, beinahe berührte es den Boden, dann sah er, wie es sich wieder aufrichtete. Vom Hof aus betrug die Entfernung zum Bambuswäldchen mehr als hundert Meter. Drei offen in der Ebene liegende kleine Felder erstreckten sich zwischen

Hof und Bambuswäldchen, und wollte er zu dem Wäldchen gelangen, so konnte er ohnehin ganz leicht gesehen werden. Gerade am frühen Abend handelte es sich also um einen glücklichen Umstand, wenn in der Umgebung nirgendwo ein Mensch zu sehen war.

Um es eventuellen Blicken von hinten zu verbergen, trug er das Netz vor seinem Schoß und stieg behände den Felddeich hinauf. Dann überquerte er ein Feld, auf dem Sesam und Sojabohnen wild durcheinander wuchsen, und einen weiteren Acker, knöchelhoch von Rettichpflanzen bewachsen. An diesen schloss sich ein Hirsefeld an. Inzwischen bemerkte er, wie sich auf seiner Stirn Schweißperlen ansammelten. Je eiliger man es hat, desto weniger geht es an, unbedacht zu hasten, dachte er. Gemessenen Schrittes musste er sich bewegen, damit, falls er jemandem ins Auge fiele, dieser auf gar keinen Fall Verdacht schöpfte.

Über dem Bambuswäldchen hing wie eh und je eine stille Feuchtigkeit. Zunächst musste er bis zu einer Stelle gelangen, wo die Sonnenstrahlen kaum noch den Boden berührten, erst dann konnte er erleichtert aufatmen. Er empfand das Bambuswäldchen behaglicher, als er zunächst angenommen hatte. Zwar verbreitete das Rauschen der Blätter an den riesigen Bambusrohren eine Ahnung von Einsamkeit, doch zumindest gelangte der Wind nicht bis zu ihm hinunter. Mit der Hand wischte er sich den Schweiß von der Stirn, wandte sich um und sah in die Richtung, aus der er soeben gekommen war. Zwischen den dicken Knoten der Bambusrohre schien der tiefblaue Himmel hindurch, der sich allmählich zu verdunkeln begann. Von einer plötzlichen, ungeahnten Furcht befallen, begann sich sein Körper, wie von einem bohrenden Schmerz gepeinigt, zusammenzuziehen. Auf dem Erdboden angehäuft die gelblich faulenden Bambusblätter. Eine dunstig klebrige Feuchtigkeit, die das Bambuswäldchen überall ausspie, der Geruch ... Das war der eigentümliche Geruch des blutrünstigen Todes. Er fühlte einen Schwindelanfall nahen.

Ich will fliehen. Ich will hier weg. Jäh ließ ihn dieser drängende Wunsch erbeben. Gestern, vorgestern, es war immer das Gleiche. Stets, wenn er heimlich das Bambuswäldchen betrat, überfiel ihn die Furcht wie aus einem Hinterhalt, diese Furcht, der er verzweifelt zu entfliehen trachtete. Er wollte entkommen. Doch nirgendwo tat sich ein Ausgang auf.

Langsam lenkte er seine Schritte immer tiefer in das Dickicht hinein.

Die Bambusrohre, eines wie das andere kerzengerade in die Höhe ragend, und tiefe Stille umzingelten ihn in mehreren Ringen. Jäh befiel ihn das Gefühl, als befände er sich schwimmend unter den Wassermassen eines tiefen Ozeans. Ein Netz, das sich endlos fortsetzen würde, wie weit er auch ginge. Er war ohne jeden Zweifel ein kleines Fischchen, das hilflos im Netz zappelte, in diesem Netz, gewebt aus abgrundtiefer Feindschaft und Intrige, das sich vor ihm auftat.

Wie weit war er wohl gegangen? Jäh bemerkte er eine Veränderung am Rande seines Blickfeldes und auf der Spitze eines Felsbrockens tauchte einem Gespenst gleich ein Mann auf. Augenblicklich stockte ihm der Atem.

„Ach, du bist es! Um ein Haar hätte ich dir eine Kugel in den Schädel gejagt", sagte der Mann und ließ die Mündung seines Gewehrs sinken. Er machte einen unzufriedenen Eindruck. Sofort bemerkte Eulseok in seinen Augen den dreisten Blick, mit dem der Mann sein Gegenüber forschend musterte. Ja. Der misstraut mir wie eh und je. Eulseok versuchte ein Lächeln, was ihm letztlich misslang.

„Ach, du bist es! Vor Aufregung sind uns beinahe die Nerven durchgegangen und das alles nur wegen dir. Haben wir dir nicht gesagt, du sollst einen Stein werfen, wenn du kommst, um uns ein Signal zu geben? Hast du das schon wieder vergessen?"

Die Köpfe von Hyeongsul und Guman kamen zwischen den Bambusstangen hervor. Jeder von ihnen trug einen Bambusspeer in der Hand, sie waren neu, vermutlich hatten sie sich diese Waffen mit einem Messer zurechtgeschnitzt. Ein Gefühl der Erleichterung, nachdem sich ihre Anspannung gelöst hatte, verlieh ihren Stimmen einen heiteren Klang.

„Ich hab's doch gewusst, dass Eulseok heute kommen würde, hi, hi."

Samsik lachte und zeigte dabei seine gelben Zähne. Noch während er sprach, kam er hinter dem Felsbrocken hervor, auf dem eben der Mann mit dem Gewehr gestanden hatte.

„Pst! Leise, leise! Du sprichst zu laut. Sei doch nicht so unvorsichtig und schwatze nicht so laut!", wies ihn dieser zurecht. Die Worte des Mannes zerschnitten die Stimmung, die gerade aus den Fugen zu geraten drohte. Von einem Moment auf den anderen erstarrten alle Mienen zu Stein. Der Mann hatte Recht. Irgendwo und irgendwann konnte einem immer eine Kugel in den Rücken fahren.

„Du solltest doch kommen, wenn es ein bisschen dunkler ist!"

„Ich muss kommen, wenn die Mutter es nicht merkt, da habe ich keine große Wahl."

„Und keiner hat dich gesehen?"

„Keiner. Ich hab' mich mehrmals umgesehen, kein Grund zur Sorge."

„Na ja, du weißt ja Bescheid. Wenn wir auffliegen, Genosse, bist du auch in Gefahr, schließlich hast du uns versteckt. Es ist dir sicher nicht neu, aber wenn wir sterben müssen, dann alle fünf zusammen. So sieht es aus ..."

Der Mann hatte die Dinge nicht direkt beim Namen genannt, doch Eulseok verstand ohne Weiteres die Bedeutung seiner Worte, die indirekte Bedrohung nämlich, die in ihnen lag, ihm eine Schlinge fest um den Hals zu legen, die ihn unweigerlich mit dem Schicksal der anderen verbinden würde.

Eulseok streifte das Profil des Mannes mit einem flüchtigen Blick. Dessen Augen waren scharf geschnitten, das gerade Kinn fest, gleichsam wie die Schneide einer Axt. Eigentlich gehörte er nicht zu den Bewohnern der Insel Nagil. Als die Volksarmee aus dem Norden das erste Mal auf die Insel gekommen war, hatte er eine rote Armbinde getragen und war durch jedes Dorf gegangen, um die Bewohner zusammenzurufen. Die Leute sagten, er sei aus der Kreisstadt, doch seinem Akzent nach zu urteilen, kam er nicht aus dieser Gegend. Die Art und Weise jedoch, wie sich die Volksarmisten ihm gegenüber verhielten, und dass er, obzwar kein Soldat, mit dem Gewehr umzugehen verstand, gab zu der Vermutung Anlass, dass er in ihren Reihen eine bekannte Persönlichkeit sein musste; doch aus welchem Grunde er vor drei Tagen nicht mit der Volksarmee zusammen geflüchtet war und sich nun hier versteckt hielt, entzog sich der Kenntnis seiner Kameraden. Fakt war indes, dass der Rückzug der Truppen aus dem Norden an jenem Tag zu plötzlich und hektisch vonstatten gegangen war, weshalb die Mehrzahl jener Soldaten, die nicht mehr hatten fliehen können, von der südkoreanischen Polizei, die direkt von der Insel Cheongsan her einfiel, gefangen genommen oder erschossen worden war.

„Mist! Schon wieder Bataten?", sagte Samsik, als er hockend in das mitgebrachte Netz hineinsah.

„Blöder Kerl! Bataten sind doch gut."

„Ich möchte um mein Leben gern mal wieder Reis essen", ließ sich Samsik vernehmen, dessen Hand bereits ins Netz geschlüpft war.

„So ein Quatsch! Hör doch auf mit deinen großartigen Ansprüchen! Dass wir hier nicht Hungers sterben, ist doch allein Eulseoks Verdienst. Das solltest du dir mal durch den Kopf gehen lassen! Du kennst ja nicht einmal Dankbarkeit gegen den, der dir was zu essen bringt. Na, sieh mal! Sogar Kimchi!"

Guman drehte sich um und sah Eulseok mit einem unterwürfigen Lächeln an. Es stieß bei Eulseok nur auf Befremden. Ihm, dem acht Jahre Jüngeren gegenüber hatte sich jener stets rücksichtslos aufgeführt. Auch im Dorf hatte er als berüchtigter Tunichtgut gegolten, wer ihm in den Weg kam, den beschimpfte er oder prügelte ihn ohne jeden Grund durch.

Guman suchte eine ziemlich dicke Batate aus und reichte sie zunächst dem Mann, im Anschluss an diese Geste der Höflichkeit ging er an die Auswahl seines Anteils. Einer wie der andere verschlangen sie in aller Hast die Süßkartoffeln. Sie mussten riesigen Hunger haben. Im Nu war der Kimchi-Topf leer und Samsik leckte sogar die scharfe Lauge aus und säuberte das Gefäß mit seiner Zunge blitzblank. Hyeongsul schöpfte Wasser aus einer Pfütze des Bambuswäldchens.

„Verdammter Mist, das ist wohl auch die letzte Zigarette heute ..."

Guman zog einen Tabaksbeutel aus seiner Hosentasche. Sie feuchteten das Papier mit Speichel an, wickelten den Tabak hinein und drehten sich Zigaretten. Pass auf das Streichholz auf! Wenn jemand den Rauch oder das Licht sieht, können wir einpacken. Der Mann ließ äußerste Aufmerksamkeit walten. Als Samsik ein Streichholz anzündete, hielt er beide Hände über das Feuer, um dessen Schein zu verdecken, und dann begann zuerst der Mann zu rauchen, danach die anderen. Eine Weile rauchten sie schweigend. Auf allen Gesichtern lag der dunkle Schatten des Bambuswäldchens. In ihren ausgezehrten Mienen spiegelte sich Müdigkeit. Ihre Kleidung war hoffnungslos verschmutzt, und wenn eine Hand, in welcher die Zigarette glimmte, sich zum Mund bewegte, so konnte Eulseok sehen, wie sie leicht zitterte.

Plötzlich legte sich behutsam eine Hand auf seine Schulter. Es war Hyeongsul.

„Du hast jetzt viele Scherereien. Und das alles wegen mir ..."

„Ach, Mensch, warum sagst du so was?"

„Nein, ich meine es ernst."

Eulseok verzog die Lippen zu einem schwachen Lächeln. Die ruhige Stimme Hyeongsuls berührte ihn schmerzlich. Du hast Recht. Alles wegen dir. Vorgestern Nacht. Wärst du nicht heimlich zu mir gekommen und hättest mich gerufen, hättest du mich nicht gebeten, euch für zwei Tage zu verstecken, so würde ich jetzt nicht so zittern vor dieser Angst, die mir den Atem zu nehmen droht. Mitten in der Nacht hatte er im Halbschlaf gelegen, als er Durst verspürte und hinausgegangen war, da entdeckte er plötzlich Hyeongsul, der sich in der Nähe versteckt hatte und nun auf ihn zu gerannt kam. Doch er war nicht allein. Guman und Samsik begleiteten ihn, zwei junge Männer, die er kaum vom Sehen kannte, die viel älter waren als er selbst und denen er niemals freundschaftlich zugetan war. Und dann erschien da noch dieser Mann, der ein Gewehr trug, nicht im Traum hätte Eulseok daran gedacht, dass ihm je so etwas widerfahren könnte.

Allmählich senkte sich Dunkelheit über die Landschaft. Eulseok beugte den Kopf in den Nacken und suchte den Himmel. Das dichte Laub des Bambus verwehrte ihm den Blick zum Firmament. Finsternis. Die ganze Welt war in tiefschwarze Finsternis gehüllt.

Hyeongsul und er waren so enge Freunde, wie es sie selten gab. Eulseok war zwei Jahre jünger als der Freund, doch in der Schule besuchten sie stets die gleiche Klasse, und selbst in dem Punkt, dass sie beide Einzelkinder waren, glichen sie einander. Hyeongsul wohnte in Hwaseong, wo sich auch die Gemeindeverwaltung befand, doch ob es nun zum Reisigsammeln im Wald oder zum Angeln war, allzeit lief einer der beiden über den Hügel, der die Dörfer voneinander trennte, um mit dem anderen gemeinsam zu gehen. Gestern Nacht habe ich von dir geträumt. Ja? Ich auch, von dir. Wenn sie des Nachts beim Schlafen wohl oder übel voneinander getrennt waren, erfüllte sie das zuweilen mit Traurigkeit, denn gerade in ihrem Alter empfanden sie eine eigentümliche Zuneigung füreinander.

Und dieser Hyeongsul war seit den Tagen der Volksarmee völlig verwandelt.

Misch dich da nicht ein! Ich werde meinen Vater rächen.

Wütend hatte ihn der Freund angefahren. Genau im Jahr des Kriegsausbruchs hatte die Polizei Hyeongsuls Vater unter dem Verdacht linker Aktivitäten festgenommen. Auf der Wache sei er wieder aufmüpfig geworden, sagten die Leute, und so hatte man ihn mit einigen anderen zusammen der Polizei in der Stadt übergeben, von wo er nach drei Tagen als Leiche zurückgekehrt war, ohne dass man je den Grund erfahren hatte. Einige meinten, er sei bei einem Fluchtversuch erschossen worden, ein anderes Gerücht, das auf der Insel weite Verbreitung fand, besagte, er habe die harte Folter nicht überlebt. Nun hatte sich der Sohn, um Rache zu üben, blindlings den Roten angeschlossen und begann mit ihnen zu wüten, sobald die veränderte Welt angebrochen war.

Damals kursierten ausschließlich Gerüchte, die irgendwie nach Blut rochen.

Jeder neue Tag brachte für wenigstens eines der Dörfer nur ein weiteres Schauspiel, bei dem Menschen starben und fortgetragen wurden. Traf jemanden der Verdacht, ein Reaktionär zu sein, so kostete ihn das unverzüglich das Leben, ohne dass je ein Mensch davon erfuhr. In der Gemeinde Gyeok wurden neun Mitglieder einer Familie umgebracht, deren einzige Schuld darin bestand, dass der älteste Sohn als Polizist in Busan arbeitete. Dann gab es einen Fall, da hatte sich die gesamte Familie auf dem Hof ihres Hauses versammeln müssen, um eigenhändig eine Grube auszuheben, wohinein man sie trieb, und dann wurde mit allem Gerät, das sich fand – war es nun eine Hacke, ein Spaten, eine Harke oder ein Knüppel – aufs Geratewohl auf sie eingestochen und man verprügelte sie, bis alle tot waren. In Hwaseong, so erzählten sich die Leute, wo eine Kirche stand, hätten die Volksarmisten den Pfarrer und den Kirchenältesten erschossen, einen Stein an die Leichen gebunden und sie im Meer versenkt. Danach steckten sie die Kirche in Brand.

Hier in Hwangji war es nicht anders gewesen. Hakbongs Vater, der einst als Vertreter der Fischereigenossenschaft tätig gewesen war, wurde in seinem Zimmer während des Schlafes einfach sinnlos ermordet. Fünf, sechs Leute kamen hereingestürzt und schlugen mit Stöcken auf ihn ein, bis er tot war. Ein Gerücht besagte, in der Meute, die in jener Nacht in das Haus eingedrungen war, habe sich auch der erst siebzehnjährige Hyeongsul befunden.

Dieses Schwein hat meinen Vater bei der Polizei angeschwärzt. Irgendwann einmal hatte er wegen der zwei Majigi Acker am Stausee unten, Land, das unserer Sippe gehörte, einen riesigen Streit mit meinem Vater angezettelt. Seitdem hatte er eine Stinkwut auf meinen Vater und hat ihn als Roten denunziert, den Vater, der selbst gar nichts davon wusste. Seit dieser Zeit habe ich mir geschworen, diesen Kerl eigenhändig zu erledigen.

Diese Antwort hatte ihm Hyeongsul gegeben, als er ihn aufgrund des unglaubhaften Gerüchts aufgesucht hatte, die Lippen bleich vor Sorge.

„Wie sieht's in den Dörfern aus? Hast du nichts gehört?", erreichte ihn plötzlich aus der Finsternis die Stimme des Mannes.

„Na ja, ich glaube, es gibt nichts Besonderes. Die Leute sagen, ab morgen würden die ausgebrannte Polizeiwache in Hwaseong und das Gebäude der Gemeindeverwaltung wieder instand gesetzt und wir sollten alle zum Helfen kommen."

„Und vom Festland?"

„Ich weiß nicht. Aber in der Stadt scheint es ein bisschen unruhig geworden zu sein. Es soll Leute geben, die gestern Nacht Gewehrfeuer von dort gehört haben wollen."

„Genau! Das war's. Wir haben es auch gehört", freute sich der Mann.

„In der Stadt, sagst du? Dann stößt die Volksarmee also wieder nach Süden vor?"

„Nein, das nicht. Es sollen sich nur unsere hier in der Gegend versprengt zurückgebliebenen Soldaten sammeln. Und das heißt, dass wir auch dorthin müssen."

„Ja? Das bedeutet also, wir brauchen nur dorthin zu gehen und dann sind wir in Sicherheit, Genosse?"

Ausgelassen unterhielten sich Guman und Samsik mit dem Mann. Hyeongsul hockte stumm neben Eulseok.

„Warst du zufällig mal bei uns?", fragte Hyeongsul beinahe flüsternd und kam erst jetzt, nachdem er lange gezögert hatte, darauf zu sprechen.

„Nein, noch nicht. Entschuldige. Wenn ich morgen früh nach Hwaseong gehe, sehe ich mal bei euch vorbei."

Das war gelogen. Heute war er bei Hyeongsuls Familie gewesen. Aber wie sollte er dem Freund erzählen, dass die Dorfweiber gekommen waren und von seiner alten Mutter verlangt hatten, sie solle ihren roten Sohn herausrücken, wie sie die alte Frau an den Haaren gepackt und hinter sich hergezogen hatten, sodass sie jetzt am ganzen Leib zerschunden in ihrem Zimmer lag?

Eulseok konnte sich des Eindrucks nicht erwehren, als seien die Einwohner der Insel allesamt verrückt geworden. Wirklich. Raubtieren gleich, die Blut gerochen hatten, wüteten sie einer wie der andere ohne Ausnahme wie Wahnsinnige. Hier und dort, zu allen Tages- und Nachtzeiten hörte man sie immer wieder geifern, dass sie Rache üben würden.

„Geht es deiner Mutter gut?"

„Mach dir keine Sorgen um meine Mutter! Überleg lieber, was mit deiner Mutter werden soll!"

Auf Eulseoks Worte hin stieß der Freund einen tiefen Seufzer aus. In diesem Moment war er nicht mehr jener Hyeongsul, der weltvergessen getobt und Rache geschworen hatte. Jetzt hatte Eulseok wieder den Hyeongsul von damals vor sich, den alten Freund, der ihn, Eulseok, den eines Tages auf dem Weg von der Schule nach Hause furchtbare Bauchschmerzen plagten – verursacht von den Spulwürmern, die in seinem Bauch tobten – und der sich an den Wegrand hatte setzen müssen, wie ein Erwachsener auf dem Rücken nach Hause trug; zu solch einem liebevollen Knaben schien er nun zurückverwandelt.

„Hast du die Umgebung der Kaistraße beobachtet?", fragte der Mann.

„Ja. Tagsüber haben zwei Polizisten in der Kneipe am Kai gesessen, wenn es Nacht wird, werden sie vermutlich zur Polizeiwache zurückkehren."

„Bist du dir sicher?"

„Ja. Gestern bin ich extra dort gewesen."

Hm. Der Mann schien in tiefes Nachdenken versunken zu sein. Er kam ganz nah an Eulseok heran.

„Gut, dann machen wir es so: Wir werden morgen Nacht die Insel verlassen. Gerade haben wir den vorletzten Tag des Monats, morgen ist Neumond, die Zeit ist also günstig. Gefährlich ist es allemal, aber so oder so, auf jeden Fall müssen wir es versuchen. Vor allem aber ist Genosse Eulseok ein Problem ... Wie sieht's aus? Können wir uns auf dich verlassen?"

Wie ... wie meinen Sie das? Plötzlich fühlte Eulseok eine eisige Kälte durch seinen Körper strömen.

Der Mann beauftragte ihn, morgen Nacht heimlich ein kleines Boot am Uferfelsen hinter dem Berg festzumachen. Dort wollten sie sich um Mitternacht treffen.

„Wenn sie uns erwischen, ist es aus. Dann erwischt es uns alle. Traust du dir das zu?"

Auf die Wendung „uns alle" hatte der Mann besondere Betonung gelegt.

„Ja. Es bleibt keine Wahl. Wir müssen es versuchen", antwortete Eulseok, der angesichts der wiederholten, gleichen Frage des Mannes, geradezu als wolle er ihn tadeln, beinahe kraftlos zu Boden gesunken wäre.

Bald darauf erhob er sich. Es war an der Zeit zurückzukehren. Für einen kurzen Moment kam den fünf Menschen die unheilvolle Anspannung zu Bewusstsein, die sich just in diesem Augenblick in ihnen regte. Eulseok stockte der Atem. Er begriff. Jeder der Männer musterte ihn abschätzend und zögerlich. Er war der Einzige auf der Welt, der um ihr Geheimnis wusste. Sie standen auf der Klippe eines hohen Felsens, und die Enden von vier Bergseilen, genau der vier Seile, an denen ihr Leben hing, wollten sie jetzt in Eulseoks Hände legen. Bevor sie den Abstieg vom Felsen wagten, konnten sie aber auch erbarmungslos das Handgelenk des Verräters durchtrennen, der die Seile hielt, wenn es nur darum ging, ihr Leben zu retten, bevor es zu spät war.

Er wollte da raus. Wollte fliehen, so schnell ihn seine Beine trügen. Es war der Augenblick, in dem er zu ersticken drohte. Seine Knie zitterten fürchterlich. Gefangen von der Stille der Finsternis, in der man nicht eine Handbreit nach vorn sehen konnte, zählten sie alle nur noch die Schläge ihrer fünf Herzen und die rauen Züge ihres Atems. Klack. Von dort, wo der Mann sich befand, konnten sie ein leises Geräusch hören, ein Gewehr war gegen irgendetwas gestoßen.

„Geh schnell zurück! Morgen um Mitternacht unter dem Uferfelsen. Vergiss das auf keinen Fall und ... wir vertrauen dir."

Deutlich und kalt artikulierte der Mann die Worte. Mit ihnen zerstreute sich die angespannte Stille. Über den Kronen der Bambusrohre lebte der Wind wieder auf. Eulseok, wir vertrauen dir allein. Ja, ohne dich wären wir jetzt schon tot, und deswegen musst du uns auch weiterhelfen, sagten Guman und Samsik und klopften ihm dabei auf die Schulter.

Eulseok setzte sich in Bewegung, in der einen Hand hielt er das Netz und mit der anderen bahnte er sich einen Weg durch das Bambusdickicht. Bis an den Rand des Wäldchens begleitete ihn Hyeongsul. Von weitem sahen sie in der Ferne die trüben Lichter des Dorfes.

Sie blieben stehen.

Eulseok, sagte der Freund leise, ich habe nun keine Heimat mehr. Auf dieses Stückchen Erde kann ich meinen Fuß nie wieder setzen, nie wieder werde ich hier leben können. Wie du weißt, habe ich bereits einige unschuldige Menschen getötet ... Ohnehin ist es nun geschehen und kommt die Zeit, werde auch ich eines Tages sterben müssen, das ist mir schon klar ... Er lachte leise, Eulseok brachte kein Wort hervor. In der Dunkelheit suchte Hyeongsul die Hand des Freundes und drückte sie kräftig.

„Ich vertraue nur dir."

„Hm."

Eine Weile standen sie so. Inzwischen war von der See her eine warme Brise aufgekommen. Klebrigsalziger Meeresgeruch berührte unvermittelt die Spitzen ihrer Nasen. Ein Zittern durchfuhr Eulseok. Das war ohne jeden Zweifel die Schwüle des Todes. Der Geruch des schwärzlich roten, blutigen Verrats.

Sie trennten sich. Eulseok schlug den Weg über das Hirsefeld ein. Ohne es selbst zu bemerken, wurden seine Schritte schneller. Als verfolge ihn jemand, hastete er immer eiliger. Obwohl er daran dachte, dass Hyeongsuls Blick ihm vermutlich folgte, drehte er sich nicht ein einziges Mal um.

Unzählige Sterne bevölkerten das Firmament. Vor ihm am Nachthimmel zogen sich in langer Reihe die sieben Sterne des Großen Bären hin. Von ihnen schimmerte jener in der Mitte, der vierte, heute ausgesprochen matt. Bald darauf passierte Eulseok das Sojabohnenfeld und war bis nahe an die Sojasoßen-Krüge auf dem Hof gelangt, als er einen unterdrückten Schrei ausstieß. In einer Ecke des Hofes wartete jemand auf ihn. Es war die Mutter.

In dieser Nacht. Lange konnten Mutter und Sohn keinen Schlaf finden. Banges Flüstern aus dem finsteren Schlafraum der Hütte, bisweilen unterbrochen von schwerem Atmen und inbrünstigem Bitten, sickerte unentwegt durch die Mauern. Dazwischen entlud sich leise ein kraftloses Schluchzen. Und schließlich dauerte ein schweres Schweigen lange, furchtbar lange an.

Morgengrauen.

Tagte es schon? Das Holzgitter der papierverklebten Tür gab allmählich seine schwärzlichen Rippenknochen zu erkennen. Auf irgendeinem Hof krähte ein fleißiger Hahn mit zäher Ausdauer, das Fanal für die anderen, noch nicht ganz aus dem Schlaf erwachten Hähne, die daraufhin wild durcheinander zu krähen anhoben. Doch noch immer lag die Stille des frühen Morgenrots in tiefem Schlaf versunken und tauchte das Dorf in ein undurchdringliches Dunkel.

Plötzlich zuckte Eulseok, der bis zu diesem Moment wie tot auf seiner Schlafmatte gelegen hatte. Als hätte er im Schlaf von weit her verdächtigen Lärm gehört. Er spitzte die Ohren.

Die Geräusche kamen vom Hügelweg her. Es kam ihm vor wie ein Sägen, dieses Geräusch, das sich bereits in fürchterlichem Tempo vom Hügel herunterbewegte und sich dem Weg näherte, der ins Dorf hineinführte. Fußgetrampel. Ein einziges Durcheinander von stampfenden Füßen. Das mussten Dutzende von Menschen sein. Eine Stimme aus dem Lautsprecher, die in atemberaubender Schnelligkeit etwas hinausplärrte. Lärm.

Im Nu war Eulseok aufgesprungen. Da schlang sich ein Arm fest um seine Hüfte.

„Nein! Wohin willst du?"

„Lass mich bitte los! Du sollst mich loslassen!"

„Was ist los? Du gehst nicht! Nein!"

Ihre dürren Arme umschlossen die Taille des Sohnes und bewiesen eine unglaublich zähe Kraft.

Inzwischen kamen die ungeordneten Schritte den Feldrain entlang, der sich neben der Hütte hinzog.

„Nein! Hyeongsul wird sterben!"

Der Sohn verrenkte den Körper. In diesem Moment gerieten ihre beiden Körper aneinander und fielen zu Boden. Doch sie ließ nicht los.

„Zu spät. Es ist schon zu spät ... Hör doch!"

„Mutter ..."

Dem Sohn knickten die Knie ein und er stürzte zu Boden. Ein herzzerreißendes Schluchzen entrang sich seiner Brust. Sie beugte sich über die schmalen Schultern ihres zitternden Sohnes.

„Mensch! Ich war es. Das ist alles mein Werk. Ich hab's von Anfang an geahnt. Aber ich habe es einfach nicht glauben wollen, o mein Gott, es ist so furchtbar. Ihr seid doch noch Kinder, aber ... Vorhin, als du geschlafen hast, war ich bei der Polizei. Ich habe sie einfach nur angefleht. Was für eine Schuld hat er denn auf sich geladen?, habe ich sie gefragt. Er ist doch erst fünfzehn, weiß er da überhaupt, was die Roten sind? Seine einzige Schuld ist doch nur, dass er einen schlechten Freund hat, und deswegen bin ich an seiner statt gekommen, um Ihnen zu sagen, wo sich die Roten versteckt halten. So habe ich sie angefleht und um Vergebung gebeten."

Sie hielt den Rücken des Sohnes umklammert und wiederholte klagend immer wieder die gleichen Worte.

Ein pfeifender Ton aus dem Lautsprecher.

– Ihr seid jetzt vollkommen umstellt … Werft die Gewehre weg und kommt ganz ruhig …

Eulseok, es tut mir leid. Alles nur wegen mir. Kraftlos war Hyeongsuls Lächeln gewesen. Mit beiden Händen hielt sich Eulseok die Ohren zu.

Ja. Er hatte von Anfang an alles gewusst. Wie die Mutter in einer Ecke des dunklen Zimmers auf seinen Atem gehorcht, dann vorsichtig die Zimmertür geöffnet hatte und hinausgegangen war, wie sie den Hof überquert, die Eingangspforte durchschritten und eilig den dunklen Hügel überwunden hatte, nichts war ihm entgangen. Nach einiger Zeit hatte sie ebenso leise, wie sie gegangen war, die Tür geöffnet und war wieder hereingekommen. Doch er hatte sich nicht gerührt. Nichtwissen vortäuschend, als sei er in tiefem Schlaf versunken, lag er ruhig da und seine Nase identifizierte den Geruch des Grases, der von ihren Kleidern ausging, und die Feuchtigkeit. Was war es gewesen? Was hatte ihn dazu gebracht, einfach so liegen zu bleiben?

– Wir verwarnen euch noch einmal …

Ich habe jetzt keine Heimat mehr. Schon einige unschuldige Menschen habe ich mit meinen Händen getötet.

Da geschah es. Vom Bambuswäldchen her waren vereinzelt scharfe Schüsse zu hören und dann begann, als hätten sie nur darauf gewartet, unten von der Straße her ein einstimmiges Schießen aus zahllosen Gewehrläufen den morgendlichen Himmel zu zerreißen. Dieses Gewehrfeuer war so furchtbar, dass es die gesamte Insel Nagil mit einem Schlag auf den Meeresboden zu versenken drohte.

Der Wind hatte sich kaum gelegt. Klägliche Schreie ausstoßend fegten vertrocknete Blätter über den gefrorenen Erdboden und der wilde Bambus unter der Steinmauer, die sich um das Haus zog, raschelte mit düsterer Stimme. Da fielen aus irgendeinem Winkel des schwarzen Himmels graue Schneeflocken herab. Dort in der Finsternis entfalteten sie ihre Flügel und bildeten einen Schwarm von unendlich vielen weißen Schmetterlingen, die herangeflogen kamen. In der Ferne bellte ein Hund. In den Augen des Sohnes schimmerte noch immer eine verwässerte Abwesenheit, während er auf das öde Rauschen des Windes hinter der Tür horchte. Jedes Mal, wenn die Schneeflocken an die Hütte peitschten und dabei einen seltsamen Laut von sich gaben, erlag er der Halluzination, jemand stünde vor der Tür, und ein Zittern überfiel seinen Leib. Plötzlich näherte sich der Hand des Sohnes, die kraftlos auf der Decke ruhte, eine faltige, runzlige Hand, die an ein Stück Kiefernrinde erinnerte, und schloss sich um sie.

„Hör auf! Es ist doch alles lange vorbei. Inzwischen sind schon drei Jahre vergangen. Vergiss das alles! Du sollst es vergessen. Die ganze Welt hat es schon vergessen und alle leben einfach wie früher weiter, wieso kannst bloß du nicht von diesem Problem loskommen? Ich bitte dich, vergiss doch einfach alles!"

Der Sohn schwieg.

„Es gibt Leute, denen ist noch Schlimmeres widerfahren, und trotzdem leben sie ganz gut. Hakbongs Mutter hat damals den Mann verloren, zwar vergießt sie nun viele Tränen und fristet ihr Leben unter zahllosen Seufzern, aber sie lebt! Und sieh dir Okseo an! Der arbeitet jetzt noch fleißiger, noch hartnäckiger als damals, als sein Vater noch lebte, und im nächsten Jahr will er sich sogar ein Boot kaufen, eins mit einem richtigen Motor! Allein bei uns in Hwangji werden in diesen Tagen in mehr als einem Dutzend Häusern Ahnenzeremonien zum Todestag abgehalten, aber von keinem habe ich bisher gehört, dass er von selbst den Löffel aus der Hand gelegt hätte und vor Traurigkeit gestorben wäre ... Vergiss doch! Wenn du alles vergisst, wird es dir besser gehen. Nur so geht das Leben weiter. Anders geht es nicht, hm. Wie man sich beim Baden den Schmutz vom ganzen Leibe reibt, genau so musst du alles vergessen. Ach, du, mein armes Kind!"

Als legte sie ein Gelübde ab, redete sie weiter vor sich hin. Allein der Sohn regte sich nicht.

„Ach, verdammt ... Schluss damit! Hör lieber zu, was ich dir sage! Seitdem sich diese Erde dreht, hat es pausenlos Kriege gegeben. Immer und überall kam es zu großen Kriegen und Unruhen. Als ich klein war, brach die Donghak-Revolte aus, als mein Vater jung war, wütete ein anderer Krieg und zu Zeiten seines Vaters auch, Kriege waren immer an der Tagesordnung. Aber die, die überleben, sind nicht tot, sie zeugen wieder Kinder und leben weiter. Manchmal könnte man meinen, das Leben sei etwas Besonderes, aber bricht ein Krieg aus, gilt ein Menschenleben nicht mehr als das Leben eines Hundes oder einer Fliege. Und sollten die Menschen auch ihr noch so wertvolles Leben verlieren und einfach sterben, wenn danach für eine gewisse Zeit Ruhe einkehrt, so werden sie vergessen und das Leben geht ganz gelassen seinen Gang. So sind die Menschen, das ist das Gesetz dieser Welt. Und vielleicht ist es gut so. Meinst du nicht auch? Vor allem müssen die Menschen weiterleben, die übrig geblieben sind. Und auf jeden Fall hatten jene das Nachsehen, die umkamen. Um die Toten ist es nur traurig. Wer kümmert sich schon um sie? Und deswegen muss man einfach vergessen. Ist das alles vielleicht deine oder meine Schuld? Sowieso wären die auch ohne dich gestorben, das war ihr Schicksal. Komm nun endlich wieder zur Vernunft und lass dich nicht so gehen! Hab doch wenigstens mit deiner armen Mutter ein bisschen Mitleid! Hm?"

Ob der Sohn nun die Worte der Mutter vernahm oder aber nach wie vor nur auf den Wind und die Geräusche hörte, die der draußen vor der Tür sich anhäufende Schnee verursachte, jedenfalls antwortete er nicht. Schließlich gab es die alte Frau auf, stieß einen tiefen Seufzer aus, wickelte sich in ihre Decke und drehte sich auf die andere Seite.

Abermals schlug der Wind gegen die Tür. Und als stünde in der Tat jemand draußen, schepperte der eiserne Türring mehrmals. Flüchtig leuchteten die Augen des Sohnes hell auf, als spiegelten sich die Funken eines Feuersteins darin. Jäh schlug er die Decke zurück, stand auf und schob den Türring zur Seite. Erschrocken riss die Mutter ihre Arme in die Höhe, doch der Sohn hatte die Tür bereits geöffnet. Hui. Laut aufbrausend stürmte der Wind ins Zimmer. Die Petroleumlampe erlosch.

Niemand war da. Nur der weiß verschneite Hof.

„Eulseok! Kind!"

Bäuchlings lag die alte Frau auf dem Fußboden und versuchte sich zur Türschwelle hin auszustrecken.

Barfuß stieg der Sohn auf das Erdfundament hinunter, auf dem das Haus stand. Schnee. Schnee bedeckte alles. Der Hof, das Feld hinter der Mauer, die Gipfel der Berge hinter dem Hügelweg, alles umhüllte weiß der Schnee. Die gesamte Insel Nagil bedeckte ein blendend weißes Totenhemd, kalt lag sie in der Dunkelheit und über sie hinweg raste ein ungestümer Wind von eisiger Kälte und fegte die Schneeflocken rücksichtslos vor sich her. Ohne Schuhe rannte der Sohn über den verschneiten Hof. Er stieß die Reisigpforte auf. Kein Mensch war zu sehen. Im ganzen Umfeld der weiten, leeren Nacht war keine einzige Gestalt zu sehen, die Leben in sich barg und sich bewegte.

„Nein! Das ist nicht wahr. Ich habe dich nicht getötet", schrie er plötzlich, als sei er wahnsinnig geworden. Da! Er sah es ganz deutlich. Zahllose Menschen kamen durch den Wind auf ihn zu gelaufen. Einer wie der andere trugen sie weiße Kleider, deren Säume von jenseits des nächtlichen Firmaments heranwogten, und als flössen sie dahin, schwebten sie leicht, ganz leicht.

Er streckte beide Arme über dem Kopf weit in die Höhe. Als wollte er sie empfangen und umarmen, bog er, die Hände noch immer ausgestreckt, um die Ecke des Gehöfts und schickte sich bald darauf an, wankenden Schrittes den schneebedeckten Feldrain hinaufzusteigen, der zum Bambuswäldchen führte.

Finsternis

Ich sitze vor dem Spiegel, will mich schminken. Das Schminktischchen enthält drei Schubladen, so eng nebeneinander angebracht, dass eine die andere wegzustoßen scheint, und da auf ihm ein übermäßig großer Spiegel thront, betrachte ich es stets voller Unruhe, weil es jeden Moment umzufallen droht. Aus dem Spiegel starrt mich eine Frau an, die Haare mit einem Tuch fest zusammengebunden, damit sie nicht ins Gesicht fallen. Sie hat sich gerade das Gesicht gewaschen, hier und dort in den Winkeln ihrer Augen werden zarte Fältchen sichtbar, nahe dem Ohrläppchen breitet sich einem Pilz gleich eine verkrustete Grindflechte aus.

Ich vermeide dieser Frau im Spiegel in die Augen zu schauen. Das ist meine Gewohnheit. Irgendwann habe ich beschlossen, meine Augen, die mir aus dem Spiegel entgegensehen, nicht mehr anzublicken. Die Augen der Frau im Spiegel peilen mich scharf an und kommen meinem Blick so nahe, dass sie ihn beinahe direkt zu berühren scheinen unheilverkündend wie ein scharfes Messer und erfüllt von der Begierde nach eisiger Feindschaft und drängender Zerstörungswut funkeln sie, weshalb es mir stets eine Gänsehaut über den Leib treibt. Aus diesem Grunde kann ich nie und nimmer zugeben, dieses Gesicht im Spiegel sei nur ein projiziertes, virtuelles Bild meiner selbst; sowie ich ihm auch nur gegenübersitze, erfasst mich in der Regel schon bald die nackte Angst.

Ich nehme das Fläschchen mit der Lotion vom Schminktischchen. Die Empfindung, welche die glatte Flasche in meiner Hand hinterlässt. Bei jeder Berührung des länglichen, durchsichtigen Glaskörpers schrecke ich ein wenig zurück. Das hängt zweifellos mit dem Gefühl zusammen, das die Berührung hervorruft und das Assoziationen an die Gestalt eines Penis weckt.

Ich öffne den kleinen, runden Deckel, halte das Fläschchen schräg nach unten und lasse die Lotion herauslaufen, milchigweiße Flüssigkeit tropft klebrig zäh auf meine Handfläche, ich berühre sie mit den Fingerspitzen und beginne dann langsam meine Wangen einzureiben. Ein heimlicher Blick aus den Augenwinkeln sucht dein Abbild im Spiegel. Du liegst hinter mir, das Kinn in die Hand gestützt, den Körper auf die Seite gedreht, und siehst schon seit geraumer Zeit fern. Ich sehe, wie du versuchst dein unsicheres Gleichgewicht aufrecht zu erhalten und wie du manchmal gelangweilt die übereinander gelegten Füße bewegst, und diese Bewegung verrät mir, dass du wegen irgendeiner Sache wütend bist.

Ja, genau. Jetzt tust du nur so, als konzentriertest du dich auf das Fernsehprogramm, in Wirklichkeit verfolgen sämtliche Fasern deines Körpers jede einzelne meiner Bewegungen im Spiegel. Das weiß ich. Genau so wie ich im Spiegel deine gekrümmten Zehen gut zu beobachten vermag, obwohl ich dir den Rücken zugewandt habe und mit dem Schminken beschäftigt bin, so verfolgt dein permanenter Blick insgeheim von hinten, wie ich mich heute Abend zum Ausgehen fertig mache.

Die Show im Fernsehen ist zu Ende. Die Werbung für ein Erfrischungsgetränk, bei der sich ein halb nackter Mann mit dem Unterarm unablässig den Schweiß von der Stirn wischt, als gelte es, die gewaltigen Muskeln zur Schau zu stellen, und dabei etwas in der Hand hält, was er glucksend in sich hineinkippt, ist gerade vorüber und gleich werden die Nachrichten beginnen. Im Spiegel tauchen die Schriftzüge vom Fernsehbildschirm seitenverkehrt auf und verschwinden wieder.

Ich sehe auf die Uhr. Sieben. Ein wenig Eile täte Not. Ich beginne meine Augenwimpern anzumalen. Du wirfst mir einen flüchtigen Blick zu, schweigend drehst du dich wieder um.

Was ist los? Willst du noch mal weg?

Ohne den Blick vom Bildschirm zu wenden, stellst du diese Frage, deren Antwort du bereits kennst.

Sonnabends findet die Abendmesse statt.

Die Antwort, wie selbstverständlich und für dich ohnehin bedeutungslos, gebe ich dem Spiegel. Aber es ist eine Lüge. Schon lange gehe ich nicht mehr zur Kirche. Nach diesem Dialog haben wir uns nichts mehr zu sagen. Die mechanische Stimme des Nachrichtensprechers drängelt sich unerlaubt und voll überströmender Energie durch die Ritzen unseres Schweigens, das uns beide unangenehm berührt; betreten und ohne jede Hoffnung konfrontiert uns dieser Augenblick der Sprachlosigkeit, auf die wir nicht zu reagieren wissen und die jedes Mal über uns herfällt wie irgendein Halunke, der plötzlich ins Haus einbricht.

Ja. Gemeinhin laufen die Gespräche mit dir nach diesem Schema ab. Zwar sehen wir uns dabei an, einer den anderen, doch in Wirklichkeit haben wir uns stets die Rücken zugewandt, Worte, die wir wechseln, tauschen wir wie jetzt nur mit einem Spiegel oder einem laufenden Fernsehbildschirm aus, verantwortungslos werfen wir uns die Worte vor die Füße wie ein Stück schleimigen Auswurfs. So mussten unsere Gespräche, die wir ohne jeden Sinn führten und die uns nicht verbinden konnten, irgendwo in der Wohnung, wohin wir sie gerade willkürlich geworfen hatten, zu Bergen aufgetürmt liegen geblieben sein. Bist du tagsüber auf der Arbeit und ich hüte allein das Haus, so läuft mir ein Schauer über den Rücken, sobald ich mir dieses widerwärtigen Gefühls bewusst werde, all dieser Gespräche, die in jeder Ecke unserer Wohnung, an meinen Händen und Füßen, überall an meinem Körper ein klebriges Kribbeln erzeugen. Ich male meine Lippen an. Tiefrot, in einem Rot, noch kräftiger als das Rot pulsierenden Blutes, noch tiefer, noch dunkler ...

Jetzt dauert es nicht mehr lange und ich werde diese hübsche, frische Blutspur auf den Lippen eines anderen Mannes hinterlassen.

Ach, weißt du das? Weißt du um diese ungeheuerliche Intrige ...

Du drehst mir den Rücken zu und liegst auf die Seite gedreht auf dem Fußboden, in diesem Moment, da ich mich vor dem Spiegel ganz gelassen zum Ausgehen vorbereite, ahnst du nun endlich, verdammt noch mal, meinen heimlichen Verrat?

Die Stimme im Fernseher berichtet gerade von einer Brandkatastrophe.

Feuer in einem Zirkus. Tod eines der Mitglieder. Wie kurz zuvor erscheinen die Untertitel auf dem Bildschirm verkehrt herum im Spiegel.

Oh! Das ist doch hier bei uns im Viertel, schreist du plötzlich, als erschreckte dich das. An der Kreuzung im Sansu-Viertel hatte eine Zirkusgruppe in einem Zelt ihr provisorisches Quartier errichtet, dort war Feuer ausgebrochen und ein Mensch bei dem Brand ums Leben gekommen. Kim Sowieso, irgendein Name bestehend aus drei Silben, und die Zahl vierundzwanzig erscheinen ganz deutlich auf dem Bildschirm. Diese vermutlich auf das Alter des Verunglückten hinweisende Zahl krümmt sich wie ein Wurm auf der Mattscheibe und in dem Augenblick, als sie auftaucht, lege ich den Lippenstift geräuschvoll auf das Schminktischchen zurück. Einen Moment lang ist mir, als strafften sich meine Halsmuskeln.

Gerade gestern Nachmittag war ich in diesem Zirkus. Wie immer hatte ich die leere Wohnung gehütet, als durch die Gassen der Neubausiedlung auf einmal laute Schlagermusik an mein Ohr drang, von einer schreienden Stimme aus dem Lautsprecher immer wieder unterbrochen, und ohne groß nachzudenken, hatte ich mich auf den Weg zum Zirkus gemacht. Nicht weit entfernt, auf dem unbebauten Platz neben der Kreuzung, befand sich ein mehr schlecht als recht aufgestelltes Zelt. An Zuschauern bemerkte ich außer einigen Knirpsen nur ein paar ältere Leute, im Zirkuszelt erlebte ich dann eine unsagbar armselige Vorstellung. Zwei Frauen in dicken blauen Strümpfen hoben – sichtlich mit großer Mühe – ihre Beine nicht allzu hoch und vollführten zu den groben Rhythmen eines Schlagzeugs unbeholfene Bewegungen, die wohl einen Tanz darstellen sollten, dann waren da noch die Kunststückchen eines Zwerges, Zauberei, Seiltanz, Luftsprünge auf dem Seil und damit hatte sich das seichte Programm auch schon erledigt. Ich weiß es nicht genau, aber mehr als zehn Leute konnten daran nicht beteiligt gewesen sein, sie hatten nur immer fleißig die Kleider gewechselt und waren mehrmals in der Manege erschienen.

Wer von ihnen wird es wohl gewesen sein? Bei dem Verunglückten soll es sich um einen Mann gehandelt haben. Ein junger Mann, der über den dünnen, fleischlosen Beinen eine beinahe durchsichtige, hauchdünne Hose trug, einen Fächer auf und zu klappte und dabei auf einem Seil hin und her lief, ein anderer Mann, der einen Affen vorführte, und ein weiterer junger Mann, der den Zuschauern für zweihundert Won einen mit einer Vinylbespannung überzogenen Klappstuhl zum Sitzen angeboten hatte, kommen mir deutlich in den Sinn. Ihre Gesichter hingegen existieren in meiner Erinnerung eines wie das andere nur noch als verschwommene Bilder. Ich mühe mich, deutlichere Linien in diese verwischten Konturen zu zeichnen, doch letztlich schlagen alle Anstrengungen fehl. Die drei Männer trugen Kleider in schreiend bunten Farben und jetzt schweben ihre Gestalten vor meinen Augen und so wie gestern sehe ich die gleichen Männer, auf dem Seil tanzend, dem Affen Beifall spendend oder mit dem Stuhl in der Hand unentschlossenen Schrittes auf die Zuschauer zukommend, und zum Schluss entschwindet mir auch noch dieses Bild. Gestern Nacht ist einer von ihnen gestorben, die Flammen hatten ihn eingeholt, wie ein Stück Holzkohle verbrannte sein Fleisch, zum gleichen Zeitpunkt hatte ich mich wahrscheinlich gerade in tiefem Schlaf versunken den tastenden Händen meines betrunkenen Mannes überlassen.

Mit dem Schminken bin ich fertig. Während ich das Tuch löse, mit dem ich mir die Haare zusammengebunden hatte, lächelt das Gesicht der Frau im Spiegel ruhig, dieses ausdruckslose, an eine Maske erinnernde Gesicht. Hinter dem unscheinbaren, versteckten Lächeln verbirgt sich etwas auf gewisse Weise Grausames. Aus der Schublade der Kommode nehme ich eine weiße Bluse. Im Neonlicht leuchtet ihr Weiß grell auf. Heute Morgen habe ich sie gewaschen, ja, sogar liebevoll gebügelt. Jede Menge Bleichmittel, mehr als auf der Packung angegeben, habe ich ins Wasser gegeben, mehrmals wusch ich sie, doch die Grasflecke bewiesen Hartnäckigkeit. Vermutlich wird man auch jetzt noch bei genauem Hinsehen an verschiedenen Stellen die Flecken schwach erkennen. Du hast das Kinn aufgestützt, liegst auf der Seite und folgst mit abwesendem Blick meinen Bewegungen. Als ich mich fertig angezogen habe, stehe ich eine Weile lang mit dem Rücken zu dir. Das ist Absicht. Ich hoffe, deine Blicke mögen wie Geschosse auf meinen Rücken zufliegen und darin stecken bleiben ... Wirklich. Du sollst dich später daran erinnern: An meinen Rücken, den ich dir jetzt zuwende, und an das blendende Weiß meiner Bluse, jetzt, bevor ich losgehe, das dann verschmutzt sein wird von Grasflecken und Erdresten, die wie das Stigma einer Verfluchten an mir haften werden. Jetzt, in diesem Moment, musst du das in deinem Hirn klar und unauslöschlich speichern. Und dann sollst du mit bösem Blick auf meine verspätete Rückkehr warten, nur heute, nur dieses eine Mal sollst du um jeden Preis die Spuren meines inszenierten Verrats zur Kenntnis nehmen.

Genau das ist es, was ich mir in meinem Innersten schon seit langem wünsche. Von diesem Wunsch beseelt, hoffe ich jedes Mal, wenn ich mich vor deinen Augen für mein abendliches Ausgehen fertig mache, du mögest diesem äußerst gefahrvollen, verbissenen Seiltanz mit eigenen Händen und ohne jede Nachsicht ein Ende bereiten. Doch auch heute ist dein Blick trüb wie eh und je, trüb und verhangen wie der Blick eines Blinden. Als visierte er eine in weiter Entfernung liegende Landschaft an, liegt in ihm gedankenlose Ungewissheit und aufs Neue bestätigt sich darin eine tiefe Verzweiflung.

Im Liegen bewegt sich deine Kinnlade nach unten, du gähnst übertrieben und sagst: Gott ist nicht verkehrt, aber heute könntest du etwas schneller heimkommen. Denk doch mal an die Stimmung eines Mannes, der allein das Bett hütet und auf seine Frau wartet.

Du schnalzt mit der Zunge.

Dein Gesicht zeigt schon deutliche Symptome von Langeweile.

Aber warum lässt du denn deine Kette hier und gehst mit leeren Händen?

Als hätte ich sie glatt vergessen, drehe ich mich um und stecke die Dinge ein, die noch auf dem Schminktischchen liegen. Bibel und Gesangbuch jedoch beschließe ich dazulassen und greife nur nach dem Rosenkranz. Dieser Rosenkranz, den du scherzhaft „Kette" nennst, ist das Geschenk einer Bekannten, einer aufrichtigen Christin. Wenn du dich elend fühlst oder Schwierigkeiten hast, dann bete! Dieser Unglücksfall mit dem Kind zum Beispiel, das war doch nicht deine Schuld. Diese Worte hatte die Frau mit ziemlich ernster Miene hervorgebracht, als fällte sie ein Urteil. Die mehr als fünfzig Glasperlen, blank und durchsichtig, bestechen unbestreitbar durch ihre Schönheit, die der von Blütenblättern frisch erblühter roter Rosen in nichts nachsteht.

Die Fernsehserie will gerade beginnen, als du mit fahrigen Handbewegungen nach einer Zigarette suchst, und in dem Moment, als sich deine suchenden Hände am Kopfende der Schlafmatte befinden, verlasse ich das Zimmer. Im leeren Wohnzimmer brennt Licht. Leise dringen die Geräusche der vorüberfahrenden Autos an mein Ohr.

Vor der Wohnungstür sehe ich mich noch einen Moment lang im Wohnzimmer um. Das Ambiente dieses menschenleeren Zimmers prägt eine unheimlich anmutende Kälte und die grellen Lichtstrahlen der Deckenbeleuchtung rufen in mir einen Schwindelanfall hervor. Zwischen dem Schlafzimmer, in dem du jetzt auf dem Fußboden liegst und fernsiehst, und dem Flur, in dem ich mich gerade anschicke, die Wohnung zu verlassen, liegt keine große Entfernung, doch mit einem Mal scheint sich die Distanz zwischen beiden Räumen zu vergrößern, so gewaltig auszudehnen, dass es schwer wird, Anfang und Ende überhaupt noch abzuschätzen. Diese riesige räumliche Entfernung muss wohl in den vier Jahren und sechs Monaten seit unserer Hochzeit kontinuierlich angewachsen sein. Wir hatten geglaubt uns in tätigem Streben auf irgendein gemeinsames Ziel hin zu bewegen, doch tatsächlich standen wir von Anfang an mit den Rücken gegeneinander und starteten in die jeweils entgegengesetzte Richtung; erst jetzt beginne ich, das definitiv zu begreifen.

Flüchtig höre ich dein Niesen, woraufhin ich schleunigst die Tür öffne und hinausgehe. Bedächtig schließe ich sie wieder. Das Licht im Wohnzimmer, soeben noch eigenwillig grell, zieht sich langsam zurück und kurz darauf fällt die Tür mit einem Klicken ins Schloss.

Im Hausflur ist es dunkel. Ist die Glühbirne kaputt? Obwohl ich den Schalter betätige, funktioniert die Flurbeleuchtung nicht. Für einen Moment durchfährt mich ein Schaudern. Das unheilvolle Gefühl, als stünde direkt neben mir irgendetwas, treibt mir einen kalten Schauer über den Rücken. Zögernd wende ich den Kopf und sehe mich um, doch ich kann nichts Auffälliges erkennen. Allein die Flurbeleuchtung der unteren Etage kriecht matt unter meine Füße. Als befände ich mich in einem engen Fahrstuhl eingepfercht zwischen anderen Leuten, legen sich beklemmendes Unbehagen und drückende Spannung über meine Brust. Langsam steige ich die Treppenstufen hinunter. Ein unangenehmes Gefühl, als hafte mir etwas an, das mich verfolgt ... Aaah, ein Geräusch. Atmen. Sitze ich allein im Zimmer oder fahre mitten in der Nacht aus dem Schlaf hoch, öffne die Augen und stehe auf, oder laufe ich mittags durch eine abgelegene, menschenleere Seitenstraße, so kommt es bisweilen vor, dass ich genau neben mir ganz deutlich das Atmen eines Menschen höre. Vertraut und leise wie ein Lufthauch und dennoch ganz klar kann ich dieses unglückselige Atmen vernehmen. Zunächst hört es sich an wie das Atmen eines Einzelnen, doch dann wird es immer vielstimmiger, bis es sich schließlich in die Atemgeräusche Vieler verwandelt.

Wer ist das? Unablässig folgt mir jemand, der unsichtbar bleibt.

Diesen Blütenkranz, geflochten aus schneeweißen Blüten, lege ich dir in aller Bescheidenheit zu Füßen.

Meine Finger zählen die Kugeln des Rosenkranzes, ich drehe ihn in meiner Hand und setze dabei einen Schritt vor den anderen. Es sind nur fünf Etagen und trotzdem zieht sich die Treppe endlos in die Länge. Da, das Geräusch, wie im Erdgeschoss eine stählerne Wohnungstür ins Schloss fällt, das Knallen schallt durch das Treppenhaus, hinterlässt einen hohlen Klang, kommt hinaufgekrochen, verweilt im Ohr als leichte Schwingung und verebbt augenblicklich wieder. Als schlösse sich eine schwere Tür im untersten Kellergeschoss eines Gefängnisses, schwingt in diesem Ton absolute Hoffnungslosigkeit.

Im Treppenhaus kehrt wieder Ruhe ein, allein das Hallen meiner sich die Treppe hinunterbewegenden Schritte hinterlässt einen düsteren Klang. Mir ist bange, mein Körper würde immer so weiter, Schritt für Schritt, tiefer versinken. Und dieses Gefühl der Angst führt im Nu zu einer Versteifung von Hals und Nacken, es ruft in meinem Bewusstsein jene mit Mühe unterdrückte, finstere Erinnerung an jenen Tag hervor, die ich mich stets zu vergessen bemühe.

Das Kind stand am Straßenrand.

Von weitem sah ich es ganz deutlich. Am Kindergarten vorbei, dort, wo die Straße mit den Wohnhäusern endet, den Hügel linksseitig liegen gelassen, setzten sich die Kurven der sich spiralförmig nach oben windenden Straße fort. Auf dem Hügel machte sich eine Praktikumsgruppe von Schülern einer Landwirtschaftlichen Oberschule zu schaffen, dicht gedrängt standen die Blauglockenbäume, an denen zahllose zartviolette Blüten gerade im Begriff standen, ihre volle Blütenpracht zu entfalten, und säumten in langer Reihe den Straßenrand.

Auf der rechten Seite bot sich ein Panoramablick auf die Stadt hinab, von dieser Stelle aus erstreckte sich die Asphaltstraße beinahe wie eine gerade Linie zirka hundert Meter lang und es gab nichts, was den Blick versperrt hätte. Zudem führte die Straße über einen kleinen vorstädtischen Hügel, in dessen Umgebung kaum noch Wohnhäuser zu sehen waren, und so ließ sich hier selten eine Menschenseele blicken. Vermutlich warst du nicht ganz bei der Sache, denn nach der kurvenreichen Strecke bis hierher lag nun diese sich wie eine Gerade erstreckende Straße vor uns. Doch ich sah das Kind sofort, genau in dem Moment, als unser Wagen um die letzte Kurve bog.

Es war Zufall. Obwohl das Kind ziemlich weit entfernt war, fiel mir das Weiß seiner Kleidung sofort ins Auge. Zunächst hatte ich angenommen, es handle sich dabei um ein versehentlich auf dem schwarzen Asphalt liegen gebliebenes kleines, weißes Kleiderbündel, und interessierte mich nicht weiter dafür. In diesem Moment lachtest du neben mir unvermittelt laut auf. Schon zum wiederholten Mal hattest du diesen nicht sonderlich geistreichen Witz des Gynäkologen erzählt und warst darüber in ein sinnloses, schallendes Gelächter ausgebrochen, dein Witz langweilte mich und ich sah stattdessen lieber wortlos durch die Windschutzscheibe.

Jedenfalls gabst du Gas, ich vernahm dein ausgelassenes Lachen, gedankenlos betrachtete ich das kleine weiße Etwas am Rand des Asphalts, das rasend schnell auf uns zukam. Da passierte es. In dem kleinen Etwas blitzten flüchtig die Konturen eines Kindes auf, gerade hob es eine Hand, winkte und bewegte seinen Körper nach vorn, als wolle es zur anderen Straßenseite hinübergehen; dort stand ein Karren, daneben waren ein Mann und eine Frau, vermutlich ein Ehepaar, damit beschäftigt, eine randvoll mit irgendetwas gefüllte Kiste auf den Karren zu laden, und dieser durchaus alltägliche Anblick rief in mir jähe Panik hervor und ich wollte dich gerade rufen.

Aber es war schon zu spät. Kurz vor uns rannte das Kind plötzlich zur Mitte der Straße, wobei sein Körper merkwürdig anmutende Bewegungen vollführte, und im selben Augenblick schrien wir beide, du und ich, auf. Ein leichter Aufprall, so leicht, dass es schwer war, ihn überhaupt wahrzunehmen, übertrug sich vom vorderen Teil des Wagens auf uns. Zu spät hattest du das Lenkrad herumgerissen und auf die Bremse getreten. Das Auto gab ein lautes Knirschen von sich, das uns einen Schauer über den Rücken jagte, und kam schräg auf der Fahrbahn zum Stehen. Einen Moment lang herrschte Stille, als wäre die Welt, ja, als wäre die Zeit stehen geblieben.

Du ließest deinen Kopf auf das Lenkrad sinken und hingst so nach vorn übergebeugt und mir gelang es nicht, meine Hände, die ich vors Gesicht geschlagen hatte, herunterzunehmen, gleichsam als seien sie festgeklebt. In diesem kurzen Augenblick begann alles und endete alles. Die Freude über das Kind, das wir uns seit den drei Jahren unseres Ehelebens so sehr gewünscht hatten und das nun bald kommen sollte, diese Freude, hatte nicht einmal eine Stunde gewährt.

„Da haben Sie wirklich Glück. Ich spreche jetzt ganz offen zu Ihnen, Ihre Frau neigt zur Unfruchtbarkeit und ich hatte mir schon große Sorgen gemacht. Das grenzt an ein Wunder. Ha, ha, wahrscheinlich verfügen Sie über eine ganz außergewöhnliche Technik."

Auf diese leicht übertriebenen Äußerungen des Arztes hin hattest du dich am Kopf gekratzt und warst in ein gewaltiges Lachen ausgebrochen, mein Gesicht rötete sich. Und kaum waren wir aus der Kliniktür herausgetreten, starteten wir unverzüglich zu einer Spitztour, die uns zu einer Ausflugsgaststätte in den Bergen führen sollte, ein Vorschlag von dir in dem Augenblick, da du wie ein Kind in wildem Freudentaumel ausgebrochen warst, wir hatten die Stadt gerade verlassen, da passierte es.

Sie sind vermutlich ins Hwatu-Spiel vertieft, die beiden Männer im Wächterhäuschen der Neubausiedlung, sie sitzen dort und haben die Köpfe zusammengesteckt. Ich steige die letzte Treppenstufe hinunter und nicht einer von ihnen hebt auch nur den Kopf. Draußen ist es dunkel. Dem durch die großen und kleinen Straßen der Stadt wehenden Wind haftet ein durchdringender Geruch von trockenem Staub an. Auf der niedrigen, in Form einer gebogenen Eisenstange die Blumenbeete umfassenden Umzäunung sitzen drei, vier Menschen nebeneinander. Ein dicker Mann in Pyjama und Latschen an den Füßen hatscht vorbei.

Im Schein der Straßenlaterne schaue ich auf die Uhr. Ich beschleunige meine Schritte ein wenig. Der Spielplatz ist menschenleer. Den ganzen Tag über herrscht hier lärmendes Gedränge, doch nachts, wenn die Kinder heimgegangen sind, liegt der Platz öde wie eine Ruine. Tagsüber, wenn ich allein zu Hause bin, lehne ich oft die Stirn gegen die Scheibe des Wohnzimmerfensters und sehe den spielenden Kindern zu. Besonders an der Schaukel sind jederzeit viele Kinder versammelt. Es gibt gerade mal drei Schaukeln und die sind stets von den größeren Kindern besetzt. Einmal sah ich ein etwa vierjähriges Mädchen, das beinahe zwei Stunden lang wartete und letztlich doch nicht zum Schaukeln kam, deprimiert zog es sich zurück. Damals bebte mein ganzer Körper beseelt von dem grausamen Rachegelüst, die großen Jungen auf der Stelle zu verjagen und zu Boden zu werfen, diese Jungen, die die Schaukel okkupierten, schon geraume Zeit eifrig die Beine vor und zurück beugten und mit ganzer Leidenschaft am Schaukeln waren.

Doch jetzt ist die Schaukel leer.

Eine ganze Weile saßen wir wie vor den Kopf geschlagen. Was diese kurze Totenstille zerriss, war ein grauenvoller Schrei der Frau.

Die Mutter des Kindes ließ die Kiste, die sie gerade trug, fallen und rannte, die Arme hoch erhoben, über die Straße, wobei sie an eine Irre erinnerte. Aus der Kiste fiel etwas heraus, das wie rote Blutstropfen aussah, und verteilte sich in allen Richtungen auf dem Boden. Es waren Erdbeeren. Das Kind war fünf, sechs Schritte weit geflogen und dann auf den Asphalt gefallen. Der Vater des Kindes folgte der Frau. Erst jetzt öffnetest du die Fahrertür und sprangst wie gehetzt hinaus.

Das Kind sah aus wie eine Strohpuppe. Arme und Beine weit von sich gestreckt, lag es regungslos. Rasch nahm die Frau die Strohpuppe in ihre Arme. Die Beine des Kindes, dünn wie Strohhalme, hingen kraftlos unter den Knien der hockenden Frau.

Später sagtest du, das Kind sei zu diesem Zeitpunkt bereits tot gewesen. Seltsamerweise blutete der kleine Körper an keiner Stelle. Die Frau schüttelte den Kopf des Kindes heftig. An den kraftlos geschlossenen Augenlidern hingen noch Tränen. Nun begann die Frau mit ihrer Hand die Wangen des Kindes zu schlagen. Doch die Strohpuppe regte sich nicht.

Das Kind hatte den Mund halb geöffnet. Nun öffnete sich auch der Mund der Frau weit. Eine Weile entströmte diesem weit aufgerissenen Mund kein Schluchzen. Die Frau gab ein merkwürdiges Geräusch von sich, als hauchte sie gleich ihr Leben aus, bis sie schließlich in Ohnmacht fiel. Der Mann schien weit entfernt von dem Gedanken, dir an die Gurgel zu gehen. Du nahmst die Strohpuppe mit den kraftlos baumelnden Beinchen und legtest sie schnell ins Auto, dann schlepptest du die bereits in Ohnmacht liegende Frau ebenfalls ins Auto und noch immer stand der Mann geistesabwesend daneben. Erst nachdem du mehrfach vergebens am Lenkrad gekurbelt hattest, brachtest du den Wagen wieder in die Richtung, aus der wir gekommen waren. Ich war außerstande, an irgendetwas zu denken. Nur die unzähligen Erdbeeren, die kreuz und quer über dem Asphalt verstreut lagen, diese blutfarbenen Kugeln, versperrten mir den Blick und rollten unaufhörlich umher.

Ich passiere die Einfahrt zur Neubausiedlung und schlage den Weg nach rechts in eine einsam gelegene Seitenstraße ein. Sie führt eine ganze Weile geradeaus und gabelt sich dann vor der Kirche. Biegt man dort in die breite Straße ein, so erreicht man das Ende eines Wohnviertels und eine Steigung nimmt ihren Anfang, die zur Ausflugsgaststätte in den Bergen führt. Es war genau diese ansteigende Straße, auf welcher der Unfall passierte.

An einem gebogenen Mast am Eingang der Kirche leuchtet hell eine Torlampe. Hebt man den Kopf, so ist vor dem Hintergrund des dunklen

Firmaments das spitze Kirchendach erkennbar und darauf ein riesiges Kreuz, das einem Gespenst gleich seine verschwommenen Umrisse preisgibt. Der Eingang der Kirche ist menschenleer. Sonnabends findet keine Messe statt. Ich bemühe mich, nicht an dich zu denken, wie du jetzt mit müden Augen die einzelnen Fernsehkanäle durchwählst, und schreite schneller aus. Die Kugeln des Rosenkranzes in meiner Hand fühlen sich kalt an.

Gegenüber der Kirchenmauer befinden sich ziemlich viele Kneipen, dicht an dicht reihen sie sich aneinander. Durch den Spalt eines halb geöffneten Fensters dringt Gelächter betrunkener Männer. In einem Winkel des schmalen Gässchens sitzen drei junge Leute, deren Kleidung sie als Studenten ausweist. Der eine sitzt in der Hocke, würgt und übergibt sich pausenlos, ein anderer klopft ihm auf den Rücken und murmelt irgendetwas, der Dritte umarmt seine Tasche, steht mit dem Rücken an die Kirchenmauer gelehnt und singt:

Nicht eine einzige Blume auf dem Blumenbeet,
Ist heute der Tag? Wann wird der Tag sein?
Der Tag, an dem die Sonne untergeht, der Tag, an dem die Sterne
    untergehen,
Der Tag, der untergeht und nie wieder aufsteigen wird ...

Bis ich die Gasse verlassen habe, klingt mir das Lied im Ohr.

Verdammt. So ein Pech aber auch!

Das waren deine ersten Worte, als du nach zwei Tagen Gefängnisaufenthalt zurückkamst. Wie auch immer, meintest du, wir hatten Glück. Das waren doch im Grunde harmlose, nette Leute und genau das war auch unser Glück, wären die nur um ein Haar hartnäckiger aufgetreten, hätte uns das eine ganze Stange Geld gekostet und noch viele andere Probleme heraufbeschworen. Du warst zufrieden, dass du mit den mittellosen Eltern des Kindes so problemlos eine Vereinbarung hattest erzielen können.

Na ja, traurig ist so was schon, aber vielleicht war es für die Eltern auch gut so, hörte ich dich reden. Das Kind litt doch an Kinderlähmung und konnte mit seinen vier Jahren noch nicht einmal richtig sprechen. Wenn meine Vermutung stimmt, dann hat der Vater vor, seinen Straßenhandel aufzugeben und mit der Entschädigungssumme was Neues anzufangen.

Augenblicklich fiel mir das Teeschälchen, das ich gerade in der Hand hielt, auf den Küchenfußboden. Die weißen Scherben des zerbrochenen Porzellans lagen verstreut auf den Fußbodenfliesen. Richtig. Damals hatte ich es ganz deutlich gesehen. Das Kind war merkwürdig hinkend vor den Wagen gesprungen in jenem furchtbar kurzen Augenblick, als der Unfall geschah, und die dünnen, seltsam gekrümmten Beinchen, die kraftlos herabhingen vom Schoß der Mutter ...

Danach verbrachte ich manche Nacht mit offenen Augen. Im Traum rannte das Kind stets hinkend. Dieses Atemgeräusch, das mich bisweilen verfolgte, wenn ich irgendwohin ging, vermochte ich nicht abzuschütteln, egal was ich auch anstellte. Wird im Haus das Wasser abgestellt und ich drehe den Wasserhahn zu, aus dem dann nur noch ein Röcheln dringt, in dem Meer von Blumen eines Blumenladens, im grell roten Lichtstrahl des Schaufensters einer Fleischerei, auf dem mit einem prachtvollen Blumenmuster verzierten Kleid einer fremden Frau, die mir zufällig auf der Straße entgegenkommt, überall suche ich das Schattenbild dieses kranken vierjährigen Kindes, tot, ohne einen einzigen Tropfen Blut verloren zu haben, und mir schauert.

War das der Grund? Einige Zeit darauf verlor ich ein anderes, mein erstes und vermutlich auch letztes Kind, das ich unter meinem Herzen getragen hatte, ohne klar ersichtlichen Grund durch eine Fehlgeburt. Im vierten Schwangerschaftsmonat.

Ich gehe die Straße hinauf, die zum Berggasthof führt. Hier fehlt die Straßenbeleuchtung. Dass man trotzdem nicht dem Empfinden völliger Dunkelheit erliegt, ist den Lichtern der in einiger Entfernung liegenden Stadt zu verdanken; sie werden reflektiert, weshalb ihr matter Schein bis hierher reicht. Einige Liebespärchen unterhalten sich mit gedämpften Stimmen, gehen die Straße hinauf oder kommen herunter. Ich glaube gehört zu haben, nicht weit von hier befände sich ein Erdbeerfeld, wohl deswegen flanieren hier die vielen jungen Pärchen.

Gerade vor mir gehen ein Mann und eine Frau. Eng umschlungen, die Schultern fest aneinandergepresst. Es wird nicht lange dauern, und sie werden unter einem der hier und dort auf dem Erdbeerfeld gleichsam wie Giftpilze aus dem Boden ragenden Sonnenschirme sitzen und die schwarzen Erdbeeren, deren wirkliche Farbe die Dunkelheit nicht preisgibt, kauen. Und dann werden sie, noch bevor es vollkommen Nacht wird, in eines der nahe liegenden, billigen Hotels kriechen. Die Frau vor mir kichert. Hass steigt in mir auf, Hass, dessen Grund mir verborgen bleibt, und ich möchte diesem noch unreifen, vor geradezu überströmendem Glück lachenden Mädchen in die Haare fahren und es wie verrückt daran hin und her schütteln. Risse ich ihr zähneknirschend vor Wut kräftig an den Haaren, so könnte ich schon eine Handvoll herausreißen und an den Haarwurzeln würden blutverschmierte Fleischreste hängen, klebrig wie roter Bohnenbrei.

Die Straßenseite, wo der Hügel abfällt, ist in dichter Reihe von Blauglockenbäumen gesäumt. Der untere Teil ihrer Stämme ist glatt und ohne Zweige. Erst ab einer Höhe von vielleicht fünffacher Menschengröße beginnen sich dicht belaubte Zweige herauszustrecken, an deren Enden breite, zart lilafarbene Blüten hängen. Mai. Auch an jenem Tag vor einem Jahr standen die Bäume hier in voller Blütenpracht. Ich beuge den Kopf zurück und sehe an ihnen hinauf. Die Blüten sind nur schwer zu erkennen. Allein die Finsternis umwickelt die Bäume mit einem Farbton, der schwarzer Tusche gleicht.

Der Mann ist schon da und wartet.

Er dreht mir seitlich den Rücken zu und sieht auf die Stadt hinab. Ich stoppe meine Schritte, die sich ihm zu nähern gedachten. Genau diese Stelle. An jenem Tag lag das Kind wie eine Strohpuppe auf dem schwarzen Asphalt. Die reifen, roten Erdbeeren kullerten hier genau an dieser Stelle kreuz und quer über den Boden und jetzt steht jener Mann dort und erwartet mich.

Heute wirkt sein Rücken, über den er eine Jacke gezogen hat, besonders einsam. Um dem Wind auszuweichen, dreht er sich um, umschließt mit einer Hand die andere, die das Streichholz hält, und will sich gerade eine Zigarette anzünden, als er mich erblickt.

Zu spät.

Er kommt auf mich zu und seine Hand, die er mir entgegenstreckt, ergreift die meine. Sinnliche Begierde, irgendwo in meinem Fleisch in tiefem Schlaf versunken, wird erweckt und leckt aufreizend durch alle Fasern meines Körpers. Wie immer zieht er meine Hand an sich und tritt schweigend in das Dickicht von Gras und Gesträuch hinein. Das Gras reicht bis zur Hüfte und bei jedem Schritt entweicht ihm ein unterdrückter Schrei, während es zur Seite schwankt und umstürzt. Gelegentlich sind hinter unseren Rücken die Motorengeräusche der vorüberfahrenden Autos zu hören.

Als ich den Mann das erste Mal traf, war es auch hier an dieser Stelle gewesen. An jenem Tag leuchtete der Mond, der sich gerade anschickte, hinter dem Berggipfel aufzugehen, besonders hell. Damals quälte mich eine penetrante Müdigkeit. Die Einbildung leiser Atemgeräusche war den ganzen Tag lang nicht von meinem Ohr gewichen, zahllose konfuse Träume hatten meinen Schlaf zerpflückt und verursachten nun eine unüberwindbare Müdigkeit. Auch an jenem Tag hatte ich ohne besonderen Vorsatz die Wohnung verlassen, war eine Weile gelaufen und unversehens zu diesem einseitig von Blauglockenbäumen gesäumten Hügelweg gelangt, wo ich den Mann zum ersten Mal traf.

Im Gebüsch am Wegrand vermutete ich niemanden und als ich plötzlich bemerkte, dass dort jemand kauerte, schrak ich auf und wäre beinahe in Ohnmacht gefallen. Zunächst dachte ich, der Mann sei betrunken und übergäbe sich dort. Er stöhnte so seltsam, er hockte dort, den Körper zusammengekrümmt, und als ich einige Schritte an ihm vorüber gemacht hatte, hörte ich: Vorbei. Ich bin am Ende.

Ohne jeden Zweifel hatte der Mann diese Worte gesprochen. Seine Stimme vermischte sich mit Schluchzen. Ich blieb stehen und sah mich um. Das Scheinwerferlicht eines in der Ferne gerade um die Kurve biegenden Autos kam in fürchterlichem Tempo auf mich zu gerast. Ein Lichtstrahl von der Unheimlichkeit und Schlagkraft eines Geschosses. In diesem Licht vermochte ich den schmalen Körper des Mannes, seinen gekrümmten Rücken ganz deutlich zu erkennen. Just trat ich einen Schritt auf ihn zu, einen Schritt, als spränge ich zu ihm hin. Er weinte. Flüchtig sah ich die Tränen hinter dicken Brillengläsern unaufhörlich aus seinen Augen quellen. Das Auto huschte in atemberaubender Schnelligkeit vorbei und dann sahen wir beide uns wieder in die Dunkelheit zurückgeworfen.

Als ich wortlos beide Hände auf die schmalen, zuckenden Schultern legte, blieb er noch eine Weile mit gesenktem Kopf sitzen. Dann erschütterte ihn erneut ein heftiges Schluchzen.

Sie haben mir alles genommen. Sieben Jahre. Nein, meine ganze Jugend wurde mir gestohlen. Der Geruch von Wut und Traurigkeit entströmte seinem befangenen Klagen. Es war der Geruch der Finsternis. Der Geruch des blutroten Todes. Worte ohne Sinn und Zusammenhang brachen aus ihm heraus: Drucktypen, Gefängnis, Zeitung, Arbeitslosigkeit, sieben Jahre, Ehefrau, Geld, das die Frau verdiente, ich hörte sein Klagen und Schluchzen und mit einem Mal schloss ich ihn in meine Arme. Wie ein kleines Kind weinte sich dieser Mann mittleren Alters an meiner Brust aus.

Nachdem ich die Grasbüschel ein wenig geglättet habe, lege ich mich hin. Das feuchte Gras unter meinem Rücken hinterlässt ein Gefühl von Kälte. Heute hat er es etwas eilig. Seine Fingerspitzen berührten meine Brust, erregte Energie belebte sie. Ich öffne die Augen. Der Himmel ist voller Sterne. Sie blinzeln feucht und schwanken alle ein wenig. Plötzlich umfasst meine Hand etwas Hartes. Den Rosenkranz. Ich bemerke, dass ich ihn bis jetzt in der Hand gehalten habe.

Heiß ergießt sich der keuchende Atem des Mannes in mein Ohr. Die Sterne schwanken. Am anderen Ende des dunklen Firmaments vollführt jemand einen Seiltanz. Um seine hageren Beine schlenkert eine durchsichtige, dünne Hose, die Beine in die Luft werfend tanzt er auf dem Seil.

Diesen Kranz aus Blüten, rot wie Blut ... Das Kind springt hervor ... Ergebenst lege ich es dir zu Füßen. Die spindeldürren Beinchen gekrümmt, springt das Kind auf die Fahrbahn, merkwürdig taumelnd. Du lachst laut. Beide Arme in die Höhe gerissen kommt die Frau angerannt. Aus der Kiste springen rote Bluttropfen und kullern über den Asphalt. Die Sterne, Myriaden von Erdbeeren, sind über den ganzen Himmel verstreut.

Zuckend zieht sich der Körper des Mannes zusammen. Und im nächsten Augenblick richtet er seine Hüfte gerade auf.

Aaah. Ich möchte es haben. Ich möchte ein Kind haben. Ich richte die Knie zum Himmel auf. Inmitten der Finsternis zittert das Firmament. Bald darauf nehme ich den über mir zusammenbrechenden Mann mit meinem ganzen Körper auf.

Das verlorene Zuhause

Die Fahne wurde hochgezogen.

Eine rote Fahne erklomm den Fahnenmast, der sich auf dem Bergkamm im Rücken des Dorfes erhob. Einhellig waren die Blicke der auf einer unbebauten Fläche spielenden Kinder dorthin gerichtet.

Als Erster entdeckte einer der Jungen, die gerade in ihr Spiel mit den kleinen Hölzern vertieft waren, die Fahne. Er hatte ein Holzstück über ein kleines, etwa zwei Finger breites Loch im Erdboden gelegt, darunter ein größeres, längliches Holzstück geschoben und wollte dieses gerade in Richtung der anderen, in einer Reihe vor ihm stehenden Kinder schlagen, als er sah, wie die Fahne gehisst wurde.

Oh, seht mal dort!, rief er und sein Finger deutete auf die Fahne, woraufhin die Kinder wie von ungefähr die Köpfe wendeten und in die von ihm gewiesene Richtung blickten.

Wirklich, sie hissen die Fahne. Für einen Moment unterbrachen die Knirpse ihr Spiel und richteten ihre gedankenverlorenen Blicke auf den Berg. Sie sahen die sich eng aneinanderschmiegenden Dächer der Häuser neben der Gemeindeverwaltung und dahinter in einiger Entfernung den Berg. Seit längerem befand sich auf dessen nicht sonderlich hohem Gipfel ein Fahnenmast. Fahnenmast ist vielleicht zuviel gesagt, denn es handelte sich dabei allein um den grob bearbeiteten Stamm einer Pappel, weshalb es dem Betrachter auf den ersten Blick so vorkam, als stecke dort oben eine merkwürdige Wäschestütze im Boden. Doch jetzt kroch an diesem Mast langsam schleichend eine rote Fahne empor und streckte ihre Zunge heraus wie ein gefährliches Tier.

Ein paar Meter von den spielenden Knaben entfernt, entdeckten nun auch die Mädchen, eben in ihr Spiel mit kleinen Steinen vertieft, die Fahne. Sie hockten sich hin, die Röcke fest zwischen den Knien eingeklemmt, und ihr Atem erstarb. Einen Moment lang konzentrierten sich die Blicke aller auf dem Platz spielenden Kinder auf die Fahne. In ganz eigentümlicher Manier wand diese ihren Schwanz und schon hatte sie das obere Ende der Fahnenstange erreicht. Bäume verdeckten die Menschen darunter, die bloß undeutlich zu erkennen waren. Runde Eisenteile – es mussten Schutzhelme sein – glänzten in der Sonne und nur einzelne Bewegungen, welche die Sonnenstrahlen hell zurückzuwerfen schienen, vermochte das Auge wahrzunehmen.

He, wahrscheinlich wollen sie heute mit Dynamit sprengen!, meinte einer der Jungen. Die Fahne am Ende des Mastes regte sich leicht im Wind.

Bald darauf kehrte die Aufmerksamkeit der Kinder wieder zu ihrem Spiel zurück, das sie für kurze Zeit unterbrochen hatten. Doch von nun an belebte ihre Mienen ein Hauch von Erregung. Eine heimliche Erwartung ließ ihre Augen aufleuchten.

Der Steinbruch befand sich in einem Tal am Jeonhwang-Berg hinter dem Bergrücken, auf dem die Fahne flatterte. Eines Morgens waren Bulldozer aufgetaucht und hatten begonnen den hügeligen Abhang des Berges abzutragen. Erdreich und Steine luden sie auf Lkws, die pausenlos hin und her fuhren, und schon kurz darauf befand sich an der Einfahrt zu der neu angelegten Straße eine große Tafel. Dort stand in roten Lettern, groß und deutlich: „Gefahr! Zutritt verboten." Der Jeonhwang-Berg, auf dem die Kinder noch bis vorgestern die Kühe hatten weiden lassen, verwandelte sich so von einem Tag auf den anderen zu einem Ort, den niemand mehr betreten durfte.

An dem Tag, als die rote Fahne auf dem Bergkamm gehisst wurde, dröhnten von dort unablässig Detonationen.

Sprengungen von unglaublicher Wucht zertrümmerten die Stille des Mittags und rüttelten das gesamte Dorf durcheinander. Kaum waren die Explosionen verhallt, stürzten vom Gipfel der Felswand hausgroße Gesteinsbrocken herab und in solchen Momenten verspürten die Dorfbewohner stets einen Druck auf der Brust, da sie das Gefühl nicht loswurden, als würde dieser Felsbrocken geradewegs auf dem Dach ihres Hauses niedergehen. Die Sprengarbeiten begannen am frühen Morgen und dauerten manchen Tags bis in den späten Nachmittag hinein an. Dann waren die Ohren betäubt vom Lärm der Detonationen, der irgendwo am Himmel ein tiefes Loch zu bohren schienen.

Lauft ja nie in die Nähe des Steinbruchs! Es ist sehr gefährlich dort. An normalen Tagen nicht, und wenn die rote Fahne gehisst ist, dann dürft ihr euch erst recht nicht dort blicken lassen.

Zu jedem der wöchentlich stattfindenden Morgenappelle instruierten die Lehrer ihre Schüler auf diese Weise. Dennoch starrten die Kinder, eines wie das andere, zum Steinbruch hin, sobald nur die rote Fahne erschien. Es gab auch Schüler, die es verstanden den Blicken der Lehrer geschickt auszuweichen und aus naher Entfernung zwischen den Bäumen des Berges hindurch die Explosionen zu beobachten. Sie erzählten dann, der Aufseher des Steinbruchs trüge einen gelben Helm und alle Arbeiter hätten sich im Tal zu verstecken, sobald die Sirene aufheulte. Dann würde ein Funke aufblitzen, kurz darauf eine gewaltige Explosion ertönen und im gleichen Augenblick stiege an der ihre weiße Brust entblößenden Felswand eine dicke Rauchsäule empor und Felsbrocken, riesig wie ein Haus, stürzten laut krachend herunter.

Langsam schienen die Jungen von ihrem Stäbchen-Spiel genug zu haben. Sowohl die, welche die Stäbchen warfen, als auch jene, die sie auffangen mussten, bekundeten ein deutliches Desinteresse.

Wollen wir nicht mal hingehen?

Von einem der Jungen war dieser Vorschlag gekommen, und als hätten die anderen nur darauf gewartet, klopften sie sich den Schmutz von den Händen und standen auf. Sie hielten eine kurze Besprechung ab und brachen dann gemeinsam zum Berg auf.

Auf dem Platz blieben nur die Mädchen zurück. Es waren vier, sie hatten zwei Gruppen gebildet und waren eifrig damit beschäftigt, von den kleinen Steinen so viele wie möglich zu ergattern. Über ihre Köpfe ergossen sich sanft die wärmenden Sonnenstrahlen. Es war um die Mittagszeit an einem Tag im Spätherbst. Die lärmenden Jungen waren aus ihrer Nähe verschwunden und sie bemerkten die plötzlich einkehrende Ruhe. In diesem Augenblick hörten sie es.

Ich hab's gesehen. Ja, ich habe es gesehen.

Von irgendwoher waren diese merkwürdigen Worte gekommen. Die vier Mädchen hoben ihre Steinchen auf und sahen in die Richtung, aus der sie die Stimme vernommen hatten. Da entdeckten sie in einiger Entfernung ein Mädchen, das dort mit dem Rücken an eine Schuppenwand gelehnt hockte. Die Kleine hielt mit beiden Armen ihre Knie umschlungen und machte einen schäbigen, kraftlosen Eindruck, wobei es an ein krankes Huhn erinnerte. In dem blutleeren Gesicht lagen die Augen tief in den Höhlen und ihr Haar war auffallend hell. Vermutlich saß sie dort schon geraume Zeit. Doch die Kinder, die ihre Steinchen bereits aufgehoben hatten, tauschten für einen Moment stumme Blicke aus und widmeten sich dann weiter ihrem Spiel.

Ja, ich hab's wirklich gesehen, sagte die Hellhaarige noch einmal. Jetzt hatte sie etwas lauter gesprochen als beim ersten Mal. Ihre Stimme klang in der Tat seltsam. Wie eine alte Trommel, die zu lange im Wasser gelegen hatte, aufgeweicht und schließlich zerrissen war, schwang in ihr ein sonderbarer Klang, feucht und heiser, ohne Sinn, ohne Gefühl. Die Kleine schien keine konkrete Person anzusprechen, eher glichen ihre Worte einer Beschwörungsformel, die sie allein vor sich hin murmelte.

Habt ihr nicht gehört? Eunbun hat irgendwas gesagt.

Eines der Mädchen hatte gerade ihr in die Luft geworfenes Steinchen verfehlt und wandte sich fragend an die anderen.

Lass doch! Die ist schon immer komisch gewesen, entgegnete ein anderes Mädchen, dessen Haar zu zwei Zöpfen geflochten war, beiläufig und das Fangspiel ging weiter. Für eine Weile staute sich Stille über den Köpfen der spielenden Mädchen. Nur die leichten Aufschläge der Steine waren zu hören.

He, ihr! Wirklich, ich hab's gesehen. Mein Vater ... wie mein Vater die Mutter umgebracht hat. Das habe ich gesehen.

Nun schrie das hellhaarige Mädchen laut. Düster und grauenerregend hallte die befremdliche Beschwörungsformel über den Platz. Die Mädchen zogen die Stirn in Falten. Dann klopften sie sich den Staub von den Röcken und erhoben sich.

Pah, das ist doch eine glatte Lüge!

Eines der Mädchen hatte sich blitzschnell umgedreht und diese Worte der anderen ins Gesicht geschleudert. Da brüllte die Hellhaarige unerwartet los, sodass die anderen Mädchen erschrocken zusammenfuhren.

Wirklich. Ich hab's gesehen. Ich hab' so getan, als ob ich schlafen würde ... Aber ich habe es mit eigenen Augen gesehen! Mit seinen Händen hat er die Mutter so ... so ...

Und dabei spreizte das Mädchen Daumen und Zeigefinger und hob eine Hand über den Kopf. Diese Hand ähnelte dem Maul einer Schlange, deren Hals gerade eine Menschenhand würgte.

Oh, wie furchtbar! Ich krieg's mit der Angst. Seht doch mal Eunbuns Augen!

Hör auf! Was willst du machen, wenn ihr Vater und ihre Mutter dich verfolgen? Hi, hi.

Eines der Mädchen krümmte die Finger wie die Zinken eines Rechens und ahmte ein Gespenst nach, daraufhin stießen die anderen einen Schrei aus und taten übertrieben erschrocken. Dann dauerte es nicht mehr lange und die Mädchen, die das Kind an der Schuppenwand gehänselt hatten, trennten sich und gingen nach Hause.

Auf dem Platz blieb nur das hellhaarige Mädchen zurück. Um es herum kehrte Stille ein. Die zarten Sonnenstrahlen des Spätherbstes ergossen sich voll und sanft über das mittägliche, in tiefem Schlaf versunkene Dorf. Die hohlen, blicklosen Augen der Hellhaarigen starrten noch geraume Zeit auf die Gasse, in der die Mädchen verschwunden waren.

Wirklich. Ich habe es doch gesehen ...

Als sei es irre, murmelte das Kind vor sich hin. Mit einem Mal verwässerte sein Blick und wandte sich zum Himmel. Kraftlos ließ die Kleine den Kopf zwischen die Knie sinken.

Das wusste sie schon. Dass ihrer Geschichte niemand mehr Gehör schenken würde. Auch die Erwachsenen nicht. Selbst die Dorffrauen, die ihr einst wie zum Trost sacht über den Rücken gestrichen oder ein paar Worte an sie gerichtet hatten, als erwiesen sie ihr damit eine Wohltat, liefen nun achtlos an ihr vorüber und machten ein Gesicht, als wüssten sie nicht, wer sie war. Unversehens hatten sie alle jenes Ereignis vergessen. Es sei ein böses Omen gewesen, hatten sie gesagt, das den Untergang ihres Dorfes prophezeie, und um das zu verhindern, wurde in allen Häusern Geld gesammelt und eine Schamanenzeremonie abgehalten. Damals wagten sich die Kinder mehrere Monate lang nicht des Nachts aus dem Haus, um zum Abort zu gehen. Doch das war alles schon drei Jahre her. Auch danach starb im Dorf noch der eine oder andere Bewohner. Yeongdans Großmutter und Geumjas Großvater, auch Jungbuks Onkel, der Pestizide schluckte, als er einen in der Krone hatte; diesem neuen Sterben hatten die Einwohner unverzüglich ihre Aufmerksamkeit geschenkt und so waren die Ereignisse, die sich damals im Haus des hellhaarigen Mädchens zugetragen hatten, allmählich aus ihrer Erinnerung gelöscht worden.

Was? He, was plapperst du denn da für ungehöriges Zeug? Weißt du überhaupt, was du da redest?

Wenn das Kind anfing zu sprechen, verzogen die Erwachsenen ihr Gesicht zu einer angeekelten Grimasse. Einige rissen die Augen weit auf und sahen argwöhnisch auf die Kleine hinab. Ein Schauer lief ihnen über den Rücken und niemand wollte die Worte des Kindes hören. Der Tod der Eltern lastete jetzt allein auf seinen Schultern. Die Dorfleute überließen es sich allein und nötigten einhellig: Vergiss es! Vergiss doch alles!

Das Mädchen hob den Kopf, den es zwischen seine Knie geklemmt hatte. Der Platz lag menschenleer. Über dem Blechdach der Gemeindeverwaltung wölbte sich der Himmel. Er leuchtete blau, ohne ein einziges Wölkchen. Das Kind kniff die Augen zusammen. Eine Schar Libellen flog vorüber. Rote Libellen. Sie konnte sie immer deutlicher sehen, diese Libellen mit ihren purpurfarbenen Schwänzen. Da schweben hübsche kleine Bluttropfen in der Luft, dachte das Mädchen. Viele dieser Bluttropfen vermochten nicht in den Himmel einzusickern und schwirrten wild durcheinander.

Woher waren die Libellen wohl gekommen? Wo hatten sie das Ende ihres Schwanzes so herrlich blutrot gefärbt?

Mit halb geöffneten Lippen folgte der leere Blick der Kleinen den Insekten. Ihr wurde schwindlig. Sie schloss die Augen. Doch das Schwindelgefühl verschwand nicht. Im selben Moment ertönte eine gewaltige Detonation.

Erschrocken umschlang das Mädchen beide Knie mit den Armen. Die Erde bebte. Die Häuser des Dorfes, die Bäume, ja sogar die hohen Lehmmauern der Gehöfte erzitterten. Die Schwingung erfasste die Schuppenwand und übertrug sich auf den Rücken des Kindes. Die Detonation kam vom Steinbruch her.

Dieser Krach. Dieser Krach, wenn das Dynamit in die Luft geht. Müsste ich doch bloß diesen verdammten Krach nicht mehr hören, dann könnte ich wieder leben, hatte der Vater wütend gebrüllt. Er lag auf dem Fußboden. Als wollte er aufspringen, hatte er versucht sich zu erheben und war wie ein verfaulter Baumstamm zu Boden gegangen. In seinen Augen zuckte ein blaugrüner Funke auf.

Wenn Sie in die bessere Welt gehen, so vermeiden Sie die Hölle der Uneinigkeit, gehen Sie in die bessere Welt! Meiden Sie die entmenschlichte Hölle und gehen Sie in die bessere Welt! Meiden Sie die Feuerhölle, die Dornenhölle, die Bluthölle und die Wasserhölle und gehen Sie in die bessere Welt!

Über die Strohmatte schwebten die Füße der Schamanin, sie steckten in traditionellen weißen Socken, ihr Fächer verwandelte sich in einen Schwalbenschwanz, der seine Flügel ausstreckte und geschwind wieder zusammenzog, die Glöckchen in ihrer Hand wimmerten laut wie das Weinen eines Neugeborenen. Auf der Welt gibt es auch furchtbare Dinge. Oh, Eunbun, auch wenn du noch ein Kind bist, obschon du im selben Zimmer schliefest, wie konntest du es nicht bemerken, hm? Schrill ertönte der kleine Gong, dann der große Gong, noch fröhlicher tönte die Trommel und mischte sich unter die anderen Klänge.

Das Kind zitterte am ganzen Leib. Die Lippen fest aufeinandergepresst, drückte es seine Arme noch fester um die Knie. Ohrenbetäubender Lärm ... Da hörte es einen hausgroßen Felsbrocken herunterstürzen.

Die Mutter schminkte sich immer. Neben dem Vater, der auf dem Fußboden lag ... Neben dem schweigenden Vater, der wie ein Käfer dalag, der die kaputten Beinchen nach oben streckte und sich ständig im Kreis drehte ...

Die Mutter trug die Schminke dick auf. Sie tuschte sich die Wimpern und bemalte die Lippen. Ihrem Körper entströmte ein süßlicher Duft, der an Blütenstaub erinnerte. Eilig drehte sich der Vater auf die andere Seite. Zog die Mutter den Spiegel heraus, bevor sie sich zum Steinbruch aufmachte, drehte er sich stets zur Wand. Doch nicht ein einziges Mal versuchte er die Mutter am Ausgehen zu hindern.

Du, wird es heute auch wieder so spät?, fragte er zur Wand gedreht. Seine Stimme klang kraftlos.

Woher soll ich das wissen? Wenn die Arbeiter spät Feierabend haben, muss ich natürlich auch länger bleiben.

Was machst du dort bloß, dass es jeden Tag so spät wird ...

Noch bevor er seine nur leise vor sich hin gemurmelten Worte beenden konnte, brüllte ihn die Mutter schrill an: Ach, soll das etwa heißen, du denkst, ich treibe mich in der Nacht mit anderen Männern herum und betrüge dich, ja?

Schweigend kratzte der Vater nur mit den Fingernägeln an der Wand.

Ach, Gott, weil du ein Mann bist, willst du wohl auch noch kontrollieren, wohin dein Weib geht!

Doch der Vater erwiderte nichts. Lautlos leuchtete in seinen Augen einem phosphoreszierenden Licht gleich eine blaugrüne Flamme auf. Die Mutter war mit dem Schminken fertig und schlug sich mit den Handrücken auf beide Wangen. Ihr geschminktes weißes, schmales Gesicht war von einer geradezu erschreckenden Schönheit. Das Kind warf einen flüchtigen Blick auf ihr Profil. Dass diese Frau die Mutter sein sollte, die in schäbigen Kleidern die Küchenarbeit verrichtete oder unter der glühenden Sonne auf dem Feld schuftete, konnte es einfach nicht glauben. Dennoch vermochte es auf diese hübsche Mutter nicht stolz zu sein. Denn stets wenn die Kleine den wohlgeformten Nacken ihrer Mutter sah, erinnerte sie sich an das verschlagene Lächeln des Aufsehers im Steinbruch. Auf einer langen Bank ohne Lehne hatte die Mutter dicht neben ihm gesessen. In dem provisorisch eingerichteten Büro gab die trübe Deckenbeleuchtung deutlich die Konturen eines dicht behaarten Armes wieder, es war der des Aufsehers, und er legte sich gerade um die Hüfte der Mutter, am Handgelenk des Mannes leuchtete ein Uhrenarmband. Ununterbrochen gab die Mutter ein kokettes Lachen von sich.

Na, wie wär's? Diesen Typ, deinen Behinderten, der nicht mal seine Pflicht zu erfüllen vermag, versetz' den doch einfach und komm zu mir, hm?

Bitte, sagen Sie doch nicht so was! Wenn das jemand hört, denkt der noch, es wäre wahr.

Wenn es nicht wahr ist, was ist es dann?

Fest drückte sein Arm ihre Hüfte an sich. Dabei kippte die Bank zur Seite. Im Arm des Mannes gefangen stieß die Mutter einen leichten Schrei aus und gab sich übertrieben geziert.

Das Kind hob den Kopf. Wie noch wenige Augenblicke zuvor lag das Dorf unverändert an derselben Stelle. Das Mädchen stand auf und tat einige schwankende, langsame Schritte nach vorn. Ein kleiner, zusammengeschrumpfter Schatten heftete sich dicht an seine Fersen und schritt mit ihm zusammen über den leeren Platz. Eine erneute Detonation krachte in die mittägliche Stille.

Donnernd grollte die Erde. Die Kleine presste die Lippen fest aufeinander. Ihre Beine zitterten furchtbar. Als würde sie verfolgt, bog sie hastig in eine Gasse ein. Das Haus der Tante befand sich an deren Ende. Je näher sie diesem Haus kam, desto schleppender wurden ihre Schritte. So war es immer. Jedes Mal, wenn die Tante das Kind nur zu Gesicht bekam, verzerrten sich deren Züge zu einer furchtbaren Grimasse. Den Leuten im Dorf pflegte sie zu erzählen, das Mädchen werde immer seltsamer.

So eine Göre! Schon diese hellen Haare wie bei den westlichen Frauen, das ist doch nicht normal. Gestern Nacht zum Beispiel, mitten in der tiefsten, dunkelsten Nacht, saß sie wie ein Geist allein auf dem Hof und schlief nicht. Das war vielleicht ein Anblick, sage ich euch, da lief es mir kalt den Rücken runter!

Schließlich machte die Kleine kehrt und lief den Weg zurück. Wohin nun? Sie zögerte einen Moment. Auf dem gegenüberliegenden Hügel waren Häuser zu sehen, armselig wie Muschelschalen klebten sie aneinander. Ganz oben stand ein strohgedecktes Haus, das dem Mädchen gut bekannt war. Das Dach schwarz, als sei es verbrannt, handelte es sich dabei um sein Elternhaus. Auf dem Hof dieses Hauses, in dem sie früher zu dritt gelebt hatten, konnte das Mädchen den hoch gewachsenen Kakibaum sehen. Die zahllosen reifen Früchte an den Zweigen verliehen ihm einen roten Schein, als brannte ein Feuer darin. Doch jetzt war es nur noch ein verlassenes Haus, in dem niemand mehr wohnte. Mutter und Vater lagen im Tal unter einem grasbewachsenen Hügel und das Haus würde ohnehin bald zusammenbrechen, so hässlich und heruntergekommen, wie es aussah.

Die Kleine richtete ihre Schritte auf die Kate zu. Stille umfing das Dorf. Zuweilen war aus einem der Häuser das Muhen einer Kuh zu hören. Auf dem Hof der Reismühle vor der Gemeindeverwaltung hatten sich einige Erwachsene versammelt. Seit zwei Tagen war die Maschine ausgefallen und nun schienen sie diese reparieren zu wollen. Unter den Leuten erkannte sie den Onkel. Sie eilte vorüber. Die Blicke auf die Maschine konzentriert drehte sich keiner der Anwesenden nach dem Kind um.

Gerade jetzt, wo wie so viel Arbeit haben, muss das Ding kaputtgehen!

Stimmt, es ist ein Jammer. Vielleicht kriegen wir ja wieder solche Probleme wie im letzten Jahr.

Die Stimmen verhallten im Rücken des Mädchens. Es lief an der Steinmauer der Gemeindeverwaltung vorbei und erreichte den Dorfbrunnen. Dort musste gerade jemand Wäsche waschen. Die Kleine hörte Wasser plätschern. Plötzlich fühlte sie Schwindel aufkommen. Jedes Mal, wenn sie einen Fuß vor den anderen setzte, hatte sie das Empfinden, als stieße der Boden unter ihren Füßen ein Stück in die Höhe.

Au! Das tut so weh! Mein Bauch platzt.

Mit beiden Händen hatte die Mutter ihren Unterleib umklammert und stöhnte leise. In den Frühsommernächten, wenn der Duft der Kastanienblüten die Luft kräftig durchhauchte, plagten die Mutter regelmäßig heftige Bauchschmerzen. Hinter der Hofmauer befand sich am Fuße des Berges ein Wäldchen von Edelkastanien. Die riesigen Bäume, deren Stämme so dick waren, dass beide Arme des Mädchens sie nur knapp zu umfassen vermochten, standen alljährlich im Mai in voller Blüte, einen jeden ihrer Zweige bedeckten weiße Blütenblätter. Die weißen, länglichen Staubblätter durchstachen die Blütenkelche, kamen herausgekrochen und ließen ihre vollen, weichen Köpfe herunterhängen, fuhr dann der Wind durch die Zweige, so wackelten die Köpfchen hin und her. Um diese Zeit herum erfüllte der Duft der Kastanienblüten das ganze Haus. Dieser seltsame, unangenehme Geruch überzog Vor- und Hinterhof und schlich sich durch die Türritzen ins Haus hinein. Auf ihren Schlafmatten liegend konnten die Bewohner des Hauses auch in Decken und Kissen den kräftigen Geruch wahrnehmen.

Die Hände auf den Bauch gedrückt, die Beine fest zusammengepresst, so bot sich dem Kind der Anblick seiner stöhnenden Mutter, und stets hatte es den Eindruck, als sei dieser Bauch mächtig geschwollen, geradezu wie ein Luftballon. Vielleicht lag es an dem seltsamen Duft der Kastanienblüten. Das Kind glaubte, es wäre dieser starke Geruch der Blüten, der sich im prallen Bauch der Mutter angesammelt hatte. In solchen Momenten lag der Vater immer wortlos neben seiner Frau. Er schlief nicht, hatte das Gesicht zur Wand gedreht und presste die Lippen fest aufeinander. In einem Winkel seiner Augen blitzte der blaugrüne Funke auf. Huschte der Blick des Kindes verstohlen über diese furchterregend aufflammenden Augen, die denen eines flüchtenden wilden Tieres glichen, dessen Brust von Pfeilen durchbohrt war, so durchfuhr es stets ein Schauer des Grauens.

Einst galt der Vater als ein Mann, der für seine Stärke überall Anerkennung genoss. In seinen guten Zeiten war er als Ringer in der Kreisstadt gestartet und hatte als ersten Preis ein Kalb gewonnen. Diese Ereignisse verbanden sich für ihn und alle, die ihn gut kannten, mit Erinnerungen, über die sie voller Stolz immer wieder gern redeten. Trank er einige Schälchen Makkolli, so krempelte er danach bereitwillig die Ärmel hoch und ging jede Arbeit an, sollte sie auch noch so schwer sein, der Vater in seiner einfältigen Güte. So viele Reissäcke, dass an ihnen normalerweise zwei kräftige Männer schwer zu tragen gehabt hätten, lud er sich leichthändig auf sein Tragegestell und lief den ganzen Tag zwischen Dorf und Feldern hin und her, er glich einem Stier, der niemals wankende Vater ...

Der Steinbruch war es, wo sich dieser Vater seinen Rücken kaputtmachte. Außerhalb der landwirtschaftlichen Saison, wenn auf dem Feld wenig zu tun war, verdingte er sich mitunter im Steinbruch als Lastenträger. Irgendwie fehlte ihm die Muße, auch nur zwei Tage lang nichts zu tun, dann entbrannte in ihm eine unbändige Kraft und er wusste nicht wohin damit, womöglich wollte er dort im Steinbruch seine überschüssige Kraft loswerden. Eines Tages brach ein Felsbrocken erst lange nach Beendigung der Sprengung herab. In der atemberaubenden Kürze des Augenblicks habe er nicht mehr auszuweichen können und sei unter dem Felsgestein eingeklemmt worden, sagten die Leute. Drei Monate lag er im Krankenhaus, und als er zurückkam, war er ein Krüppel. Es gelang ihm nur mit Mühe, den Rücken an die Wand gelehnt zu sitzen, allein vermochte er nicht aufzustehen. Die Wunde am zerquetschten Oberschenkel, wo ein handtellergroßes Fleischstück herausgerissen war, bot einen ekelerregenden Anblick und zog sich tief bis zur Hüfte hin. Dass dieses entstellte Bein, dünn wie ein Strohhalm und hässlich verbogen, das Bein des Vaters sein sollte, konnte das Mädchen nicht glauben.

Die Kleine erinnerte sich, wie sie einst mit ihm das erste Mal zum Markt in die Stadt gegangen war. Alles, was ihr Blick dort gestreift hatte, war unglaublich geheimnisvoll gewesen und voller Überraschungen, und so folgte sie dem Vater ohne zu ermüden. An jenem Tag hatte er in der Kneipe vor der Kreisverwaltung mit anderen Leuten zusammen einen getrunken. Leicht angeheitert traten sie den Heimweg an, auf dem er pausenlos vor sich hin summte. Auch als es dunkel wurde und sie den Waldweg entlanggingen, sang der Vater mit fröhlicher Stimme und die Tochter folgte ihm unbekümmert und fröhlich lachend. Die Hand des Vaters war riesig groß und warm. Bisweilen sprang aus dem Gebüsch am Weg ein Frosch oder ein Nachtvogel sang, dann schrak sie auf und umklammerte das

Bein des Vaters. Ach, wie viel Vertrauen, wie viel Stolz hatte sie für diese imponierenden Beine empfunden! Mit ihrem ganzen Körper auf sie gestützt, auf Beine, gesund, stark und fest wie Gusseisen, war sie aufgewachsen.

Nun hatte ihn das Schicksal dazu verdammt, den ganzen Tag im Zimmer zu liegen. Bis er mit dem relativ unversehrten Bein auf die hölzerne Diele hinunterzusteigen vermochte und es mit Ach und Krach bis zum Abort schaffte, musste ein Jahr vergehen. Das war nicht mehr der Vater. Das konnte er nicht sein. Es war nur ein hässlicher, lahmer Mann, der mit gelblich schimmerndem Gesicht und seltsam wackelnden, grässlich anzusehenden Beinen, die an ihm herabhingen, wie ein Käfer durch das Zimmer kroch und bei alledem ein verabscheuungswürdiges Bild abgab. Inzwischen war auch das wenige Land, das sie einst besessen, verkauft, um die für den Vater anfallenden Kosten zu decken. Eine Zeit lang musste sich die Mutter bei dem einen oder anderen Dorfbewohner als Tagelöhnerin verdingen.

Da besuchte eines Tages der Aufseher des Steinbruchs den Vater. Eine Flasche Schnaps, in Zeitungspapier eingeschlagen, brachte er an und meinte, er könne der Mutter eine Arbeit vermitteln.

Dass dir das zugestoßen ist, dafür trage auch ich aus moralischer Sicht einen Teil der Verantwortung und deswegen spreche ich heute mit dir.

Das ist nicht nötig. Lieber warte ich, bis mir vor Hunger Spinnennetze die Speiseröhre verhängen, als dass ich meine Frau in der Kneipe arbeiten lasse.

Wer hat denn gesagt, dass sie in der Kneipe arbeiten soll? Sie braucht doch nur für die Arbeiter in den Pausen ein bisschen Essen bereiten, und wenn die mal einen heben wollen, dann macht sie ihnen einen Imbiss dazu, mehr nicht.

Trotzdem. Das geht nicht.

Den Rücken an die Wand gelehnt, saß der Vater halb, halb dass er lag, und machte mit der Hand eine ablehnende Geste. Die Mutter hatte sich in eine Ecke der hölzernen Diele gesetzt, seitlich dem Zimmer zugewandt und mischte sich plötzlich ein: Wieso soll das nicht gehen? Weißt du überhaupt, unter was für Bedingungen wir jetzt leben? Was soll dieser Unsinn von Ehre und Gesicht wahren, das ist doch alles längst überholt. Auch wenn du dagegen bist: Ich will trotzdem arbeiten. Dieser Herr ist doch extra zu uns gekommen, weil er etwas für uns tun will.

Der Vater blickte die Mutter verständnislos an und brachte kein Wort heraus. Das war schon verwunderlich. Noch nie hatte das Kind erlebt, dass die Mutter dem Vater so spitz geantwortet hätte. Stets war sie eine gehorsame Frau gewesen. Bald darauf ließ der Vater den Kopf sinken. Die Hand, in der er das Trinkschälchen hielt, zitterte. Der Aufseher beeilte sich nachzuschenken. In diesem Augenblick sah das Kind in seines Vaters Augen den blaugrünen Blitz aufleuchten. In der Dunkelheit zuckte er flüchtig auf, gleichsam wie ein Funken sprühender Feuerstein, und verschwand sofort wieder. Schließlich nahm die Mutter ihre Tätigkeit im Steinbruch auf.

Aus der Gasse heraus stieß das Kind direkt auf die Schule. Es war Sonntag und auf dem Sportplatz herrschte Ruhe. Ein paar Kinder spielten Fußball. Auf den Beeten blühten zahllose Blumen – Chrysanthemen, Hahnenkamm, Astern – und hohe, schlanke Platanen säumten den Platz, der im verblassenden Herbst lag.

Spielte da nicht jemand Harmonium? Aus einem leeren Klassenzimmer hinter der Mauer drangen Harmoniumklänge. Die Kleine lehnte sich an die Mauer und lauschte aufmerksam. Durch die Scheiben hindurch drangen die Töne des Instruments, überwanden die Mauer und ergossen sich in ihre Brust. Das Lied kannte sie. Alle kannten dieses Lied. Doch sie sang nicht mit. Sie spürte, dass sie dieses Lied niemals wieder so wie früher würde singen können. Seit wann war das so? Die wichtigen Dinge, deren Namen und Gestalt sie nicht zu benennen wusste, rannen ihr lautlos durch die Finger, das wusste sie. All die vertrauten Sachen, die sie hübsch mit Wachsstiften auf das Zeichenpapier gemalt hatte – Boote, Blumen, Schmetterlinge, Sonne und Mond, Prinz und Prinzessin, die im Kekspalast wohnten, wo sogar Pfeiler und Dachziegel aus Keksteig bestanden – mit einem Mal waren sie verschwunden.

Im Kunstunterricht hielt sie stets nur den roten und den schwarzen Stift in den Händen, nur mit diesen beiden Farben bemalte sie die Zeichenblätter.

Na, was soll das denn sein?, fragte die Lehrerin und neigte den Kopf argwöhnisch zur Seite.

Das ist ein Lotosteich.

Ein Lotosteich? Ach, du meine Güte, wieso ist denn der Lotosteich so knallrot?

Die Stirn in Falten gelegt, als sähe sie etwas, das ihr die Laune verdürbe, betrachtete die Lehrerin das Bild.

Das ist ein roter Lotosteich. Dieser Teich ist ganz voll von rotem Wasser. Wissen Sie, woher die Roten Libellen ihren hübschen blutroten Schwanz haben? Den haben sie sich in diesem roten Lotosteich gefärbt. Die Libellen fliegen jede Nacht dorthin.

Indes, die Worte kamen nicht über ihre Lippen. Stumm nur lutschte sie an den Fingern.

Das Kind bog um die Schulmauer und lief einen ansteigenden Weg hinauf. Von dort war es nicht mehr weit bis zu ihrem Haus. Zur Linken des Weges befand sich ein kleiner Gemüsegarten. Dort hatte die Mutter jedes Jahr Chili angepflanzt. Bisweilen auch Gemüse und Kartoffeln. Eunbun, sieh mal hier! Die Chilischoten sind ja schon reif. Die Mutter zeigte ihr die herrlich ausgereiften Schoten und strahlte übers ganze Gesicht. Das Mädchen bemühte sich, den Blick vom Garten abzuwenden, in dem jetzt das Unkraut hüfthoch aufragte, und schritt an ihm vorüber.

Ein leeres Haus, sie stand vor einem unbewohnten Haus. Von roten Früchten, nach denen niemand mehr begehrte, dicht behangen stand der Kakibaum einsam und allein und bewachte es. Das Strohdach schien jeden Moment krachend zusammenzustürzen und verdeckte ihr mit seiner schwarzen Färbung die Sicht. Auf dem alten Stroh hatte sich eine Menge Unkraut angesiedelt und seine Wurzeln hindurchgebohrt.

Auch früher schon war sie zu dem Haus gekommen. Und jedes Mal hatte sie den Eindruck gewonnen, als sei es noch mehr dem Niedergang anheim gefallen. Die Scheune war bereits am Einstürzen, das Einzige, was noch recht gut standhielt, war die das Haus umgebende Mauer aus Felsgestein. Zahllose Efeuranken krochen an ihr empor.

Niemand von den Dorfbewohnern verspürte Lust, dieses Haus zu betreten. Die grob aus Süßklee-Reisig geflochtene Eingangspforte war nun schon das dritte Jahr fest von außen verschlossen. Kamen die Menschen auf ihrem Weg in die Berge an der Kate vorüber, so verfinsterten sich mit einem Mal ihre Mienen. Für die Kinder stellte es etwas Furchterregendes dar, gleichsam wie die Hütte hinter dem Hügel, die zur Aufbewahrung der Totenbahren diente. Gespensterhaus. So nannten es die Kinder. Es gab auch Frauen, die beteuerten, in Nächten, wenn eine Schamanenzeremonie stattfand, hätten sie eine glühende Feuerkugel mit langem Schweif einige Runden über dem Dach des Hauses kreisen und dann hinter dem Hügel verschwinden sehen. Zwar hatte der Onkel das Haus zum Verkauf angeboten, doch bis jetzt war noch kein einziger Interessent aufgetaucht. Das einsam gelegene Gehöft auf dem Dorfhügel verfiel mit jedem Tag mehr, auf dem Hof stand allein der Kakibaum und trug den ganzen Herbst über eine Fülle von Früchten. Die schmackhaften roten Kakipflaumen, die niemand pflückte, fielen dem Fraß hungriger Elstern zum Opfer oder gaben dem Druck des eigenen Gewichts nach, purzelten zu Boden und verfaulten dort einfach.

Die Kleine trat dicht an die Reisigpforte heran. Sie drückte ihr Auge auf eine Spalte im Geflecht der Tür, wo das Reisig herausgebrochen war, und spähte in den Vorhof hinein. Er war ein einziges Feld von Unkraut. Überall rankten sich Gräser empor. Das Mädchen stellte sich auf Zehenspitzen und bog den Kopf nach hinten. Da erblickte es den Kakibaum. Die ausgereiften Früchte an allen Zweige glichen einem weiten Rock und sahen lecker aus. Das war schon seltsam. Obwohl niemand den Baum gedüngt hatte, trug er auch in diesem Jahr wieder reiche Ernte. Seine Früchte waren dick und bekannt für ihre Süße, doch wie andere Kakibäume auch brachte er früher nur ein ums andere Jahr reiche Ernte hervor. Der Vater hatte die Erde unter dem Baum umgegraben und gedüngt, doch vergebens. Im Jahr auf eine reiche Kakipflaumenernte erblühte der Baum im Frühjahr in voller Pracht, doch kurz darauf fielen die Blüten ab, in solchen Jahren trug der Baum gar keine Früchte. Deswegen war dieses Phänomen nun vollkommen unverständlich: Von dem Zeitpunkt an, da das Haus leer stand, war es mit dem Zweijahresrhythmus zu Ende und an dem Baum hingen jedes Jahr reichlich Früchte.

Die Schamanin hat doch Recht behalten. Hatte sie nicht gesagt, der Baum sei von den Geistern jener besessen, die voller Verbitterung in den Tod gegangen sind?

Die Erwachsenen tuschelten miteinander.

Kraftlos sank die Kleine vor der Reisigpforte zusammen. Sie sah auf das in einiger Entfernung liegende Dorf hinab. Unter den sanft wärmenden Sonnenstrahlen lag es in tiefem Schlaf versunken. Eingefangen von unendlicher Ruhe und Einsamkeit wiegte es sich in einem tiefen, langen Schlaf und schien, selbst wollte es jemand wachrütteln, aus diesem nicht wieder erwachen zu wollen.

Ein alles durchdringender Knall.

Das Donnern einer erneuten Detonation rollte auf sie zu. Das in absoluter Stille ruhende Dorf begann mit einem Mal zu beben, als würde es in Stücke geschlagen. Kurz darauf folgte ein dumpfes, schweres Krachen und ein Felsbrocken brach herunter.

Namah, namah, namah Amitabha-Buddha, gehen Sie ins Paradies ein. Begeben Sie sich auf den Weg zu den Zehn Königen! Gehen Sie frei von Schuld, frei von Groll, gehen Sie ins Paradies mit dem Lotossutra der guten Lehre! Gehen Sie in Frieden! ...

Leichtfüßig sprang die Schamanin umher, als wollte sie sich sogleich in die Lüfte erheben, und schwang dabei ein kleines Glöckchen. Die Klänge der Trommel, des großen und des kleinen Gongs hoben an, sich in vollem, weichem Klang auszubreiten. Auf dem Hof wimmelte es von Menschen, die sich das Spektakel ansahen, allein das Mädchen hatte man zu einer Strohmatte gezerrt, auf der die Zeremonie stattfand, und es dort mit Gewalt hingesetzt. Jedes Mal, wenn die Schamanin hochsprang, berührte der Saum ihres Rockes die Nase der Kleinen. Als wollte sie verlöschen, wurde die Flamme der Kerze immer kleiner, doch dann erhob sie sich abermals und auf dem Opfertisch für die Ahnen lag ein Schwein mit durchtrennter Kehle und fest zugedrückten Augen.

Jeden Morgen hatte sich die Mutter mit aller Sorgfalt geschminkt. Neben dem Vater. Neben dem Vater, der dort lag und sich zur Wand gedreht hatte .... Und erst spät am Abend kehrte sie mit gerötetem Gesicht heim, in ihren Kleidern nistete ein intensiver, merkwürdiger Geruch, der an Alkohol erinnerte oder an den Blütenduft der Kastanien. Schon vor langer Zeit waren im Dorf üble Gerüchte über sie in Umlauf gekommen. Doch der Vater schwieg nach wie vor. Das Gesicht zur Wand gedreht war da nur dieses blaugrüne Aufleuchten in seinen Augen.

An jenem Tag kam die Mutter sternhagelvoll auf dem Rücken eines Steinbrucharbeiters nach Hause. Das Haar zerzaust und der ganze Körper von Schlamm und Schmutz entstellt, war auch ihre Kleidung an einigen Stellen zerrissen. Das Gerücht, die Frau des Aufsehers habe sie an den Haaren durch die Gassen geschleift, verbreitete sich wie ein Lauffeuer im Dorf. Der Vater sagte kein Wort. Die Köpfe neugieriger Nachbarn schoben sich über die Steinmauer und verschwanden wieder, die Mutter lag in einer Ecke des Zimmers im Delirium, doch der Vater sprach bis zum Schluss kein Wort zu ihr.

Trottel, und du willst ein Mann sein …, murmelte sie, als er sie halbwegs aufgerichtet hatte, mit lallender Stimme und schnalzte mit der Zunge.

Die Nacht brach herein.

Der Mond, dessen eine Hälfte jemand abgebissen haben musste, stieg zum Firmament herauf und draußen fauchte bisweilen ein heftiger Luftzug vorüber. Das Kind versuchte einzuschlafen, doch immer wieder öffnete es die Augen. Es hörte den rauen Atem seiner betrunkenen Mutter. Im Liegen und nur den Kopf leicht angehoben beobachtete es den Vater. Schon eine ganze Weile trank er allein in einer Ecke des Zimmers. Er saß seitwärts zur Wand gedreht und an derselben malte der Schatten, den sein Gesicht warf, eine schwarze Silhouette. Der Wind brauste auf. Die Reisigpforte und die Tür von der Küche in den Hof knarrten, von Unruhe gepeinigt rieb der Kakibaum auf dem hinteren Hof seine Blätter gegeneinander. Lange trank der Vater. War das Kind in leichten Schlaf gefallen und öffnete plötzlich erneut die Augen, so saß er noch immer an der gleichen Stelle, und das Trinkschälchen stand vor ihm. Schließlich fiel das Mädchen in einen tiefen Schlaf.

Es muss am frühen Morgen gewesen sein. Ein seltsames Stöhnen war zu hören. Flüchtig erwachte die Kleine aus dem Schlaf. Für einen Moment stockte ihr der Atem. In der Dunkelheit waren die beiden Erwachsenen zu einer Masse verschmolzen. Das oben war der Vater, er drückte mit seinem ganzen Körper die Mutter nieder. Diese wehrte sich. Der Vater hatte sie, die nun ein befremdliches Stöhnen ausstieß und sich unter ihm wand, fest gepackt. Beide Hände am Hals der Mutter. Die großen, kräftigen Hände des Vaters waren in der Finsternis nur undeutlich zu erkennen. Langsam begann sich der Mund der Mutter zu öffnen. Das Kind konnte sich nicht rühren. Steif und hart war sein Körper geworden und es beobachtete nur noch die beiden Menschen. Einige Mal war es nahe daran, das Bewusstsein zu verlieren, doch es überstand diese Momente unbeschadet. Der immer größer werdende Mund der Mutter. Ah, das war eine Blume. Die

Blume blühte. Schwarze Blütenblätter, dunkler noch als schwarze Tusche. Die Blüte öffnete nun in voller Pracht ihre Blätter im Mund der Mutter. Das Kind zitterte. Irgendwann sackten die Beine der Mutter schließlich kraftlos zu Boden. Jedes Geräusch erstarb. Nur der schnelle Atem des Vaters verbreitete sich einer plötzlich aufsteigenden Schwüle gleich in dem vom Blütenduft der Kastanien geschwängerten Raum.

Ha, ha, ha. Der Vater begann zu lachen. Blumenduft. Dem Kind stockte der Atem. Da passierte es. Mit einem Mal fuhr der Vater hoch. Er schwankte kein bisschen, sondern stand wie einst fest auf beiden Beinen. Die Kleine traute ihren Augen nicht. Ha, ha, ha. Das Lachen öffnete die Tür, trat auf die Diele hinaus und hatte sich bald schon über den Hof hinweg entfernt.

Kurze Zeit darauf vernahm das Kind ein Geräusch, als griffe ein schwerer Körper in die Zweige des Kakibaums und spränge herunter. In diesem Moment ließ die Kleine von ihrem bis aufs Äußerste gespannten Bewusstsein los. Und ohne es selbst zu bemerken, machte sie einen großen, nassen Fleck auf die Decke. Sie war tatsächlich in einen furchtbar tiefen Schlaf gefallen.

Das Mädchen stand auf. Eine ganze Weile verharrte es unschlüssig, dann trat es zur Tür. Es versuchte die Reisigpforte aufzuschieben. Sie ließ sich kaum bewegen. Noch einmal drückte es dagegen, diesmal mit aller Kraft. Die Tür gab nach und fiel um, der Körper des Kindes purzelte hinterher. Das morsche Süßkleereisig war zerbrochen, die Pforte offen.

Die Kleine trat in den Hof. Das Gras stand kniehoch. An der Seite sah sie Schweine- und Hühnerstall. Im leeren Hühnerstall lagen noch immer weiße Federn verstreut. Sie lief um die Küche herum und bog um die Hausecke.

Dort erwartete sie der Kakibaum. Die roten Früchte, die keiner gepflückt hatte, ließen ihre unzähligen Augen aufblitzen und stierten das Kind an. Die Sonnenstrahlen erreichten den Hof nicht, er lag feucht und düster.

Raschelnd sanken die Blätter des Kakibaumes zu Boden. Obschon der Wind nur leicht durch seine Zweige fuhr, brachte er die roten, breiten Blätter wie Wachstropfen einer Kerze zu Fall. So ließ der alte Baum dann und wann Blätter zur Erde schweben und häutete sich gleichsam. Das

Kind trat unter ihn. Ein Haufen heruntergefallenen Laubes fühlte sich unter seinem Schritt weich wie ein Polster an. Die Kleine zuckte zusammen. Von irgendwoher wehte ein Luftzug heran und Unmengen von Blättern rieselten auf ihren Kopf hernieder.

O weh, ich habe damals nicht geschrien. Ich habe die Mutter getötet. Ich ... ich habe den Atem angehalten und hörte mein Herz wie wild in der Brust pochen und die einzige Furcht, die mich befiel, war die, ob dieses Geräusch möglicherweise bis ans Ohr des Vaters dringen könnte. Ich schluckte nur. Schluckte. Ich habe nur so getan, als ob ich schliefe ... Ich hab's gesehen. Alles. Alles, vom Anfang bis zum Ende ... Aber warum nur? Warum nur hatte ich mich nicht zu rühren vermocht, obwohl ich die Schreie der Mutter doch hörte? ...

Unzählige Kakipflaumen waren heruntergefallen und kullerten über das Laub. Das Mädchen hob eine auf. Es war eine tiefrote, überreife Frucht. Es brach sie auseinander. Rotes Fruchtfleisch spritzte heraus. Die Kleine biss hinein. Das süße Fruchtfleisch benetzte die Zunge und rann die Speiseröhre hinunter. Sie leckte sich mit der Zunge die Lippen sauber und lenkte den Blick zum Kakibaum hinauf, da spiegelte sich in ihren Augen ein merkwürdiger Glanz. Der Wind fauchte, immer mehr Blätter fielen zu Boden.

Da erblickte sie es. Das Gesicht des Vaters, das am Ende eines Astes hing ... Der Vater drehte sich einmal um. Die Laute des Gongs, der Trommel, das Schallen des kleinen Gongs. O Vater. Gierig leckte das Kind an seinen Lippen und begann langsam um den Baum herumzugehen. Es bog den Kopf nach hinten, sah zu den Zweigen hinauf und an sein Ohr drangen von weitem die Detonationen aus dem Steinbruch.

In jener Nacht, als die Petroleumlampe brannte

1

Mit fortschreitender Nacht stieg der Mond immer höher.
Es war der letzte Vollmond des Jahres, so rund und prall wie ein Fischbauch kurz vor dem Laichen. Sein Licht erhellte den Gebirgswald. Wohl bestand dieser aus dickstämmigen Bäumen, doch es war ein Mischwald, und durch die hageren, sich allen Laubes entledigten Zweige hindurch malte das Mondlicht hier und da Flecken auf die Erde, enthüllte kleinwüchsiges Gesträuch und ausgetrocknetes Dickicht.
Am Vortag war Schnee gefallen, und dieser reflektierte nun weiß das Licht des Mondes, das hier und dort kleine, mysteriös anmutende leuchtende Punkte in die Umgebung warf. Nur die trockenen Blätter der Eiche raschelten bisweilen, ansonsten überzog gerade an diesem Tag eine Totenstille die Umgebung, so tief, dass sie schon Befremden hervorrief.
Vom Fuße des Berges her war kein Laut zu hören. Der Sohn legte das Gewehr beiseite, lehnte seinen Körper gegen die Felswand und sah den Berghang hinunter. In der Ferne auf der gegenüberliegenden Seite vermutete er den Roten Felsen, dessen gerundete Formen sich vom Erdboden abhoben, in der nahe gelegenen Ebene fielen ihm im Licht des Mondes schemenhaft Felder ins Auge. Genau dort, wo die Ebene den Fuß des Berges berührte, an dessen sich nach innen wölbenden Ausläufern, befand sich das Dorf Cheongpung.
Das graue Band, welches sich um die Ebene wand, wird wohl der Weg nach Dongbok sein, dachte er. Wer sich auf diesem Weg ins Gebirge befindet, passiert auch den Eingang zum Dorf Cheongpung, und schon bald sieht er die ersten Strohdächer auftauchen. Alles, was der Sohn im Schein des Mondes undeutlich erkannte, hätte er, selbst mit geschlossenen Augen, exakt nachzeichnen können. Die Ulme am Dorfeingang, die ihre vierhundert Jahre zählte, und darunter, in Stein gemeißelt, das Ehrenmal im Gedenken an die guten Beamten des Dorfes sowie der Gedenkstein in Erinnerung an die vorbildlichen Söhne Cheonpungs. Der Bach, der neben dem Weg entlangfloss, und der Jungmeori-Feldrain, wo die Kinder stets am fünfzehnten Januar nach dem Mondkalender in einer durchlöcherten

alten Blechbüchse kleine Holzspäne entzündet und dann die Büchse samt dem Feuer an einem Faden durch die Luft gewirbelt hatten. Und der Hügel am Stausee hinter dem Schutzaltar für die Geister der Verstorbenen, der einzige Platz, wo die Dorfkinder auch an windflauen Tagen den Drachen hoch hinauf in den Himmel konnten steigen lassen. Abends, wenn er von der Feldarbeit nach Hause kam und an der alten Ulme den Weg ins Dorf einschlug, bot sich ihm stets der gleiche Anblick: Eng schmiegten die Strohdächer der Häuser ihre flüsternden Gesichter aneinander, und aus allen Schornsteinen stiegen weiße Rauchfäden auf.

In diesem ihm so vertrauten Dorf war er geboren worden, dort hatte er bis zu seinem achtzehnten Lebensjahr gelebt. Die schmalen Gassen, in denen hier und da Kuhfladen herumlagen, jeder einzelne Stein in der Mauer, nichts gab es hier, was ihm nicht lieb und vertraut gewesen wäre. Bis jetzt war es selten passiert, dass er sich weit von seinem Heimatdorf entfernt hatte, gelegentlich kam er an Markttagen ins Gemeindezentrum, das war alles, und in seiner Erinnerung konnte er jene Gelegenheiten, die ihn einmal bis in die Stadt geführt hatten – wofür er auf dem Weg durch die Berge einen halben Tag brauchte – an den Fingern einer Hand abzählen. Auf diese Weise hatte er sein Leben ausschließlich in der näheren Umgebung des Dorfes verbracht.

So ein Mist! Da liegt das Haus nun direkt vor meiner Nase und ich kann nicht hin ...

Je mehr er darüber nachsann, desto aufgebrachter machte es ihn. Es kam ihm vor, als könne er unverzüglich den Waldweg hinunterrennen, die Reisigpforte, die er so deutlich vor Augen hatte, einfach aufstoßen und rufen: „Mutter" Doch das unheimliche Gefühl, welches das Gewehr hinterließ, das seine Hüfte berührte, lastete schwer auf seiner Brust. Er seufzte leise. Dann fuhr er plötzlich erschrocken zusammen und blickte zur Seite. Unter einem Baum in einiger Entfernung tuschelten zwei Menschen miteinander. Sie sprachen sehr leise, und so war kaum zu verstehen, worüber sie sich unterhielten. Der Sohn wandte seinen Blick wieder ins Tal hinunter.

Das Dorf lag ruhig, wie ausgestorben. Im Mondlicht hockten die Strohdächer wie Grabhügel einsam nebeneinander, und nicht das winzigste Anzeichen irgendeiner Bewegung konnte er ausmachen.

Schon vor drei Monaten war für das Gebiet im Umkreis von fünfzig

Ri um das Mudeung-Gebirge herum ein Evakuierungsbefehl ergangen. Armselig kauerten in den Dörfern nun allein die verlassenen Hütten. Hinzu kam, dass viele Gehöfte verbrannt waren, weshalb es nur noch wenige unbeschädigte Häuser gab. Auch das einst ununterbrochene Bellen der Dorfhunde war verstummt, brach der Morgen an, so krähte nirgendwo mehr ein Hahn. Nicht nur in Cheongpung. Jetzt war auch unterhalb des Roten Felsens in Richtung des Gemeindezentrums kein einziges Licht mehr zu sehen. Einem riesigen Kriechtier gleich fielen die Ausläufer des Mudeung-Gebirges ins Tal herab und warfen dabei dunkle Falten.

Ein Rascheln.

Hinter seinem Rücken vernahm er ein verdächtiges Geräusch. Wie im Reflex drehte er sich um. Irgendetwas war durch das trockene Gras hindurch blitzschnell verschwunden. Wahrscheinlich ein Eichhörnchen.

Verdammt, diese Tiere! Die jagen einem immer einen ungeheuren Schrecken ein, murrte Herr Choe, ein Nachbar aus dem Dorf, und ließ sein Hinterteil schwerfällig zu Boden sinken. Auch der Sohn beruhigte sich wieder und setzte sich. Der Mond stand schon viel höher als zuvor.

Der Sohn schaute erneut ins Tal hinunter. Dabei blieb sein Blick unbewusst an einem bestimmten Punkt des Dorfes hängen. Im Norden des Ortes befand sich ein Bambuswäldchen, kurz davor, etwas abseits von den anderen Häusern, duckte sich ein einsames, besonders niedriges Strohdach. Vor und hinter demselben erstreckten sich in der Umgebung versprengt liegende Felder ähnlicher Größe, das Häuschen lag genau im Schatten des Gebirgssaumes, sodass seine Konturen kaum erkennbar waren.

O Mutter.

Unbewusst ballte er die Fäuste und bebte am ganzen Körper. Er verspürte ein Kribbeln in der Nase, das ihm Tränen in die Augen zu treiben drohte.

Es war sein Zuhause. Der Ort, an dem seine Nabelschnur durchgetrennt worden war, wo er von den Tagen seiner Kindheit an, als sich noch Fliegen auf jedem Fleckchen seines verschorften Hautausschlags am Kopf versammelten und er den tiefgelben Nasenschleim hochzog, bis zu der Zeit, als unter seiner Nase schwarzer Flaum sichtbar wurde, mit der Mutter zusammengelebt hatte, genau dieser Ort war das strohgedeckte Haus mit dem einzigen Zimmer.

Eine Weile starrte er schweigend dorthin. Deutlich tauchten in seiner Erinnerung all die vertrauten Dinge auf, die sich im Haus befanden. Die Steinmauer, dicht von Efeuranken überwuchert, und die Krüge für Sojasoße, der Kakibaum, der im Herbst nicht wenige Früchte trug, die Chinesische Dattel, die Tretmühle im Gemüsegarten auf dem Hof, der Schweinestall, den er – war es vor zwei Jahren gewesen? – eigenhändig errichtet hatte, und die Lehmmauer auf dem Hof, an der noch immer die vom Schweiß seiner Hände durchtränkten Arbeitsgeräte – Hacke, Sichel und Strohseil – hingen und auf ihren Herrn warteten.

Was wird aus der Mutter geworden sein? Womöglich ...

Er schüttelte den Kopf und versuchte die bösen Gedanken zu verscheuchen. Doch die Trostlosigkeit des Dorfes, das an einen Friedhof erinnerte, und sein Blick auf die Ebene hinunter, dorthin, wo alle menschlichen Spuren verschwunden waren, entfachten stets aufs Neue unheilvolle Ahnungen in ihm.

In Gedanken rechnete er aus, wie viel Zeit vergangen sein mochte, seitdem er in die Berge gekommen war. Das war zu jener Zeit gewesen, als die ersten Reispflanzen ihre Früchte gezeigt und die Felder gelblich gefärbt hatten, also mussten seitdem um die vier Monate verstrichen sein. Am Morgen jenes Tages, als sich die Nachricht herumgesprochen hatte, die Polizei sei ins Verwaltungszentrum der Gemeinde eingedrungen, hatte er sich der pro-nordkoreanischen Selbstverteidigungstruppe von Jugendlichen angeschlossen, die in der Stadtverwaltung zurückgeblieben war, und sich mit den anderen zusammen spontan in die Berge begeben, um sich zu verstecken. Der Rückzug der Volksarmee war zu überraschend gekommen, und niemand hätte auch nur im Traum daran gedacht, dass die Polizeitruppen so schnell einmarschieren würden; als ihnen somit der Rückzugsweg vollkommen abgeschnitten war, blieb ihm nur noch die Möglichkeit, Hals über Kopf zu fliehen.

Darüber war es Herbst geworden, auf den Berggipfeln blühten in weißer Pracht Herbstblumen in Hülle und Fülle, dann schwebten über ihnen die ersten Schneeflocken und schon war Mitte Dezember.

Seit jenen Tagen, da sie im Wald Höhlen ausgehoben hatten und darin wie die Maulwürfe lebten, hatte sich die Situation gewaltig geändert. Zunächst belief sich die Zahl derer, die in die Berge hinter Cheongpung hinaufgekommen waren, auf fünfundvierzig, ein paar Tage später waren es schon über siebzig. Das hing damit zusammen, dass sich auch kleinere Flüchtlingsgruppen aus den Nachbargemeinden und von Damyang her hinzugesellten. Zum größten Teil waren es Menschen, die von der Feldarbeit lebten, und so stellten sie einen bunten, undisziplinierten Haufen dar. An Gewehren brachten sie nur zweiundzwanzig mit, der Rest waren selbst geschnitzte Bambusspeere. Das war auch der Grund, weshalb der Truppenführer jedes Mal, wenn Leute zur Lebensmittelbeschaffung ins Tal hinabstiegen, in aller Eindringlichkeit warnte, sie sollten nur im äußersten Notfall, wenn ihr eigenes Leben gefährdet sei, schießen. Plünderungen begannen und die Polizeistationen im Gemeindezentrum und in der Stadt, die Gemeinde- und Stadtverwaltungen, alles fiel den Flammen zum Opfer. Die Anzahl der Partisanen in den Bergen ging wieder um mehr als vierzig Leute zurück.

Jemand kam. Es war Herr Choe.

Alles in Ordnung?

Ja, es ist alles ruhig.

Hinter Herrn Choe entdeckte der Sohn noch einen anderen Mann. Er war gerade dabei, dort sein Wasser abzuschlagen. Der Mann stammte aus Nammyeon, und der Sohn hatte ihn kennen gelernt, als er hierher in die Berge gekommen war. Er war ungefähr so alt wie Herr Choe.

Bäuchlings lag der Sohn auf dem Boden und Herr Choe kauerte neben ihm.

Du hast sicher Hunger.

Herrn Choes Mund entströmte ein Hauch widerlichen Geruchs, dem auszuweichen der Sohn das Gesicht leicht abwandte, wobei er ein unbestimmtes Lächeln aufsetzte. Als er Herrn Choes Frage hörte, musste er daran denken, dass er den ganzen Tag über einzig einen Klumpen Reis vermischt mit Bohnen gegessen hatte.

Was sollte so ein junger Kerl wie du schon für Schuld auf sich geladen haben? Du und ich, wir sind nur zur falschen Zeit geboren, setzte Herr Choe hinzu.

Ach, bitte hören Sie doch auf! Wenn das die anderen hören!

Der Sohn warf einen flüchtigen Blick hinter den Rücken seines Dorfnachbarn und verzog das Gesicht zu einer kläglichen Miene. Nachdem der

Mann sein Wasser gelassen hatte, zog er die Hosen hoch und setzte sich wieder.

Scheiße!, entfuhr es Herrn Choe. Die können mich doch höchstens töten.

Verstohlen warf der Sohn einen unsicheren Blick auf das Profil seines ehemaligen Nachbarn. Das Mondlicht verlieh dessen unrasiertem Gesicht einen bleifarbenen Schein. Der lange nicht rasierte Bart überwucherte das Kinn.

Er bemerkte, dass auch Herr Choe ins Tal hinuntersah. Wahrscheinlich hielt er nach seinem Haus Ausschau. Vielleicht auch suchte sein Ohr die klappernden Geräusche der Reisschälanlage. Er hatte eine außergewöhnlich schüchterne Frau und eine kleine Tochter. Dem Sohn kam es vor, als sei es erst vorgestern gewesen, dass er Choes Familie gesehen hätte, wie sie zur Erntezeit fleißig auf dem Hof von Herrn Hwang, dem reichen Besitzer der Reismühle, arbeiteten, die Köpfe von weißem Staub bedeckt.

Als hätten sie sich verabredet, starrten die beiden mit ausdruckslosen Augen auf das Dorf hinunter. Unterhalb des Felsens ragten die Spitzen des Niederwaldes empor, durch dessen entlaubtes Geäst Cheongpung zu sehen war. Die verkohlten Reste des einst hoch aufragenden Daches am Eingang des Dorfes mussten zweifellos zur Reismühle gehören, wo Herr Choe gearbeitet hatte. Das helle Mondlicht erlaubte es, das Haus und den viereckigen Hof zu unterscheiden.

Rattern von Mühlenrädern.

Flüchtig erlag der Sohn einer Sinnestäuschung, und ihm war, als hallte dieses vertraute Geräusch aus dem Tal herauf. Jedes Jahr im Frühjahr und Herbst erfüllte das Rattern der Reismühle Tag und Nacht die Gässchen des Dorfes. Doch jetzt lag es in Schutt und Asche. Es hatte sich in einen toten Ort verwandelt, aus dem selbst das leiseste Anzeichen menschlichen Lebens verschwunden war.

Heute scheint der Mond wirklich hell. Und kein Lüftchen regt sich.

Unvermittelt murmelte Herr Choe diese Worte vor sich hin.

Stimmt. Wäre es jeden Tag so, würde es uns weniger Mühe kosten, hier zu campieren, erwiderte der Sohn.

Sieh doch mal! Das ganze Feld kannst du von hier aus sehen! Dort unten neben dem Stausee, dieses schwarze Ding, das ist doch der Jungbawi-Felsen, oder?

Daneben sieht man auch den Weg nach Salyeoul!

Eine ganze Zeit lang lagen sie beide auf der Klippe des Felsens und sahen nach unten.

Irgendwo heulte eine Eule und langsam veränderte der Mond seine Stellung. Die beiden Männer hatten die Köpfe noch immer in die gleiche Richtung gewandt und lagen wortlos nebeneinander. In einiger Entfernung von ihnen befand sich der Mann, er musste eingeschlafen sein, denn er gab keinen Ton mehr von sich.

Am Fuße des Berges bedeckte vereinzelt noch alter Schnee die Felder, die im Mondlicht ihre weißen Rücken entblößten, und auch die Dämme der Nass- und Trockenfelder, gekrümmt wie die Panzer von Schildkröten, fielen ins Auge. Frühling, Sommer, Herbst, Winter, zu jeder Jahreszeit und mit regelmäßiger Gewissheit empfingen die Felder die Menschen in einem anderen Kleide. Jedes Mal, wenn der Wind durch die tiefgrünen Ackerfurchen der Gerstenfelder wehte, wallten silberne Wellen auf, wie im Traum, doch ganz lebendig tauchten die in einer Reihe nebeneinanderstehenden Bauern vor den Augen der beiden Männer auf, wie sie beim Auspflanzen der Reissetzlinge in den unter Wasser stehenden Feldern anmuteten wie Kakipflaumen, eine neben der anderen auf eine Schnur gefädelt. Stand die Sonne im Zenit, kamen die Dorffrauen, das Mittagessen in Körben auf dem Kopf tragend, geschwind vom Dorf her gelaufen und die Felder hallten wider vom fröhlichen Singen der Bauern.

In den Bergen verharrte sogar der Wind regungslos. Es war still. Alle Dinge über der Erde hielten den Atem an, allein der Mond am Himmel nahm unaufhörlich zu, als wolle er sogleich bersten.

Plötzlich. Der Erste, der ein Stöhnen von sich gab, war Herr Choe.

Was ist denn das?

Jäh hob der Sohn den Kopf. Und nun ließ er das gleiche Stöhnen vernehmen: Oooh. Vor ihren Augen ereignete sich Unglaubliches.

Lichtschein.

Von dort unten, aus einem Winkel des Dorfes, den der Schatten des Berges begrub, war plötzlich Licht emporgestiegen. Das Dorf war menschenleer. Vor mehr als zwei Monaten hatten die Bewohner nach Erlass des Evakuierungsbefehls ihre Häuser aufgegeben und das Dorf verlassen. Es gab keinen Grund, weshalb in irgendeinem Haus nun Licht brennen sollte. Nicht nur die Dorfbewohner, auch das gesamte Vieh war evakuiert worden, einige hatten sogar ihre Häuser selbst in Brand gesteckt, bevor sie weggingen, und so existierte keinerlei Grund, weshalb in Cheongpung nun jemand Licht angezündet haben sollte.

Mein Gott ... Wie ist das nur möglich?, murmelte Herr Choe gedankenverloren. Der Sohn rieb sich nur unablässig die Augen. Doch es handelte sich zweifellos um Licht, was sie da unten sahen. Von jenem Haus am Ende des Dorfes nahe dem Bambuswäldchen, ein wenig abseits von den anderen strohgedeckten Häusern, die dicht nebeneinander hockten, züngelte, einem Fädchen gleich, der Schein einer Lampe empor, daran war jetzt kein Zweifel mehr.

Warte mal, das ist doch das Haus ...

Beinahe im gleichen Moment formten Herrn Choes Lippen diese Worte und das Kinn des neben ihm liegenden Sohnes begann heftig zu zittern.

Aber, das ... das ist doch dein Haus, nicht wahr?, rief Herr Choe mit unterdrückter Stimme und seine Hand umklammerte die Schulter des Sohnes.

Nein. Sicher nicht.

Doch. Das ist genau dein Haus. Da bin ich mir absolut sicher.

In dem Moment machte Herr Choe plötzlich eine Kopfbewegung zu dem Mann hin, der sich einige Meter von ihnen entfernt befand, und beobachtete dessen Gebaren. Jetzt musste auch der das Licht bemerkt haben.

Genosse Choe, was ist denn das? Seit wann brennt da Licht?, erkundigte er sich, während er schnell auf sie zukam.

Seit eben.

Ist das nicht die Polizei?

Vielleicht ... aber warum sollte die dort unten Licht machen?

Wer weiß? Vielleicht wollen sie irgendein Signal geben.

Darüber muss ich Bericht erstatten, sagte der Mann und verschwand eilig in Richtung Höhle. Jetzt waren nur noch sie beide allein übrig.

Die Augen weit aufgerissen, war der Sohn noch immer dabei, den Lichtschein anzustarren, als könnte er es nicht fassen. Das kann nicht sein ... Er ballte eine Faust. Sie zitterte. Ja. Daran gab es nichts zu zweifeln. Das war sein Haus. Immer wieder hefteten sich seine Augen an das flackernde Leuchten in der Farbe vollreifer Kakipflaumen, das sich fahl durch die dick mit schmutzigem Papier beklebte Schiebetür stahl, doch wie oft er sich auch vergewisserte, es bestand kein Zweifel, dass dies sein Haus war.

O Mutter, Mutter!

Um die aufsteigenden Tränen zu unterdrücken, biss er sich auf die Lippen, bis sie bluteten. Doch schließlich hielt er es nicht mehr aus und brach in heftiges Schluchzen aus. Er wusste Bescheid. Es war seine Mutter. Heute Nacht hatte sie die Petroleumlampe angezündet und hütete allein das Haus. Sie wartete auf ihren Sohn.

Er vergrub das Gesicht in den Händen. Ein wimmerndes Schluchzen entrang sich seiner Kehle. Plötzlich vernahm er hinter seinem Rücken ungeordnete Schritte näher kommen. Erschrocken fuhr Herr Choe zusammen, ergriff seinen Arm und zog ihn hoch.

Du, hör auf! Wenn du Pech hast, bist du des Todes. Sag denen, dass du nichts weißt! Du musst auf jeden Fall sagen, das ist nicht euer Haus! Verstanden?

Herr Choe bebte vor Angst und seine Stimme zitterte furchtbar. Der Sohn hatte die Augen fest geschlossen. Unterhalb seiner Lider spiegelte sich der Mondschein auf der feuchten Haut.

Irgendwo rief erneut eine Eule. Der Mond stand direkt über ihnen.

2

Plötzlich unterbrach die Mutter ihre Arbeit. Eine Eule heulte. Ihr Ruf kam von den Bergen her. Regungslos blieb die Frau mit nach vorn gebeugtem Oberkörper sitzen und horchte in Richtung Schiebetür. Ein Stück abgerissenes Türpapier krümmte sich wie eine kleine Schlange unheilverkündend auf der Schwelle, die Tür selbst, aus deren Rahmen schon einige Leisten herausgebrochen waren, bot einen miserablen Anblick. Trüb sickerte der Lichtschein durch das an mehreren Stellen zerlöcherte, schmutzige Papier. Draußen war es ruhig. Nicht einmal einen Windhauch, der über das gefallene Laub hinwegstrich, vermochte sie zu hören.

Ein langer Seufzer entströmte ihren Lippen. Sie wandte den Blick von der Tür ab, drehte sich um und setzte die unterbrochene Arbeit fort. Das Zimmer hatte lange Zeit leer gestanden, sodass alle Gegenstände eine dicke Staubschicht bedeckte. Im Gegensatz zu vielen anderen Dorfbewohnern hatte sie den Eingang ihres Hauses nicht vernagelt, als sie fortging, denn sie hatte daran gedacht, ihr Sohn könnte in der Zwischenzeit vielleicht einmal aus den Bergen herunterkommen und heimkehren. Da konnte sie es doch nicht zulassen, dass der Sohn, sollte er den steilen Abstieg aus den Bergen wagen und sein Zuhause suchen, wenn er schon die Mutter nicht mehr antraf, ja, sogar die Eingangstür zugenagelt vorfand und nicht einmal für kurze Zeit dem eiskalten, bis in die Knochen fahrenden Winterwind auszuweichen vermochte. Unverrichteter Dinge hätte er umkehren müssen.

Sie hatte ein wenig sauber gemacht und dabei aufmerksam jede Zimmerecke gemustert, ob sie nicht vielleicht doch Spuren finden würde, dass der Sohn inzwischen einmal hier gewesen war. Doch nirgendwo konnte sie etwas entdecken, das ihr einen Hinweis auf dessen Anwesenheit gegeben hätte.

Ach, du mein unglückseliger Junge! Bei dieser Kälte in den Bergen, was wirst du dort essen, wie kannst du dort überleben und hast du überhaupt warme Kleidung?

Halb klagend, halb seufzend murmelte sie die Worte vor sich hin und wischte sich mit einer Hand die Tränen aus den Augen, während sie mit dem Lappen in der anderen fortfuhr den Staub aufzuwischen.

Ein Flackern. Obschon sich kein Lüftchen regte, drohte die Flamme der Petroleumlampe plötzlich wie von selbst zu erlöschen, doch sie erholte sich wieder. Die Mutter zuckte zusammen, wandte den Kopf um und sah zur Tür. Diese war nach wie vor geschlossen. Die Mutter schnalzte mit der Zunge, erhob sich, legte den Lappen beiseite und machte sich daran, ein kleines Bündel aufzuschnüren, das in der Ecke lag.

Einige rohe Süßkartoffeln, Dörrfisch und eine Holzschachtel mit getrocknetem Gemüse kamen daraus zum Vorschein. Zu guter Letzt zog sie ein kleines Stoffbündel hervor, das sich ganz zuunterst befunden hatte. Darin eingewickelt befand sich ein halbes Doe Hirse, die sie unter großen Schwierigkeiten vor einigen Tagen von Verwandten in der Stadt erstanden hatte. In Zeiten des Krieges erwies sich die Beschaffung auch nur einer Hand voll Reis als ein schwieriges Unterfangen, schwieriger noch, als nach drei Jahren der Dürre etwas Essbares zu besorgen. Der vorhandene Reis ging als Spende an die Armee oder wurde einfach konfisziert, so oder so war der Reiskrug immer leer; gab es dennoch irgendwo noch einen Rest, so wurde er an einem entlegenen Ort versteckt und ohne Wissen der anderen heimlich verspeist. Für jene, die nichts hatten, war unter diesen Bedingungen eine Hand voll Getreide schon ein Luxus, eine Süßkartoffel oder eine Suppe von getrockneten Rettichblättern als Mahlzeit schon ein Glück.

Die Mutter ging zur Küche hinaus. Sie tastete nach der Lampe und zündete sie an, dann entnahm sie dem Regal eine verstaubte Kalebasse und verließ die Küche durch die Hintertür. Der Brunnen befand sich auf dem Hof nahe der Mauer. Es war weniger ein Brunnen, als eher eine kleine Wasserstelle, wo nicht einmal die Notwendigkeit bestand, einen Eimer hinunterzulassen. Eine feste Eisschicht bedeckte das Wasser. Von der Stufe, auf welcher die Sojasoßen-Krüge standen, holte die Mutter einen Stein und schlug damit auf das Eis. Jedes Mal, wenn der Stein gegen die Eisschicht stieß, ertönte ein Klirren, das die Dunkelheit durchstach und sich hohl über die Umgebung ergoss. Schließlich zersprang die Eisdecke in zwei Teile und die Mutter fischte Eisstücke, Blätter und einzelne Strohhalme aus dem Wasser.

Sie hatte sich hingehockt und wollte mit der Kalebasse Wasser schöpfen, als sie jäh innehielt. Der Mond. Als wollte er sogleich platzen, war der Vollmond, straff aufgebläht wie ein Fischbauch kurz vor dem Laichen, im Brunnen aufgegangen. Ihr starrer Blick richtete sich auf den weißen Mond, der sich auf dem Wasser widerspiegelte. Dahinter konnte sie die dünnen Zweige des Kakibaums erkennen, und es sah aus, als hinge der Mond an dessen Zweigen, könne sich nicht mehr bewegen und sei im Brunnen gefangen. In dem Moment, als sich über diesen weißen, herrlich anzusehenden Mond flüchtig das Gesicht eines Menschen schob, tauchte sie die Kalebasse ins Wasser. Der Mond zerbarst in viele kleine Teile.

O Berggeist, Herr des Siebengestirns! Warum nur muss ich so elend dahinleben?

Wie eine Melodie deklamierte sie die klagenden Worte und wusch dabei die Hirse. Inzwischen war der Mond wieder in den Brunnen zurückgekehrt.

Als sie in die Küche kam, schüttete sie die Hirse in einen Topf. Es war ein alter japanischer Topf, dessen einer Henkel bereits abgeschlagen war. Dann machte sie sich daran, ein Feuer zu entfachen. Als sie die Holzscheite in den Ofen schieben wollte, kamen ihr schon wieder die Tränen. Dieses Holz hatte im letzten Frühsommer ihr Sohn vorbereitet.

Das reicht doch! Warum machst du dir bloß so viel Mühe, mit einem Mal so eine Menge Holz zu holen?

Wenn ich schon mal dabei bin, dann mache ich gleich genug. Fängt erst die Regenzeit an, habe ich auch keine Lust mehr rauszugehen.

Das Bild des Sohnes, wie er leichthändig das Tragegestell von den Schultern nahm und ihr vertrauensvoll diese Antwort gab, verwandelte sich im Ofen zu einer anmutig aufleuchtenden Flamme und loderte heftig empor. Bis zu jenem Zeitpunkt hatte sie in ihm nur das Kind gesehen, doch unversehens überragte der Holzstapel, den er auf seinem Rücken trug, ihn selbst. Forschen Schrittes trat er durch die Reisigpforte ein und erfüllte ihr Herz mit großer Zufriedenheit. Nun ist er schon erwachsen, dachte sie, und von gleichem Ausmaß wie die Menge des von ihm herangeschleppten Holzes, das er vor ihr absetzte, war das Gefühl des Lobes für ihn, das sich wie von selbst in ihrem Herzen ausbreitete. Voller Zufriedenheit hatte sie damals im Stillen gedacht: Ist der Krieg erst einmal vorüber, so werde ich ihm eine gute Frau suchen und ihn verheiraten ...

Sie legte Holz nach und kehrte ins Zimmer zurück. In der wärmsten Ecke des Raumes stellte sie das Esstischchen auf und versank darauf für kurze Zeit in Erinnerungen. Moment mal, wo hatte ich das denn hingelegt? Sie öffnete die Kleidertruhe in der gegenüberliegenden Ecke, kramte darin herum und zog schließlich einen alten Bilderrahmen heraus. Es war ein Foto ihres verstorbenen Mannes. Das vergilbte Bild hatte ursprünglich an der Wand gehangen, doch als der Evakuierungsbefehl kam, oder aus irgendeinem anderen Anlass, hatte sie es unter der Wäsche in der Kleidertruhe vergraben.

Sie hielt das Foto dicht an die Lampe und betrachtete eine Weile das Gesicht des Mannes im Rahmen. Lag es an ihren schmutzverklebten Augen? Ihr Blick war getrübt, wie von Spinnweben verhangen. Die unsauberen Augen füllten sich mit Wasser.

Ach, du kaltherziger Mensch! Hast gut daran getan, schon von uns zu gehen. Auf dieser verfluchten Welt, was gibt es da noch zu hoffen? Was für einen Sinn hat es, noch länger zu leben? Du hast all diese schrecklichen Dinge nicht miterleben müssen, gut für dich, dass du schon vorher gegangen bist.

Ihre rauen Hände streichelten das Foto, während sie vor sich hin murmelte.

Ihr Mann, Herr O, hatte noch nicht einmal seine Leiche hinterlassen. Sinnlos hatte er sein Leben auf fremder Erde geopfert. Nach einem halben Jahr werde er wieder daheim sein, hatte er grinsend verkündet und war dann über den Passweg in der Ferne verschwunden, um schließlich auf absurde Weise in ein Stück Papier verwandelt zurückgeflogen zu kommen. Darauf war nur vermerkt, er sei auf einer unbekannten Südseeinsel umgekommen, davon abgesehen bekam sie keinen einzigen Knochen, nicht einmal ein Haar ihres Mannes zurück. Als die Männer nach der Befreiung heimkehrten, machte sie einen langen Hals, ob er nicht doch vielleicht unter ihnen wäre, und wartete, doch vergebens. Von dieser Zeit an hatte sie allein mit ihrem Sohn zusammengelebt.

Behutsam stellte sie das Bild auf den Tisch, dann legte sie die vorbereiteten Speisen aus dem Holzkästchen auf einen Teller. Der Tisch für die Ahnen war nun recht und schlecht vorbereitet und sie sah, welch ausgesprochen schäbigen Anblick er bot. Noch armseliger als der Mittagstisch von Tagelöhnern in jenen Zeiten, als die Welt noch in Ordnung gewesen war, nahm er sich aus. Völlig vertrockneter Alaska-Seelachs, der sich bereits bog, getrocknete Zucchinischeiben und ein paar Bohnenkeimlinge, das war alles. Sie dachte, dass es ein Glück gewesen sei, noch Hirse aufgetrieben zu haben, sonst hätte sie einen Brei aus getrockneten Rettichblättern auf den Ahnentisch stellen müssen. In der Küche tat sie die Hirse in ein Schälchen und stellte es dann auf den Tisch. Nachdem sie das Schälchen gefüllt hatte, war im Topf noch etwa die Hälfte der Hirse übrig. Wenn der Junge jetzt hier wäre ... Während diese zwecklosen Gedanken ihren Kopf marterten, sahen ihre feuchten Augen immer wieder zur Tür.

Nun, von so weit her bist du gekommen, da wirst du sehr hungrig sein. Diese Insel in der Südsee, habe ich gehört, soll auf der anderen Seite des Meeres so furchtbar weit weg von hier sein, also iss das hier schnell, ruh dich ein wenig aus, du musst doch bald wieder zurück ..., sagte sie, legte in eine mit Wasser gefüllte Schüssel einen Löffel voll Hirse und löste sie darin auf, dann tat sie den Löffel in das Schälchen zurück. Als befände sich jemand neben ihr, klangen ihre Worte sanft und freundlich. Sie rückte ein Stück zur Seite und starrte gedankenlos auf den Ahnentisch. Es kam ihr vor, als sähe sie ihren Mann, wie er zu seinen Lebzeiten mit dem Löffel in die übervolle Reisschüssel gelangt und ihn dann in den Mund geschoben hatte. Doch schon bald verwandelten sich die Züge seines Gesichts in die des Sohnes.

Huuu, huuu.

Von den Bergen her erklang das Heulen einer Eule.

Ein Flackern. Obwohl kein Wind ins Haus drang, drohte die Petroleumlampe erneut beinahe zu erlöschen und richtete sich nur mit größter Mühe wieder auf. Im flackernden Lichtschein zog sich der Schatten, den die Mutter an die Wand warf, ungeheuerlich in die Länge und schrumpfte wieder zusammen.

Moment mal ...? Alle Sinne konzentriert krümmte sich die Mutter leicht. Sie hatte etwas gehört. Rasch erhob sie sich und öffnete die Schiebetür. Der Hof badete in vollem Mondschein, nicht die leiseste Spur von Leben, keine Bewegung war auszumachen. Sie hob den Kopf und sah zum Mudeung-Massiv hinauf. Schwarz hockten sie da, die abgerundeten Gipfel der Berge, dahinter leuchteten die Sterne besonders hell. Gerade heute zeigten sich die Berge in einem außergewöhnlich tiefen Schwarz. Die gesamte Umgebung lag im Mondlicht und offenbarte ihre Gestalt, doch der Mutter schien es, als seien allein die Berge von einer rabenschwarzen Finsternis umhüllt.

Sie schloss die Tür und ließ sich kraftlos auf ihren Platz zurückfallen.

Ach, dieses undankbare Kind! Weiß der Junge überhaupt, dass heute der Todestag seines Vaters ist?

Unruhe befiel sie, da sie die Gedanken an den Traum der vergangenen Nacht nicht abzuschütteln vermochte. In dem Traum hatte sie – wie jetzt – in diesem Zimmer gesessen. Da war unvermittelt ihr Sohn erschienen. Mutter, ich bin's. Ich bin wieder da, hatte er gerufen und dabei fröhlich gelacht. Er trug weiße Baumwollkleidung, und als sie genauer hinsah, bemerkte sie, es waren die Kleider ihres verstorbenen Mannes. Der Traum war so wirklichkeitsnah gewesen, dass sie selbst nach dem Erwachen noch einer Sinnestäuschung erlegen war und geglaubt hatte, ihr Sohn läge neben ihr.

Vielleicht ... Ja. Vermutlich kommt er. Er wird doch wissen, dass heute der Todestag seines Vaters ist. Er wird kommen, auf jeden Fall, wo er doch genau weiß, ich bin allein und warte auf ihn. Ja, er wird kommen.

Mit einem Mal sprühte Leben aus ihren Augen. Sie drehte den Docht der Petroleumlampe auf. Helligkeit erfüllte den Raum. Ja, genau. Dieses Licht wird bis in die Berge leuchten. Wenn er es sieht, wird er im selben Augenblick heruntergelaufen kommen. Durch das Tal hinunter, am Schrein für die Geister vorbei, dann am Bambuswäldchen vorüber und jetzt wird er gerade den Deich am Reisfeld entlanggelaufen kommen. Mutter! Ich bin's. Ich bin wieder da!, kam seine atemlose Stimme auf sie zu geflogen und er stieß die Reisigpforte auf.

O mein Junge!

Die Mutter flog geradezu zur Tür und riss sie auf. Scharf wie ein Messer schnitt ihr die kalte Nachtluft in die Wangen. Ein Flackern. Die Flamme der Petroleumlampe schrumpfte. Verwirrt lehnte sie sich an die Schiebetür, bis ihr Körper schließlich in sich zusammenzufallen schien und sie sich hinsetzte. Der Hof war leer. Mondschein. Mondschein. Allein das weiße Licht des Mondes, des Dezember-Vollmondes, so dick und rund, dass er beinahe zu platzen schien, schickte seine hellen Strahlen vom Firmament hinab.

Schließlich entrang sich ihrer Kehle ein lautes Schluchzen. Aus dem aufgesteckten Haar löste sich die Haarnadel und fiel zu Boden. Doch sie schien nicht daran zu denken, die Haare wieder in Ordnung zu bringen. Spärlich und zur Hälfte bereits ergraut hingen sie nun wirr um ihren Kopf herum, und jedes Mal, wenn sie aufschluchzte, schwangen sie unheilvoll um ihr Haupt.

Wie ich ihn aufgezogen habe ... Wie wichtig er für mich ist ... Ob er nun ein Roter oder ein Gelber ist, das ist mir doch völlig egal. Was ist das alles für ein Unsinn. Das brauche ich nicht. Schickt mir doch nur mein Kind wieder nach Hause!

Die Hände griffen nach den Bändern ihrer Jacke und Tränen liefen ihr in Strömen über die runzligen Wangen. Bis sie plötzlich den Kopf hob. Ein merkwürdiges Lächeln spielte um ihre Mundwinkel.

Aber nicht doch! Wie benehme ich mich denn so leichtfertig! Er kommt. Und wenn es sein muss, wird ihn die Seele seines verstorbenen Vaters hierherbringen. Ja.

Ich kann mich nicht einfach so gehen lassen. Sagt man nicht, die Partisanen aus den Bergen kämen wie der Wind und verschwänden auch wieder wie ein Lufthauch? Zunächst einmal muss ich ihm genügend zu essen geben, ihm warme Sachen anziehen, und dann kann er wieder gehen. Flink öffnete sie die Kleidertruhe und zog ein paar Kleidungsstücke heraus. Es waren genau die Baumwollsachen, die der Sohn im Traum getragen hatte. Außer der Kleidung ihres verstorbenen Mannes gab es nichts anderes anzuziehen. Irgendwann, so hatte sie einst gedacht, würde sie der Sohn tragen. Als ihre Hände über den Stoff strichen, konnte sie sich des Eindrucks nicht erwehren, dass die Wattierung irgendwie dünn geworden war. Da zog sie ihre eigene Winterhose aus der Truhe, trennte eine Naht auf und nahm die Watte heraus. Sodann suchte sie sich Nadel und Faden und setzte sich auf den Fußboden. Sie versuchte den Faden einzufädeln, doch es wollte ihr nicht gelingen. Sie wandte die trüben Augen zur Lampe, aber wie sie sich auch mühte, den Faden durch das Nadelöhr zu stecken, diese Nadel schien gar kein Öhr zu haben. Sie feuchtete das Ende des Fadens mit Speichel an und schob ihn nach grober Schätzung in Richtung der kleinen Öffnung, sie feuchtete ihn erneut an und wiederholte ihren Versuch ... Dutzende Mal probierte sie es und schließlich fand der Faden den Weg durch das Nadelöhr. Sie stieß einen langen Seufzer aus und machte sich daran, die Watte in die Hose zu stopfen.

Allmählich wurde die Nacht tiefer. Der Mond hatte den Zenit überschritten und bisweilen zerriss der Schrei einer Eule die Dunkelheit. Zu diesem Zeitpunkt, als die ganze Welt in tiefem Schlaf ruhte, sickerte durch die Türbespannung eines abseits gelegenen, strohgedeckten Hauses am Fuße des Berges ein schwacher Lichtstrahl.

Die Hände der Mutter hatten die Watte in die Kleider gestopft, hielten inne und bisweilen lauschte sie auf etwaige Geräusche von draußen.

Plötzlich durchfuhr sie ein Schreck und ihr Körper versteifte sich. Ein Geräusch. Soeben hatte sie ein seltsames Geräusch vernommen. Mit der Nadel in der Hand horchte sie noch einmal auf die Laute. Doch jetzt blieb alles still. Wahrscheinlich bin ich nicht mehr richtig bei Verstand. Sie schüttelte den Kopf und setzte ihre Arbeit fort. Ist Wind aufgekommen? Nach und nach wurde es draußen unruhig. Der Wind strich über das Bambuswäldchen, schüttelte die Blätter und lies sie leise säuseln.

Au.

Die Nadel saß tief in ihrem Finger. Rot tropfte das Blut heraus und hinterließ einen Fleck auf dem weißen Baumwollstoff. Jetzt bestand kein Zweifel mehr. Draußen war jemand gekommen. Sie richtete sich auf. Nach kurzem Zögern öffnete sie leise die Tür. Niemand war zu sehen. Auf der aus Erde angehäuften Stufe schlüpfte sie in ihre Schuhe, trat auf den Hof hinaus und sah sich nach allen Richtungen um. Die Reisigpforte stand halb geöffnet. Mit ziemlicher Sicherheit sagte ihr die Erinnerung, dass sie diese eben zugemacht hatte. Sie erzitterte. Da war es wieder, dieses Geräusch. Irgendjemand befand sich hier. Unsicher tat sie ein paar bebende Schritte in Richtung Schuppen.

Ist da wer? Ist da jemand drin?, fragte sie mit brüchiger Stimme, als sie vor dem Schuppen stand. Ihr Kinn zitterte.

Au! Es tut so weh. Au!

Ein Schreck durchfuhr ihre Brust. Das war keine Halluzination. Aus dem Schuppen drang die Stimme einer Frau.

Wer ist da? Wer ist denn da mitten in der Nacht ...

Sie hatte ihre Worte noch nicht ganz beendet, als sie einen lauten Schrei ausstieß. Denn die schwarze Gestalt eines Menschen kam zu ihren Füßen herausgekrochen. Als der schwarze Klumpen durch die Schuppentür kam, erhellte der Mondschein sein Gesicht.

Wer bist du denn? Wie bist du Verrückte bloß bis hierhergekommen?

Die Mutter hatte das Gesicht bereits erkannt. Es gehörte der verrückten Frau, die in der ganzen Umgebung bekannt war. Sie musste Anfang zwanzig sein und niemand konnte sich daran erinnern, wann sie hier in der Gegend aufgetaucht war. Kein Mensch wusste zu sagen, woher sie gekommen und wie sie verrückt geworden war. Vermutlich hatte es sie auf der Flucht aus dem Norden hierher verschlagen. Sie war schwanger. Lief sie durch die Straßen, den mitleiderregend dick geschwollenen Leib, der kurz vor der Entbindung stand, vor sich hinschiebend, so blickte sie jeden nur mit einem unsteten Lächeln an, wurde sie etwas gefragt, so gab sie selten eine verständliche Antwort. Doch in den harten Zeiten des Krieges hatte niemand die Nerven, sich ihrer anzunehmen, und sei es auch nur angesichts der Schwangerschaft. Sie irrte durch die Marktgassen, und selbst wenn sie an einem eisigen Wintermorgen unter einer Brücke erfroren wäre, hätte sich doch niemand dafür interessiert.

Verdammt, wie ist dieses verrückte Ding bloß hierhergekommen?

Bestürzung spiegelte sich in den Augen der Mutter. Eigentlich hatte sie die verrückte Frau am Abend bereits zufällig getroffen.

Schon seit einigen Tagen, mit dem Näherrücken des Todestages ihres Mannes, hatte sie innere Unruhe und Nervosität erfasst. Hätte sie diesen Tag in ihrer Schussligkeit vergessen, so wäre es noch angegangen, aber sie wusste ihn genau, und so konnte sie ihn nicht einfach ignorieren. Sie hatte daran gedacht, die Ahnenzeremonie zum Todestag eventuell im hinteren Zimmer der Verwandten, bei denen sie untergekommen war, durchzuführen, doch dann war ihr eingefallen, dass es sich nicht gehörte, die Totenfeier in einem fremden Haus abzuhalten, ja, selbst dann nicht, wenn sich die ganze Zeremonie darauf beschränkt hätte, eine Schüssel Wasser auf den Tisch zu stellen. Noch dazu angesichts der Schuld, die auf ihr lastete, da doch der Sohn zu den Partisanen gegangen war, und der zahllosen Demütigungen, die sie daraufhin von allen Dorfbewohnern zu erleiden hatte. Jeden Tag wünschte sie, sich das Leben zu nehmen, und dass sie es bis jetzt noch nicht getan hatte und ihr armseliges Dasein weiter ertrug, lag allein in ihrem sehnlichen Wunsch begründet, den Sohn vielleicht eines Tages wiederzusehen.

So war sie an diesem Abend heimlich nach Cheongpung geschlichen. Doch es ging ihr nicht nur um die Ahnenzeremonie, womöglich unternahm sie dieses gefährliche Abenteuer auch aus der vagen Hoffnung heraus, doch noch Spuren der Anwesenheit ihres Sohnes zu entdecken. Gefährlich war es allemal, denn dem Evakuierungsbefehl war eine außerordentlich strenge Verwarnung gefolgt, woraufhin sich im Dorf niemand mehr sehen ließ.

Die Verrückte hatte die Mutter kurz vor dem Schleichweg getroffen, der ins Dorf hineinführte. Mit ihrem dicken Bauch hockte sie dort zitternd auf einem Felsstein am Weg. Die Mutter wollte einfach weitergehen, doch plötzlich erfasste sie Mitleid und sie blieb stehen. In Anbetracht ihres Leibesumfangs musste die Frau heute oder morgen entbinden. An diesem eiskalten Tag in einem derartigen Zustand umherzuirren und schließlich gar auf der Straße entbinden zu müssen, das ginge doch nun wahrlich nicht an. Mitleid hatte die Mutter gepackt. Als sie der Frau einige Süßkartoffeln gab, antwortete diese trotz ihres verwirrten Verstandes mit einem Lächeln und schlang die Gabe hastig wie ein Hungerleider aus der Unterwelt hinunter.

Die Mutter schnalzte mit der Zunge: Dieses armselige Wesen ist wohl kurzzeitig zu Verstand gekommen. Um dem Tod zu entgehen, muss sie mir gefolgt sein.

Die Mutter griff der Frau, die zusammenzubrechen drohte, unter die Arme, stützte sie mühsam und schleppte sie ins Zimmer. Sobald sie Wärme um sich spürte, riss die Frau die Augen weit auf und sackte kraftlos zu Boden. Die Mutter kramte eine alte Decke hervor und legte sie über die Frau. Sie blickte auf die Verrückte hinab, diese hatte die Augen geschlossen und ihre Zähne klapperten; in diesem Moment fiel der Mutter ein, dass die Frau bei der Kälte eigentlich schon beinahe erfroren sein musste, und tadelte sich selbst, nicht schon früher hinausgegangen zu sein. Dann lief sie in die Küche und legte Holz für die Fußbodenheizung nach.

Als sie kurz darauf wieder ins Zimmer trat, traute sie ihren Augen nicht: Die Frau war inzwischen aufgestanden und schob sich mit den Fingern die Hirse vom Tisch für den Verstorbenen in den Mund.

Na, sieh doch einer dieses blöde Weib an! Weißt du überhaupt, für wen die Hirse war?

Doch die Sache hatte sich bereits erledigt. An den schmutzigen Händen der Frau klebten noch Hirsekörner. Der Mutter verschlug es die Sprache. Von dieser Reaktion überrascht, steckte die Frau die Finger in den Mund, warf einen argwöhnischen Seitenblick auf die Mutter und machte ein paar Schritte zurück. Plötzlich fing sie laut an zu schreien.

Nein! Ich weiß es nicht. Ich, ich bin keine Rote!

Vor Angst bebte ihr Kopf und flehend rieb sie die Hände gegeneinander. Kraftlos ließ die Mutter ihre geballte Faust sinken.

Du alte Schlampe! Gib ihn her! Gib ihn raus, den Wanst, den du da in die Welt geschissen hast! Er hat meinen Mann getötet.

Doch. Die gehört auch dazu. Tötet sie! Die haben unschuldige Leben genommen, einfach so, als schlachteten sie ein Huhn. Da will ich dich doch mal fragen, was das denn für eine herrliche Zeit ist, die da gekommen sein soll, he?

Die blutunterlaufenen Augen der Dorfweiber waren auf die Mutter gerichtet gewesen. Jemand hatte sie an den Haaren gepackt, ihre Kleider zerrissen. Die Frauen ergriffen sie und zerrten sie über die Erde. Noch bis gestern hatten diese Frauen sie höflich „Schwester" oder „werte Frau" genannt.

Verrückt. Die Welt steht Kopf und ist irregeworden. Alle haben den Verstand verloren, murmelte die Mutter vor sich hin, während sie auf die Verrückte hinabsah, die flehend die Hände gegeneinanderreibend nur immer wiederholte: Nein. Ich weiß es nicht. Traurigkeit stieg in ihr auf.

Ach, du armes Weib! Du und ich, wir sind in die falsche Zeit hineingeboren. Ja, iss doch! Du musst essen, dann kommst du zu Kräften und kannst dein Kind zur Welt bringen. Komm, iss alles auf! Es macht nichts.

Die Mutter reichte ihr die Reisschüssel und gab ihr durch eine Geste zu verstehen, sie solle essen. Einen Moment lang beäugte die Frau die Mutter forschend, dann nahm sie die Schüssel, entriss sie ihr beinahe und begann gierig zu essen. Plötzlich warf sie die Schüssel von sich, krümmte sich und stieß einen Schrei aus.

Au, au!

Sie schlug auf dem Boden auf. Die Mutter warf einen Blick auf den dicken Bauch und eilte in die Küche.

Ach, du meine Güte! Das werden die Wehen sein. Was mache ich denn nun? Und ausgerechnet heute Nacht! Was soll das!

Zunächst einmal war heißes Wasser von Nöten. Sie nahm den Wasserkrug und eilte zum Brunnen, während sie kurz an ihren Sohn dachte. Letzte Nacht hatte sie ihn im Traum gesehen, hatte das vielleicht etwas mit dem zu tun, was ihr jetzt widerfuhr? Die Mutter tauchte die Kalebasse in das Wasser, auf dem der Mond schwamm.

3

Soll das wieder alles umsonst gewesen sein?, murmelte Polizeileutnant Kang, während er sich hinter dem Feldrain versteckte. Er sah auf die Uhr. Um eine Spiegelung des Mondlichtes auf dem Uhrglas zu vermeiden, beugte er sein Handgelenk und warf erst dann einen prüfenden Blick auf die Zeiger. Zwanzig Minuten vor Mitternacht. Verdammter Mist! War es schon so spät? Das bedeutet ja, ich verberge mich bereits ganze vier Stunden in diesem Hinterhalt. Aber das war ja im Grunde noch gar nichts. Während anderer Gefechte hatte er schon mehrere Nächte durchwacht, und das nicht nur einmal. Noch dazu war die Nacht heute relativ lau. Obschon bereits Dezember, empfand er in der Luft, die seine Haut berührte, nicht die schneidende Kälte des Winters.

Polizeileutnant Kang schob seinen Stahlhelm ein wenig nach hinten und seine Augen durchforsteten die Umgebung. Neben ihm lehnte Polizist Yang ebenfalls am Feldrand und hielt das Gewehr im Anschlag, dort hinten, mehr als zehn Meter von ihnen entfernt, lag die Erste Abteilung versteckt. Die Dritte Abteilung befand sich auf der anderen Seite, von dem abgelegenen Gehöft aus gesehen rechts, und bewachte das Bambuswäldchen, während sich die Zweite Abteilung hinter dem Haus verteilt hatte. Eben war ein Kurier eingetroffen und hatte gemeldet, man habe noch nichts Verdächtiges ausmachen können.

Sag denen, sie sollen äußerst konzentriert die Lage beobachten! Jetzt ist ungefähr die Zeit, da die Typen auftauchen könnten. Von nun an ist höchste Wachsamkeit geboten. Und überbringe den Abteilungsführern: Bevor ich nicht das Signal gebe, hat keiner auch nur einen einzigen Schuss abzugeben!, erteilte Polizeileutnant Kang seine Anweisungen und schickte den Kurier wieder zurück.

Allmählich kam Wind auf. Er wehte von den Bergen her. Als trage ihm dieser Wind die Spuren eines bösen Tieres zu, blähten sich die Nüstern des Mannes. Der Wind blies ihm eine eisige Kälte in den Nacken und eilte leichtfüßig wieder davon. Er zog den Reißverschluss seiner Feldjacke hoch. Verdammter Mist! Es wird kälter werden. Fröstelnd zog er die Schultern zusammen und warf einen prüfenden Blick nach vorn. Dort sah er den Feldrain, der sich weiß im Mondschein hervorhob, und die Ausläufer des Gebirges, die genau an dessen Ende anzusteigen begannen. Linksseitig lagen versprengt in der Ebene ein paar einsame Grabhügel. Bis dorthin waren es mehr als einhundertfünfzig Meter. Der helle Mond ermöglichte auch des Nachts eine mühelose Observation, beinahe wie am helllichten Tage. Doch für den Feind stellte das ebenso einen Vorteil dar. Nein, für ihn gestaltete sich die Lage gar noch günstiger, da er die Berge im Rücken hatte. Vor allem war allergrößte Vorsicht geboten, damit sich die eigenen Truppen nicht zuerst zu erkennen gaben. Sollten die Feinde bemerken, dass sie hier im Hinterhalt lagen, wäre der Operationsplan nichts mehr wert. Es war gut, dachte er, allen Mitgliedern seiner Truppe vor Beginn des Kampfes diesen Sachverhalt gründlich zur Kenntnis gegeben zu haben.

Jetzt flog Polizeileutnant Kangs Blick pfeilschnell zu dem abgelegenen Haus. Ein matter Lichtschein drang noch immer nach draußen. Er beobachtete das Licht und schüttelte zweifelnd den Kopf.

Das wäre einfach zu dreist. Allein schon im Hinblick darauf, dass – unter welchen Umständen auch immer – keinerlei Grund bestand, in einem derartigen Anflug von Tollkühnheit dort Licht anzuzünden. Als Ort einer Kontaktaufnahme war dieses Haus denkbar ungeeignet, da es für jedermann sichtbar offen in der Ebene lag, und selbst angenommen, es sollte von dort aus ein Signal gegeben werden, so barg dieses Unterfangen eine Gefahr, die schon an Selbstmord grenzte. Aber dann ... Er kam zu keinem anderen Schluss, als dass er diesmal wieder einen gravierenden Fehler begangen haben musste, und das trieb ihm ein Runzeln auf die Stirn.

Der erste Bericht war gegen halb acht eingegangen. Eine verdächtige Frau mit einem Bündel in der Hand sei heimlich nach Cheongpung eingedrungen. Dieses Dorf grenzte direkt an die Ausläufer des Mudeung-Gebirges und es handelte sich dabei um eine ausgesprochen sensible Zone, wo sehr häufig Rote auftauchten. Die Personalien der Frau waren schnell festgestellt. Ihr Sohn war als Partisan in die Berge abgetaucht, weswegen sich seine Mutter, eine Frau in den Fünfzigern, auf der schwarzen Liste befand. Sofort war Alarm gegeben worden, und Polizeileutnant Kang hatte den Befehl erhalten, mit seiner Truppe auszurücken. Tatsächlich jedoch hatte er von Anfang an keine großen Hoffnungen gehegt. Denn seine erste Vermutung ging dahin, es könne sich in diesem Fall nur um die waghalsige Aktion eines ungebildeten Dorfweibes handeln.

Dennoch schien voreiliges Handeln hier nicht angebracht. Denn er hatte schon zahllose außergewöhnliche und unerwartete Vorfälle erlebt. Auch ein vierzehnjähriges Kind kann mit einem Bambusspeer zustechen, und ein Sechzigjähriger ist durchaus in der Lage, mit einer einzigen Lüge im entscheidenden Moment eine groß angelegte Operation innerhalb von vierundzwanzig Stunden zu einer Lächerlichkeit verkommen zu lassen. Polizeileutnant Kang hatte es selbst gesehen, davon gehört und es am eigenen Leib erfahren. Schenke niemandem Vertrauen! Glaube nichts! Je wahrscheinlicher eine Angelegenheit anmutet, desto unerlässlicher ist konzentrierte Aufmerksamkeit bis zum Ende. Alle Menschen sind entweder Feinde oder die eigenen Leute, ein Drittes gab es nicht. Von irgendeinem Zeitpunkt an hatte der Polizeileutnant sich selbst diese Versprechen gegeben.

Der Wind drehte noch etwas stärker auf. Sein unsanftes Rauschen streifte über das Bambuswäldchen und rieb die einsame Stille der Umgebung auf. Polizeileutnant Kang legte das Gewehr ab und zog die Handschuhe aus. Die Spitzen seiner Finger waren erstarrt. Er hauchte sie an, um sie ein wenig zu erwärmen. Die Füße in den Soldatenstiefeln waren schon seit langem steif gefroren, doch dagegen war nichts zu machen.

Erneut rauschte eine Windböe auf ihn zu. Gedankenlos starrte er zum Himmel. Kalt und klar wie ein Eisblock wölbte sich das wolkenlose Firmament über ihn. An diesem Himmel stand der Mond. Weiß und rund und prall. Plötzlich schob sich das Gesicht seiner verstorbenen Frau über die leuchtende Scheibe. Er schloss die Augen. Zusammen mit anderen Familienangehörigen seiner Kollegen von der Polizei war sie erschossen worden. Zu der Zeit etwa, als er den zurückziehenden Truppen folgend auf der Insel Cheongsan angelangt war, hatte sie sich zu Verwandten geflüchtet, doch auch dort hatte das Schicksal sie eingeholt. Sie starb auf dem Sportplatz der Grundschule in ihrem Heimatort, jener Schule, die sie in ihrer Kindheit besucht hatte. Erst später hatte er erfahren, dass sie damals ihr erstes Kind unter dem Herzen trug.

Plötzlich durchfuhr seinen Körper ein Zittern. Da war es, das Gesicht des Mörders meiner Frau, wie er mit dem Gewehr auf sie zielt. Ihr entsetzter Blick, wie sie vor dem Lauf des Gewehres steht. Sie bricht zusammen. Hurra! Hurraaa! Er sieht sie, die geröteten Gesichter dieser Kerle, wie sie beide Arme in die Höhe reißen. Mörder. Als wollte er das Gewehr in seiner Hand zermalmen, umschloss seine Faust es mit aller Kraft. Zeig dich! Wer auch immer du bist, zeig dich bloß! Den Gewehrlauf nach vorn auf die schwarzen Berge gerichtet, biss er die Zähne zusammen.

Er führte sein Auge ans Visier heran. Im Nu verdeckte ihm das riesige Mudeung-Massiv die Sicht. Tiefschwarz erhoben sich die Berge. Sie glichen einem gewaltigen Ungeheuer. Dort hielten sich die Kerle versteckt. In den letzten drei Monaten waren die Dörfer der Umgebung mehr als zwanzigmal geplündert und angesteckt, die öffentlichen Gebäude mehrfach angegriffen und zerstört worden. In seiner Erinnerung sah Polizeileutnant Kang die Bilder seiner geopferten Kameraden. Seine zusammengebrochene

Frau, das Kind in ihrem Leib. Dachte er an dieses Kind, das er niemals hatte sehen können, so biss er sich auf die Lippen. Plötzlich flackerte in seinem Blick ein sonderbares Leuchten auf. Es waren nicht nur die Tränen, die sich in seinen Augen angesammelt hatten; es schien in ihm ein unheimliches Gift zu glühen.

Wie viel Zeit mochte vergangen sein?

Plötzlich standen dem Polizeileutnant die Haare zu Berge.

Herr Polizeileutnant, sehen Sie mal dort!, flüsterte ihm sein Kollege Yang aufgeregt ins Ohr. Beinahe im selben Moment hatten sie beide den Körper erblickt. Im Gestrüch am Fuße des Berges war etwas aufgetaucht. Ein Mensch. Der verdächtige Schatten passierte den Schrein zur Verehrung der Geister und schickte sich gerade an, vorsichtig den steilen Abhang hinunterzukriechen.

Still! Ohne Signal schießt hier keiner!

Er dämpfte seine Stimme. Der kalte Schweiß stieg ihm aus allen Poren. Der Schatten näherte sich jetzt dem Feldrain. Ja, genau. Der Kerl bewegte sich direkt auf das abseits gelegene Haus zu.

Doch gerade in diesem Moment änderte sich die Situation und konfrontierte sie mit einem vollkommen unvorhergesehenen Umstand. Der Schatten, welcher bis jetzt äußerst vorsichtig, flach über den Boden gekrochen war, sprang mit einem Mal hoch und setzte zu einem Spurt auf das einsam gelegene Haus an. Als sei ihm jemand dicht auf den Fersen, raste er seine ganze Kraft aufbietend auf kürzestem Wege zum Feldrain hin. Als er etwa in der Mitte zwischen den Ausläufern des Berges und dem abgelegenen Haus angelangt war, passierte es.

Ein Krachen.

Jäh zerriss eine Gewehrsalve den nächtlichen Himmel. Polizeileutnant Kang, der mit angehaltenem Atem dem Geschehen aufmerksam gefolgt war, fuhr erschrocken zusammen. Denn die Schüsse waren von den Bergen her gekommen. Das Feuer war eröffnet. Eilig erteilte er den Befehl zu schießen. Schließlich setzte ein furchtbares Gewehrfeuer an und durchlöcherte die Ebene von Cheongpung, ihm folgte ein schwingendes Echo in den Bergen. Da brach der Schatten, der sich auf das einsame Haus zu bewegt hatte, zusammen. Einen Augenblick lang schien er sich nicht mehr zu rühren. Doch dann erhob er sich wieder. Stark schwankend tat er einige

Schritte. Es folgte eine weitere Gewehrsalve. Das einsame Haus bildete gleichsam den Mittelpunkt, als sowohl von der Ebene als auch von den Bergen her ein ohrenbetäubendes Gewehrfeuer einsetzte und die Schüsse wie Regentropfen zwischen beiden Seiten wild durcheinanderhagelten. Mittendrin sah er den Schatten schließlich wie leblos zusammenbrechen. Nun erhob er sich kein zweites Mal. Über den Kopf des zusammengesunkenen Schattens hinweg fegten von der Ebene wie von den Bergen in chaotischem Wirrwarr die Kugeln hin und her. Von welcher Seite das Geschoss gekommen war, das ihn niedergestreckt hatte, war kaum noch auszumachen.

Der Schatten lag zwischen den Feldfurchen und atmete noch.
    Mutter, ich bin's. Ich bin ... bin gekommen.
    Dann begann er sich kriechend auf das einsame Haus hin zu bewegen. Das im Farbton ausgereifter Kakipflaumen schimmernde Licht, das sich durch die Türbespannung stahl, ergoss sich sanft in die sich langsam trübenden Augen. O Mutter! Die Hand des Schattens winkte, doch die Worte erstarben kraftlos in seinem Mund. Da entwich durch den Spalt der fest verschlossenen Schiebetür des abgelegenen, von Licht erfüllten Hauses das schwache Weinen eines Neugeborenen.

Das Netz

Als der Bürojunge, auf dessen Nasenrücken sich Sesamkörnern gleich zahllose Mitesser erhoben, auf mich zukam, hatte er das Gesicht zu einer eigenartigen Grimasse verzogen und teilte mir mit, man wünsche mich im Büro des Geschäftsführers zu sehen. Da wusste ich Bescheid.

Bis zu diesem Moment hatten meine Kollegen von der Handelsabteilung ihre Schreibtische umklammert und sich den Anschein gegeben, als arbeiteten sie fleißig, doch jedes Mal, wenn sich die Tür öffnete, die unser Zimmer mit dem Büro verband, fuhren sie erschrocken zusammen und, von nervöser Unruhe gepackt, schwenkten ihre Blicke in einer merkwürdigen Einhelligkeit zu mir herüber.

Als ich die Tür öffnete und ins Büro trat, hatte der geschäftsführende Direktor, als wartete er bereits, eine ziemlich ernste Miene aufgesetzt und saß auf dem Sofa. Wie eh und je glänzten die straff gespannten Wangen von frischem Teint in seinem fettigen Gesicht.

Das war genau der Moment, in dem sich mein Entschluss verhärtete: Ich werde ihn endlich töten.

Ja. Ich konnte nicht darauf warten, dass jemand anderes an meiner Statt diese Aufgabe übernahm.

Mit meinen eigenen Händen will ich ihn erledigen!

Wie dem Abkömmling einer ruinierten Königsfamilie, an den ein heiliger königlicher Befehl ergangen war, wurde mir auf der Stelle feierlich und seltsam ernst zumute; ich fühlte, wie mein Herz plötzlich hastig zu pochen und zu springen ansetzte, und verharrte einen Moment lang regungslos vor dem Geschäftsführer.

„Tut mir leid, Kim. Es ging nicht anders. So gut wie kein anderer hier weiß ich deine Fähigkeiten durchaus zu schätzen, und ich bin auch bestens darüber im Bilde, wie treu und redlich du die ganze Zeit für unsere Firma gearbeitet hast ..."

Als wäre er im Begriff, einen komplizierten Sachverhalt mühsam zu formulieren, plagte sich der Geschäftsführer ab, zog die Stirn in Falten und legte schließlich eine kurze Pause ein.

„Vielleicht klingt es wie eine Ausrede, aber dieser Beschluss ist von oben gekommen und mir sind die Hände gebunden. Ach, ich lade hier vermutlich eine zu große Schuld auf mich. Es tut mir wirklich furchtbar leid."

Der Geschäftsführer, der sich immer so anmaßend gegeben hatte. War er übel gelaunt, so ließ er – und dabei war es ihm egal, wen er gerade vor sich hatte – auf den Betreffenden einen Aschenbecher zufliegen, mit weißem Schaum vor dem Mund und von dem dicken Hals aufwärts bis zu den Haarwurzeln errötend brüllte er dann los und sein Gesicht glühte feuerrot auf; dieser Mann von derart imposanter Autorität setzte heute zu meiner Überraschung eine Miene auf, als kniete er andächtig vor einer armselig hergerichteten Tafel zur Verehrung seiner Ahnen.

„Deswegen, nimm's nicht krumm! Wenn du dich an geeigneter Stelle eine Weile ausruhst, wird es nicht lange dauern und du erhältst eine gute Nachricht. Sollte sich die Konjunktur wieder ein wenig beleben, werde ich dem Herrn Direktor Bescheid geben und mich zuallererst bei dir melden. Ja ... auf jeden Fall. Also lass dir keine grauen Haare wachsen! Gedulde dich nur ein paar Monate!"

Während der Geschäftsführer mit belegter Stimme und einem Ausdruck unendlichen Bedauerns auf mich zukam und mir auf die Schulter klopfte, während die Sekretärin im passenden Moment zögerlich den gelben Briefumschlag mit der Abfindungssumme hervorzog, in jedem dieser Augenblicke erhärtete sich mein Gedanke, wie albern er auch sein mochte: Ich würde ihn umbringen.

Dieser völlig unvorhersehbare Entschluss war mir plötzlich gekommen und hatte mir für den Augenblick einen Schauder über den Rücken gejagt wie einem Menschen, den gerade der Blitz getroffen hatte. Als ich im Zustand außerordentlicher innerer Erregung den Umschlag, den mir der Geschäftsführer reichte, in Empfang nahm, zitterten meine Finger, ohne dass ich es bemerkte. Der Umschlag nahm sich ziemlich dick aus.

Vermutlich würde ein Gehalt dieser Höhe mein erstes und zugleich letztes sein. Die Sinnestäuschung, der ich jäh erlag, dieses Geld wäre womöglich eine im Voraus kassierte Anzahlung als Preis des Verbrechens, das ich zukünftig zu begehen gedachte, versetzte mich in eine derart nervöse Erregung, dass mir der Atem stockte.

„Ich würde mich sehr freuen, wenn wir uns irgendwann wiedersehen. Mach's gut! Es tut mir wirklich leid", setzte er noch hinzu, nachdem seine behaarte Hand die meine zum Abschied gedrückt hatte, und dann wandte er sich ab; seine Worte klangen in meinen Ohren wie das Versprechen, mir nach getaner Arbeit noch das versprochene Restgeld auszuzahlen. Ich sah mich nicht einmal zu einer passablen Erwiderung in der Lage, sondern raste nur aus seinem Büro. Kaum hatte ich meinen Fuß über die Schwelle unseres Büros gesetzt, da umringten mich auch schon die Kollegen, als hätten sie nur auf mich gewartet.

„Du sag mal, ist das wahr? Verdammt, diese ..."

„Schweine. Was hast du denen denn getan?"

„Das war der Geschäftsführer. Dieser durchtriebene Typ hat eine Namensliste nach oben gegeben. Da bin ich mir sicher."

„Ach, du meine Güte! Was soll denn jetzt aus dir werden?"

Sie verfielen in ein übertriebenes Schwatzen. Jeder verzog das Gesicht zu einem kummervollen Ausdruck des Mitleids und unterdrückte innerlich den Impuls, in jähes Jubelgeschrei auszubrechen, einer wie der andere machten sie Mienen, die an verzerrte Grimassen in einem Hohlspiegel erinnerten.

Das Gerücht über einen anstehenden Personalabbau war erst vor zwei Monaten aufgekommen. Einer Epidemie gleich hatte die durch den Ölschock hervorgerufene Wirtschaftsflaute gerade das ganze Land, nein, die gesamte Welt erfasst. Als handle es sich um einen Fortsetzungsroman, druckten die Zeitungen tagtäglich in dicken Lettern auf dem Titelblatt Nachrichten über Bankrotte kleiner und großer Firmen, Personalabbau und Geschäftsaufgaben. Hinzu kam die Veröffentlichung von Fotos, auf denen die vor Hunger gelben Gesichter von Arbeitern abgebildet waren, die wegen der Schließung dieses oder jenen Werkes nun nichts mehr zu essen hatten.

Da bildete auch diese Firma keine Ausnahme. Alle Prämien waren der Wirtschaftskrise zum Opfer gefallen. Allein schon für die rechtzeitige Zahlung des Gehalts erwarte man Dankbarkeit von der Belegschaft, meinte der Chef, der die Angestellten zusammengerufen hatte und beim Reden ständig seinen Speichel verspritzte. Wir von der Handelsabteilung standen hinten, schnitten uns gegenseitig Grimassen und hatten keine andere Wahl, als alles hinzunehmen. War nicht sogar davon die Rede gewesen, dass im vergangenen Monat in einem bekannten Konzern die Gehälter für die Mitarbeiter in Form von Wechseln gezahlt worden seien? Wie zu erwarten, sollten in einer firmeneigenen Fabrik in Busan die Maschinen stillgelegt werden, woraufhin sich die Vermutung, auch unserer Filiale stünde über kurz oder lang eine Veränderung bevor, einem bösen Omen gleich unbemerkt ausbreitete. Die Firma stellte Fischereinetze her und bestand neben der Zentrale in Busan aus weiteren drei Tochterunternehmen; das Unternehmen in Seoul war eine der schäbigen Filialen, die nur wenige Räume in einem fünfunddreißiggeschossigen Bürohochhaus angemietet hatte.

Bald darauf erhärtete sich das Gerücht vom Personalabbau zu einer unleugbaren Tatsache, der Umfang der Maßnahme sollte voraussichtlich fünfundzwanzig Prozent betragen und die Befürchtung, von den sieben Mitarbeitern unserer Handelsabteilung würde es unweigerlich mindestens zwei treffen, erwies sich letztlich als richtige Kalkulation. Der für den Export verantwortlich zeichnende Mitarbeiter Choe war just vor kurzem während einer Dienstreise in die Provinz verunglückt, als sein Bus einen Abhang hinunterstürzte, und lag nun im Krankenhaus. Seine Verletzungen wogen so schwer, dass er Invalide bleiben würde, was sich gut traf, denn natürlich würde sich die Firma zuerst dieses Choes entledigen. Doch dann bliebe immer noch einer offen und die Frage, wer das sein würde, veranlasste uns sechs jeden Morgen mit leicht griesgrämigem Blick aus den Augenwinkeln, aus denen giftige Funken zu sprühen schienen, einander verstohlen wie Diebe zu mustern.

„Du hast dir doch nichts zuschulden kommen lassen, da wird eher die Tatsache eine Rolle gespielt haben, dass du noch nicht verheiratet und ziemlich jung bist. Die sind wahrscheinlich davon ausgegangen, du könntest ein etwas beschwerlicheres Leben ertragen, anders als die Kollegen mit Frauen und Kindern."

„Verzweifle doch nicht! Offen gesagt, wo gibt es einen noch mieseren Verein als diese rattenschwanzgleiche Firma?"

„Vielleicht ist es sogar gut so. Eventuell ist das die Gelegenheit, zu einer Firma mit besserer Perspektive zu wechseln. Zeig's denen doch einfach mal!"

„O Gott, ich werd' mich wohl auch darauf gefasst machen müssen, hier vorzeitig meine Sachen zu packen."

Sie drückten meine Hand, klopften mir auf den Rücken, und während ihre mitleidvollen Blicke mein Gesicht reichlich einbalsamierten, hängten sie sich laut schwatzend an mich und schoben mich in Richtung Tür. Als sich diese hinter mir wieder geschlossen hatte und ich mich allein auf dem

Flur wiederfand, kam es mir vor, als hörte ich hinter meinem Rücken, wie fünf blockierte Luftröhren mit einem Mal laut aufatmeten. Verflucht! Denen wird jetzt echt ein Stein vom Herzen fallen.

Ich fuhr mit dem Fahrstuhl nach unten und meine Erregung dauerte an, bis ich die Eingangstür des Bürohauses durchschritten hatte. Seltsamerweise empfand ich weder Reue noch Bedauern, in gewisser Weise trat ich aus dem Gebäude in einer majestätischen Würde, die vielmehr einem Sieger zukam. Eher kamen mir nun meine Angst und unnötige Aufregung lächerlich vor. Im Grunde schwang in meiner Stimmung nun, nachdem ich entlassen worden war, sogar ein Gefühl von Befreiung mit. Und trotzdem, letztlich kam der Gedanke, dass ich ihm eigenhändig die Kehle durchschneiden würde, noch mehrfach in mir hoch.

Während ich an der Ampel auf Grün wartete, verweilte mein Blick noch einmal flüchtig auf dem Gebäude, in welchem ich bis auf den heutigen Tag genau zwei Jahre und sechs Monate gearbeitet hatte. Der düstere, dunkelgraue Bau des Bürohauses verdeckte den von Autoabgasen trüb vernebelten Himmel; es ragte hoch empor und in ihm steckten zahllose quadratische Glasscheiben, eine neben der anderen. Mich hatte es immer an ein Netz erinnert. In den unzähligen Maschen dieses Netzes, die eng nebeneinander steckten und ineinander verwoben waren, saßen überall Menschen gefangen. Das riesige Netz ließ sich vom Himmel herab und sog Morgen für Morgen die blassen Fische der Erde ein und diese stumpfsinnigen Fische krochen in redlicher Treue freiwillig hinein.

Alle waren sie Fische. Die Männer, deren Schultern schlaff herabhingen und an die krummen Tragegestelle zum Wasserholen erinnerten, die Frauen und Kinder, die mit großen Mündern zu Hause hockten und gierig auf das Essen, das jene verdienten, warteten, die Lehrer dieser Kinder in der Schule, Freunde und Nachbarn, sie alle hingen einer wie der andere in diesem Netz gefangen, ein Schwarm von Fischen. Ein faulig riechender Schwarm von Fischen, von denen sich ein jeder zu rechtfertigen suchte, dass er eben leben müsse, und sich dabei zappelnd die weiße Haut seines Bauches rieb. Dann war ich also jetzt glücklicherweise diesem Netz entronnen? Indes, eine solche Art der Selbsttröstung machte mich tief in meinem Inneren irgendwie befangen und bedrückte mich. Ich konnte es drehen und wenden, wie ich wollte, die Firma hatte mich vor die Tür gesetzt. Ein kranker, nutzlos gewordener Fisch war aus dem Netz geworfen worden, nicht mehr. Die schmale Straße machte einen Bogen und ich kehrte in meine Stammkneipe ein.

„Was ist denn los? Heute schon am helllichten Tage?", begrüßte mich die Wirtin zuerst. Sie war gerade dabei, aus einem billigen Blechkessel vor der Tür ihrer Wirtschaft Wurstsuppe in eine Schüssel zu füllen. Ich kannte sie. Sie hatte ihren Mann, einen Feldwebel der Bodentruppen, durch eine Kugel des Vietcong verloren und betrieb nun – eine neue Art von Kriegswitwen repräsentierend – diese Kneipe. Ich bestellte Soju. Der Zeitpunkt musste wohl eine wichtige Rolle spielen: Die Stühle, sonst immer bis auf den letzten besetzt, waren beinahe alle leer.

„Na, was macht die Firma? Ich habe gehört, das Busaner Werk soll zugemacht haben."

Anstelle einer Antwort sah ich auf die trübe Brühe der Wurstsuppe, welche die Frau hereinbrachte, und lächelte nur. Mit einem Seitenblick analysierte sie aufmerksam meine Miene.

„Ach, Gott. Das ist doch einfach kein Leben mehr! Irgendwo müsste diese Kneipe doch was abwerfen, womit man was anfangen könnte, oder weiß der Teufel was", meinte sie und fühlte wohl, dass irgendetwas nicht stimmte, dann wandte sie ihre gleichgültige Miene von mir ab.

„Du hast uns das die ganze Zeit über verheimlicht. Diese Sache, na, du weißt schon, diese Gesundheitsuntersuchung für die Mitarbeiter letztes Mal", hatte der Geschäftsführer gemeint. „Jetzt sind die Ergebnisse da. Es steht ziemlich schlimm um deine Lunge. Na ja, das wirst du selbst besser wissen. Schien denen wahrscheinlich problematisch, denen da oben ... Das muss nicht unbedingt was mit Personalabbau zu tun haben, auch für dich wäre es das Beste, wenn du dich ein wenig schonen und um die Gesundheit kümmern würdest. Äh, na, jedenfalls solltest du dich etwas ausruhen. Als junger Mensch muss man was für seine Gesundheit tun."

Plötzlich fielen mir seine feisten Wangen ein, die vor Fett trieften. Ein ungewöhnlich gelber Goldzahn lachte frank und frei zwischen den Lippen hervor. Ich leerte das Glas in einem Zug.

Moment mal! Das dringlichste Problem ist doch jetzt vor allem, schon im Vorfeld einen lückenlosen Plan aufzustellen. Mit Hilfe eines exakten und eingehend durchdachten Planes muss er zügig zur Strecke gebracht werden. Zunächst ist ein Medikament zu besorgen. Rattengift wäre nicht schlecht. Das ist in jeder Apotheke problemlos erhältlich, und wenn er es schluckt, wirkt es auf der Stelle. Je weiter die Apotheke von hier entfernt ist, desto besser. Zwar spricht nichts dafür, aber die Sache könnte sich ja unvorhergesehen ausweiten und womöglich forscht dieser Fettwanst von Vermieter dann in allen Apotheken der Umgebung nach. Es müsste ein Ort sein, wo man mein Gesicht nicht kennt. Wenn ich das Gift in dem Kuchen verstecke, den er wie gewohnt von mir bekommt, und ich ihm das vergiftete Stück heimlich hinwerfe, wird er doch sicher auf schnellstem Wege verenden, oder? Und das alles muss spätestens noch heute Nacht geschehen. Es ist keine Zeit mehr. Dann werde ich morgen meine Wohnung aufgeben. Jetzt, wo ich meine Arbeit verloren habe, bleibt mir doch schließlich nichts anderes übrig, als aufs Land in meine Heimat zu gehen. Verweilte ich noch unnötig länger hier, kämen die mir womöglich noch auf die Spur. Aber die entscheidende Frage ist zunächst einmal, ob es wirklich möglich ist, den Kerl unwiederbringlich ins Jenseits zu befördern. Selbst wenn alle Vorbereitungen noch so vollkommen sind, ausschlaggebend für Sieg oder Niederlage ist doch der letzte, über Leben und Tod entscheidende Hieb.

Allmählich packte mich nervöse Unruhe. Als versuchte ich, meine Furcht dadurch auszulöschen, machte ich mich daran, bedenkenlos Alkohol in mich hineinzukippen. Heiß glühte die Kehle auf.

Er bewachte seinen Platz unermüdlich. Lief ich an der Mauer des Nachbarhauses entlang, durchschritt den schmalen, sich anschließenden Durchgang und wandte mich dann um die Mauerecke des Erdgeschosses, so saß er dort bewegungslos. Und genau in dem Moment, wenn sich unsere Blicke trafen, starrte er mich in einer Seelenruhe, ohne dass auch nur ein Härchen seines Fells gezittert hätte, aus seinen großen, schwarzen Augenschlitzen an. Unter diesem seinem erhabenen Blick war ich von Vornherein hoffnungslos zur Niederlage verurteilt.

Betrat ich den Hof, so musste ich in altbewährter Manier in meiner Hand stets ein Stück Kuchen halten, das ich ihm hin und her schwenkend zu Gesicht brachte. In der niedlichen Art und Weise von Kindern, die sich auf einem Ausflug befanden, hatte ich mit der Hand einfach eine winkende Bewegung auszuführen. Schließlich würde ich vor ihm angelangt sein und genau in diesem Augenblick hatte ich ihm blitzschnell das Kuchenstück hinzuwerfen. Ich musste es, so gut es ging, an die richtige Stelle werfen, und zwar genau in der Distanz, die seine Eisenkette maximal hergab, sodass er nur mühsam rankam. In der Zeit, die er brauchte, um mit den Vorderpfoten scharrend den Kuchen zu fassen, konnte ich an ihm vorbeischlüpfen. Genau in diesem extrem kurzen Moment hatte ich in Windeseile außer Reichweite zu kommen, wollte ich unversehrt die Tür des Aborts erreichen.

Er war ein furchtbar wilder Tosa-Hund. Er zählte erst drei Jahre, doch seine Statur wirkte gewaltig und schien noch größer als die eines normalen Menschen. Er verfügte über derart ungeheuerliche Kräfte, dass er seine Hütte mit der Eisenkette um den Hals hinter sich herzuziehen vermochte. Bekäme er zufällig einmal meinen Oberschenkel zu fassen, könnte er mit einem einzigen Biss gute vier Pfund herausreißen, ohne sich dabei sonderlich anstrengen zu müssen. Doch zum Glück war er immer an seiner Eisenkette festgemacht. Vermutlich stellte das auch den Grund dar, weshalb sein Temperament immer wilder und grimmiger wurde.

In dem Haus lebten insgesamt drei Familien. Das Erdgeschoss bewohnten die Vermieter, im Obergeschoss, wo es vier Zimmer gab, wohnten zwei Oberschülerinnen zur Untermiete sowie ein junges Ehepaar mit Kindern. Ich war sozusagen als Untermieter dieses jungen Ehepaares eingezogen. Ich vereinbarte, das Zimmer für mich allein zu nutzen, und war genau vor einem halben Jahr eingezogen. Zwar befand sich das Haus in einer Vorstadt, doch für ein Einzelzimmer in dem vergleichsweise sauberen und ruhigen Mehrfamilienhaus westlichen Stils, das sich in einem neu erbauten Wohnviertel befand, nahm sich der Preis relativ günstig aus, und da es nicht so einfach war, ein Zimmer zu mieten, hatte ich mich auf der Stelle für dieses Angebot entschieden. Allerdings bereitete es allen Mietern gewaltiges Kopfzerbrechen, wollten sie die außerhalb des Hauses gelegene Toilette aufsuchen. Denn da sie sich ausgerechnet neben der Erdgeschosswohnung befand, musste jeder dem Tosa begegnen, der genau dort angekettet war und das Haus bewachte. Seltsamerweise fiel er blutdurstig und ohne jemandem Verschonung zu gewähren ausschließlich über die Bewohner der ersten Etage her, obwohl sie bereits länger als ein Jahr dort wohnten.

„Es ist einfach unglaublich. Die Kinder verrichten ihr Geschäft in der

Wohnung und ich bringe dann alles später raus", beklagte sich am Tage meines Einzugs die junge Frau aus der ersten Etage über die Vermieter bei mir, just in dem Moment, als ich gerade eine weniger angenehme Erfahrung mit dem Hund machte, wobei mir beinahe die Sinne schwanden und ich mit Ach und Krach gerade noch ins Haus flüchten konnte. Während sie sprach, war ihr grimmiger Blick auf das Erdgeschoss gerichtet. Ihr Mann arbeitete als Handelsvertreter und befand sich häufig auf Reisen in die Provinz, er war von schwächlicher Statur und trug eine Brille mit goldenem Rahmen. Auch die Oberschülerinnen im Zimmer neben mir fürchteten sich jeden Tag vor dem Hund und verzogen die Gesichter, als wollten sie gleich losheulen.

Die erste Zeit über kaufte ich Kekse und ein paar Stück Kuchen in der Absicht, dem Tier irgendwie näher zu kommen. Aus meiner Sicht versuchte ich alles Menschenmögliche, doch er blieb widerspenstig. Gab ich ihm etwas zu fressen, schluckte er es mit einem Happen hastig hinunter und zeigte sich nur für diesen kurzen Augenblick freundlich, im nächsten Moment schon bleckte er die fest zusammengebissenen Zähne, als wollte er fragen: Was willst du denn hier?, und erhob seine Vorderpfoten wie zum Angriff.

Für die Bewohner des Obergeschosses kam er einem Tyrannen gleich. Einem ungeheuerlichen, verrohten Tyrannen, der von seinem hungernden Volk verlangte, ihm Gold zu schenken, und es mit Dolch und Speer in Schach hielt. Notgedrungen hatte ich ihm jeden Tag meinen Tribut zu entrichten. Abends zweimal, morgens einmal, zu jeder der drei täglichen Audienzen im königlichen Palast benötigte ich Geschenke für seine Majestät. Dann teilten wir die Gaben und jeder von uns beiden verzehrte die Hälfte. Ob es sich nun um Kuchen oder Kekse handelte, zu jeder Gelegenheit musste ich etwas für ihn parat haben wie eine alte Mutter, die an einer gut beheizten Stelle des Fußbodens stets Reis für ihren spät von der Arbeit heimkehrenden Sohn warm hielt.

Was mir vor allem die Laune verdarb, war selbstverständlich die Tatsache, dass er den Vermietern des Hauses gegenüber nicht pieps zu sagen wagte; dort betrieb er eine seinem massigen Körper weniger gut anstehende Liebdienerei, indem er die Gliedmaßen auf unschöne Art verdrehte, doch sobald er die Leute aus der ersten Etage nur sah, sprang er in die Höhe, als wollte er sie auf der Stelle totbeißen, und das vermittelte in gewisser Weise den Anschein, als gälte seine Verachtung nur denjenigen, die zur Miete wohnten. Manchmal standen neben diesem Kerl die Schüsseln aufgereiht, weißer Reis und eine Suppe, in welcher dicke Fleischstücke schwammen, und als wollte er mir das demonstrieren, maß er mich mit arrogantem Blick; winkte ich ihm dann wie gewöhnlich mit meinen armseligen Kuchenstücken, stachelte das meine missmutige Stimmung noch mehr an.

Eines Tages, da ich es nicht mehr aushielt, hatte ich mich an die Vermieterin gewandt, eine Frau, die sich vermutlich durch Immobilienspekulationen eine Stange Geld zusammengegaunert hatte: „Entschuldigen Sie bitte, aber ich fürchte mich unheimlich vor diesem Hund. Es wäre nett, wenn Sie die Hundehütte woanders hinstellen könnten ..."

Augenblicklich hob sich ihr Blick, aus dem nervöse Gereiztheit sprach, wie die Blätter einer Distel, die gerade der Regen befeuchtete. O Gott, da hatte ich wohl etwas Unsinniges gesagt, und flugs schob ich noch ein besänftigendes „gnädige Frau" nach. Denn ich erinnerte mich daran, einst gehört zu haben, dass solcherart über Nacht reich gewordene Frauen gern die Dame von Stand mimten und den Ausdruck „gnädige Frau" über alles liebten. Und in der Tat wurden ihre Lippen weich und verzogen sich zu einem Lächeln.

„Ho, ho, hier gleich neben dem Eingang, ist das nicht der beste Platz? Vor die Zimmertür oder in die Küche kann ich sie ja nicht stellen. Was finden Sie denn nur so schrecklich an dem Kleinen? Sie sind doch ein Mann, ho, ho."

Sie hatte ihn „Kleinen" genannt, hielt ihre rot lackierten Finger gespreizt wie mit Schwimmhäuten versehene Entenfüße vor den Mund und brach in schallendes Gelächter aus. Sie tat, als ginge sie die grausame Behandlung, welche die Mieter des Obergeschosses zu ertragen hatten, überhaupt nichts an.

Wir litten Tag und Nacht unter der Knechtschaft, die er uns auferlegte. Selbst wenn wir ihn einmal vollkommen vergessen hatten, setzte plötzlich ein gewaltiges Kläffen ein, welches das ganze Haus erschütterte und uns jedes Mal ängstlich zusammenschrumpfen ließ wie eingesalzenes Gemüse. Dieses Bellen musste wohl ein allzu zuverlässiges Signal darstellen, das dem Hausherrn, einem Mann mit einem Bauch, aufgedunsen wie eine Trommel, seiner Alten, die zu jeder Gelegenheit dasaß und sich mit einer Feile die Nägel manikürte, dem einzigen Sohn, einem von Mitessern übersäten Schüler der letzten Klasse einer Mittelschule, und der Haushälterin immer wieder aufs Neue bestätigte, dass ihr Königreich sicher und erhaben war. Doch in den empfindsamen Ohren der Bewohner des Obergeschosses hörte sich dies, wenn nicht wie das Kettengeklirr von Panzern einer Besatzungsarmee, so doch wie wildes nächtliches Gewehrfeuer an, das ziellos durcheinanderknallte. Der Krach, den der Tyrann mitten auf dem Hof veranstaltete, durchschlug die Fenster der ersten Etage, drang in die Zimmer ein und trampelte auf den Bäuchen der jungen Frau, des schlafenden Säuglings, der dreijährigen Tochter, der Oberschülerinnen und auf meinem Leib, der ich im Fieber daniederlag, herum, sprang auf und ab, wälzte sich umher, würgte meinen Hals und verhakte sich wie ein Angelhaken in meiner erschrockenen Brust. Hörte ich sein Bellen, so konnte ich nicht glauben, dass dieses Gekläff von einem Hund herrühren sollte; eine derart unglaubliche Kraft schwang darin, die über bloßes Bellen hinaus die Menschen regelrecht zu unterjochen schien. Vielleicht war es allein dieser Krach, der uns Furcht einjagte.

Es war an einem Sonntagmorgen, als ich des anheimelnden Glücksgefühls wegen endlich einmal wieder gemütlich auszuschlafen gedachte und meine Ruhe plötzlich vom grausigen Gekläff des Hundes in tausend kleine Scherben zerstob. Mit einem Ruck fuhr ich von meinem Schlaflager hoch und riss die Augen auf, als mich mit einem Mal unbändige Wut erfasste.

Was, verdammt, war das für ein unerhörtes Verhalten! Wenn wir von diesem Köter, mit dem wir, wenn auch keine Fleischknochen, so doch zumindest Kuchen und Kekse geteilt und ihn mit eigenen Händen gefüttert hatten, wenn wir von diesem Hund stattdessen nichts als unausgesetzte Unterdrückung und Bedrohung ernteten, so war das doch in der Tat ein Benehmen, das einem die Galle zum Überlaufen brachte.

Doch das wirklich Überraschende war die Haltung der saft- und kraftlosen, zermürbten Bewohner der ersten Etage, aus deren Sicht es doch nur allzu verständlich gewesen wäre, wenn sie sich gegen diese unverfrorene Misshandlung mit wuterfülltem Blick beherzt erhoben hätten. Doch sie schwenkten im Angesicht des Tieres unverdrossen wie eh und je in aller Liebenswürdigkeit kleine Leckereien und zweifelten dabei keineswegs an der Angemessenheit und Korrektheit ihres Tuns. In ihrem Innersten fürchteten sie wohl, irgendeine Autorität zu verletzen, welche sie den Vermietern zubilligten. Es ist durchaus korrekt, dies als stillschweigende Niederlage zu bezeichnen. Wie die vom hereinströmenden Wasser der Flut in den schlammigen Meeresboden gezeichneten Furchen war in eines jeden Brust lautlos die Narbe der Niederlage eingemeißelt worden. Zwar brachte die Situation einige Unannehmlichkeiten mit sich, doch war es so nicht besser als ganz ohne Hund? Wo sich die Diebe heutzutage allerorts nur so tummelten, galt das da nicht noch viel mehr? Es gebe wohl verschiedene Hunde, ob nun ein Mops, der seine Schnauze in jeden Mülleimer steckte, oder irgendeine merkwürdige Promenadenmischung, das nützte nichts, da sei so ein Tosa mit Stammbaum schon etwas, das einem das Gefühl von Sicherheit vermittle, meinten die Mieter, obwohl es in ihren Zimmern – selbst wenn ein Dieb eingedrungen wäre – nichts gegeben hätte, was dieser für wertvoll genug befunden hätte, um es zu entwenden, und bekundeten sogar noch ihre Dankbarkeit für den Hund.

Bei dem Gedanken an die sich in diesem jämmerlichen Zustand sanftmütiger Güte wiegenden Mieter bewegte mich nur noch Zorn. Auch schwang darin der Ekel gegen mich selbst mit. Irgendjemand musste es tun. Diese absurde Ordnung, die uns da übergestülpt worden war, konnten wir nicht länger ertragen. In jenem Augenblick hatte ich meinen unumstößlichen Entschluss gefasst.

Ich bringe ihn um!

Mit den Fäusten trommelte ich gegen meine ergriffene Brust. Das war selbst nach meinem Dafürhalten in der Tat ein überraschend guter Einfall. Grausige Erregung packte mich angesichts dieser kühnen Intrige, dieses gewaltigen Aufbegehrens.

Das Töten stellte nicht das Problem dar. Ich würde ihm den mit Rattengift versetzten Kuchen hinwerfen, so wie ich es alle Tage tat. Schließlich würde die ganze Angelegenheit, wie so oft in den Tageszeitungen veröffentlicht, als Vergiftung durch einen Einbrecher abgetan werden.

Mit diesen Gedanken hatte ich mich schon vor einem Monat getragen. Bis jetzt hatte ich den schicksalhaften Tag stets nur vage vor mir hergeschoben. Wenn nicht heute, dann morgen, dachte ich und wich allmählich immer einen Schritt weiter zurück, wie bei einem Versprechen, an das man sich nicht mehr so gern erinnern mochte. Doch warum musste ich gerade heute Morgen wieder daran denken? Das konnte ich mir absolut nicht erklären. Geradezu als trüge der Köter die Schuld an meiner Entlassung.

Ich hatte die Soju-Flasche restlos geleert und verließ die Kneipe. Es ging gegen Mittag. Die brennenden Sonnenstrahlen des Frühsommers zersplitterten wie eine Glaskugel in zahllose Fragmente, zerstreuten sich und blieben schließlich im Asphalt stecken. Schwankend hastete ich den Bürgersteig entlang. Dem Alkohol war es wohl zuzuschreiben, dass meine Augen ständig zuckten. Ich fühlte mich fiebrig. Nachmittags war das immer so. Nach Arbeitsschluss, wenn ich im Fahrstuhl stand, befiel meinen Körper eine Erschöpfung, ein Gefühl, das an Watte erinnerte, die sich mit Wasser vollgesogen hatte, und über Stirn und Rücken breitete sich das Fieber aus.

Sehen Sie, junger Mann, ich weiß zwar nicht, welcher Mut sie dazu veranlasst, die Behandlung auf die leichte Schulter zu nehmen, aber Sie sollten wissen, es ist wirklich ernst. Im Falle Ihrer Krankheit, wenn Sie da die Medikamente einfach absetzen, so ist dies das Ende, das Ende.

So lautete der Furcht einjagende Befund des Arztes, dessen Praxis ich vor einigen Tagen aufgesucht hatte. Doch nach wie vor vergaß ich morgens, bevor ich aus dem Haus ging, die Arzneien einzunehmen. Die großen und kleinen, weißen und roten Tabletten, die ich auf ein Mal zu schlucken hatte, beliefen sich, einschließlich des Mittels zur Förderung der Verdauung, auf sage und schreibe sechs Stück. Und diese Menge sollte ich nach Anweisung des Arztes dreimal täglich, jeweils nach den Mahlzeiten, nehmen. Wohl aus diesem Grund fühlte ich mich zurzeit noch schlechter als früher. Es war schon eine Weile her, dass mir der Appetit vergangen war, obwohl ich nicht einmal trank, und sobald ich von der Arbeit nach Hause kam, fiel ich auf der Stelle ins Bett und hatte morgens sogar Schwierigkeiten, zur rechten Zeit von meinem Schlaflager hochzukommen. Im Büro saß ich stundenlang am Schreibtisch, was mir, so hatte ich das Gefühl, mit der Zeit immer schwerer fiel. Selbst wenn mir der Geschäftsführer heute nicht mit seiner Kündigung zuvorgekommen wäre, vermutlich hätte ich es nicht mehr lange ausgehalten und selbst gekündigt. Eine derartige Schwäche drückte mich nieder.

Ich nahm den Linienbus zum Busbahnhof. Zunächst hatte ich eine Fahrkarte zu kaufen. Morgen begann das Wochenende, und so schien es ratsam, das Ticket schon heute zu besorgen, sonst bekam ich womöglich keins mehr.

Hinter dem von einer dicken Staubschicht bedeckten Busfenster flogen die Seouler Straßen flüchtig an mir vorüber. Menschen, die Tag für Tag vom frühen Morgen bis zur Sperrstunde permanent die Straßen verstopften. Ohne zu wissen, wo sie hervorströmten und wohin sie ihr Weg führte, irrten sie umher und wurden von den unzähligen Werbetafeln der Geschäfte überdeckt, die über ihren Köpfen schwebten gleichsam wie Fliegendreck eines Sommertages, der dick an der Decke eines Bauernhauses klebte. Das war Seoul. Ein Ort, wo sich Menschen, unzählbar wie Fliegendreck, in allen Gestalten mannigfach und bunt Tag und Nacht abstrampeln mussten, ihr nichtiges Leben zu meistern. Ein Bild, das anmutete wie ein einziges, riesiges Netz. Als wären sie verrückt, stießen ihre Körper aneinander, bisweilen verloren sie sich im Gewühl, traten einander auf die Füße, und jeder beharrte darauf, nur leben zu wollen, ein Schwarm von hilflos im Netz zappelnden Fischen.

Wie sehr hatte ich mich als Kind nach Seoul gesehnt! Doch nein, mehr als dass ich diese Stadt anbetete, war mir die unvorstellbare Armut meines Heimatdorfes dermaßen verhasst, dass mir der Gedanke daran einen Schauer über den Rücken trieb. Mein Vater, dessen Handrücken Schwielen von der Feldarbeit entstellten wie schmutziger, überall am Gesäß der Rinder verkrusteter Grind. Der Vater meines Vaters und auch dessen Vater hatten bereits in diesem Bergdorf gelebt, das ich aus tiefster Seele hasste und verfluchte. Das war auch der Grund, weshalb ich sofort nach Abschluss der Mittelschule nach Seoul gegangen war und dort unter schwierigen finanziellen Bedingungen das Abendgymnasium besucht, im Anschluss daran ein Abendstudium absolviert hatte und in zähem Ringen schließlich meine Ausbildung beenden konnte. Seitdem waren dreizehn Jahre vergangen, und genau wie damals, als ich ganz allein in einem Zug dritter Klasse saß und mein Zuhause verließ, blieb mir nun nichts anderes übrig, als an genau diesen Ort zurückzukehren. Was zum Teufel hatte ich eigentlich seitdem gewonnen? Anstelle des Bündels mit schmutziger, zerlumpter Wäsche von damals, was trug ich jetzt in den Händen? Ich stieß einen langen Seufzer aus. Törichterweise fühlte ich einen Kloß im Hals aufsteigen.

Am Busbahnhof wimmelte es von Menschen. Den Schalter, wo die

Fahrkarten für die Routen in den südwestlichen Landesteil verkauft wurden, umlagerten bereits zahllose Leute, aufgereiht wie Dörrfische an einer Schnur. Ich stellte mich ans Ende der Schlange.

‚Nun habe ich wohl meine Aufgabe erfüllt. Bleibt nur noch, deine beiden jüngeren Schwestern zu verheiraten. Du solltest sie dabei unterstützen.'

Letzten Sommer. Plötzlich kehrte die Erinnerung zurück, wie die Mutter, gerade mit Unkrautjäten beschäftigt, mich von weitem plötzlich kommen sieht und barfuß, in großen Schritten das Sojabohnenfeld überquerend auf mich zu gelaufen kommt. Wie eine Hacke ist ihr Rücken mit der Zeit krumm geworden. Sie scheint zufrieden mit dem Sohn, der im tadellos sitzenden Anzug nach langer Zeit wieder nach Hause kommt, denn sie lacht ununterbrochen, wobei sie den Mund öffnet, in dem alle Schneidezähne fehlen.

Nein, nein, das geht doch nicht an! So einfach kann ich mich nicht nach Hause zurückjagen lassen, nein!, dachte ich in dem Augenblick, als ich am Schalter meine Fahrkarte in Empfang nahm, und biss die Zähne zusammen. Und kurioserweise wuchsen in meiner Vorstellung die beiden schwarz eingeschnittenen Augen mit einem Mal gleichsam wie die Lichter von Taschenlampen gewaltig an.

Auf dem Rückweg stieg ich unterwegs irgendwo aus dem Linienbus. Denn meinem Plan gemäß hatte ich nun in einer Apotheke das Rattengift zu besorgen.

Ich musste schon ziemlich lange unverändert bäuchlings auf dem Fußboden gelegen haben. Schräg fielen die wärmenden Sonnenstrahlen des Nachmittags durch die Tür ein. Aus dem Nebenzimmer drang seit ein paar Minuten das Weinen eines Babys; die Frau nahm das Kind auf den Rücken und wiegte es beruhigend hin und her. Kurz zuvor hatte ihr Mann seine Tasche gepackt und stand nun im Begriff, zu einer neuen Dienstreise aufzubrechen. Er fragte seine Frau, wieso ich eigentlich so schnell von der Arbeit zurückgekommen sei, und die Frau antwortete, dass ich gesundheitlich vermutlich etwas angeschlagen sei. Obwohl ich jedes Wort ihres Gesprächs verstehen konnte, rührte ich mich keinen Millimeter von der Stelle und blieb bäuchlings liegen. Im unteren Bauch quälte mich nach wie vor eine unangenehme Spannung. Schon seit einiger Zeit fühlte ich einen Druck auf der Blase, doch irgendwie konnte ich mich nicht entschließen aufzustehen.

Heute bellte er ausgesprochen wenig. Der Buchhändler, der von Tür zu Tür zog und Bücher auf Raten verkaufte, oder der Mann, der die Wasseruhr ablas, diese Leute waren einst so oft vorbeigekommen und hatten sich nun rar gemacht. Nur ein einziges Mal hatte er gebellt, als der Mann aus dem Nachbarzimmer die Treppe hinuntergestiegen war. Ich konnte mich des Eindrucks nicht erwehren, als klinge seine Stimme heute sogar irgendwie geschwächt. Das war merkwürdig. Ahnte er vielleicht etwas?

Nebenan fing das Baby wieder an zu schreien. Diesmal beruhigte es sich nicht so schnell, sein Weinen klang noch nervöser.

‚Dein verstorbener Vater, wenn er dich jetzt sehen könnte, wie sehr würde ihn das erfreuen. Ach, ja ... er hatte einfach kein Glück.'

Die spärlichen, bereits ergrauten Haare der Mutter vibrieren, als sie den Kopf schüttelt, und unverzüglich trocknet sie sich die Tränen. Ich drehte mich um und ließ mich auf den Rücken fallen. Die Spannung im unteren Bauch hatte zugenommen.

Es tut mir leid. Aber dieser Beschluss ist von oben gekommen und mir sind die Hände gebunden.

Der Geschäftsführer hatte den Kopf gehoben und mich angesehen, als bedrückte ihn dies. Neben ihm standen die Kollegen der Handelsabteilung und verzogen ihre Gesichter zu zweideutigen Grimassen, sodass ich nicht wusste, ob sie lachten oder weinten. Meine Blase drückte immer mehr.

„Ach, du meine Güte! Was ist das bloß? Deine Stirn glüht ja wie Feuer! Vorhin, als dein Vater noch da war, hätte ich zum Arzt gehen sollen. Aber so was auch!", hörte ich die Frau im Zimmer nebenan sagen.

Das Kind brüllte noch lauter. Bald darauf musste die Frau sich wohl auf den Weg zum Arzt gemacht haben, denn ich hörte, wie die Zimmertür geöffnet wurde, und dann vernahm ich Schritte, die sich die Treppe hinunterbewegten. Auf die Sekunde genau setzte der Hund zu bellen an. Seine Krallen kratzten am Dach der Hundehütte und sein blutrünstiges Kläffen erschütterte das ganze Haus.

Kurz darauf verstummte er wieder. Die Umgebung versank in abgrundtiefer Stille, sodass es schon beinahe unheimlich anmutete. Allein das regelmäßige Ticken der Wanduhr im Nebenzimmer war zu hören, aus dem

Erdgeschoss ließ nichts auf die Anwesenheit von Menschen schließen. Die Vermieterin wird ausgegangen sein und die Haushälterin, die nun allein das Haus hütete, lag wahrscheinlich in irgendeiner Zimmerecke und hielt ihren Mittagsschlaf. Dann ...? Mit einem Ruck riss ich die Augen auf.

Ja, jetzt bot sich die günstigste Gelegenheit. Vielleicht war es am helllichten Tage sogar besser. Auf diesen Moment hatte ich gelauert, auf diesen Augenblick, wenn niemand damit rechnen würde. Bedachte ich es mir genauer, schien es auch unsinnig, diese Angelegenheit nachts zu erledigen. In der Dunkelheit konnte es schwierig werden, den Kuchen gezielt zu werfen, und angenommen der Köder würde irgendwo hinfallen, wo die Vorderpfoten des Hundes ihn nicht zu erreichen vermochten, so würde der ganze Plan wie eine Seifenblase zerplatzen. Genau, jetzt hatte ich zu handeln, und zwar ohne dass jemand etwas mitbekam.

Mit einem Satz hatte ich mich aufgerichtet. Ich griff nach dem Beutel mit dem bereits präparierten vergifteten Kuchen und öffnete vorsichtig die Zimmertür. Ich hatte den Kuchen mit einem Messer in zwei Hälften zerschnitten, ausreichend Rattengift ins Innere hineingeschmiert und es danach geschickt wieder zusammengefügt, sodass von außen nichts Außergewöhnliches zu erkennen war. Alles war so weit fertig. Ich ging hinaus. Mit einem Mal begann mein Herz wie verrückt zu hämmern. Bleib ruhig! Bleib ruhig! Innerlich wiederholte ich diese Worte, als rezitierte ich eine Beschwörungsformel. Der Türknauf, der Bilderrahmen an der Wand, die Zimmerdecke, der Flur ... Eine Sinnestäuschung, als wären die Gegenstände in meiner Umgebung in diesem kurzen Augenblick plötzlich zu Leben erwacht und durchbohrten mich nun jeder mit seinen Blicken, verursachte in mir eine Empfindung, als schrumpfte ich gänzlich in mich zusammen.

Meine Füße schlüpften in die Schlappen. Die Beine zitterten. Ich trat durch die Eingangstür hinaus und stieg vorsichtig eine Stufe nach der anderen nehmend die zum Erdgeschoss führende Außertreppe hinunter. Der Himmel des sommerlichen Nachmittags war von einer Klarheit, als hallten in ihm helle Töne wider. Als ich bald darauf das Ende des schmalen Durchgangs an der Mauer zum Nachbarhaus erreicht hatte, blieb ich für einen Moment stehen. Ich holte tief Luft und stieß sie wieder aus. Genau in dem Moment, wenn ich um diese Ecke gebogen war, hatte er sich mir stets in angriffslustiger Gebärde entgegengestemmt. Jetzt etwa musste er von dem nahenden Menschen Wind bekommen haben und ohne jeden Zweifel wartete er darauf, dass jemand in sein Blickfeld trat.

Bedächtig zog ich den Kuchen aus dem Beutel. Auf keinen Fall durfte hier etwas zurückbleiben, was später als Beweis dienlich sein könnte. Die leere Plastiktüte knüllte ich in meine Hosentasche. Meine Finger schienen leicht zu zittern, was in mir einen unerklärlichen Zorn hervorrief. Aber, was denn! So gemein bist du doch gar nicht, sprach ich mir selbst Mut zu. Es geht ja auch nicht darum, dem schlafenden König Gift ins Ohr zu streuen, ebenso wenig darum, hinter einem Vorhang versteckt den König hinterrücks zu erschlagen. Nein, der Tyrann wird das tödliche Gift ganz von selbst fressen.

Schließlich bog ich um die Ecke. Er erwartete mich bereits. Bewegungslos verharrte er auf seinem Platz und musterte mich mit bohrendem Blick, doch sobald ich in seine Reichweite käme, würde er mich unverzüglich anzugreifen versuchen. Vorsichtig machte ich einige Schritte auf ihn zu. Ein Schritt. Zwei Schritte. Aus den schwarzen Augenschlitzen traf mich ein drohender Blick, der sein Gegenüber einzuschüchtern suchte. Nur heute, dieses eine Mal, wollte ich diesem Blick nicht ausweichen, das hatte ich mir geschworen. Du verdammter Köter wirst jetzt durch meine Hand sterben. Na, los, belle doch! Schon war ich im Begriff, langsam die Hand zu heben, in der ich den Kuchen hielt.

Genau in diesem Augenblick passierte es. Beinahe hätte ich selbst aufgeschrien und wäre auf der Stelle zusammengesackt. Denn mit einem Mal versperrte mir jemand die Sicht. Unerwartet stand die Vermieterin vor mir, die Vermieterin, von der ich angenommen hatte, sie sei ausgegangen. Sie kam gerade aus der Küche und hielt in der Hand eine Schüssel, randvoll mit irgendetwas gefüllt.

„Oh! Was ist denn das für Kuchen? Das ist nett von Ihnen, aber das können Sie selbst essen."

„Wie bitte? Aber, das ..."

Die Augen der Frau lachten und sahen mich an: „Mit dem Kleinen ist seit gestern irgendwas nicht in Ordnung. Er frisst nicht, selbst Kuchen rührt er nicht an. Ich war schon beim Tierarzt, na ja, eine starke Erkältung, meint der." Sie schnalzte mit der Zunge.

In ihren Gesichtszügen spiegelte sich schmerzliches Bedauern, als sie auf ihn zuging und etwas in seinen Fressnapf füllte. Es war ein riesiger Rinderknochen, an dem obendrein noch dicke Fleischfetzen hingen.

Taumelnd wich ich einige Schritte nach hinten zurück. Hals über Kopf raste ich in die erste Etage hinauf. Auf der Treppe stolperte ich zweimal. Ich ergriff die gläserne Eingangstür zum Hausflur im Obergeschoss und hatte Mühe, meinen schwankenden Körper aufrecht zu halten. Ein Schwindelgefühl erfasste mich. Als wolle sie auf der Stelle platzen, drückte meine Blase. Verdammter Köter! Du wirst durch meine Hand sterben. Ganz bestimmt, bestimmt ... bestimmt.

Ich biss mir auf die Lippen, bis sie bluteten. Plötzlich war der gespannte Druck wie weggeblasen. In der Hose fühlte ich etwas Warmes. Urin. Unversehens war meine Hose nass, unentschlossen stand ich da und sah nur den Urin, der in den Betonfußboden im Flur sickerte und langsam eine große Pfütze bildete.

Meer der Wölfe

Draußen brauste der Wind. Bonggu hatte die Augen geschlossen und lauschte im Liegen dem ungestümen Wehen wie im Traum. In tiefster Nacht, welche die ganze Welt in einen lethargischen Schlaf versunken sah, schien der Wind allein zu wachen und neugierig in allen Winkeln der Insel herumzuschnüffeln. Er kam vom Meer her. Als sei alles Leben aus Bonggu gewichen, wagte er kaum zu atmen und seine Ohren verfolgten die Bewegungen des Windes in der Ferne.

Ssst... ssst...

Es hörte sich an wie das Wogen von unablässig die Inselküste leckenden Wellen oder als pfiffen unzählige Menschen im Chor. Nein, vielleicht war es gar der keuchende Atem eines nach Luft ringenden, riesigen Meerestieres. Liegend und die Augen geschlossen tauchte vor Bonggu flüchtig das Bild eines gewaltigen, vierbeinigen Meeresbewohners auf, der an der Küste vor dem Dorf seinen wuchtigen Körper gemächlich aus dem Meer an Land schleppte. Unablässig umwogte das Wasser den üppigen Fleischkloß, über dem sich zuerst der dreieckige Schädel aus den Fluten erhob, auf welchem sich zwei Hörnern gleich die Ohren emporstreckten. Kurz darauf erschienen der prächtige Hals und der riesige Körper. Es bestand kein Zweifel: Diese Gestalt glich einem Wolf. Den gewaltigen Leib an Land ziehend planschte das Ungetüm aus dem Wasser, dieses nach allen Seiten von sich spritzend, und durchwatete schließlich das schlammige Watt, das die Ebbe zur Stunde freigelegt hatte. Tiefschwarz wie ein Stück Holzkohle schimmerte sein Leib. Dieses Schwarz vermischte sich mit der Finsternis der Umgebung und es waren allein die beiden scharf geschnittenen Augen, die ein blaugrünes Leuchten entsandten, das glühend aufflammte. Im Uferschlamm hinterließ das Ungetüm die Spuren seiner ungeheuer großen Krallen und leicht geduckt in Angriffspose richtete es seinen starren Blick auf das Dorf, bis es sich beinahe kriechend dorthin in Bewegung setzte. Ssst... ssst.... In der Dunkelheit erkannte Bonggu die rote Zunge, wie sie dem Untier aus dem Maul hing, die blaugrün funkelnden Augen und seine fettig glänzende, schwarze Haut, die eine unheilvolle Ahnung umwob.

Bald darauf hatte das Tier in atemberaubender Geschwindigkeit die abschüssige Kiesfläche betreten, wo kleine Fischerboote in einer Reihe dicht an dicht nebeneinander standen, und die imposante Brust über die dickstämmigen Kiefern an der Küste erhoben, blieb es plötzlich stehen. Die blaugrünen Augen funkelten, als es mit stechendem Blick das Dorf musterte, dann setzte es unvermittelt an, den Rücken an einem der Kiefernstämme zu reiben, wobei es ein lautes Stöhnen von sich gab. Als krümmte es sich vor Schmerzen, schüttelte es alle vier Gliedmaßen, und jedes Mal, wenn es einen bizarren Schrei ausstieß, schwankten die dicken Bäume. Eine uralte Kiefer, die schon mehrere hundert Jahre zählte und an deren Ästen die Frauen des Dorfes zum alljährlichen Dano-Fest ihre Schaukeln befestigten, drohte sogleich samt ihrer Wurzeln aus dem Boden gerissen zu werden.

Auf einmal schien es Bonggu, als verstummte der Wind allmählich. Auch das unheilvolle Stöhnen, das sich mit seinem Rauschen vereinigt hatte, verebbte. Aus den Gefilden seines verschwommenen Bewusstseins kehrte Bonggu in die Realität zurück und schlug die Augen auf.

Dunkelheit erfüllte den Raum, in dem das schreckliche Trugbild noch eine Weile umherspukte und seine schwindelerregenden Kreise drehte. Von kaltem Schweiß war der Körper des Jungen durchnässt.

„Bongdan, Bongdan!"

Mit ausgestreckten Händen tastete Bonggu über den Fußboden und rief mit eindringlicher Stimme nach Bongdan, seiner jüngeren Schwester. Undeutlich hob sich deren matt schimmernder Rücken, der etwas entfernt von ihm zusammengekrümmt dalag, gegen die Dunkelheit ab. Bonggu stieß einen Seufzer der Erleichterung aus. Leise drangen die Atemgeräusche der tief schlafenden Bongdan an sein Ohr.

Bonggu blinzelte und starrte in die rabenschwarze Dunkelheit, die an der Zimmerdecke nistete. Erneut drang das Rauschen des Windes an sein Ohr. Er grub sich durch den Strohhaufen, der zum Trocknen des Meerlattichs auf dem Vorhof aufgeschichtet war, wobei er einen pfeifenden Ton erzeugte und die Blätter der Japanischen Zitrone auf dem Hof neben dem Podest für die Sojasoßen-Krüge zum Erzittern brachte. Bisweilen vermischte sich sein Heulen mit dem wutschnaubenden Atem der salzigen Wellen, kam herangeflogen, stieß gegen die Lehmmauer und den Vorsprung des alten Wellblechdachs und zerfiel dann in winzige Teilchen. Draußen herrschte noch tiefdunkle Nacht. Die papierbespannte Tür war durch und durch von Finsternis getränkt. Doch nicht mehr lange und das Dorf würde allmählich aus dem Schlaf erwachen. Denn noch bevor es drei Uhr schlug, mussten die Dorfbewohner aufstehen, mit aller Macht die müden Augen aufreißen und Meerlattich fischen gehen.

Plötzlich krümmte sich Bonggu. Von irgendwoher schien er wieder ein seltsames Geräusch zu vernehmen, doch das Rauschen des Windes erschwerte ihm dessen schnelle Identifizierung. Es könnten vielleicht die Korallen sein, deren Weinen er gerade vernahm, dachte er. Beim Fischfang mit Netzen wurden bisweilen Korallen mit heraufgezogen; die Menschen nahmen sie dann mit nach Hause und legten sie auf die Steinmauer nahe der Eingangspforte. Nicht nur die anmutigen Formen der Korallen, die wie Geweihe von Hirschen ineinander verdreht sich krümmten, veranlassten sie dazu, schon von alters her glaubten die Inselbewohner, diesen Wesen wohne eine wundersame Kraft inne, die das Haus zu schützen imstande sei. Stünde ein unheilvolles Ereignis bevor, so wüsste es die Koralle auf der Mauer gewöhnlich bereits in der Nacht davor und würde weinen. Die Menschen meinten, dass sich an solchen Tagen niemand mit dem Boot aufs Meer wagen dürfe. Einst war Bonggu mit seinem Onkel zum Fischen hinausgefahren, als er dort eine rot leuchtende Koralle fand. Sie war ausgesprochen groß und ähnelte in verblüffender Weise einem Hirschgeweih, Bonggu legte sie an einen sorgsam ausgewählten Platz auf die Mauer neben der Eingangspforte, damit sie nicht herunterfiele, und beobachtete sie einige Tage lang, doch aus unerklärlichen Gründen konnte er sie niemals weinen hören.

„Sie weint nur in der Nacht, wenn alle Menschen tief schlafen, deswegen kannst du sie nicht hören. Wo du doch so fest schläfst, dass du nicht mal merken würdest, wenn dich des Nachts einer wegträgt ...", hatte seine ältere Cousine Yeonhui gesagt und dabei gelacht. Mit angehaltenem Atem wartete Bonggu, ob er das seltsame Geräusch nicht noch einmal hören konnte.

Oh, oh ...

Ein merkwürdiges Stöhnen schwappte mit einem Mal direkt aus dem Nebenzimmer an sein Ohr. Bonggu zitterte am ganzen Leib. Irgendetwas bohrte sich in einen Winkel seiner Brust, ging vorüber und mit einem Mal erhob eine schwindelerregende Angst ihr Haupt. Oh, er war es! Es war der Vater. Er war nach Hause zurückgekehrt. Und zweifellos vernahm er jetzt sein Stöhnen. Von böser Vorahnung gepeinigt, sogleich werde ein Schrei folgen, der die Kehle zu zerreißen drohte und eine Gänsehaut über den Leib jagte, und gleichzeitig mit diesem Schrei werde der Vater mit der Sichel in der erhobenen Hand krachend die Zimmertür aufstoßen und hereingestürmt kommen, starrte Bonggu mit grausigem Schaudern auf dieselbe, die sich direkt oberhalb seines Kopfes befand. Obschon nur undeutlich im fahlen Licht, so erkannte er doch, dass der Türring vorgehängt war, ja, sogar ein Löffel steckte vorsorglich noch zusätzlich in der Verriegelung, um ihr zufälliges Aufspringen zu verhindern. Seitdem der Vater abermals aufgetaucht war, hatte Bongdan stets, wenn es Nacht wurde, die Tür auf diese Weise verriegelt. Dennoch, obwohl das Mädchen den Messinglöffel dazwischengesteckt hatte, konnte es keine Ruhe finden, stets versetzte irgendetwas das Kind in Unruhe.

Oh, oh. Das Stöhnen setzte von Neuem ein. Es klang so befremdlich und schauerlich, dass es unmöglich von einem Menschen herrühren konnte. Vermutlich schmerzten den Vater die Wunden, die er von den tumultartigen Auseinandersetzungen vorletzte Nacht davongetragen hatte. Den Rücken gekrümmt wie eine Garnele umschlang Bonggu mit beiden Armen fest die Knie und bebte dabei am ganzen Leib. Der Vater in jener Nacht, an der Küste mit einem Strohseil an einer Kiefer festgebunden hatte er einem wilden Tier gleich furchtbar geschrien, aus den blutunterlaufenen Augen sprühten blaugrüne Funken, aus seinem Mund in dem hochroten Gesicht quoll weißer Schaum und die furchterregend knirschenden Zähne versuchten das Strohseil zu durchbeißen, sein splitternackter Körper stellte sogar die intimste Stelle offen zur Schau und wand sich merkwürdig, das alles wuchs vor Bonggus geistigem Auge zu einem riesigen Bild an und bewegte sich auf ihn zu. Bald darauf vereinigten sich alle diese Bilder zu den blaugrünen Augen und der fettig glänzenden, pechschwarzen Haut eines ungeheuer riesigen Seewolfes.

Einen Monat mochte es her sein, als der Vater nach drei Jahren Abwesenheit wieder im Dorf erschienen war. Nach dem mysteriösen Tod der Mutter hatte der Onkel ihn in irgendeine Heilanstalt, vermutlich nach Gwangju, gebracht. Das war im Sommer vor drei Jahren gewesen und seitdem hatten alle in der festen Überzeugung gelebt, er hielte sich noch immer dort auf, als er völlig unvermutet zurückkehrte.

Das trug sich an jenem Tag gegen Abend zu, als die Sonne im Begriff stand unterzugehen. Bonggu und Bongdan hatten gerade alle Hände voll zu tun, zusammen mit den Erwachsenen der Familie des Onkels den auf dem Trockenplatz ausgelegten Meerlattich einzusammeln, als jemand vor der Reisigpforte stand und sie mit leerem Blick anstarrte.

„O Gott, wer ist denn das?"

Auf den erschrockenen Aufschrei der Tante hin, die mit einem Arm voll Meerlattich, den sie gerade vom Trockenplatz abgenommen hatte, quer über den Hof lief, hob Bonggu den Kopf. Langsam legte sich Dunkelheit über die Umgebung und versetzte sie in ein Dämmerlicht. Von der dunklen Reisigpforte aus kam jemand unentschlossenen Schrittes auf den Hof gelaufen. Obschon das Gesicht nicht deutlich zu erkennen war, sackte Bonggu unbewusst in dem Moment zusammen, als die majestätisch ausladenden Schultern und die träge schlendernden Schritte in sein Blickfeld gerieten. Jäh floh die Kraft aus seinen Knöcheln und die Knie wurden weich. Instinktiv hatte er begriffen, dass dies sein Vater sein musste.

„Guten Abend, Bruder und Schwägerin. Wie geht es euch? Ich bin's. Ich bin wieder da", sagte er, während sich seine unnatürlich wirkende Gestalt näherte und er den Oberkörper zum Gruß beinahe bis zum Erdboden beugte. Mit dem Meerlattich im Arm schien die Tante mitten auf dem Hof zu Stein erstarrt und auch der Onkel, der sich gerade nahe dem Trockenplatz befand, stand einen Augenblick lang wie vom Donner gerührt und betrachtete den Mann, der da plötzlich aufgetaucht war. Mit einem Mal machte Bongdan einige Schritte zurück, ergriff die Schultern des Bruders und vergrub ihr Gesicht in dessen Rücken. Bonggu bemerkte, wie die Hand der Schwester zitterte. Das Zittern hatte sich schon bald, ohne dass er es bemerkte, auf ihn selbst übertragen.

„Du ... verdammt, was ist nun schon wieder los? Woher kommst du jetzt?"

Der Onkel war furchtbar aufgebracht. Als habe ihm jemand einen Schlag versetzt, stand er noch immer konsterniert am selben Fleck und wiederholte seine Frage.

Schließlich setzte die Tante das Meerlattich-Bündel eilig auf der Diele ab und ging dem Vater zur Begrüßung entgegen, als Bonggu seine bereits in Tränen aufgelöste Schwester wegzog und hinter dem Trockenplatz versteckte. Bongdans Unterkiefer zitterte fürchterlich. Obwohl ihr Bonggu wiederholt warnende Blicke zuwarf, stopfte das Mädchen nur die Finger in den Mund und schluchzte erneut auf.

„Ich bin wieder gesund. Die meinten, es gehe schon in Ordnung mit der Entlassung", sagte der Vater und brach in schallendes Gelächter aus. „Ich bin schon seit mehr als zwei Wochen wieder draußen, war in Yeosu auf der Suche nach irgendwas, wovon ich leben könnte, aber es sah schlecht aus und deswegen bin ich wieder hierher gekommen."

Doch Bonggu schenkte den Worten seines Vaters keinen Glauben, er wusste Bescheid. Unvorstellbar, dass er aufgrund seiner Heilung entlassen worden sein sollte. Der Onkel hatte dem Vater alle drei Monate etwas Geld zukommen lassen, doch schon seit mehreren Monaten schickte er nichts mehr, also war anzunehmen, dass man ihn aus der Anstalt gejagt hatte. Der Onkel musste sich schon seit einiger Zeit gerade deswegen Sorgen gemacht haben, das ahnte Bonggu. Trotzdem hätte er den Worten seines Vaters nur zu gern geglaubt. Er betete inständig, sie mögen der Wahrheit entsprechen und der Vater sei gesund an Leib und Seele aus der Heilanstalt entlassen worden und nun zu ihnen zurückgekehrt. Schließlich brach Bongdan in lautes Schluchzen aus. Bonggu kauerte im Schutz der Dunkelheit hinter dem Trockenplatz und presste in der Bestürzung des Augenblicks die Hand auf den Mund der Schwester, als ihn plötzlich das Trugbild eines riesigen Tieres narrte. Aus der pechschwarzen Finsternis heraus starrte es die beiden Geschwister mit seinen blaugrün leuchtenden Augen an ...

Schließlich bewahrheitete sich Bonggus unheilvolle Vorahnung, ohne den geringsten Raum für Zweifel zu lassen. Schon nach wenigen Tagen wiederholten sich die Anfälle des Vaters. Eines Abends, als eine außergewöhnlich prachtvolle Abenddämmerung alles in ein Rot tauchte, das selbst Himmel und Meer aufleuchten ließ, fegte er mit einer Sichel in der Hand durch das ganze Dorf, sprang durch den Wattschlick, wo sich das Wasser bei Ebbe schon sehr weit zurückgezogen hatte, und wälzte sich im Morast, über und über mit Schlamm bedeckt. Schließlich bekamen ihn ein paar junge Männer des Dorfes zu fassen, die ihm mit Stöcken bewaffnet gefolgt waren, und banden ihn mit einem Strick an einer Uferkiefer fest. Der Zufall wollte es, dass es sich dabei um dieselbe Kiefer wie drei Jahre zuvor handelte, den mehrere hundert Jahre alten, dickstämmigen Baum.

Schreckliche Schreie schallten in jener Nacht aufs Neue aus dem Kiefernwäldchen am Ufer herüber und ließen die Dorfbewohner nur schwer Schlaf finden. Und ebenso wie drei Jahre zuvor schrie Bongdan in dieser Nacht wie im Fieberwahn, schreckte mehrmals aus dem Schlaf hoch und machte schließlich ihre Decke nass. Das war genau vor drei Tagen gewesen.

Aus ziemlicher Entfernung, vom oberen Dorf her, setzte das dumpfe Tuckern eines Stromgenerators ein.

Die Insel Nagil war noch nicht an die öffentliche Stromversorgung angeschlossen, deswegen erzeugte in den Dörfern jeweils ein Generator auf diese Weise Elektrizität zur Beleuchtung der Häuser. Die aprikosengroßen Glühbirnen sendeten gewöhnlich vom frühen Abend an ihren matten Schein aus, gegen zehn Uhr hauchten sie gleichsam ihren Atem aus und verloschen. Und jetzt, zur Hochsaison der Meerlattich-Ernte, sprangen die Generatoren morgens gegen drei Uhr erneut an. Der am Vortag vom Meer eingeholte Meerlattich musste vom frühen Morgen an ausgelegt werden, wenn er bis zum Vormittag getrocknet sein sollte.

Zu Bonggus Gewohnheiten gehörte es, sich mit dem einsetzenden Brummen des Generators von seinem Schlaflager zu erheben. Seitdem es Winter geworden war und mehr Arbeit anfiel, hatte er diese Beschäftigung am frühen Morgen beinahe jeden Tag wiederholt und sich daran gewöhnt. Diese Gepflogenheit herrschte nicht nur im Hause des Onkels. Die meisten Bewohner der Insel Nagil erwachten im frühen Morgengrauen mit dem Einsetzen des Generatorgeräusches, streckten sich und begannen ihren Tag. Aufstehen um drei Uhr morgens ist leicht gesagt, aber es war noch mitten in der Nacht. Bonggu betrachtete die zähen Klumpen von Dunkelheit unter der Zimmerdecke, hartnäckig hafteten sie am Gerippe der mit Papier verklebten Tür. Als gähnte er noch, wiederholte der Generator einige Fehlstarts, bis er schließlich in ein monotones Brummen verfiel, das Murmeln der Menschen, die sich nun in jedem Haus von ihren Schlafmatten erhoben, und die Geräusche, wie sie langsam tätig wurden, durchwirkten die Umgebung allmählich mit Leben.

Wie gewohnt hörte Bonggu, wie im Gebäudeteil auf der anderen Seite des Hofes die Tür zum Schlafzimmer von Onkel und Tante geöffnet wurde, und in dem Moment, als das Licht der am Pfeiler befestigten Glühbirne zu brennen begann, ergriff die Dunkelheit, die sich noch an der Schiebetür festgeklammert hielt, die Flucht. Obwohl Bonggu die sich quer über den Hof auf ihn zu bewegenden Schritte der Tante vernahm, blieb er einfach liegen.

„Bonggu! Los steh auf!", rief sie in sein Zimmer hinein und ging an der Tür vorüber. Auch wenn ihr noch Kinder seid, wenn es an der Zeit ist, müsst ihr von allein aufstehen, ohne erst geweckt zu werden. Die letzten Worte murmelte die Tante nur so vor sich hin, doch Bonggu verstand sie wohl, suchte seine Kleidungsstücke zusammen und zog sich an.

Der Onkel war schon hinausgegangen und hatte den am Vortag geernteten Meerlattich in einen riesigen Korb geschüttet.

„Huuu! Heute wird es wieder eiskalt! Bonggu, du solltest dich auch schön warm anziehen!"

„Ach, ich werd' schon nicht erfrieren ..."

Bonggu ging in die Küche, ergriff das Tragegestell zum Wasserholen, warf sich dessen Riemen über die Schultern und trat wieder auf den Hof hinaus. Sobald er in die schmale Gasse eingebogen war, umhüllte ihn erneut Dunkelheit. Kalter Wind umschloss seinen Körper. Aus der Hosentasche zog er ein Paar Arbeitshandschuhe und streifte sie über. Aus einem Loch, das eine gerissene Naht freigegeben hatte, lugte der Daumen hervor. Über dem Bergrücken vor ihm hing der Mond. Bonggu bog in die Hauptstraße ein und lenkte seine Schritte zum Teich. In allen Häusern hinter den Mauern beidseitig des Weges brannte Licht und ein Gemisch murmelnder menschlicher Stimmen berührte sein Ohr. Das einzige Haus, dessen Tür noch verschlossen war und aus dem kein Lichtstrahl drang, war das des Friseurs.

Am Dorfteich war noch kein einziger Mensch zu sehen. Bonggu nahm den Wassereimer und stieg auf die betonierte Einfassung der Wasserstelle. Kaum sichtbar überzog eine hauchdünne Eisschicht die Wasseroberfläche, dorthinein waren die Sterne des Firmaments heruntergekommen, tuschelten miteinander und sahen aus, als seien sie ebenfalls festgefroren. Bonggu wollte den Eimer gerade ins Wasser tauchen, als er innehielt und die winzigen, auf der Wasseroberfläche schwebenden Sterne einen Moment lang unbewegt anstarrte.

„Geh weg von hier! Und verabschiede dich von dem Gedanken, jemals wieder den Boden dieser Insel zu betreten!", hörte er unvermittelt die tiefe

Stimme des Onkels sagen. Kalter Wind zerkratzte ihm das Gesicht und suchte dann geschwind das Weite. Auf der Wasseroberfläche schaukelten kleine Wellen, und direkt vor seinen Augen huschten die Sterne wie Glühwürmchen wirr hin und her.

Das alles hatte sich letzte Nacht zugetragen. Nachdem die Familie ziemlich spät ihr Abendessen eingenommen hatte, war Bonggu zu der kleinen Quelle auf dem Hof gegangen, er war gerade dabei gewesen, sich dort Hände und Füße zu waschen, als ihn der Onkel ins Wohnzimmer gerufen hatte. Das war bisher noch nie vorgekommen. Diesen Raum bewohnte der Vater allein und weder der Onkel noch sonst jemand aus der Familie ließ sich dort gern sehen. Besonders Bongdan, die sich sogar davor scheute, im außerhalb des Zimmers gelegenen Ofen Feuer zu machen, bekam deswegen stets Schelte.

„Setz dich! Was stehst du so teilnahmslos da, als ob hier ein verbotener Ort wäre?", sagte der Onkel zu Bonggu, als dieser zögernd das Zimmer betrat. Vater und Onkel saßen sich gegenüber. Widerwillig nahm Bonggu vorsichtig in einer kalten Ecke des Raumes Platz. Im Zimmer herrschte Dunkelheit. Wänden und Fußboden entströmte ein penetranter Geruch von Zigarettenrauch und Schimmel. Er erinnerte Bonggu irgendwie an die Ausdünstungen eines wilden Tieres. Der Vater hatte wohl bis zu diesem Zeitpunkt auf seinem Schlaflager gelegen, Bonggu sah Matratze und Decke zusammengeknüllt in der gegenüberliegenden Ecke des Zimmers liegen, daneben stand ein leeres Wasserglas.

„Bonggu, wie alt bist du jetzt?", fragte unvermittelt der Onkel, der bis dahin geschwiegen hatte, als grüble er angestrengt über irgendetwas nach.

„Ich bin vierzehn."

„Vierzehn ... Dann bist du schon erwachsen. Früher wärst du in diesem Alter bereits verheiratet und würdest Vater sein; ich bin überzeugt, du hast jetzt das Alter, in dem du alle Dinge, egal, worum es sich handelt, selbst beurteilen und entscheiden kannst. Deswegen wollte ich mit dir sprechen ... Heute habe ich euch beiden, Vater und Sohn, etwas mitzuteilen, daher habe ich dich gerufen. Bongdan ist noch zu klein ..."

Die Stimme des Onkels klang ernst. Neben ihm saß der Vater mit leerem Blick. Auf Stirn und Kinn die Reste einer Jodtinktur, im Nacken und an den Ellenbogen große Pflaster, seinem Gesicht fehlte jeglicher Ausdruck.

Bisweilen erinnerten seine seltsam leuchtenden Augen an die eines Träumenden. Bonggu saß mit gesenktem Haupt.

„Du wirst sicher mitbekommen haben, was hier läuft ... Heute war Gemeindeversammlung. Überlege mal selbst! Hier in Iljeong leben außer den Cheons und ein paar anderen Familien ausschließlich Leute, die irgendwie mit uns blutsverwandt sind. Und auch mit denen, die nicht mit uns verwandt sind, haben wir bis heute gute Beziehungen, wie Brüder leben wir miteinander. Trotzdem, im Leben der Menschen gibt es Gesetze, die jeder einhalten muss, auch das menschliche Mitleid hat seine Grenzen. Jetzt ist die Situation so, Bruder, dass du dich in diesem Dorf, nein, auf dieser Insel nicht mehr sehen lassen kannst. Ich möchte nicht zu weitschweifig werden ..."

Der Onkel unterbrach sich. Von der am Fenster vorbeiführenden Gasse drangen einige Mädchenstimmen ins Zimmer, die einen Schlager summten. Als der Onkel eine Zigarette herauszog, sie in den Mund steckte und ein Streichholz daran hielt, bemerkte Bonggu auf seiner Stirn tiefe Furchen. Sein Kopfhaar durchzogen bereits einige graue Strähnen, er war fünfzehn Jahre älter als der Vater.

„Zweifellos lastet auch auf mir eine schwere Schuld, da ich meinen Bruder nicht vor seinem Fehltritt bewahrt habe. Irgendwie glaube ich, für uns beide, für dich und für mich, ist es besser, die Heimat zu verlassen. Hier müssen wir uns nur schämen, denn wir haben den Leuten gegenüber Schuld auf uns geladen."

Bonggu beobachtete das glimmende Ende der Zigarette, das in der Hand des Onkels aufleuchtete. Der Vater indes saß unverändert wie geistesabwesend auf seinem Platz und zeigte keinerlei Reaktion. Doch die Befürchtung, er könnte – obschon er sich in diesem Moment ruhig verhielt – nicht doch plötzlich hochfahren und einen erneuten Anfall bekommen, beunruhigte den Jungen. Wenngleich der Vater, sofern er nur bei Verstand war, einen außerordentlich sanften und ruhigen Menschen abgab.

Allem Anschein nach hatte der Onkel nun einen Entschluss gefasst.

„Es wird dich traurig stimmen, was ich dir jetzt zu sagen habe ... Mir gefällt es ja auch nicht. Ich habe bis jetzt alles, was in meiner Kraft stand, für dich getan. Es bedarf nicht vieler Worte ... Verlass uns! Geh allein irgendwohin und lebe dort! Solltest du glücklicherweise irgendwann wieder gesund werden, gibt es vielleicht eine neue Chance, aber bis dahin darfst du deinen Fuß nie wieder auf heimatlichen Boden setzen. Hast du mich verstanden?"

Der Onkel hatte sich alle Mühe gegeben, seiner Stimme einen kräftigen, klaren Ton zu verleihen, dennoch erzitterte sie während des Sprechens leicht. Der Vater wagte nicht mit der Wimper zu zucken und der Onkel – als wollte er seine Worte bekräftigen – wiederholte noch einmal: „Geh weg von hier! Für dich gibt es ab jetzt keine Heimat mehr, komm also nicht wieder zurück! Du musst die Insel verlassen. Morgen früh mit dem Schiff. Hast du mich verstanden?"

Bis zum Ende hatte der Vater den Mund nicht geöffnet und geschwiegen.

Bonggu nahm das Gestell zum Wasserholen auf die Schultern und erhob sich. Er drehte dem Teich seinen Rücken zu und machte sich daran, unter der Last schwankend den steilen Weg hinaufzusteigen. Um kein Wasser zu verschütten, konzentrierte er seine Kraft auf die Beine, und jedes Mal, wenn er einen Schritt vor den anderen setzte, entströmte seinem Mund ein Hauch weißen Atems. Er hatte die Steigung gerade überwunden und wollte in die Hauptstraße einbiegen. Da sprang ihm von der krummen Steinmauer gegenüber plötzlich ein seltsames, schwarzes Tier entgegen, huschte dicht vor seinen Augen direkt an ihm vorüber und raste wie ein Pfeil davon. Bonggu schrie auf und als er zögernd innehielt, schwappte etwas Wasser auf den Weg. Das Tier war inzwischen in die Gasse gesprungen. Erst jetzt bemerkte Bonggu, dass es der Hund vom Friseur gewesen war.

Im Schein einer Lampe schöpften Onkel und Tante fleißig Meerlattich. Bonggu füllte Wasser in einen großen Holztrog.

„Es ist genug Wasser. Kannst aufhören. Geh mal ins Haus und wecke deinen Vater! Er muss sich beeilen, wenn er noch rechtzeitig zum Schiff kommen will", sagte der Onkel und schöpfte mit gleichmäßigen Handbewegungen den Meerlattich aus dem Trog. Bonggu setzte das Tragegestell ab und ging über den Hof. Aus dem Stall hörte er die Rinder. Er stand am Rand des Hofes und zögerte einen Moment. Der Schein der Glühbirne reichte nur bis hierher. Im anderen Haus des Gehöfts war das Wohnzimmer erkennbar; den Raum, in dem sich der Vater befinden sollte, umhüllte tiefe Dunkelheit. Es kam ihm so vor, als hörte er bisweilen ein leises Stöhnen.

Die Krankheit des Vaters war in dem Sommer ausgebrochen, als ihm dieses mysteriöse Erlebnis widerfuhr. In jenem Sommer hielt eine ausgesprochen heftige Trockenheit schon längere Zeit an. Von den Tagen an, da sich die ersten Ähren der Gerste zu öffnen begannen, setzte die Dürre ein und mehrere Monate lang fiel kein einziger Tropfen Regen, glühend wie das Innere einer aus Ton gefertigten Feuerstelle siedete der Himmel. Den wenigen Nassfeldern auf der Insel Nagil zerriss es die Rücken infolge der mehrere Tage andauernden sengenden Hitze, selbst Trinkwasser wurde knapp und es musste vom Festland herangeschafft werden. Zur Arbeit auf die Reisfelder hinauszugehen, wo die Pflanzen ihre vertrockneten, gelben Köpfe hängen ließen, war nicht mehr nötig, weshalb sich die Menschen Tag für Tag der Sauferei hingaben oder mit dem Boot aufs Meer hinausfuhren und fischten.

An einem solchen Tag geschah es. Im Radio war bekannt gegeben worden, ein Taifun sei im Anzug, doch seiner Gewohnheit folgend bestieg der Vater dennoch den handtellergroßen Fischerkahn und fuhr mit den Fangnetzen aufs Meer hinaus. Bonggu war ihm bis zum Kai gefolgt, doch letztlich ließ er den Jungen an Land zurück und ruderte nur mit Mangil, einem Mann aus dem Oberdorf, zusammen hinaus. Man sagte, der Vater und Mangil seien seit ihrer Kindheit enge Freunde gewesen. Aus dem Lautsprecher an der Ulme vor der Gemeindeverwaltung erschallte schließlich laut die Stimme des Vorsitzenden der Fischereigenossenschaft, Herrn Park, alle Boote sollten sicher am Kai vertäut werden und vorläufig niemand hinausfahren, doch schien diese Warnung das Ohr des Vaters nicht erreicht zu haben. Auch Bonggu hatte sie nicht ernst genommen. Der Bug des kleinen Bootes, in das der Vater und Mangil stiegen, schlingerte bei jedem Ruderschlag und Bonggu, der am Ende der Kaistraße hockte und das sich immer weiter entfernende Boot beobachtete, dachte nicht im Entferntesten an die Möglichkeit eines nahenden Taifuns. Denn der Himmel war klar und wolkenlos, das Meer lag ruhig. Allein die Sonnenstrahlen sengten glühend heiß herab, in einer Intensität, als wollten sie den Menschen die Köpfe spalten. Noch dazu waren schon mehrere Taifunwarnungen vom Wetterdienst ausgegeben worden, ohne dass jemals auch wirklich ein Unwetter aufgezogen wäre, und so hatten sich die Menschen jedes Mal veralbert gefühlt …

Doch diesmal war es anders. Gegen Mittag begann sich der Himmel zu verdunkeln. Plötzlich raste eine schwarze Wolke, die sich bis dahin in irgendeinem Winkel des Himmels versteckt haben musste und urplötzlich aufgetaucht war, in einem furchtbaren Tempo nach Norden und im Handumdrehen bedeckten dicke, tintenschwarze Wolken den gesamten Himmel. Bald darauf fuhr von den Bergen hinter dem Dorf ein schrecklicher Wirbelwind herunter, der allerorts grauen Staub durch die Luft jagte, die gesamte Insel Nagil erfasste und in ein heilloses Durcheinander stürzte.

Das alles ereignete sich in einem atemberaubend kurzen Moment. Zu spät eilten die Menschen hinaus, um ihren Hausrat in Ordnung zu bringen oder die Boote an sicherer Stelle zu vertäuen, wobei sie einen Heidenlärm veranstalteten. Bonggu und seine Mutter stürzten zum Kai. Doch nirgendwo konnten sie das Boot mit dem Vater erkennen. Schon kochte das Meer, als sei es aus allen Fugen geraten, und schäumte hoch auf. Wellen, höher als ein Mensch, brachen sich an der Küste und bleckten dabei ihre weißen Zähne, ununterbrochen drängten sie heran, und jedes Mal, wenn sie mit ihren Häuptern an die aus Steinen aufgeschüttete Kaistraße stießen, drohten sie diese zu zertrümmern.

Es war in der Tat ein furchtbarer Taifun. Noch nie zuvor hatte Bonggu das Meer so entsetzlich toben sehen. Es setzte Kräfte frei, welche die gesamte Insel auf einen Schlag zu verschlingen drohten. Himmel und Meer umhüllte pechschwarze Finsternis. In dieser undurchdringlichen Dunkelheit, die es unmöglich machte zu erkennen, wo der Himmel endete und wo das Meer anfing, brüllten die Wellen ohne Pause und sprangen außer Rand und Band wild umher. Das sah so aus, als vereinigten sich zigtausende hungriger Wölfe zu einem Rudel, bleckten die weißen Zähne, würfen die scharfen Krallen empor und kämen knurrend auf die Insel zu. Laut lamentierend lief die Mutter am Ufer auf und ab. Mit der kleinen Bongdan auf dem Rücken brach Bonggu in lautes Schluchzen aus und seine Augen suchten den Meereshorizont ab, hinter dem der Vater verschwunden war. Doch nirgends war das Boot zu sehen.

Der Taifun dauerte fünf Tage an. Dazu goss es vom Abend des ersten Tages an ununterbrochen in Strömen, bis der Wind sich gänzlich legte, schließlich ging so viel Regen nieder, dass die mit einem Mal heranfließenden Schlammmassen einige der nahe am Bach liegenden Häuser zum

Einsturz brachten. Nach fünf Tagen endlich legten sich Wind und Regen. Doch das Meer beruhigte sich selbst bis zum darauf folgenden Tag nicht. Als der Taifun vorüber war, kamen überall im Dorf furchtbare Verwüstungen zum Vorschein. Die Kaimauer war zur Hälfte eingestürzt und das Wasser, das durch die Spalten der zerstörten Mauer gedrungen war, hatte einige der dort sichergestellten Boote gegeneinanderprallen lassen, zerschlagen oder zum Sinken gebracht. Vielen Häusern hatte der Sturm die Dächer abgedeckt und Mauern niedergeworfen. Kein Mensch glaubte noch daran, dass der Vater und Mangil am Leben wären. Selbst die Mutter lag krank danieder und weinte, die Augen dick angeschwollen, ohne Unterlass.

Überraschenderweise jedoch kam der Vater zurück. Bei diesem fürchterlichen Unwetter war er mit seinem winzigen Kahn einem herabgefallenen Blatt gleich auf dem Meer umhergeirrt und schließlich lebendig zurückgekehrt. Das grenzte an ein Wunder. Es geschah eines Abends am sechsten Tag nach Ausbruch des Unwetters. Der Taifun hatte mit voller Kraft gewütet und war vorübergegangen, das Meer lag an diesem Tag glatt wie ein Spiegel, so glatt, dass man sich kaum erinnern konnte, wann der Taifun begonnen hatte. Darüber wölbte sich ein glasklarer Himmel, den die Abenddämmerung rötlich einfärbte. Es war ein außergewöhnlich beeindruckendes Abendlicht. Der wundervoll purpurfarbene Himmel, aus dem sogleich rotes Wasser herauszulaufen schien, brannte, als würde er in die riesige Feuerkugel hineingezogen, die just in diesem Moment hinter den indigofarbenen Bergspitzen des Festlandes gemächlich versank.

Ein leeres Boot! Es treibt aufs Ufer zu! Jemand schrie vom Kai aus in Richtung Dorf, und als die Mutter es hörte, raste sie, die eben noch gedankenverloren auf der hölzernen Diele gesessen hatte, durch die Reisigpforte hinaus. Am Kai hatten sich die Dorfbewohner bereits versammelt und tuschelten miteinander. In der Tat schaukelte in der Ferne ein winziges Boot auf dem Meer. Plötzlich überfiel Bonggu ein Zittern. Das Boot kannte er. Es war unbestreitbar jenes Fischerboot, mit dem sein Vater und Mangil hinausgefahren waren. Auf den ersten Blick schien es leer zu sein. An Bord befand sich offensichtlich niemand, allein die blutrote Abenddämmerung hatte sich in ihrer ganzen Fülle darüber gelegt. Einige Männer bestiegen ein anderes Boot und ruderten auf den leeren Kahn zu. Er lebt! Bonggus Vater lebt!, riefen sie, als sie das Boot erreicht hatten und hinübergestiegen waren. Kraftlos sank die Mutter auf dem Ufersand nieder, als breche sie zusammen. Bonggu konnte es nicht glauben.

Als das Boot kurz darauf das Ufer erreichte, drängten sich die Menschen heran und umringten es. In diesem Augenblick konnte Bonggu ihn sehen. Den Vater in dem knöcheltief mit Wasser angefüllten Boot. Quer lag er darin von einer Bordwand zur anderen in sich zusammengekrümmt. Dort lag er, die Augen geschlossen, wie leblos, ohne einen einzigen Fetzen am Leib, vollkommen nackt. Den bläulich angeschwollenen Körper verunstalteten überall furchtbare Wunden. An jeder Schnittwunde klebte dunkles, rotes Blut, als seien die scharfen Zähne oder Krallen eines wilden Tieres in ihn eingedrungen. Die Menschen hatten einen Kreis um das Boot gebildet und sahen hinein, vor Entsetzen blieb ihnen der Mund offen stehen und ihre Mienen verzogen sich unversehens zu einem Ausdruck böser Vorahnung und Furcht. Erst viel später erinnerten sie sich, dass da noch ein anderer Mann mit hinausgefahren war. Sie sahen Mangil nicht. Was aus ihm geworden war, das wusste allein der Vater.

Er lag drei Tage lang, ohne das Bewusstsein wiederzuerlangen. Nur Wasser passierte noch mühsam seine Kehle. Ohne Unterlass schrie er unverständliche Worte. Das meiste davon blieb unbegreiflich, bisweilen schien er über irgendetwas furchtbar zu erschrecken, dann zitterte er wieder am ganzen Leib. Unvermittelt riss er beide Arme hoch und brüllte: Feuer, sieh doch, dort brennt es!, und dabei trat ihm der Schweiß aus allen Poren. Bonggu betrachtete ihn und von einer unerklärlichen Neugier erfasst bebte er dabei vor Angst. Wie nur hatte der Vater bei diesem fürchterlichen Unwetter überleben können? War auf See irgendetwas passiert? Und was war mit Mangil geschehen, dass der Vater ohne ihn und in diesem merkwürdigen Zustand zurückkehrte? Die vielen zweifelnden Fragen vermochte Bonggu nicht aus seinem Kopf zu verbannen.

Gerade um diese Zeit kam ein seltsames Gerücht auf.

„Da besteht doch kein Zweifel, den hat der Wolf verhext. Wenn nicht, wie um alles in der Welt konnte er dann ein solches Unwetter überleben? Und noch dazu, da er eine Woche lang keinen Schluck Wasser zu trinken hatte!"

„Wem sagst du das! Du hast es ja auch gesehen, gab es in dem Boot vielleicht ein Ruder oder ein Steuer? Und dann war es noch voll Wasser gelaufen und ist trotzdem nicht untergegangen, nein, ganz von allein hat es den Weg hierher gefunden. Auf jeden Fall hatte da ein Gespenst seine Hand im Spiel."

Unter vorgehaltener Hand tuschelten die Leute. In der Tat war die Geschichte, wie der Vater nach diesem furchtbaren Unwetter, das ihn mitten auf dem Meer überrascht hatte, lebendig zurückgekehrt war, kaum zu glauben. Dazu kam seine befremdliche Entstellung, sein sinnloses Schreien, ohne wieder zu Bewusstsein gekommen zu sein, was bei den Leuten noch mehr Argwohn hervorrief. Mit einem Mal verbreitete sich allerorten das Gerücht, die Wunden an seinem Körper rührten ganz sicher von den Zähnen und Krallen eines Meerwolfs her, und so stieg ihre Ungeduld, mit der sie das Erwachen des Vaters aus seiner Ohnmacht erwarteten. War er erst wieder bei Bewusstsein, so hofften sie, würde er ihnen die ganze Geschichte in allen Einzelheiten berichten.

Bonggu wusste um die eigenartigen Gerüchte, die im Dorf kursierten, und bisweilen dachte er daran, sie könnten womöglich doch der Wahrheit entsprechen. Die Mutter schalt ihn, dass er solchen Unsinn redete, und gab sich alle Mühe, den Anschein zu erwecken, als bekäme sie von alldem gar nichts mit, doch die nicht abheilenden bläulichen Schwellungen auf des Vaters Leib, die merkwürdigen Schreie, die er bisweilen von sich gab und dabei beide Arme in die Höhe warf; wenn sie in solchen Situationen neben ihm saß und ihn beobachtete, so überkam sie stets das Grauen.

Über die Geschichten vom Seewolf wusste Bonggu bestens Bescheid. Jeder Einwohner von Nagil kannte die Legende. Seine Großmutter, die bereits gestorben war, hatte dereinst Bonggu und Bongdan auf je eines ihrer Knie gesetzt und ihnen oft die Geschichten vom Seewolf erzählt. Meistens gingen sie so:

In grauer Vorzeit war Nagil eine einsame Insel gewesen, von einem dichten Wald bedeckt, so dicht, dass der Himmel nicht mehr zu sehen war. Die Insel war ein abgelegener Ort, den – abgesehen von den Männern, die zuweilen vom weit entfernten Festland herkamen, um Holz zu fällen – nie der Fuß eines Menschen betrat. Irgendwann begann man, Verbrecher aus dem ganzen Land auf die Insel zu verbannen, und dabei stellten die Leute fest, dass diese Verbannten aus irgendeinem Grunde immer schon nach kurzer Zeit starben. Bald fanden sie des Rätsels Lösung: Die zahllosen auf der Insel lebenden Wölfe mussten dafür verantwortlich sein. Schon kurze Zeit darauf siedelten viele Menschen vom Festland auf die Insel über, um dort Landbau zu betreiben, und um die unzähligen in den Wäldern der Insel lebenden Wölfe zu beseitigen, legten sie Feuer. Natürlich verwandelte sich die Insel im Nu in eine einzige Feuersbrunst. Drei Monate und zehn Tage lang färbten die auflodernden Flammen Tag und Nacht im Umkreis von hundert Ri das Meer und den Himmel tiefrot und es soll schwer gewesen sein, den Tag von der Nacht zu unterscheiden, bis die Flammen gänzlich erloschen waren. Schließlich verendeten alle Wölfe im Feuer oder aber sie stürzten sich mit ihren schwarzen, rußigen Leibern ins Meer und ertranken. Aber vielleicht lebten versteckt auf den kleinen und größeren, weit entfernten, unbewohnten Inseln noch einige Tiere, die damals nicht umgekommen, sondern davongeschwommen waren? So überlebte auf Nagil kein einziger Wolf, doch irgendwann tauchten Leute auf und behaupteten, die Tiere abermals gesehen zu haben. Am ganzen Leib seien sie schwarz wie ein Stück Holzkohle und kröchen nur in mondlosen Nächten zu mitternächtlicher Stunde gemächlich aus dem Meer. Zu ihren Gewohnheiten gehörte es, nur an einer einzigen Stelle Spuren zu hinterlassen, und das waren, so erzählten sich die Leute, die Abdrücke ihrer Pfoten auf dem schlammigen Ufergrund bei Ebbe. Doch es war nicht einfach für die Menschen, diese Spuren zu entdecken. Das war nur allzu verständlich, verwischte sie doch noch vor Tagesanbruch die Flut restlos.

„Bonggu und Bongdan, deswegen dürft ihr auf keinen Fall nachts allein ans Ufer gehen! Denn dann kommen, ohne dass je ein Mensch davon erfährt, schwarze Wölfe angerannt und ziehen euch in die Fluten. Na, ist das nicht gruselig? Ho, ho."

Stets wenn sie ihre Geschichte beendet hatte, erhob die Großmutter ihre Hände, krümmte die Finger und ahmte einen Wolf nach, dabei lachte sie.

Erst nach drei Tagen hatte der Vater die Augen geöffnet. Die Mutter erzählte, sie habe das Zimmer nur für einen Moment verlassen und als sie wieder zurückgekommen sei, hätte er die Augen geöffnet und mit leerem Blick zur Zimmerdecke gestarrt. Als hätten sie nur auf diesen Augenblick gewartet, gaben sich die Dorfbewohner die Klinke in die Hand, um Bonggus Familie einen Besuch abzustatten. Alle wollten sie aus dem Mund des Vaters eine Erklärung hören über jene Dinge, die so sehr ihre Neugier erregten. Doch einer wie der andere verließen sie das Haus mit enttäuschter Miene, denn der Vater weigerte sich, den Mund aufzumachen. Es hatte den Anschein, als sei er noch nicht wieder bei Verstand. Einem Menschen gleich, der die Sprache verloren hatte, fehlte seiner Miene jeglicher Hinweis darauf, dass er etwas verstanden hatte, wenn er gefragt wurde. Mit ausdruckslosem Blick lag er nur da und starrte zur Decke. Er zeigte kaum eine Reaktion, weshalb alle zu der Überzeugung gelangten, er sei nun womöglich vollkommen schwachsinnig geworden.

Nach vielen Tagen, als sogar schon die Mutter Zweifel plagten, ob der Vater nicht doch taubstumm geworden sei, öffnete er zum ersten Mal den Mund. Das ereignete sich etwa um die Zeit, als er bereits aufstehen, seinen Körper ein wenig bewegen und auf den Hof gehen konnte. Doch er beschränkte sich auf wenige Worte und sofort bemerkte Bonggu seine geweiteten Pupillen, die nur ausdruckslos ins Leere starrten. Einem Träumenden gleich hatten des Vaters Augen den Fokus verloren und schienen irgendwo im leeren Raum zu kreisen. Außerdem murmelte er bisweilen, beseelt von einer Lebenskraft, die schon verwunderlich anmutete, irgendetwas vor sich hin und dann begannen seine Augen plötzlich merkwürdig zu funkeln.

Bonggu machte die Beobachtung, wie dieses jähe Augenfunkeln – war es nun Zufall oder nicht – immer an jenen Abenden einsetzte, wenn ein ausgesprochen schönes Abendrot den Himmel bedeckte. Erglühte die Sonne wie ein licht brennendes Holzkohlefeuer und senkte sich gemächlich über die indigofarbenen Bergspitzen des in der Ferne liegenden Festlandes, so setzten in diesem intensiven Abendrot, das wie Blutstropfen vom Himmel zu rinnen schien, Myriaden von Federwölkchen an, zu dem runden Feuerball hinzurennen, als sauge er sie alle auf und dann kam ein Funkeln in die Augen des Vaters, als sei er behext, und den Blick zu dem vom Abendrot tief gefärbten Himmel gerichtet, rührte er sich nicht von der Stelle und stand lange Zeit unbeweglich. Dann versetzte eine unbegreifliche, böse Vorahnung Bonggu jedes Mal in einen Zustand des Entsetzens. Wie im Rausch betrachtete der Vater das Abendlicht und wenn ihn Bonggu dabei verstohlen beobachtete, beschlich ihn die Ahnung, irgendetwas Schreckliches würde passieren.

Schließlich erwies sich Bonggus Befürchtung als richtig. Es war wieder solch ein Tag, dessen Abend eine außergewöhnlich prachtvolle Abenddämmerung krönte. Anders als sonst war der Vater betrunken. Allein hatte er auf der Diele gesessen, Glas um Glas geleert, als er plötzlich das Abendlicht erblickte, es glühte rot, als würde es brennen. Bonggu war gerade damit beschäftigt, neben dem Vater ein paar Leisten für einen Drachen zusammenzuzimmern.

„Feuer! Feuer! Der Himmel brennt!", murmelte der Vater unvermittelt. Erschrocken hob Bonggu den Kopf. Der Vater wiederholte die Worte mehrfach, bis er schließlich zu schreien anfing. In diesem Moment richtete er sich jählings auf, sprang auf die Vorstufe des Hauses hinunter, rannte barfuß über den Hof und raste durch die Reisigpforte hindurch auf die Gasse. Dabei stieß er die Schnapsflasche um, deren Inhalt ausfloss. Bonggu stand einen Augenblick lang wie vor den Kopf gestoßen, dann rannte er dem Vater hinterher. Uuuh, uuuh, stieß dieser seltsame Schreie aus, er hatte die Gasse bereits hinter sich gelassen und jagte nun die Hauptstraße entlang. Hier und dort machten die Leute lange Hälse, die Kinder schlossen sich Bonggu an und stürmten ihm hinterher.

„Der ist verrückt. Jetzt ist er vollkommen durchgedreht", murmelten die Dorfbewohner und rissen vor Schreck die Augen weit auf. Der Vater rannte aufs Meer zu. Schließlich erreichte er die Küste vor dem Dorf, wo die dicken Kiefern in einer Reihe standen, als er plötzlich im Laufen innehielt und unvermittelt stehen blieb. Mit hastigen Bewegungen entledigte er sich aller Kleidungsstücke und warf sie beiseite. Bonggu hatte sich in aller Eile hinter einer Steinmauer versteckt und beobachtete zitternd, was sich vor seinen Augen abspielte. Jetzt war der Vater splitternackt. Die Kinder brachen in glucksendes Gelächter aus. Da sah es Bonggu. Er sah, wie der Vater sich anschickte, ohne einen Fetzen Stoff auf dem Leib blitzschnell in Richtung Meer zu rasen.

„Feuer! Feuer! Es brennt!", brüllte er, während er die Arme weit geöffnet in fürchterlichem Tempo ansetzte, über den von der Ebbe freigelegten, schlammigen Wattschlick zu hetzen. In der Ferne tauchte eine herrlich anzuschauende, die Augen blendende Abenddämmerung Himmel und Meer in tiefes Purpur und die Fußspuren, die der Vater im Schlamm hinterließ, führten ganz deutlich zum Meer.

Auf diese Weise hatten seine Anfälle ihren Anfang genommen und setzten sich unaufhörlich fort. Die ganze Angelegenheit nahm allmählich gewaltsame und gefährliche Züge an. Eines Abends lief er mit der Sichel in der Hand und blutunterlaufenen, funkelnden Augen auf der Suche nach der Mutter durchs Dorf, bis ihn einige mit Stöcken bewaffnete, junge Männer einfingen und zu Boden knüppelten. Dann zogen sie ihn hinter sich her bis an die Küste, wo sie ihn mit einem Strohseil fest an eine Kiefer banden. Es war gerade jene uralte, mächtige Kiefer, an welcher die Mädchen des Dorfes alljährlich zum Dano-Fest mit dicken Seilen ihre Schaukel befestigten. Der an den Baum gefesselte Vater begann sich natürlich dagegen zu sträuben. Woher er diese fürchterliche Kraft nahm, wusste niemand. Er verdrehte und krümmte seinen Leib, zeigte die weiß glänzenden Zähne und brüllte laut. In der Tat bot er einen grässlichen Anblick. Sein splitternackter Körper wand sich unablässig wie eine in Stücke geschlagene Schlange, dann rieb er seinen Rücken am Stamm der Kiefer und brüllte wie ein wildes Tier. Sein fürchterliches Schreien dauerte die ganze Nacht an und erschütterte das Dorf. In dieser Nacht betrank sich der Onkel bis zum Umfallen, Bonggu und Bongdan saßen wie angenagelt in ihrem Zimmer und weinten. Die Mutter indes hatte das Haus verlassen und kehrte nicht wieder zurück.

Ihre Leiche wurde im Meer unter einem steilen Felsen entdeckt. Ganz sicher habe sich die Mutter, so die Dorfbewohner, in jener Nacht von diesem Felsen gestürzt. Der zweite Sohn des Gemeindevorstehers habe die Leiche als Erster entdeckt, als er vom Aal-Angeln zurückkehrte und im Morgengrauen sein Boot auf den Kai zusteuerte.

Die Mutter schwamm, das Gesicht zum Himmel gerichtet, auf dem Wasser. Ihr lilafarbener Rock schwebte wie das Blatt einer Lotosblüte ausgebreitet auf der Meeresoberfläche und bei jeder herannahenden Welle wogte er auf, dann schlenkerten die Arme nach beiden Seiten, und es sah aus, als wollte sie durch diese Geste kundtun: Herzlich willkommen, werter Gast! Die offenen, langen Haare, deren Haarnadel sich gelöst hatte, schwammen auf der Wasseroberfläche wie ein weit geöffneter Fächer, auf den ersten Blick schien sie auf dem klaren, jadefarbenen Wasser wie eine leicht dahinschwimmende Blüte oder wie eine hübsche Qualle, die aus dem tiefen Meer aufgetaucht war, um einmal die Sonne zu sehen.

Bonggu war nicht einmal in der Lage zu weinen. Den Mund halb geöffnet, als hätte er den Verstand verloren, sah er nur auf das weiße Gesicht der Mutter hinab, das auf dem Wasser trieb, auf die wie ein Fächer ausgebreiteten, im Wasser wogenden langen Haare, auf die beiden, in einladender Geste ausgebreitet schwingenden Arme, auf den lilafarbenen Rock, der Lotosblütenblättern gleich rund und voll aufgeblüht war, und auf die beiden weißen Socken, die zwischen den Blütenblättern wie Stiele hell emporragten.

Sie trug gerade ein Kind unter dem Herzen. Mit ihrem geschwollenen Leib schien sie zu schlafen, denn sanft hielt sie die Augen geschlossen. In der Nähe des Hinterkopfes zeigte sich nur eine längliche Wunde von einer halben Handbreit Länge, ansonsten gab es keine Spuren von Blut oder Prellungen. Die Leute wunderten sich, dass sie an ihr keine größeren Verletzungen entdeckten. Die Polizisten von der Wache aus Gammok erklärten, die Mutter habe Selbstmord begangen. Doch Bonggu glaubte das nicht. Ja. Er hatte es doch ganz genau gesehen. War es in jenem Augenblick gewesen, als er sie vom Felsen aus auf dem Wasser hatte schwimmen sehen? Die beiden blaugrün funkelnden Augen, die ihn plötzlich vom schwarzen Meeresgrund aus unter dem Rücken der Mutter angestarrt hatten ... Ein riesiges Tier mit vier Beinen und einem vollkommen schwarzen Körper, so schwarz wie ein Stück Holzkohle. Die Mutter und das Kind in ihrem Leib wird dieses Tier getötet haben, dachte Bonggu.

Mit dem Esstischchen in den Händen betrat die Tante das Zimmer.

„Bonggu, iss ein paar Löffel mit deinem Vater zusammen! Du musst ihn doch bis zum Kai nach Hwajeon begleiten."

„Ja", antwortete Bonggu seinen Widerwillen unterdrückend und ließ den Kopf sinken. Neben ihm kaute der Vater laut schmatzend. Unschlüssig nahm Bonggu drei, vier Löffel Reis und zog sich dann vom Tisch zurück. Er dachte daran, wie furchtbar lange es her gewesen war, als er das letzte Mal dem Vater beim Essen gegenübergesessen hatte, und das berührte ihn unangenehm und rief Befremden in ihm hervor, was ihm letztlich auch den Appetit verdarb. Ohne ein Wort zu verlieren, leerte der Vater seine Reisschüssel. Dann saß er wieder wie abwesend da und starrte mit ausdruckslosem Blick vor sich hin. Unter der Schlafdecke tastete der Onkel nach etwas, zog es heraus und schob es dem Vater hin.

„Da, nimm das! Viel ist es nicht, aber davon kannst du dir irgendwo wenigstens was zu essen kaufen."

„Ich ... das möchte ich nicht annehmen", öffnete der Vater, bis dahin noch vollkommen teilnahmslos, unerwartet den Mund. Erschrocken betrachtete ihn Bonggu von der Seite. Das Umfeld seiner grün und blau verfärbten Wangenknochen wies hässliche Schwellungen auf. Vermutlich rührten sie von den Wunden her, die er bei dem selbst verursachten Aufruhr vorgestern Nacht davongetragen hatte.

„Wieso? Ist es dir zu wenig? Für uns ist das viel Geld. Du hast jetzt hier in Iljeong keinerlei Vermögen mehr, das weißt du auch sehr gut. Zwar arbeitet deine Schwägerin mit, aber Bonggu und Bongdan aufzunehmen und großzuziehen, schon das geht beinahe über unsere Kräfte."

Auf die Worte des Onkels hin ließ der Vater den Kopf wieder sinken.

„Ich ... ich möchte nicht gehen, Bruder."

„Wenn du nicht gehen willst, was willst du dann machen?"

„Ich ... bitte lass mich hier leben! Wie soll ich denn woanders leben, gerade jetzt? Ich bin fest entschlossen, ab sofort mit den Kindern zusammen ein solides Leben zu führen. Wirklich ... Deswegen bin ich doch gekommen, Bruder", brachte er, sich mehrfach unterbrechend, hervor.

„Was erzählst du da? Und jemand, der mit solchen Vorsätzen zurückgekommen ist, der veranstaltet so einen Tumult wie vorgestern, ja? Der Freundlichkeit der Dorfbewohner hast du es zu verdanken, dass du überhaupt noch am Leben bist, verstehst du? Was zum Teufel bist du überhaupt für ein Mensch? Hätten dich die Leute gewähren lassen, hättest du schon das Blut anderer Menschen an den Händen und du selbst wärst womöglich auch schon zu Tode gekommen ... Nein, es geht nicht. Du hast hier ein für alle Mal deine Chancen verspielt. Zwar bist du auf diesem Fleckchen Erde geboren und aufgewachsen, aber nun kannst du auf dieser Insel nicht mehr leben. Das ist dein Schicksal. Nimm das zur Kenntnis und verschwinde endlich! Geh und verschwende keinen Gedanken daran, jemals wieder hierher zurückzukommen!"

Die Stimme des Onkels zitterte.

„Bruder, ich verspreche es dir, nur noch dieses eine Mal! Dann ... es wird nie wieder ..."

„Hör auf! Es hat keinen Sinn. Willst du wirklich, dass erst ein Unglück passiert? Na gut, nehmen wir mal an, mir wäre es egal. Aber die anderen, denkst du, die werden dich einfach so in Ruhe lassen? Die Leute aus dem Dorf haben gefordert, dich ins Gefängnis zu stecken oder mit einem Boot nach Chilgi oder auf irgendeine andere unbewohnte Insel zu schaffen, und ich habe sie angefleht und mit knapper Not erreichen können, dass sie noch einmal davon absehen. Und mit meinem eigenen Mund habe ich ihnen das Versprechen gegeben, dich bis spätestens heute von dieser Insel zu verbannen. Hast du mich jetzt verstanden, hm?"

Der Vater rührte sich nicht und ließ den Kopf hängen. Wie er so dasaß, schien sein gebeugter Rücken besonders krumm. Er verharrte eine Weile in dieser Position, dann steckte er die in der Mitte gefalteten Geldscheine, die ihm der Onkel hingeschoben hatte, wortlos ein.

Schweigen senkte sich über das Zimmer. Der Onkel paffte nur ununterbrochen an seiner Zigarette, Bonggu drückte mit den Fingern die Enden des zerrissenen Ölpapiers auf den Fußboden zurück. Stumpfsinnig starrte der Vater auf die Wand und saß noch immer bewegungslos. In seinem finsteren, abgezehrten Gesicht konnte Bonggu nicht die leiseste Spur einer emotionalen Regung erkennen. Die Tante brachte ein Bündel, legte es in einer Ecke des Raumes ab und knotete es auf.

„Hören Sie mal, Schwager. Das habe ich für Sie auf dem Markt in Hwajeon gekauft. Ich weiß nicht, ob es vielleicht zu klein ist. Ziehen Sie es doch mal an!"

Eine dick mit Fell gefütterte Jacke kam zum Vorschein, eine schwarze Hose und ein Paar Turnschuhe. Der Vater stierte die Sachen eine Weile lang an. Plötzlich stieß der Onkel einen tiefen Seufzer aus.

Als er zurückgekommen war, hatte der Vater an Gepäck eine alte Kunststofftasche mitgebracht. Diese Tasche, deren kaputten Reißverschluss eine Sicherheitsnadel provisorisch zusammenhielt, nahm der Vater schließlich zur Hand und erhob sich von seinem Platz. Nachdem er die von der Tante besorgten neuen Kleidungsstücke und die Turnschuhe angezogen hatte, wirkte er irgendwie plump und lächerlich. Die Tante begleitete ihn bis zur Eingangspforte, seufzte erneut und verabschiedete sich von ihm: „Passen Sie vor allem gut auf sich auf! Lassen Sie gelegentlich mal von sich hören ... Der Bruder hat es vielleicht etwas hart formuliert, wie kann man sich schon für immer voneinander verabschieden? Wenn es der glückliche

Zufall will und Sie werden wieder gesund an Leib und Seele, dann kommen Sie nur unverzüglich hierher zurück!"

Sie ergriff einen Zipfel ihres Rockes, wandte das Gesicht vom Vater ab und trocknete sich die Tränen. Bonggu bemerkte, dass jemand neben der Küchentür stand und sie verstohlen beobachtete. Es war Bongdan. Doch im Nu war der Kopf des Mädchens wieder hinter der Tür verschwunden.

Die drei betraten die Gasse und liefen los. Allen voran ging der Onkel, Bonggu war der Letzte und betrachtete verstohlen und voller Unruhe die leicht gekrümmte Gestalt des Vaters von hinten. Die Umgebung lag noch im Dunkel. Auf dem holprigen Weg stießen die Füße bisweilen gegen Steine und dann erfüllte der hohle Klang gegeneinanderschlagenden Gesteins die Umgebung. Der weiße, schmale Mond hing einsam über den Berggipfeln hinter dem Dorf. Als sie das Haus des Friseurs passierten, in dem noch kein Licht brannte, und gerade in die zum Ortseingang führende Straße einbogen, kam ihnen ein Dorfbewohner entgegen, an dessen Tragegestell leere Wasserbottiche baumelten, und grüßte den Onkel. Als er jedoch in dessen Gefolge den Vater erblickte, zuckte er zusammen und trat einen Schritt zurück. Ach ... ach, du meine Güte! Wer ...? Du bist es! Bist du nicht Bonggus Vater?, stotterte er und schickte einen unbeholfenen Gruß hinterdrein. Als wollte er den Vater an der Schulter hinter sich herziehen, eilte der Onkel an ihm vorüber. Schweigend liefen die drei weiter. Zuweilen drang über die Mauern jener Häuser, in denen bereits Licht brannte, menschliches Stimmengemurmel zu ihnen herüber, von ihren Schritten aufgeschreckte Hunde rannten auf sie zu und bellten.

Als sie am Dorfeingang unter der Ulme anlangten, blieb der Onkel stehen.

„Ich begleite euch bis hierher und mache mich jetzt zurück. Es ist ziemlich kalt heute, aber du, Bonggu, bringst deinen Vater noch bis zur Anlegestelle nach Hwajeon! Also dann, macht's gut! Ihr habt nicht mehr viel Zeit bis zur Abfahrt des Schiffes."

Verstohlen wich der Onkel dem Blick des Vaters aus und machte eine Geste mit der Hand. Der Vater drehte sich zum Dorf um, er sagte kein Wort.

„Nun geht endlich! Und ... Jetzt darfst du nicht schwanken und musst dein Leben meistern. Vergiss ... vergiss es, deinen Fuß jemals wieder auf diese Insel setzen zu wollen!"

Kurz darauf drehte sich der Onkel mit einem Ruck um und lief den Weg, den sie gekommen waren, mit großen Schritten zurück.

„Auf Wiedersehen, älterer Bruder!" Das war alles, was der Vater herausbrachte, während der Rücken des Onkels in der Ferne immer kleiner wurde. In diesem Moment kam von See her eine Brise auf, wehte klirrende Kälte heran und zog wieder von dannen. Plötzlich verspürte Bonggu einen Kloß im Hals aufsteigen, er bedeckte das Gesicht mit seinen Händen und setzte sich in Bewegung, dem Vater voranzugehen.

„Mach dir keine Sorgen um die Kinder! Auch ohne dich werden wir sie gut aufziehen ...", schallte ihm aus der Dunkelheit die Stimme des Onkels hinterher. Als er sich umdrehte, verschwand dieser gerade um die Ecke einer Mauer.

Nun waren sie beide allein.

Bis zum Hafen in Hwajeon, wo die Schiffe anlegten, waren es noch reichlich fünfzehn Ri. Über den Berggipfeln hing der weiße Mond, der an einen Fingernagel erinnerte. Weit in der Ferne über dem östlichen Meer begann sich der Himmel allmählich der Dunkelheit zu entledigen und mit einem gräulichen Schimmer zu überziehen, doch vor ihren Füßen herrschte noch immer pechschwarze Finsternis. In dieser Finsternis setzten die beiden eine Weile lang einen Fuß vor den anderen, ohne ein Wort miteinander zu sprechen. Nach wie vor lief Bonggu drei, vier Schritte hinter dem Vater. Dabei ließ er ihn nicht aus den Augen und beobachtete ihn ängstlich aus den Augenwinkeln. Bald darauf stießen sie auf die Weggabelung; ein Weg führte über den Berg, der andere um ihn herum, sie bogen in Letzteren ein und gelangten in ein einsam gelegenes Tal. Von hier an erstreckte sich ein ausgedehnter, dichter Kiefernwald ober- und unterhalb des Weges. Als sie um den Fuß des Berges bogen, sah sich Bonggu noch einmal nach dem Dorf um. Verstreut in der Dunkelheit steckten hier und dort trübe Lichter. Noch ein Stück weiter und er würde das Dorf nicht mehr sehen können. Als er den Kopf wieder zurückwandte, schob sich abermals der dichte, von tiefer Dunkelheit überschattete Kiefernwald in seinen Blick. Mit einem Mal spürte er die bittere Kälte. Eine unerklärliche

Kraft schien ihn in den Rücken zu stoßen und in die rabenschwarze Finsternis hineinschieben zu wollen.

Der Vater schritt schweigend voran. Gräulich hob sich seine leicht gebückte Gestalt gegen die Dunkelheit ab. Unterhalb des Weges erhoben sich mächtige Kiefern in einer Reihe, direkt unter dem steil abfallenden Hügel wogte das Meer. Unablässig wehte ein starker Wind. Rauschte er durch die Kiefernzweige hindurch, verbreitete sich sein Pfeifen durch den ganzen Wald, manchmal stieß auch der heftige Atem der Wellen, die das Ufer leckten, gegen den Felsen und kroch zu ihnen herauf. Irgendwann drehte sich der Vater einmal kurz um, ein einziges Mal. In diesem Moment durchfuhr Bonggus Brust ein Schreck, unbewusst hielten seine Schritte inne und er blieb stehen. Doch der Vater, der irgendetwas gesagt zu haben schien, ging sofort weiter.

Der Wind heulte auf ...

Je tiefer sie in den Kiefernwald hineinkamen, desto undurchdringlicher war die Dunkelheit, die sich um ihre Füße ausbreitete. Um sich herum vernahmen sie nur noch das pausenlose, volltönige Pfeifen des Windes. Flüchtig klang es wie der Atemzug eines Menschen, der dicht am Ohr vorüberraunte. Mehrmals wandte Bonggu den steif gefrorenen Kopf um, beobachtete beide Seiten des Weges oder die Umgebung hinter sich. Eine Sinnestäuschung, die ihm wie von ungefähr zahllose, aus dem schwarzen Kiefernwald auf ihn gerichtete Augen vorgaukelte, ließ seinen Atem stocken. Wölfe. Im dichten Kieferndickicht leuchteten die Augen der Tiere, blaugrün auflodernd, das rabenschwarze Fell sträubte sich und genau in diesem Moment starrten sie Bonggu an. Die roten Zungen, die schwarzen Leiber, die blaugrünen Augen, aus denen sogleich Funken sprühen mussten, alles wogte in einem schwindelerregenden Chaos vor Bonggus Augen.

„Bonggu!", rief da der Vater plötzlich. Verwirrt antwortete der Junge: Ja.

„Du ... ich bin dir sicher verhasst. So einen Vater musst du ja verabscheuen und auf den Tod hassen ..."

Unerwartet klang seine Stimme ruhig und gelassen. Bonggus Knie wurden weich.

„Du brauchst nichts zu sagen. Ich weiß alles. Wie schlecht ich mich gegen dich und Bongdan betragen habe ... Natürlich müsst ihr gegen mich verbittert sein und mich als euren Feind betrachten ..."

Bonggu schwieg.

„Aber ... Bonggu. Das war wirklich eine seltsame Sache damals. Ich weiß ehrlich nicht, wie ich so plötzlich den Verstand verlieren konnte ... Womöglich bin ich doch, wie die Leute sagen, von irgendwas besessen, mein Gott, als ob ich aus einem Traum erwacht wäre, kann ich mich an die Dinge von damals überhaupt nicht mehr erinnern, ich weiß absolut nichts mehr. Was soll ich dagegen tun? Wenn ich dann wieder zur Besinnung komme, habe ich keinen blassen Schimmer, wieso ich mich in so einem erbärmlichen Zustand – nicht besser als ein Hund oder Schwein fest an einen Baum gebunden – wiederfinde. Wirklich. Das ist die Wahrheit, Bonggu."

Wie ein Stöhnen klangen die Worte in Bonggus Ohr. Ja. Nach den Anfällen wusste der Vater selbst nicht mehr, was er getan hatte, vielmehr sah er die Leute fragend an. Dennoch vermochte Bonggu ihm nicht recht zu glauben. Trotzdem, manchmal beschlich ihn das Gefühl, ob es nicht doch wahr sein könnte. Aber dann, wer war der Vater in solchen Momenten? Dieser fürchterliche Mann, der wie ein wildes Tier wütete, wenn nicht der Vater, war er dann jemand anderes? Bonggu hatte das Gefühl, als wirbelte in seinem Kopf ein furchtbares Chaos alles durcheinander. Plötzlich kam ihm das befremdliche Bild des Vaters, wie er sich vorgestern gebärdet hatte, ganz deutlich vor Augen.

Dort hatte er gestanden, das Gesicht dem Meer zugewandt. Am achten Tag des Monats entblößte es seinen leicht ergrauten Rücken, die Ebbe hatte das Wasser sehr weit zurückgehen lassen, der Wind wehte über den grauen Schlamm des Wattschlicks vom Meer her, er riss seine Krallen empor und raste in seiner alles zerkratzenden Wucht auf die Küste zu. Der Strömung des Windes folgend krümmten sich die Falten auf dem Sand wie unzählige Schlangen, zuweilen schienen sie ihre düster gräulichen Mähnen gereizten Bestien gleich zu erheben. Der Himmel erstarrte in Scharlachrot, als tropfte ihm Blut aus allen Poren. Eine prachtvolle Purpurfärbung erfüllte das gesamte Firmament und die Sonne schickte sich gerade an, langsam über den in der Ferne liegenden indigoblauen Bergen des Festlandes unterzugehen. Zarte Schäfchenwolken bedeckten den Himmel, und je mehr sie sich der Sonne näherten, desto intensiver leuchtete ihr Rot. So hatte es den Anschein, als sauge die Sonne sie mit ihrer schrecklichen Anziehungskraft an, bisweilen schien es gar, als absorbiere sie dank dieser Kraft selbst das sich zurückziehende Meer, das seinen schlammigen Untergrund freigab.

Den nackten Rücken Bonggu zugewandt, stand der Vater eine Weile wie versteinert da. Mit angehaltenem Atem hatte der Junge ihn von seinem Versteck hinter einem Strohhaufen aus beobachtet. Um die Stirn des Vaters war ein Tuch gebunden, und da er vor dem Hintergrund des vom Abendlicht geröteten Himmels und des aschefarbenen Meeres stand, wirkte seine Gestalt durch und durch schwarz wie ein Stück Holzkohle. Aaah. Bonggu schluckte den Speichel hinunter, der heiß wie eine glühende Feuerkugel in seiner Kehle brannte. Was er dort sah, war ganz offensichtlich die Gestalt eines Wolfes. Dem herrlichen, scharlachroten Abendlicht zugewandt, aus dem sogleich blutrote Tropfen herausspritzen mussten, wehte dem Vater vom Meer her ein schneidend kalter Wind entgegen und genau dieser aufrecht stehende Mann war jenes Meeresungeheuer, von dem sich die Leute erzählten, es käme des Nachts bisweilen aus dem Meer gekrochen.

Uaaah ... Bald darauf hatte der Mann einen befremdlichen Schrei ausgestoßen und beide Arme nach vorn gestreckt, als wollte er den riesigen Feuerball umarmen, der am Horizont dem Erlöschen nahe war. Seine entblößte Hüfte, die sich wie Schlangen unter der Haut windenden Muskeln und die scharfe Sichel, die er in der hoch erhobenen Hand hielt, waren deutlich zu erkennen. Auf ein Mal stürzte er los. Über das weite, schlammige Watt, das er in einem fürchterlichen Tempo überquerte, raste er aufs Meer zu. Unvermittelt drängten sich die Spuren, die hinter ihm im Schlamm zurückblieben, in Bonggus Blickfeld. Ihm schien, als bleckte das Meer in der Ferne seine weißen Zähne und lachte. Er ist besessen. Er ist vom Wolf besessen. Die Kinder zitterten vor Angst und flüsterten hinter seinem Rücken.

Allmählich begann der Himmel aufzuhellen und färbte sich im Osten langsam rot. Die beiden Menschen verließen nun den Kiefernwald und liefen einen abschüssigen Weg hinunter. Linker Hand befand sich eine sandige Ebene, wo das Meerwasser bis dicht an sie heranspülte. Die Ansiedlung in der Ferne, wo sich an die zwanzig strohgedeckte Häuser mehr oder weniger ähnlicher Größe an die Erde schmiegten, war das Dorf Aemiggimi. Der Weg führte nicht in den Ort hinein, sondern bog nach rechts ab. Die beiden liefen zwischen Reisfeldern entlang. Schon geraume Zeit hatten Vater und Sohn kein Wort mehr miteinander gewechselt.

Bonggu ging mit erhobenem Kopf und betrachtete die Ausläufer eines Berges auf der anderen Seite, der sich matt gegen seinen Hintergrund abhob. In einem abgelegenen Tal dieses Berges musste sich das Grab der Mutter befinden.

Ohi, ohohi, ohora,
    Ich will nicht gehen, ich will nicht, in diesem Zustand will ich nicht gehen,
    Meine Füße wollen nicht, sind von Verbitterung gefesselt,
    In die Totenwelt will ich nicht gehen,
    Ohi, ohohi, ohora

Träger hatten den blumengeschmückten Sarg der Mutter zum Dorf hinausgetragen, und als sie sich ungefähr auf Höhe eines brachliegenden Feldes befanden, auf dem der wild gewachsene Buchweizen in voller Blüte stand, traten sie eine Weile lang auf der Stelle; sie meinten, ihre Füße würden am Boden festkleben und sie am Weiterkommen hindern, und dabei wiederholten sie den melancholischen Refrain des Liedes mehrmals. Der Sinnestäuschung erlegen, die Mutter käme gleich auf ihn zugelaufen, die blendend weißen Buchweizenblüten mit ihren Armen zur Seite biegend, stand Bonggu hinter dem Sarg und wandte den Blick immer wieder dem Brachfeld zu. Die Klänge jenes Trauergesangs von damals klangen dem Jungen jetzt im Ohr. Die dumpfen Aufschläge der Erdklumpen, die auf den Sarg niederfielen, und die Erinnerung an den schwarzen Rauch beim Verbrennen ihrer Kleidungsstücke und an die Asche, die dabei hoch in die Luft gewirbelt war, lebten wie ein Alptraum erneut in ihm auf. Den Blick auf den gekrümmten Rücken des vor ihm schreitenden Vaters fixiert, zerbiss sich Bonggu die Lippen. Obgleich sich kein Lüftchen regte, empfand er an seiner Nasenspitze ein leichtes Kribbeln, das ihm Tränen in die Augen zu treiben drohte.

Schließlich erreichten sie den Gipfel der Erhebung. Von dort aus war ein direkter Blick auf die Anlegestelle von Hwajeon möglich. Am Kai befand sich noch kein Passagierschiff, welches das Festland anlief. Das Meer, inzwischen allmählich aus dem Schlaf erwachend, erfüllte mit seinem dunkelblauen Schein die unendliche Ferne. Am östlichen Horizont zeichneten sich hier und dort dunkel schimmernde Inseln ab, über denen sich gemächlich der zinnoberrote Himmel zu öffnen begann. Plötzlich bemerkte Bonggu, dass der Vater ihn von der Seite anstarrte. Instinktiv verkrampfte sich sein Körper und er blieb stehen.

„Bonggu, komm mit! Komm mit mir!"

Angstvoll weiteten sich die Augen des Jungen und stierten den Vater an. Dessen bläulich geschwollenes Gesicht und die merkwürdig funkelnden Augen kamen auf ihn zu. Unentschlossen wich Bonggu nach hinten zurück. Einen flüchtigen Moment lang erfüllte eine blutrote Abenddämmerung seinen Blick und verschwand auf der Stelle wieder. Und im Nu flogen in wildem Durcheinander an ihm die Bilder vorüber: die schwarze, dem Meer zugewandte Gestalt des Mannes, das leere Fischerboot, das am Horizont auftauchte, und der nackte, an der großen, alten Kiefer festgebundene Mensch, der sich heftig widersetzte.

„Bonggu. Hör mir mal zu! Komm mit mir aufs Festland! Dort schicke ich dich zur Schule und wir nehmen auch Bongdan zu uns und leben zusammen. Also, lass uns gemeinsam gehen! Uns beide zusammen!"

Während der Vater sprach, entblößte er grinsend seine Zähne. Von nackter Angst gepackt wich Bonggu ein paar Schritte zurück. Vor ihm erhob sich das Phantom eines riesigen Wolfes, der sich ihm drohend entgegenstellte. Die furchtbare Bestie, die Mangil, die Mutter und das Kind in ihrem Leib getötet hatte, wollte jetzt sogar ihn selbst und Bongdan erledigen, schoss es dem Jungen durch den Kopf. Blitzschnell griff er nach einem Stein am Boden. Mit beiden Händen hob er ihn hoch und begann zu schreien: „Geh! Du sollst gehen! Willst du nicht endlich abhauen? Mit diesem Stein werde ich dich erschlagen. Geh schnell! Du sollst endlich gehen!"

Über Bonggus von der Angst entstellte Wangen rannen Tränen. Hastig wich der Mann zurück.

„Du sollst gehen! Verschwinde von hier!", brüllte Bonggu und machte Anstalten, als wollte er den Stein sogleich werfen. Schließlich drehte sich der Mann um. Mit gesenktem Haupt machte er sich daran, kraftlosen Schrittes den Pfad hinabzusteigen. Erst jetzt brach das bis dahin unterdrückte Schluchzen mit aller Kraft aus Bonggu heraus. Er wusste nicht, warum er weinte, was die Ursache dieser kummervollen, ihn jäh überwältigenden Tränen gewesen war, er sank nur kraftlos am Wegrand zusammen und weinte.

In der Ferne ging die Sonne auf. Kaum dass der große Feuerball sich anschickte, aus dem Meer in den Himmel emporzuwandern, begann er die ganze Welt randvoll in ein goldenes Licht zu tauchen. Auf dem Hügelweg war der Vater inzwischen nicht mehr zu sehen. Die Augen mit Tränen gefüllt, sah Bonggu aufs Meer hinab und verweilte noch lange Zeit sitzend am Wege. Jetzt war der Vater fortgegangen. Komm nicht wieder! Geh und verschwende keinen Gedanken daran, jemals wieder hierher zurückzukommen! Im Wind, der ihm entgegenblies, hörte er die Stimme des Onkels. Mit einem Mal erblickte Bonggu einen schwarzen Wolf, der sich gerade anschickte, träge durch das schlammige Watt zu trotten, genau auf das Meer zu, das seine weißen Zähne bleckte und unablässig den üppigen Körper wand.

Nachwort

Die dem deutschen Lesepublikum in diesem Band vorgestellten Erzählungen Lim Chul-Woos sprechen für sich, doch mag bisweilen eine undurchdringliche Düsterheit ohne jeden Hoffnungsschimmer befremdlich anmuten. Lims Protagonisten leiden, sie wagen keinen Ausbruchsversuch, keine Rebellion. Gefangen im engen Raum des abgelegenen Hauses, der einsamen, ärmlichen Hütte, des evakuierten Dorfes kommen sie nicht einmal auf die Idee, ihrem Schicksal zu entfliehen. Ebenso verschlossen wie der Raum, aus dem es kein Entrinnen gibt, ist ihr Bewusstsein, weder fähig noch willig, Kontakt zur Außenwelt aufzunehmen. Angst und Scham sind Gefühle, die Lims Figuren beherrschen, und sie resultieren auch aus der sie umgebenden allgegenwärtigen Armut.

Zwei Ereignisse der jüngeren koreanischen Geschichte sollten Erwähnung finden, um Lim Chul-Woos Prosa der 1980er Jahre dem deutschen Leser besser verständlich zu machen. Der Koreakrieg (1950-53) und das Massaker von Gwangju (1980) haben wie kaum ein anderes Ereignis des letzten Jahrhunderts die Koreaner und ihre Geschichte geprägt.

Lim Chul-Woo ist ein Nachkriegskind. 1954 kommt er zur Welt und ist zu diesem Zeitpunkt bereits Halbwaise. Sein Vater blieb im Krieg, der Sohn lernte ihn nie kennen. Aus der Sicht des Kindes hatte ihn der Krieg umgebracht, eine Situation, geradezu dafür prädestiniert, den Vater für den Sohn zum Objekt der Sehnsucht avancieren zu lassen, und dabei sind die wahren Umstände seines Lebens und Sterbens vollkommen irrelevant. Der Wahnsinn hat den Vater umgebracht. Was zählt, ist allein die Blutsverwandtschaft; ohne den Vater ist die Existenz des Kindes undenkbar.

Lim begreift den Koreakrieg als Zeit des Wahnsinns, als irres, sinnloses Gemetzel von Verrückten. Diese Sicht findet sich in der Erzählung „Das Phantom-Sportfest" bestätigt. Nicht ohne eine gewisse Tragikomik inszeniert hier das so genannte rechte Lager die Eroberung eines kleinen Küstendorfes durch die nordkoreanische Befreiungsarmee mit dem Ziel, linke Aktivisten zu enttarnen. Die Dorfbewohner erliegen dem Schwindel. Auch wer sich jetzt nur vorgeblich als nordkoreafreundlich ausgibt, um zu überleben, wird dies mit dem Tod bezahlen. In der Zeit des Wahnsinns scheinen alle den Verstand verloren zu haben.

Lims Protagonisten agieren von sehr unterschiedlichen Standpunkten aus und der Autor enthält sich jeder vordergründigen Wertung. Er folgt seinen Figuren beinahe wie ein unbeteiligter Chronist. Plötzlich verlieren die Bewohner eines kleinen Küstendorfes, ehedem alles freundliche, unbescholtene Nachbarn, kollektiv den Verstand, erliegen einer sorgsam geplanten Inszenierung des Grauens und fallen unversehens wie Hyänen übereinander her. Warum? Weil sie zufällig in die Zeit des Wahnsinns hineingeboren wurden. Eine andere Erklärung liefert der Autor nicht. Das mag befremdlich anmuten, doch Wahnsinnige nach ihren Ideologien oder anderen Beweggründen zu befragen, ist ein sinnloses Unterfangen. Kein einziger von Lims Protagonisten schert sich je um irgendeine Ideologie. Dass sie dem einen oder anderen Lager angehören, ist Zufall, schicksalhaft. Was für sie wirklich zählt, sind die Blutsbande; die wartende Mutter nicht zu enttäuschen, den Todestag des Vaters würdig zu begehen, das allein ist Grund genug, das eigene oder fremdes Leben leichtfertig aufs Spiel zu setzen. Ideologie oder Gewissen sind derart irrelevant, dass sie in keiner der auf den Koreakrieg Bezug nehmenden Erzählungen auch nur mit einem Wort Erwähnung finden. Was geschehen ist, ist geschehen. Schuld sind alle oder keiner, am meisten jedoch die Zeit. Die Mittel der einen sind so perfide wie die der anderen. Gewonnen hat, wer den Wahnsinn überlebt, und dabei ist Vergessen ein sehr wirksames Mittel.

Im Mai des Jahres 1980 ereignete sich in der südlichen Provinzstadt Gwangju ein Aufstand, den Regierungstruppen blutig niederschlugen. General Chun Doo Hwan übernahm die Macht und sein Militärregime setzte den brutalen, kompromisslosen Kurs seiner Vorgänger fort. Gwangju war nach langen Jahren des Schweigens ein erster Aufschrei nach Demokratie und konnte – auch wenn dies zunächst das Anliegen der Mächtigen gewesen war – nicht unter den Teppich gekehrt werden. In keiner der vorliegenden Erzählungen werden wir einen direkten Hinweis auf Gwangju und das, was dort geschah, finden, denn das hätte die Herausgabe der Erzählungen im Jahre 1984 unmöglich gemacht. Doch zwei Geschichten, „Morgendämmerung" und „Der Bahnhof Sapyeong", nehmen Bezug auf die schrecklichen Ereignisse von 1980. Unter den komplizierten Bedingungen der politischen Repression wichen einige südkoreanische Autoren auf Metaphern, Symbole und Satire aus oder beschränkten sich auf die Darstellung von Emotionen. In „Morgengrauen" bedient sich der Autor einer Metapher. Eine Frau wohnt in einem etwas abgelegenen Haus und erstarrt jede Nacht vor Angst. In der leer stehenden ersten Etage ihres Hauses treibt ein nicht zu identifizierender Eindringling sein Unwesen, bisweilen dringt er in die leere Wohnung ein und seine derben Schritte schallen durch die Decke der unteren Etage. Obwohl die Frau dreimal Anzeige erstattet, ändert sich nichts, die Beamten bleiben untätig, und weil sie die obere Etage doch wieder vermieten muss, fürchtet sie böse Gerüchte. Es fehlt ihr und ihrem Mann an Kraft, sich der Gewalt des vermutlichen Diebes entgegenzustellen. Sie hört, es habe in der Nachbarschaft mehrfach Einbrüche gegeben. Jedes Mal, wenn der Eindringling in ihr Haus kommt, ist sie nur von dem Wunsch beseelt, er möge unverzüglich verschwinden und der neue Morgen schnell anbrechen. Widerstand gegen den Eindringling ist ohne Gefahr für Leib und Leben der eigenen Familie unmöglich. Von Scham und Schuldgefühl gequält, steht die Frau der Gewalt ohnmächtig gegenüber. Es ist die Scham der kleinen Leute und vielleicht auch die des Autors selbst, die während und nach der Katastrophe von Gwangju keinen direkten Widerstand wagten.

„Der Bahnhof Sapyeong" reiht sich in diese Problematik ein. In diesem von der Kritik vielfach gelobten Werk verarbeitet Lim das Schamgefühl in einer tief emotional geprägten Prosa. Im Wartesaal eines kleinen Dorfbahnhofs warten neun Menschen auf die Ankunft eines verspäteten Zuges und wärmen sich an einem Sägemehlofen. Ein exmatrikulierter Student, der darüber nachsinnt, ob es nach dem Morden von Auschwitz noch möglich sei zu träumen. Ein Mann mittleren Alters, gerade aus dem Gefängnis entlassen, der die Mutter eines zu lebenslanger Haft verurteilten Mithäftlings besuchen will und erfährt, die Frau sei gestorben, woraufhin er nicht mehr weiß, wohin er gehen soll. Eine dicke Seouler Frau, eigentlich auf der Suche nach ihrer ehemaligen Angestellten, um diese als Diebin zur Rede zustellen, empfindet plötzlich Mitleid mit der armen Frau und lässt ihr, anstatt das gestohlene Geld zurückzuverlangen, noch welches da. Chunsim aus dem „Löwenzahn" in Sincheon, die ihren Körper in Kneipen verkauft und sich aufs Geratewohl auf die Reise in die Hauptstadt begibt. Zwei Hausiererinnen vom Lande. Ein Bauer mittleren Alters, der seinen Vater ins Krankenhaus begleitet. Und eine verrückte Frau, die auf der Bank im Wartesaal schläft. Hinter allen liegen durchaus unterschiedliche Lebenswege und doch erscheinen ihre Leben hier, im geschlossenen Raum des Wartesaals, eines wie das andere, perspektivlos und düster. Die Problemfiguren sind der exmatrikulierte Student, der aus dem Gefängnis entlassene Mann und die verrückte Frau. Die beiden Männer nehmen wohl den Zug, der verspätet eintrifft, doch das Ziel ihrer Reise ist offen. Sie wissen nicht, wohin. Auch die Verrückte hat kein Zuhause, doch sie bleibt einfach liegen, als die anderen Wartenden schließlich in den Zug steigen. Die paar Minuten, die sie nun die wohlige Wärme des Ofens allein genießen kann, sind für sie von größerer Bedeutung als die Reise nach irgendwo. Die Hoffnungslosigkeit der 1980er Jahre durchwebt die Geschichte ebenso wie eine unendliche Trostlosigkeit.

Doch anders als in seiner Kriegsliteratur geht es dem Autor hier nicht um das irre Wüten von Wahnsinnigen, das sich letztlich relativiert. Jetzt stehen sich zwei ungleiche Kontrahenten gegenüber: die brutale Gewalt auf der einen, Angst und Scham auf der anderen Seite. Mit dem, was in Gwangju passierte, wird es keine Aussöhnung, kein schnelles Vergessen geben. Die Ereignisse von 1980 haben Lim Chul-Woos literarisches Schaffen stark beeinflusst. 1997 erschien sein mehrbändiger Roman „Frühlingstag", der sich mit dem Gwangju-Aufstand beschäftigt und von der Kritik als erste grundlegende literarische Auseinandersetzung mit dem Thema große Würdigung erfuhr.

Lim Chul-Woo ist in seinem Heimatland für sein hervorragendes Talent hinsichtlich der Beschreibung von Gefühlen bekannt. In seinen Texten nimmt die Darstellung ursprünglicher Affekte wie Trauer, Schmerz und Wut großen Raum ein und dennoch offenbaren sich diese emotionalen Zustände selten als roher Aufschrei. Die Menschen in Lims tragischer Welt halten Maß mit ihren Gefühlen und trotzdem eröffnet sich dem Leser das ganze furchtbare Ausmaß ihres hoffnungslosen, traurigen Schicksals in aller Deutlichkeit. Wohl selten leuchtet in Lims Geschichten auch nur ein winziger Hoffnungsschimmer auf. Was bleibt, ist ein beinahe beklemmendes Gefühl. Finsternis. Leere.

Aber vielleicht bietet sich uns so eine Gelegenheit der Annäherung an die südkoreanische Nachkriegsgeschichte bis in die 80er Jahre hinein, einem finsteren, traurigen und hoffnungslosen Kapitel der jüngeren Vergangenheit.

Lim Chul-Woo gehört heute zu den renommiertesten Autoren Koreas. Die erste literarische Auszeichnung, einen Preis für Nachwuchsautoren, erhielt er 1981 für die Erzählung „Der Hundedieb" (auf Deutsch erschienen 2003 bei Pendragon). Weitere Literaturpreise folgten 1984 für die Erzählung „Die Erde des Vaters" (Pendragon 1999) und 1996 für die Erzählung „Das rote Zimmer" (Pendragon 2003). Geboren auf der Insel Wando im Südwesten Koreas, studierte und promovierte er an der Jeonnam-Universität in Gwangju und ist heute als Professor für Kreatives Schreiben an der Hanshin-Universität beschäftigt.

Heike Lee

Anmerkungen

Dano-Fest: Das koreanische Dano-Fest wird am fünften Tag des fünften Monats nach dem Mondkalender begangen, es soll den Körper reinigen, Krankheit und Unheil verjagen.

Doe: Hohlmaß, ca. 1,8 l

Donghak-Aufstand: In der Donghak (Östliche Lehre) vermischten sich Elemente des Konfuzianismus, Buddhismus, Taoismus und Schamanismus. Ihre Begründer stellten die Lehre in Gegensatz zur Seohak (Westliche Lehre), worunter sie vor allem den Einfluss des Westens (Katholizismus) verstanden. 1894/95 erhoben sich die Bauern der südlichen Provinzen gegen die feudale Grundherrschaft und beriefen sich dabei auch auf die Lehren der Donghak. Die Erhebung scheiterte.

Heungbus Frau: Gestalt aus dem koreanischen Märchen „Heungbu und Neolbu". Dort erntet Heungbus Frau einen Kürbis vom Dach ihres Hauses und findet darin als Belohnung für das tugendhafte Verhalten ihres Mannes einen Schatz.

Kimchi: scharf eingelegter Chinakohl, der zu keiner Mahlzeit in Korea fehlen darf

Majigi: Flächenmaß. Es umfasst etwa die Fläche, die mit einem Mal (18 l) Saatgut bestellt werden kann; d.h. im Falle eines Nassfeldes um die 600 qm, bei einem Trockenfeld zirka 900 qm.

Makkolli: koreanischer Reiswein

Ri: koreanisches Längenmaß. Zehn Ri sind zirka vier Kilometer.

Soju: koreanischer Reisschnaps

Hwatu: beliebtes koreanisches Kartenspiel

Yut: koreanisches Brettspiel, das besonders gern am Neujahrstag gespielt wird

Edition Moderne Koreanische Autoren

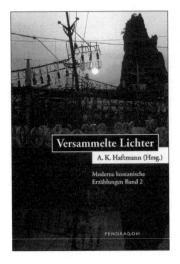

A.K. Haftmann

Versammelte Lichter

Moderne koreanische
Erzählungen Band 2

Mit einem Nachwort
von Dorothea Hoppmann
208 Seiten, Festeinband
Euro 15,40
ISBN 3-934872-34-4

Literatur spielt im Leben der Koreaner eine wichtige Rolle. Die großen Buchhandlungen in Seoul sind überaus beliebte Treffpunkte, den ganzen Tag überfüllt mit Menschen, die Bücher lesen und kaufen. Kaum einer fährt mit der U-Bahn, ohne ein Buch dabei zu haben. Bekannte Schriftsteller sind populär wie Fernsehstars, unter ihnen viele Autorinnen, die in der koreanischen Nachkriegsliteratur eine herausragende Rolle spielen.
„Versammelte Lichter" – diese neun Kurzgeschichten zeigen uns ein Korea jenseits von Samsung und Hyundai und der noch bestehenden Teilung des Landes. Und so wie Korea heute ein Land ist, in dem Tradition und Moderne ganz eng nebeneinander liegen, so mischt sich auch immer wieder das alte Korea und das typisch Koreanische ein, dessen Eigentümlichkeiten unser Interesse wecken und dessen Stimmungen uns auch dann noch lange erfüllen, wenn wir diesen Band schon längst aus der Hand gelegt haben.
Mit Erzählungen von Jo Kyung Ran, Sin Kyongsuk, Ch'oe Yun, Song Yong, Lim Chul-Woo, Hwang Sunwon, Oh Jung-Hee und Cho Sehui.